XUEFUHUANIAN
学府华年系列集（第一部）

遥想当年花满径

点墨泊舟 著

作家出版社

图书在版编目（CIP）数据

遥想当年花满径 / 点墨泊舟著 . -- 北京：作家出版社，2024.4

ISBN 978-7-5212-2701-7

Ⅰ.①遥… Ⅱ.①点… Ⅲ.①长篇小说 – 中国 – 当代 Ⅳ.①I247.5

中国国家版本馆CIP数据核字（2024）第025398号

遥想当年花满径

作　　者：	点墨泊舟
责任编辑：	宋辰辰
装帧设计：	老　左
出版发行：	作家出版社有限公司
社　　址：	北京农展馆南里10号　　邮　　编：100125
电话传真：	86-10-65067186（发行中心及邮购部）
	86-10-65004079（总编室）
E-mail:	zuojia@zuojia.net.cn
http://www.zuojiachubanshe.com	
印　　刷：	唐山嘉德印刷有限公司
成品尺寸：	152×230
字　　数：	347千
印　　张：	29.5
版　　次：	2024年4月第1版
印　　次：	2024年4月第1次印刷
ISBN	978-7-5212-2701-7
定　　价：	59.00元

作家版图书，版权所有，侵权必究。
作家版图书，印装错误可随时退换。

自序　鱼跃龙门后的故事

《蠕范·物体》载:"鲤……黄者每岁季春逆流登龙门山,天火自后烧其尾,则化为龙。"

前人多以"鲤鱼跃龙门"比金榜题名、中举升官等飞黄腾达事。后人则常用此典喻人逆流前进、奋发向上事。

因参与人数之巨,涉及范围之广,一年一度的高考,总会以这样那样的形式牵动着国人的心弦。围绕着高考所产生的种种"一登龙虎榜,许并凤凰池"的故事也总会为人们所津津乐道。此一抡才大典对于许多人和许多家庭来说,确实具有不可言喻的命运拐点之重要意义。然,高考仅仅代表社会和教育体系对个体既往学习能力和意志品质的一种阶段性认可和评价,其真正价值实不在当下而在未来!

过分关注一个特殊始点的结果,往往会使人忽略了那个起点所引发的一个此后更有关注、探讨和研究价值的伟大过程。现实情况是,"我也曾赴过琼林宴,我也曾打马御街前"的天选结果,并不必然导致一时的赢家就此便能一劳永逸地过上幸福生活!

对于许多人而言,除了会在短时内感受到"春风得意马蹄疾,一日看尽长安花"的上榜喜悦外,马上便会面对同样杀出千军万马、冲过急流险滩的同级别对手的竞争和崭新环境对其生存及发展能力的挑战,直如越过龙门的鲤鱼尚需经过"天火自后烧其尾"的淬炼方可化为龙一般。所以,一考并不能定终身,绝大部分人在考后所要面临的困难和承担的重负仅仅是换了另外一副模样而已。正如影片《这个杀手不太冷》中,莱昂面对玛蒂尔德"人生总是这么苦,还是只有童年苦"这个疑问的"总是这么苦"的经典回答一样,高考仅仅是过往人生阶段的一个结束,但却是另外一种全新世界的开启。

曾经担任过中国政法大学和山东大学校长的徐显明先生在《大学理念论纲》一文中曾对大学有过令人拍案叫绝的深透论述,他将大学概括为自由者的乐园、新民的摇篮、社会的灯塔、创新的活水、真理的福地、文化的酵母、知识的源泉、道德的高地、良心的堡垒。他说,大学是知识的共同体、学术的共同体、思想的共同体、文化的共同体、道德的共同体。这就是大学本质的所在。

当高考后各个层面的胜利者们在告别了过往常受限制与束缚的初、中等教育阶段,进入到一种更为自由洒脱、五彩缤纷的全新高等教育阶段,并被请进了一扇扇具有上述大学特征的不同府学大门,而又一次站在同一起跑线上之后,大家为了成绩、荣誉、爱情、尊严、利益,开始新一轮的博弈自然在所难免。在这种不仅仅以考试成绩作为唯一评价指标的体系中,人们不由自主地裹挟进了一种更为复杂的场域。在这个情境中,必然会产生许多新的故事。

绝大多数的大学生活参与者在摆脱了既往学习与生存环境下的

压力、规制与辅助后，必须要面对各种陌生的事物和局面来做出独立的决策和选择，进而完成知识的积累、思想的转变、人际的重构，甚至于三观的再塑、道德的新发、境界的升华、命运的改变，总之其不但要面对学业技能提升上的显性绩点竞争，还要面对来自于人际、制度、眼界、品行、文化等诸种隐性方面的考验。

在这个充满了各种困难、诱惑、挑战的全新维度里，自是既有痛苦和泪水也有鲜花和掌声，所有主体都不可避免地要面对各种是非利害、道义取舍，成长过程中自然会有正义、有邪恶、有进取、有沉沦，自然会有人哭、有人笑、有人胜、有人败，自然会有许多此前的胜者因为不思进取而最终败下阵来，当然也会有许多曾经的失败者通过卧薪尝胆实现了根本性的逆袭。

总之，这是一个值得花费笔墨进行描绘的群体和世界。

毕竟，在这个有春风、有秋雨、有炎夏、有寒冬的广阔世界里，在这方有痛苦、有喜悦、有坎坷、有抗争、有无奈、有求索、有失落、有希望的无垠天地中，广大青年朋友们在跌落起伏中成长、成功、成熟、成才，从"单纯"变得"复杂"，从"愚蠢"变得"智慧"，并最终完成了进入真正社会的前知识技能积累和世象经验储备阶段的次次蜕变。通过对大学这个特殊场域和兼具技术理性和价值理性大学生精英群体的关注，及其提升自我、助力他人、滋益社会、报效国家故事的细致描摹，自可从中窥见时代的变迁、社会的发展、科技的进步、文化的繁荣，同样，也可以通过发生在涉事主体身上的诸般故事来感受到人情冷暖、世态炎凉、蝶变涅槃、成凤为龙。

然而，正如毛泽东同志当年在读了许多中国的古典小说后，发现这些书的主人公都只有将帅、官吏、公子、小姐，而没有劳动人民的疑问一样，过往的文学作品对于这个每天仅有"三点一线"简单生活，但却体量巨大、牵涉甚广的群体着墨甚少，直似和平年代里、幸福生活中的天之骄子们真的是在象牙塔里"两耳不闻窗外事、一心只读圣贤书"般地单调无趣，以至于对于他们的关注除了情天恨海下的爱情故事，或者面对各种道德和规制打擦边球的反主流叛逆故事外就无甚话说。

为补阙如，本人不揣冒昧、率尔操觚，意图在本已盈篇满籍的文学世界中再添新绿。本系列故事以高考后大学生群体的日新成长过程作为观察对象，综合绝大多数高等学府、学人和学生的故事为书写蓝本，宗本"杂取种种人，合成为一家"之典型化写作手法，秉持"不猎奇、不反智、不极端、不媚俗、不敷衍、不操切"之创作原则，综涉个体与群像，调和青春、精酿岁月，曲笔周张、渐次铺陈，变化多个角度和重点将不同阶段大学生活的画卷徐徐打开，力求在一种中正平和、达观冲融的语境中，尽可能地平衡客观事实和艺术真实，力求微言大义、寓教于乐、情有所寄，以述写一种符合大多数亲历者和旁观者心中眼里的大学生活样态，力求将大学生必须要接受的反人性、逆成长过程中所蕴涵的哲理玄思娓娓道来，广大读者自可闻弦歌而知雅意，对高等学府以何砥砺学子知践品性，何以成就华年不俗篇章，进而影响个体未来命运走向的重要意义有个不同于以往的规律性认识。

的确，与王朝更替、血染沙场、江湖争霸、玄幻神话、家族风云、官场言情、匪特谍战等领域的故事相比，大学生活、大学生的故事偏于平凡平淡，似乎不值得去写也没什么可说。然将这些平凡但不平庸、精彩但不惊险的故事进行串联交织，便是我们许多人和许多家庭的柴米油盐，便是我们许多人的春夏秋冬，也甚或就是我们许多人的命及人生。

  然本人才学疏漏、浅见短识，又是业余散笔的玩票之作，所有视角不够宏阔准确、见解不够精妙深刻的问题在所难免，是故小作仅作抛砖引玉、寄待来者之举，但凡本系列几本小册子中那初看时不过尔尔，但是后期或可觉得里边的人和事于我心有戚戚的某个故事或者只言片语能够引起某些人的共鸣，甚或对部分人的成长还能有些许助益的话，那便真不枉愚为文创作之耿耿初心，也足慰笔者过往漏夜孤灯下、酷暑寒冬里付出的全部努力和所经受的种种苦痛。

作者谨识
于癸卯年冬月

目录

001　楔　子
005　第一章　　锦瑟好景缘初见
015　第二章　　得失津渡孰指点
040　第三章　　未觉识浅入重山
051　第四章　　负手轻取何言战
070　第五章　　曲意深沉备他年
094　第六章　　簧门意气聚新典
114　第七章　　等闲识得愚贤面
156　第八章　　剪烛畅怀析细谈
182　第九章　　鸽舞龙翔同庆忙
207　第十章　　美景乐事谁家院
245　第十一章　置腹推心堪外否
276　第十二章　柳绿桃红论短长
297　第十三章　北郊有园瓜果香
326　第十四章　荫下烟飘意味扬
365　第十五章　桃李春风一席酒
402　第十六章　革故鼎新真胜手
421　第十七章　笑语欢声乐悠悠

楔　子

董礼不经意抬头的时候，忽然发现挂在天边的夕阳竟然如此动人——一团暖红中透出一股金黄，那颜色像极了家乡五六月间的熟杏。

不过，还没等董礼细赏，就听站在公交站牌前的父亲又清了清嗓子，语重心长地道：趁着现在车还没有来，我再跟你聊几句。

前两天咱们一家去潭柘寺玩的时候，我走错了路，一个人独自转到了后山顶。恰好那山顶上正有几个人在卖小松鼠，十五元一只，还送笼子。

我见笼子里的小松鼠可爱又可怜，就问卖松鼠的人：它们好端端的，你为什么要抓呀？

那人笑着告诉我说：这山上的松鼠特别能祸害东西，它们往往一夜间就能嗑掉满树的杏子，或者咬坏半个地里的黄瓜，这些瓜果都是我们庄户人家一粒汗珠摔八瓣种出来打算趁好时节卖给游客挣钱的，可是却被这些松鼠给糟蹋了，你说我们能不捉它们吗？

他还说：其实松鼠吃点东西倒是无所谓，一个小东西能吃多少？关键是它们不紧着一个吃,而是整片整片地祸害东西,你想,它们东咬一口、西嗑一下地糟蹋东西,谁能受得了?这么好的果子、蔬菜,明明可以卖个好价钱,但是让它们抓一下或者咬上一口,那就不能再卖或者只能以低价出售了。我们都算过,这些东西经它们一祸害,那损失可是挺惨重的。

我听后又问他:那你们抓松鼠容易吗?

那人说不难。

我问:你用什么工具抓它呢?

他说:工具倒也简单,就是提前备好一个笼子,里边缀条线绳,绳上绑一颗杏子就行,到时候松鼠自然会进来偷杏吃,一旦触动机关,那笼门自然关闭,它再想跑可就势比登天了。

我问他:这明明满树都是杏子,为何它偏偏非要吃笼子里边的?

那人说:这小东西也不想舍近求远上树去摘果子,它们也是贪懒怕累,总以为自己能弄到近处的东西很聪明,所以只要我把装了杏的笼子放在它们上下树的必经之路,就一定会有禁不住诱惑的松鼠进笼子去吃杏。它们原本是想走捷径不受上树摘果子的登高之苦,可是这世上哪有那么多的便宜可捡呀。

我看着笼中松鼠双爪抓笼,以牙齿不断地啃咬笼上的铁丝以期能够逃脱而重获自由,可是那又怎么可能呢?

原来这小兽被人捕捉,不只因为一个"贪"字,还有一个"懒"字。

当人们听闻捕鼠人轻描淡写如何捕捉松鼠的时候,一般都会觉得松鼠蠢笨,可是又有多少人觉察到自己也有可能因为这"贪""懒"二字而被捕入一种看不见、摸不着的笼中而不自知呢?

我讲这个故事,就是想提醒你,到了大学之后,一是要戒

"贪"。不要贪名、贪利、贪杯、贪财、贪色、贪玩,要正直做人、严谨治学。二是要戒"懒"。天下没有那么多的近路可走,有道是"书山有路勤为径,学海无涯苦作舟",只有勤谨任事才能让人敬服,所谓"人间正道是沧桑"!

记得你在家的时候,挺喜欢看《曾国藩文集》,其中有几句话你还抄在了笔记本上,我看后至今印象深刻,叫做"慎独则心安,主敬则身强,求仁则人悦,习劳则神钦"。既然你有心把它们抄录下来,自然是已经明白了其中的道理,希望你今后不但要记得这些先贤的名言警句,还要认真地身体力行。

你是咱们家族少一代人里的第一个大学生,平时亲戚朋友们对你成长发展的关注度就特别高,这次你叔叔姑姑和姨家的孩子看到你成功后都受到了莫大的鼓舞,纷纷表示要以你为榜样争取都考上一所像样的大学。

既然人家都厉兵秣马地奋起直上,我想你也要有个危机意识,千万不能躺在功劳簿上吃老本,意志颓丧、不求进取那可是滑坡退步的温床呀!所以你进了大学之后万万不能有任何懈怠的心思,还是要严格要求自己,继续为弟弟妹妹们做个好榜样。

其实,不光是亲朋好友,就是我们单位的人对你也是非常关注的。旁人就不说了,比如我们局长,那可是当年南开大学的高才生,平时眼光多高呀,来单位这几年就没见他夸过谁,但是那天他却特意在饭桌上当众夸奖了你,说是以咱们这个小县城的教育培养水平来说,能考上一本就不错了,可是你不但考上了一本还是一本中的重点大学,特别还是北京的一本重点大学,那可是进京喽,前途不可限量呀!虽然我当时听了表面上谦虚说没什么,但是心里那可真是替你高兴呀。

希望这些鞭策和鼓舞的话能对你起到正面积极的作用。不过生活不是演戏，既不能彩排和预演也没必要舍去自我活给别人看什么，我想提醒你的是，当这大学四年下来之后你再反回头来看这走过的路的时候，只要你能够觉得对得起大学前这十余年的寒窗苦读就行。至于你到底能不能过好自己的大学生活，我和你妈那可都是拭目以待呀，哈哈。

行了，我看那边的车已经来了，多余的话我也不说了，你也赶紧回去吧，离家在外平时一定要多注意身体，要跟同学们尽量处好关系，如果钱不够用了就跟我们说……

第一章　锦瑟好景缘初见

虽然距离正式开课还不到一周，但大一的新生很快就摸索出一条作息规律，那就是为了保证教学质量兼且能让学生早点吃上午餐，老师们除有特殊情况外，通常不会将上午最后一堂课上满。

今天也是一样，距下课铃响还有十分钟的时候，教《思想政治与道德修养》课的老师就宣布了下课。

不过在临下课前，这位一脸和善的老师却笑着对大家道："在这第一堂'思修'课下课前，我想给各位新升入大学的同学们一个小寄语，那就是我希望你们每个人从现在开始，都要异常珍惜这人生中即将开启的最为宝贵和美好的四年黄金时光。

"虽然我们都知道并不是每个人的大学四年，都能够做到五彩缤纷、轰轰烈烈，但是你们至少可以做到清清白白、无愧我心。当然我也知道，完全的、绝对的'清白'肯定是做不到的，但即使你们清白的生活中掺杂进了少许的污浊，我希望那也是一种清澈的污浊，而不是一种肮脏、污秽、龌龊、恶心人的污浊。

"至于如何清清白白、问心无愧地过好你们的大学生活，我会在以后的一系列课程中详细向你们给出我的看法和观点,我希望诸位通过四年的学习生活,最终能提交给我一份合格的答卷。那这节课就上到这里,下课!"

同学们听到老师终于宣布下课后,立时乱哄哄地纷纷开始收拾东西往外走。

董礼虽然不明白老师说的这句"清澈的污浊"究竟是什么意思,但是因为头一遭当面听人这么辩证的把两个相反的词语放在一起来表述,就觉得这个老师讲的话很有趣,于是便忙取出已经放进文具袋里的钢笔,然后迅速地拧开笔盖,把老师说的这最后几句话记到了笔记本上。

董礼身旁同寝室的王辉,倒是没有董礼这样认真——由于他早晨起得有些晚,就没能够吃上早餐,此刻已经饥肠辘辘的他,早就整理好了书包,正心不在焉地坐在那里等待着老师宣布下课。

老师最后说的这一番话,对于心思早已飞到了米饭、炒菜上面的王辉来说,全都当作了过耳清风,根本不可能入脑入心。他三番五次地催促身边的董礼也快点收拾东西,以准备老师宣布下课后马上出门奔赴食堂。

可是王辉左等右盼,好不容易等到老师嘴里蹦出了"下课"两个字的时候,却忽见董礼又拿出笔来不知在笔记本上写起了什么,于是本已焦躁的他就对着董礼道:"这都下课了,你还记什么记?快点走吧,我都快饿死了!"

董礼颇有歉意地道:"你再等我一分钟,就几句话,我记下来咱们马上就走。"

王辉摇了摇头,然后又叹了口气,不过考虑到就此便把董礼放下先走也是不好,便缓缓站起身来随在众人的身后,慢慢地往门口那里挪蹭。

等董礼匆匆忙忙记完并收拾停当再抬头寻看王辉时，就见他皱着老大的眉头已经站到了教室门外。

董礼感到很不好意思，急忙提上书包赶了过去。

等二人走出教学楼，沿着门前的石阶曲径七拐八拐地来到校园里那条林荫主路上时，就见各个班级下了课的同学们此时正陆续不断地从各个支路上汇聚而来。那原本看起来很宽阔的主路眼见着是越来越窄——那支本来靠着路边一侧行进的小股队伍，不一会儿就涨成了一片淹没了整个路面的人潮，大家一起青春蓬勃地向着食堂或寝室的方向拥去。

九月的秋阳，已经没有了盛夏时节的热辣，照在身上暖暖的，让人感觉很舒服。校园中花草树木的气息经过阳光的烘焙，也全都混合在一起，新成了另外一种好闻的味道，正随着风儿四处飘荡，一嗅之下，很是醒脑清神。

董礼边走边享受着这周遭的一切。心想，大学生活真美好！

等快到第一食堂的时候，董礼遥遥望见食堂南门对面、二号宿舍楼下的阴凉地里层层叠叠地围了好多人。此刻人群外面的人正吃力地向里拥，里面的人则拿了张单子很费劲地朝外挤。

有些幸运的同学从人群中挤了出来，边低头看手里的单子边往食堂走，有位已经踏上台阶的同学因为看得过于专注，竟然一不留神踩滑了台阶，差点摔了一跤。

董礼凭借这几天在食堂附近的见闻经验，觉得一定又是商家在向学生推销什么商品，虽然心下好奇，因顾及此刻空空如也的肚子，也就没把眼前的事情放在心上，而是和王辉一起在人群中侧着身子挤进了食堂。

等二人吃完午饭出来的时候，董礼发现那条原本在饭前还异常拥挤的路面，此刻已因为人潮散去而显得清爽了许多——这条被命名为"竹溪路"的路段，此刻就像退了潮的海滩，仅把刚才被人群密密围在中央的那排连在一起的一长溜桌子，像条大鱼一样剩在了路中央。

董礼站在台阶上随意向面前的那排桌子看去，就见中间几张桌子前悬着的那条印有一串白字的长长红色条幅，此刻正随着阵风很有气势地抖着。

红色条幅正中印着"校学生会招新展台"八个惹眼的白色大字，大字右下方是一个长长的破折号，最后指向了"校学生会宣传部"这样一行小字。后面的桌子中央位置，铺了一大块墨绿色的天鹅绒台布，相较于其他光板桌面来说，显得非常抢眼。

董礼看罢，碰了下身边的王辉道："走，过去看看。"

王辉此时也看清了眼前的阵势，不过他并不打算过去凑热闹，于是对董礼一笑道："你去吧，我在旁边等你。"

董礼不依，硬是把王辉拉了一起去。

等董礼和王辉走到那张铺着绿色天鹅绒台布的桌前时，这才看清原来桌子右上角还摆着一个写有"办公室"字样的硬塑台签。台签一侧是一台打开了的笔记本电脑，后面坐着一个白脸胖子，此时他正抓着鼠标"咔嗒、咔嗒"地点个不停，一副很忙碌的样子。

董礼见状，就对白脸胖子很有礼貌地问道："请问这里是学生会在招新吗？"

白脸胖子头也不抬，一双眼睛不离眼前的屏幕，仅用抓着鼠标的胖手碰了下手边一摞厚厚的招新报名表，面无表情道："没看到吗？办公室早就招满了，你去别的部问问吧。"说完便继续按起了鼠标。

董礼见状，只好对着胖子的白脸说了句："好的，谢谢。"

白脸胖子理也没理董礼，回头对一个正站在他身后东张西望的人道："你去各部问问，如果都招得差不多了就收摊吧，另外别忘了再跟大家嘱咐一下，让他们把该收拾的东西都收拾好，千万别少了或者弄丢了什么，然后你再跟各部长说一下，让他们派人把自己部的桌子都运回地下室去。"

那人听到白脸胖子的安排后，立即收束了散乱的眼神，并对着胖子的侧脸正色道："好的主任，我这就去通知。"

王辉笑道："咱们这么晚来，人家肯定都招完了，走吧，快点回去午觉，下午还有课呢。"

董礼轻轻地"哦"了一声，一边随着王辉沿着招新的台面往东边寝室的方向走，一边不住地拿眼睛扫着展台上摆的写有各部名称的桌签。

就见紧贴着办公室台面靠东边的那张桌子上，放着的桌签写着"文艺部"，接着是"信息部""外联部""网络部""宣传部"。"宣传部"的桌签下还压了一张大纸，上面写着"有书法基础者优先"几个毛笔字，那字写得龙飞凤舞，很有气势。

也许大部分部门的招新工作已经接近尾声，很多部门已经开始打扫战场——有人在往档案袋里装报名表，有人在躬身清理桌前桌后的废纸杂物，有人收椅子、挪桌子。甚至个别几个桌面早已被收拾得干干净净，就连桌签都被收走，也不知原本是哪个部的所在，显见其招新工作进展顺利，早已提前完成了任务。

董礼和王辉走着走着，不觉间就来到了招新台的最后一张桌子旁。董礼远远看去，只见那桌子显得很是破旧——前侧的两条桌腿已被磨得显出了毛茸茸的木刺，桌面上黄色的亮漆也已经一块一块剥落得厉害，远处一看，这桌子很像上了年头的"古物"。

此刻桌子后面坐着的那个瘦瘦的、戴着眼镜的男同学，正在快速地一页一页翻着一本黄色封皮的书籍，好像正在寻找什么重要的内容。在他的手旁，则放了很薄的一沓招新报名表，表上面压了另外一本同样装帧的书籍。

不同于其他招新部门的人坐等新生上门的是，这个部门招新台前站了一个拿了一沓空白报名表正"招揽生意"的男生。董礼打量了一下这人，只见他中等略高的身材，上身着一件白色T恤，下身着一条浅灰色裤子，微黑的面庞，内敛的神气，一双谦和有神的眼睛正看着面前来往的众人。

等经过这人身边的时候，董礼随意看了一眼其身后桌上摆着的桌签，上面写着"维权部"三个字。董礼知道招新已经结束，也就没再询问什么。只是微笑着朝那人点了点头。

那人见董礼看他，就把目光也投过来看向董礼和王辉。

王辉并不看那人，只是偏过头去催促董礼道："快点走吧，别看了，人家早都招完人了。"

那人还没等董礼回答，便微笑着上前一步道："同学，你们好。校学生会维权部招新，要不要报个名？"

董礼听到询问后就顺势站了下来，然后看着那人道："师兄好，学生会的报名不是都已经结束了吗，现在还能报名？"

那人笑道："每个部的情况不太一样，我们这儿恰好还有几个名额，要不你和你同学报个名吧，毕竟我们这个是校级学生组织，等今天的招新工作结束后，再想加入就难了。"

见董礼有些迟疑，那人立即递上了两张招新报名表，微笑着道："同学，你们先看一下报名表的内容，如果感觉有兴趣的话就去后面的桌上填写一下，填写时一式两份，一份我们留下存档，一份你们面试时带上。"

董礼接过那人递来的单子，迅速地扫了一眼，就见单子顶端印了九个加黑的宋体字——"校学生会招新报名表"。仔细看时，只见单子最上面一栏写的是"所报部门名称""面试时间""面试地点"，不过这三个表栏中早已分别写好了"维权部""周四晚九点""学生活动中心D21办公室"等钢笔字，只不过字却写得歪歪扭扭的很不受看。接下来的一栏是"新生姓名""所在院系、班级""寝室号及联系方式"，再下面一栏则是"个人简历及特长"。

那人见董礼在看报名表，又转头对王辉很有礼貌地说道："同学，你也填一份吧。"边说边又向王辉递上了两张报名表。

王辉没接报名表，摆手微笑道："我就不报了，我不太擅长和人交往，也不想参加学生会。"

那人听后一笑，也没再勉强王辉，而是转身退向了董礼那里。

董礼这时已经看完了报名表上的内容，听到王辉不打算报名了，就劝他道："填一个吧，重在参与嘛，都说学生工作是大学生活的重要组成部分，你如果不参与的话，将来怕是会后悔的。"

王辉笑道："你参与就行了，到时候替我尝试一下，权当是我也参加了。"

董礼哪容王辉推托，转身向身旁那人道："师兄，你再给我一套报名表行吗？"

那人早已听到董礼和王辉的对答，就笑着又递给了董礼一套报名表。董礼接过来，看到王辉还站在那里一副事不关己的样子，便走过去生拉硬拽地将王辉拖到了报名台前让他跟着自己填表。

那人见状，就笑着陪在董礼二人身侧跟了过来。

桌子后面的瘦男生听到有人过来，就慢慢地将目光从书页上收回，然后用手扶了一下眼镜，接着皱着嘴角抬眼瞟了一下董礼和王辉。

董礼对那人笑了一下道："师兄好，我们过来填一下招新报名表。"

那人见董礼向他笑，就把嘴角向上微微提了一下，算是回了一笑。然后将桌上的笔向董礼面前推了一下道："填吧，一式两份，一份留下存档，一份面试时带着。"说完就又埋头看起书来。

当董礼填好姓名、院系、班级、宿舍号后，觉得再填写什么"个人简历及特长"太浪费时间，而且好像也没那个必要，就抬头问桌后那个瘦男生道："师兄，上面的已经填完了，你看个人简历及特长可不可以不填，下午还要上课，而且我也没什么特长。"

瘦男生抬头道："不填就不填吧，反正准时过来面试就行。对了，你们知道学生活动中心在哪儿吗？"

董礼见问，就笑道："师兄，真不好意思。我们刚到学校不久，这两天学校里的东南西北还分不太清楚，不怕你笑话，就连第二次去开水房打水，我还找错了地方，呵呵。"

瘦男生不以为意地笑道："这没什么，学校这么大，谁刚一来都会犯晕的。告诉你，学生活动中心在学校办公主楼的地下室，进了正门后从一层的步梯口那里往下走一层就到了。如果实在找不到，你来面试时多张张嘴，问问知道地点的人，只要是学校的老生，都知道学生活动中心在哪儿。还有，记得别错过了面试的时间。"

董礼道："好的，谢谢师兄，我们一定准时去面试。"董礼说罢，就把笔递给了身边的王辉。

王辉接过笔嘟囔了一句："你这个家伙。"然后便俯身填起表来。原本没打算报名的王辉填起表来倒是比主动报名的董礼还要认真——他除填写了最基本的个人信息外，还在"个人简历及特长"栏内简略地填写了从小学到高中的简历，并着重写了"有一定的英语和写作特长"。

王辉填完表，把笔和留档的报名表往桌上一放，打开书包把那张用来参加面试的报名表对折后夹在了一本书里，也不向接待他报名的两位男生中的任何一人打声招呼，仅转身对正看着他的董礼笑道："走吧。"并不等董礼回答，就自顾自地向前踱着步子先走了。

董礼却没急着走，他先是拿起那本压纸书把两人的报名表放了进去，接着又把书重新放好。不过在放书的瞬间，董礼快速地瞥了一眼书脊上的名字——原来是黄易先生著的《寻秦记》。

等放好报名表后，董礼又朝桌后的瘦男生看了一眼，就见此时的他正看得投入，那头低得好似整个人都要钻进书里去了一样。

董礼见状，就对着他说了句："师兄，那我们先走了。"

瘦男生头也不抬，仅敷衍地"嗯"了一声。

董礼又转身朝向那位发报名表的男同学道："师兄，我们先走了。"

那人边微笑着朝董礼点头边随口提醒道："记得周四晚上过来面试。"

等往前走了几步后王辉转头问道："董礼，你之前是不是参加过学生会？"

董礼道："我们学校哪有这东西，学生会这种组织我之前都是在各种小说或者报道中看过，那真可谓是只闻其名也，不见其实也！"

王辉闻言立时撇嘴笑道："我还以为你原来在学生会工作过呢，原来也跟我一样白板一块呀。你可别忘了，咱们学校这些同学可都是身经百战，千军万马过独木桥抢滩登陆才进来的，至于这中间又打算竞逐学生会这块田地以求收成的人，那就更是精英中的精英了！所以说，咱们可别好高骛远，想要在这里干出什么攀上枝头做凤凰的事情来。要我看，你要是真想进学生会锻炼锻炼，那还不如退而求其次报个咱们学院的试一试，至于校学生会吗，我看你还是别试了，免得上不了丢人。"

董礼迟疑道："你就对我们这么没信心吗？"

王辉轻笑道："不是、不是，算我失言行了吧，是我对自己几斤几两很清楚，是我对自己没信心。至于你嘛，我觉得还是可以放手一搏的，等真撞了南墙你就知道这里边的厉害了，要不怎么有个'吃一堑长一智'的成语呢！你说你也真是的，这大中午的放着好觉不睡非得让我陪着你到这个报名处凑什么热闹？要我看呀，你这就是瞎子点灯白费蜡，纯属浪费时间，我觉得别说后面的进一步发展了，咱们就是能不能通过几天后的面试都难说？所以我就立足实际、知难而退，不给自己找什么不痛快。至于你嘛，自己看着办！行了，快点走吧，下午还有课呢。"

王辉说完话后也不等董礼回答就头前先走了。

董礼望着王辉的背影，回想他刚才说的这番话，心中也不由得忐忑起来。

第二章　得失津渡孰指点

　　董礼晚自习后回到寝室，此时屋里已经回来了几个人。不过除了本寝室的王辉、常乐和黄健三人以外，还有一个董礼不认识的灰短袖男生。这人正坐在董礼铺前的桌子上一边晃着双腿，一边抬头对着寝室东南角上铺的王辉兴致勃勃地聊得高兴。

　　董礼也没说话，仅把手里的书包顺手往桌上一撂，然后坐到自己的铺上换衣服。灰短袖男生听到身后有声音，就转过头来看了眼董礼，然后面无表情地对董礼微微点了下头，不过人却仍旧坐在桌子上，并没有下来的意思。

　　王辉也对着董礼笑了一下，又把目光投向了灰短袖男生，却没向董礼介绍眼前这人是谁。董礼对床上铺的常乐见王辉朝董礼的铺位笑，就一边用手抓了床边的护栏，一边把身子探出一截低头对董礼笑问道："回来了？"

　　董礼笑着回道："回来了，你晚上没出去呀？"

　　常乐道："没有，我这人初到一个新地方特别容易转向，身边没人不敢出去瞎逛，整晚都在宿舍里待着呢。"他边说边用手撑了下护栏把身子又慢慢地挪了回去。

董礼起初以为这个灰短袖男生是隔壁寝室的人，可听了几句后却发现不是。原来灰短袖男生是比王辉高一届的高中同学，王辉的父亲还曾是他的数学老师。灰短袖男生这次暑期回家了解到王辉也已被他所在的这所大学录取，而且还被分到了他就读的法学院，于是便在今晚下课后，以一个正宗嫡系师兄的身份，寻着各寝室门上贴着的新生名单找到了王辉的所在。

此时，灰短袖男生谈兴正浓。董礼细听之下，发现他除了总和王辉回忆些高中共同经历过的事外，便是向王辉介绍一些这所大学的掌故旧事，王辉则居高临下、毫不客气地斜倚着被子在那里听，当然偶尔也会搭上一句话，或者随机问他几句什么。

常乐虽是与灰短袖男生初次见面，但是有心要融入他人谈话中的他，表现得却比王辉积极许多——每当王辉点头时，常乐通常会跟着他一起点头，王辉笑时，常乐也总会一次不落地跟着他一起笑。及至满脸傲气的灰短袖男生在为数不多地几次将头转向常乐时，常乐更是对着灰短袖男生热烈地笑。眼前三人的情形倘被不明就里的人看来，还以为均是出自一个高中。

常乐下铺的黄健，似乎并未被灰短袖男生的演讲所吸引，此时的他捧着一本金庸先生所著的《鹿鼎记》，正躲在上铺遮下来的阴影里看得仔细。而且每当他看到会心处时，还会旁若无人地发出鸽子般咕咕咕的笑声。及至看到精彩处，他甚至还会把书往胸口上一摊，接着顺势把整个身体猛地向铺上一倒，同时两只光脚板还要凌空快速对搓一下，并物我两忘地接连发出嘶哑的"哎呀、哎呀"的笑叫声，外人看来也不知他此刻究竟是在哭还是在笑，简直像极了一个失心疯的精神病人。

灰短袖男生似乎对此已经见怪不怪，丝毫不受黄健的影响，只是滔滔不绝地对王辉和常乐进行演说。当然，有时黄健笑得实在不像话的时候，他也会满脸不屑地转过去瞥黄健一眼，但瞥过之后便会马上转回头来接续他的话题。

又说了几句话后，不知是聊天已到了一个段落，抑或是受到了黄健笑声的影响，灰短袖男生很长一段时间再没说一句话，两只眼睛却朝着王辉墙上的那个壁挂书架睃来睃去。

在他目光的指引下，王辉和常乐也跟着他一起看向了书架。

等看了一会儿后，灰短袖男生指着书架以一种命令的口吻对王辉道："你把那本《法理学》给我拿下来看一下，听说这本书马上就出新版了，怎么你们还用老版？"

王辉倒是听话，就边转身给灰短袖男生取书边道："这不是我自己要买的，是我们班统一发的。"

灰短袖男生边接书边道："这学校的烂传统也不知道改一改，就跟咱高中一样，年年都要指定新生去原价购买那几种教材。肯定是这本书以前印多了，现在见新版教材马上要上市，所以怕以前这批书销不出去就强行卖给你们，真不地道！"

见王辉、常乐没接他的话，灰短袖男生又转言道："不过人在矮檐下，不得不低头，好在挨宰也就这么一次，等下学期开始，你们就可以在同任课教师商量后，以班级为单位，自己去和书店联系买书了，那样每本书一般会打到七五到八折的样子，再也不用像现在这样原价购书了，那样多多少少也能省点儿钱。"

王辉和常乐还没搭话，却听到黄健在那边说了句："还有这好事？又能给老子省钱了。"不过还没等灰短袖男生接话，那边又传来了黄健"哎呀、哎呀"的笑声，也不知他刚才的那句话是对谁说的。

　　灰短袖男生转头看了黄健一眼，嘴角动了动，却什么也没说，然后低下头去开始翻看王辉递过来的这本《法理学》，看那样子，他似乎还要对书中的内容发表一下自己的高论。

　　正翻着，却不想从书中掉出一页纸来，那纸在空中荡了两下后斜斜地栽在了地上。灰短袖男生见状，就俯身去捡那张纸，等拿起来看时，发现原来是张《校学生会招新报名表》。

　　灰短袖男生并没有把报名表夹回书里，而是拿着它对王辉义愤填膺地抖着道："怎么，你还报学生会了？我跟你说，你报它干吗？那可是个浪费生命的地方。除了日常开几次例会外啥也干不成。等有活动时，他们就抓你们这些新人过去抬桌子、扛椅子，也没什么正经事！等到了换届的时候，多数你就得卷铺盖走人了。另外，平时你还总得看那些部长、主席的脸色行事，你说你掺和这事儿有什么意思？

　　"不过等到了一年后换届的时候，部长可能会组织你们吃顿散伙饭，就算是部员们这一年的辛苦所得吧。除了这些以外，其实学生会啥也干不了！所以有参加学生会那时间，我倒觉得你还不如多看点书、记记单词、背点英语，或者报个计算机辅导班，早点儿把四六级过了，或者把计算机二级证考下来才是正经。等你毕业找工作时，就会知道这些证件多有用了。"

　　王辉闻言后并没有搭灰短袖男生的话，仅一脸坏笑地朝此刻也抬头看向他的董礼望了一眼，然后又意味深长地朝董礼点了点头。

　　常乐没顾灰短袖男生"最好不要加入学生会"的指点，反而满心疑惑地问道："师兄，看来你也是参加过学生会的。那咱们学校的新生入学生会难吗？听说他们还要面试，一般都会问点儿什么问题？"

灰短袖男生迟疑了一下后答道："我哪有时间参加这些破学生组织？有那时间，还不如多用来看点儿书或者踢踢球呢！至于面试问什么，你想啊，又不是考试，还真能问出点儿什么来？无非就是问你籍贯是哪儿的，高考考多少分，有什么特长，为什么要参加学生会什么的呗！

"其实，你如果对参加活动感兴趣，我倒是建议你去报个社团，那是根据个人兴趣爱好组建的，咱们学校怎么也得有一二百个社团吧，报那个更能发展自己的兴趣和特长。哎，你们知道吗？你们现在住的这间寝室，之前是不住学生的。有些事啊，唉，还是不说了吧，说多了也不太好……"

灰短袖男生简单回答了几句常乐的提问后，立时语气神秘地转移了话题。

果然，这句很吊人胃口的话，引起了王辉和常乐的极大兴致，二人几乎同时问道："怎么啦？我们的寝室没什么事情吧？快跟我们说说。"

常乐还加了句："这宿舍不会是凶宅吧，难不成以前发生过命案？"

董礼听常乐这样一问，心头也跟着一紧，暗道自己不会这么倒霉吧。

"那倒没有，你们也不用害怕，学校哪能让你们住死过人的寝室？除非校长不想干了！其实，你们现在住的塔楼寝室，原来是放笤帚的清洁间。当然，像二楼的那两个塔楼房间一直没给学生用过，之前倒是曾临时拨给过保洁阿姨和学校东门的保安人员使用。

"保洁的那些阿姨倒还好说，本本分分的没什么问题。只是东门的个别保安，年纪轻，对自我要求也不高，听说有些人还趁着休息室没人的时候往宿舍里领……

"不过你们不用担心,现在情况已经大为好转。除了保洁员的那间宿舍还保留外,那些保安已经被清出去了,谁让他们不自觉来着,都是自找的!

"现在他们如果想休息呀,要么就去远一点的南门那间大保安集体宿舍,要么就在值班室趴桌子,这么舒服又近便的床位,那可是彻底没有喽!至于原来放在你们寝室里的所有笤帚、撮子,现在也全都放到二楼原来保安住的那间宿舍里去了。"灰短袖男生一脸得意地回道。

董礼、王辉和常乐听他说完后,觉得住原来的储物间也不是什么大不了的事情,所以便一齐放下心来,屋中刚刚凝聚起的紧张气氛,也瞬时冰消瓦解。

"真是大惊小怪,日他个仙人板板。"黄健在那里小声地骂了一句,然后抱着书翻了个身,又侧向了墙里。

黄健的骂声虽小,但奈何此刻屋里尚静,所以让人听得极清。董礼、王辉和灰短袖男生都不约而同地看向他,也不知道他是在骂灰短袖男生,还是在骂书里的人物。常乐见王辉和灰短袖男生都往黄健的铺上看,便也欲探身去看个究竟。

正在此时,墙里侧又传出了黄健鸽子般咕咕咕的笑声。

王辉见状,明显松了口气地对着黄健的铺位笑道:"这个黄健,真是看入迷了。"

常乐听到王辉的评价后,立时停止了进一步的探看举动,然后仰天长叹道:"哪天也重温一下金老爷子的《鹿鼎记》,真是经典啊,经典!"

随着王辉和常乐的对答,整个寝室的气氛又恢复到了之前的状态。灰短袖男生也重启话题，又开始了新一轮的演说。

董礼听了一会儿，觉得这个灰短袖男生很像小说里"天上的事懂一半，地下的事全知道"的"万事通"。只不过从他嘴里说出来的东西，没一件是能让人满意的，不是这个不行，就是那个有问题。而且他的言谈话语间偶尔还会夹杂点道听途说、小题大做和"大喘气"的毛病，即便说点建设性意见，也都是一些人所共知的事情，一点新意都没有。

董礼觉得乏味，于是就带好钱起身出去买可乐。

当董礼回来的时候，住在王辉下铺的邢胜男不知什么时候已经回到了寝室，现在他正赤着双脚，端着个空塑料盆要去水房打水。不过这个性格内向、讷讷寡言的男生，虽然几乎要与正进门的董礼撞个满怀，但却并不打声招呼，仅满脸受惊、扭扭捏捏地细声细气地"呀"了一声，然后又怕失态似的马上闭起了他那很有质感的厚厚双唇，接着头一偏，低眉顺眼地侧身从董礼的身旁挤了出去。

等董礼避过邢胜男进到寝室后，就见王辉、常乐和那个灰短袖男生此刻全都离开了寝室。唯有黄健依然躲在灯影里捧着《鹿鼎记》苦读，并时而既投入又陶醉地自顾自咕咕咕地笑几下。

董礼见状就笑问黄健道："这一会儿的工夫怎么人都走了？王辉这个师兄挺能聊呀！说说听后感呗，有没有什么收获？"

黄健拧嘴笑道："你见谁听二百五聊天还能有所收获？哈哈。不过一开始时，我还真想从王辉师兄身上学点东西，可是听了一会儿，就觉得这家伙嘴里蹦出来的歪理邪说成分居多，要是真听了，那绝对会被引上邪路而自毁前程的。

"腌臢货色真是害人害己，误人不浅！

"有些人呀,就是好为人师,自己都不一定过明白呢,就敢充大个儿的去指点别人。我看呀,对于这样人的建议不听还好些,如果真去听了他的所谓经验谈,那离最终的翻车也不会太远了,你说呢?"

董礼一边假装满脸凝重地慢慢点头一边竖起大拇指道:"真是明智呀!前两天怎么没看出来,咱们寝室居然还卧有你这样一个深藏不露的明白人呢。"

黄健斜眼道:"你这是骂人都不带脏字儿呀!我当然明智呀!你看我后来就根本都不搭理他了,也就王辉常乐那两个生瓜蛋子,眼力拙、见识浅,居然奉若神明似地对他问长问短,估计这俩傻货最后怎么死的都不知道,不过正所谓'脚上的泡都是自己走出来的'那又怨得了谁?你说呢?要说这为人处世呀,还是得好好学学人家韦爵爷。不跟你聊了,我还得趁着没关灯多看几页呢。"

董礼一边笑着点了点头,一边坐到桌前的凳子上拧开了手中的冰可乐,然后仰脖咕咚咕咚地喝了几大口。正当琢磨着接下来应该干点什么的当口,忽听窗外闹得厉害,于是好奇心驱使下的他便拎着可乐瓶向窗边走去。

不过当董礼路过常乐和黄健铺前的桌子时,忽然发现桌上放了一沓绿格子稿纸,最上面一张纸上还用红色圆珠笔潦草地书写了许多内容。董礼看时,就见那纸上写着"从哪儿来、高考分数、特长、为什么要参加学生会",想是书写"会"字最后一点时的力道有点大,那个字还透了纸。

董礼看罢,就走向窗前然后低头向漆黑的窗外看去。

细辨之下,就见对面寝室楼路灯下几个男生以手拢成喇叭形状,正仰头起劲地对着六号女生宿舍楼上大喊着"林雨涵下来、林雨涵下来"。那狼嚎鬼叫般的声音经由几栋寝室楼组成的"凹"字形的回环一折返，在夜空里显得异常清晰。

估计是董礼他们这栋寝室楼里的男生听得烦躁，于是就听一个男生捏着嗓子假作女声回道："就不下来，就不下来，烦死了，烦死了，快走吧！"

这人话音刚落，就听各栋楼敞开着的窗子里立时传出了男生女生们的哄笑声。

路灯下的那几个男生显然有点吃不住劲，于是就恼羞成怒地对着董礼这边的寝室楼泛泛地吼道："是哪个孙子没事找事，有种你给我下来单挑。"

没想到先前喊话的男生并不示弱，依旧拟作女声回道："乖孙儿，你奶奶我老了，没了兴致，要单挑，你还是找我孙女林雨涵去吧，不过她年纪小身体弱，你可得悠着点挑呀！"

此言一出，男生寝室这边的笑声和起哄声更甚，有几个看热闹不愁事大的男生还对下边嚷道："楼下是哪个院的孙子，竟敢跑到我们这里来找爷爷们撒野，有种你们就进楼里来，看不把你们一个个打得竖着进来、横着出去。"

下边的人闻言后，顿时怒道："龟孙子就知道缩在楼里放屁，有种你们下来单挑，哪个下来打一架，谁不下来谁就是胆小怕事，谁就是大姑娘揍（生）的（私生子的意思）……"

楼上的人则还口道："大姑娘揍的那帮龟孙子，你们在那里等好了，爷爷们这就换衣服下去，如果谁不敢在那里等到我们下去却先走了，谁就是胆小怕事，谁就是乌龟儿子王八蛋，谁就是大姑娘揍的……"

更多看热闹的男生，此时也纷纷从各自的寝室窗口探出头来向着下边的空地帮着本楼的人喊道："对对，谁不敢在那里等着爷爷们下去，谁就是大姑娘揍的……"

楼下人的反应倒也不慢，立时缩小打击面地回道："说话的那几个龟孙子，爷爷们也不是胆小怕事的主儿，就站在这里等你们下来，如果关楼门前你们不出来，你们就是大姑娘揍的，就赶紧给我们闭嘴，也少在那里给我们撒野！"

董礼正看到有趣的当口，身后忽然传来了常乐抓着床梯"踢里哐啷"回铺的声音。

董礼转头回看时，就见常乐已经坐到了铺上。

常乐见董礼看自己，就龇牙笑道："你买完东西回来了？外边挺好看吧。"

董礼笑着回常乐道："是呀，挺好看，那是不但好看而且特别好看。"说完二人相视一笑，好像达成了什么默契一般。

笑罢，董礼便抓着可乐瓶向自己的铺位走去。不过，等经过常乐桌旁的时候，却忽然发现桌面上那沓绿格子稿纸此刻已经不见踪影了。

晚上的时候，董礼在高二上数学辅导班时结识的一位高他一届的好友赵明打来电话，并热情洋溢地与董礼谈起了大学生活。

"董礼，怎么样？到了北京一切都好吧！这几天一直想给你打个电话问候问候，但是又怕你刚一入学，千头万绪的肯定有很多事情要处理，所以就暂时没联系你。今天我是实在忍不住了，怕是再不打电话，等将来你见到我的时候非骂我不可，哈哈。

"这里首先向你道个歉，你走的那天我真的是有事走不开，没法亲自去车站送你，其实我原本早就准备好了要去送你的，但因为当时确实有事走不开，实在是不好意思！你这一路上应该还算顺利吧？

对了，你对你们学校还满意吗？哎，怎么问了这么句废话，肯定满意的呀，你那可是全国重点高校，读的又是个热门专业，将来肯定差不了。

"唉！想想你现在的日子，我真是有点羡慕。你这人平时就扎实、沉稳，做事有章法，又肯吃苦，得到这样一个结果也是意料之中的事情。不像我，性子那么急，又有点小小的虚荣心，明明知道自己高考没发挥好，还那么火急火燎地非得当年就走，然后随随便便地选了个咱们市最好考的师范院校就把自己的前程给定下来了。其实复读一下又有什么不好，那点苦忍一忍也就扛下来了，可是无奈我就是没忍住！

"可没忍住不后悔也行，等自己真正进了这么个破学校、读了这么个破专业，并慢慢地与那些考入其他高校的同学进行交流比较之后，我才知道后悔了，不过时至今日，也是骑虎难下，你说这学费也交了，人也来了，就算悔死那也回不去了。

"实话跟你说，那天听到你考了那么高的分数后，我也真是夜不能寐，当睡不着的时候我还认真想了你之前劝我的话，当时如果听你劝再复读一年就好了，不着急、不将就，拼尽全力、无怨无悔，其实以我原有的实力，如果踏踏实实再好好夯实一年，然后再加上那么一点点运气的话，说不定今天也能像你一样，读个自己心满意足的大学和专业。

"所以，有些事情根本没必要'急'，都说'心急吃不了热豆腐'，我看这话说得没错，真是欲速则不达，虚荣害死人！行啊，就算吃一堑长一智吧，既来之，则安之，等到将来有机会我再考个好点学校的研究生，到时候二次革命，没准知耻而后勇的我，将来发展得会更好呢，你说是吧？

"呵呵，你看，我这多话的毛病又犯了，一说起来就没完没了，而且还只顾着说自己，真是该打！你那边的情况怎么样，北京的物价贵吗？那边的天气热吗？你们学校咱们的老乡多不多？"

董礼听到赵明话里话外对自己当下的生活颇有些惆怅，就忙宽慰他道："谢谢你这么远还一直记挂着我，我这边一切都好，也都挺适应的。你没必要后悔什么，既然已经进行了选择，那就要义无反顾地走下去，走过这段路，前面就会是另外一番天地了，如果你是金子，到哪里都会发光的！

"何况，你读的不也是你一直都喜欢的中文专业吗？这回你终于可以放心大胆、正大光明地读你的小说了，而且你又是班级干部，老师对你也好，学校离家还近，这些不都是挺好的吗？所以就别没事儿再想那些不如意的事情了。

"记得你之前把左宗棠的一句话抄在了笔记本上，好像是什么'发上等愿，结中等缘，享下等福；择高处立，寻平处住，向宽处行'对吧？他的这句话说的不就是这个道理嘛，何况人生哪有白走的路，每条路上的风景都不一样，老天既然如此安排，那自然有其中的道理，现在我们当然看不清未来，可是等将来再回首时，也许就明白原来这才是上天对你最好的安排。你说是不是？

"行了，放下这个先不说，一个一个回答你的问题吧。这边的物价并没有之前想象的那么贵，很多东西的价格跟老家那边都差不多，而且有些东西比家里那边还便宜，不过我说的都是小商品，大的东西就不知道了。

"要说贵，也还真有贵的，那就是这边房价比咱们那边贵，据说很多楼盘一平方米的价格是咱们那边很多人几个月的工资，不过这东西离咱们学生有点远，我们的任务是学习，要说买房呀，那也是将来毕业之后的事情了，到时候去哪里就业都不一定呢，等最终定下来去向之后再买房也不迟。

"这边的天气还行，不过也有点冷了，白天穿件半袖衫就行，但是如果晚上出来的话，最好穿件薄点儿的衬衫，否则但凡来点秋雨，那还真说不准会着凉。至于老乡多不多，这个我还真不知道，因为到现在我也没碰到，哈哈。反正今年咱们县考到这所学校来的学生就我一个，至于咱们本省、本市究竟还有多少同学考了进来，那容我以后慢慢再了解吧。

"对了，我这初来乍到的，对于如何过好大学生活一点经验都没有，要不你给我传授点真经得了，那样我也好少走点弯路，听杜子说，你现在有女朋友了，是吗？"

赵明闻言后笑道："不瞒你说，现在正处着一个，不过仍然在深度接触和感情培养的阶段，等以后有了下文，我再详细跟你说。至于'大学经验'，其实我也是两眼一抹黑，都是别人怎么过，我就怎么过，真是谈不上什么经验。

"不过有几条大家的共识倒是可以说给你听，以供你借鉴参考。一是大学还是要以学习知识技能为主，就算老师上课不点名，也最好能上就上，尽量少逃课。二是要多读点书、多听点讲座，不过我们学校的书陈旧得要命，另外知名的老师也很少到我们这种学校来开讲座，要是来的话，那真跟过节似的，会让大家挤破了头，不过估计这些问题在你们学校都不会存在，所以你一定要用好这方面的资源。第三，如果可能的话，能谈场恋爱就谈一场，也算是给自己青春的一个交代。第四是多参加集体活动，尽可能向大家展示你学业以外的能力和才华。还有，如果有机会做个学生干部，那就尽可能去争取一下，那样对你的未来绝对有好处。

反正我能想到的也就这些了，也不知道能不能帮上你。"

董礼听后立时笑道："没看出来，兄弟你这深化感情方面的能力够可以的，继续努力，到时候听你的好消息。至于你说的这几点共识，前两点我都明白，学生嘛，以学习为主，能有机会和条件的话，当然尽可能地多读书、多学习。

"谈恋爱这件事情我倒是没觉得有什么紧迫，这个强求不来，得看缘分，我不想随便试水，如果找，就找一个自己满意的，到时候厮守终生、白头偕老，否则纵使暂得一时欢愉，最后还得忍痛分离，估计对于我这种特别重感情的人来说，心理上也承受不了。所以，对这件事情，我还是本着一个宁缺毋滥、谨慎对待的原则，一切顺其自然吧。

"倒是你说的这个要尽可能当个学生干部的事情，我确是一时想不太明白，这个不也是随个人的性格和喜好嘛，我自己清清静静地过好自己的生活就行了，为什么非得当什么学生干部呢？"

赵明见问，就笑道："兄弟，这个你就有所不知了，其实我之前对这东西也是不懂，都说当学生干部是对自己的一种锻炼，但是究竟锻炼什么，谁也没说明白。后来我看了一些管理学方面的书籍，书里说二十一世纪的人才必须要具备几项硬实力，其中之一就是领导力，作者说许多事业的兴衰成败都源于主事者的领导力。他还说，如果一个人能够真正锻炼出过硬的领导力，那很多优秀的人才就会自愿追随他，并最终会助力他干出一番惊天动地的伟业来。

"其实要我看，很多人并不能把当好学生干部与锻炼自己的领导力很好地联系到一起，大多数人口中的'锻炼自己'，无非就是个想当官但又怕别人说自己的一个借口而已。我看身边很多人当上学生干部后，也就是领着同学们出去搞搞活动、聚聚餐、打打牌，然后当众讲几次话，你说就这么点事情又能锻炼他什么硬实力呢？

"因此要我说，当学生干部的关键并不在这里。咱俩的关系非比寻常，恰好我也有这方面的体验，那就跟你交个实底吧。说白了，当学生干部可以得到很多普通同学得不到的好处，比如作为学生干部在同等条件下肯定会比其他同学优先入党。还比如因为这些人通常会多做那么点工作，而理所当然地会比普通同学多得许多荣誉。

"你可别小看这些东西，它们平时看着好像没什么特别的用处，但在就业时就会发挥出独到的作用了。你想，用人单位在对谁都不太了解的情况下，他们只能从你是不是党员，获没获得过奖学金，得没得到过相关荣誉，担任没担任过学生干部什么的来判断你的能力水平和日常表现，进而决定他们用人的取舍。

"此外，你还会因为担任学生干部而跟辅导员老师接触得多一些，那样一旦学院有什么勤工助学的机会，辅导员自然是会首先想到你的。另外，你也可以通过这个机会多交往点朋友，甚至于还可以借此机会交个女朋友，哈哈。

"就我们学校来说，很多用人单位都会把用人信息首先寄到毕业年级的学生办，然后再由他们在海报栏等相关平台公布，如果你是学生干部的话，那你肯定会比其他同学有更多的机会先接触到这些信息。

"当你觉得某个就业机会或者所提供岗位不错，也挺适合你的话，那大家通常不会傻乎乎地将之公之于众，而是予以中途截留，所以为什么同等条件下，很多学生干部会被一些好单位优先录取，那自然是因为'近水楼台先得月'的缘故，好机会总得紧着这些人选完了，才会轮到普通同学。

"要我说，我们上大学是为了什么？一是念书学知识、长本事，二是混个国家承认的文凭，三是将来找个好工作，四是交点朋友将来好闯社会。虽说这四点所有的大学生都在做，但是能有更多机会把第三、第四点完成得更好一些，恐怕学生干部还真是有些先天优势。"

董礼觉得赵明这番说辞虽然让人听来感觉格局不够大，但是也确有一定的道理，所以就道："你说的这些经验之谈倒是有些启发性，但是我总觉得你把这件事情给简单化了，你说的那些实惠我倒是并不怎么看重，但是你说的那个二十一世纪的人必须要有意锻炼个人领导力的话，倒是有点儿触动我。以你的经验看，做个学生干部难吗？"

赵明道："你还是先前那个习惯，有什么说什么，也不知道换个不伤人的方式来表达自己的想法，这在进了大学之后可不行，都说'人心隔肚皮，做事两不知'，有些话你要总是这样直来直去地说，那是要伤人的，也会给自己的未来埋下隐患，所以从现在开始，你一定要好好注意一下才是。

"你呀，就是饱汉子不知饿汉子饥，一出生就在职工家庭，从来就不愁吃、不愁穿，而且又是独生子女，没有那么多兄弟姐妹跟你分享那点有限的资源。我就不一样了，出身于农民家庭，不但那些优厚的资源都没有，还要尽可能地考虑如何减轻家庭负担，以及如何帮助其他兄弟姐妹更好地发展，所以想的事情都比较现实。

"前两天看书时学习了一个新词，叫做'马太效应'，现在看来，那个人说得还真是不假，比如你本来出身就好，这次又如愿升入了名校，可谓是身价倍增，等将来毕业后再找个好工作、好单位，然后组建个好家庭，想想都让人羡慕。

"但是话说回来，对于我们这种出身的人来说，有些你们忽视或者无视的好处和实惠还是很有实际用处的，所以你也别笑话我，不是有那么一句话嘛，叫做'人穷志短，马瘦毛长'，还有句话叫做'马行无力皆因瘦，人不风流只为贫'，我看说的就是我们这样的人，哈哈。

"至于你关于'做学生干部难不难'的问题，我可以负责任地告诉你，那简直是太简单了，无非就是平时多跟大家接触接触，该说说、该笑笑、该玩玩，能帮大家一下就帮大家一下，辅导员如果找你干点儿什么活，尽心尽力去做就行了。当然像在新年、端午、中秋等重要时间节点，你再组织那么一两次像样的集体活动就更好了。你说这些东西难吗？"

董礼听罢笑道："什么羡慕不羡慕的，你说得太重了，社会主义大家庭，人人平等，就算是职工家庭的孩子，那不也得一道题一道题地做，一个单词一个单词地背才能有今天的结果。对于如何当好学生干部，听你说得倒是挺简单，不过我们班这么多人，又都是从全国各个省选拔出来的精英学子，我凭什么就会被选中当这个学生干部？那可真是想都不敢想的事情！"

赵明听后立时大大咧咧地笑道："天上自然不会掉馅饼，凡事都得去谋求、去争取。之前看过军旅题材的影视剧没有？你就跟那些积极要求进步的新兵去学嘛，比如刚开学的时候要早点儿去学校主动给辅导员老师帮帮忙，还比如要在各方面多积极表现，如果有能跟辅导员说上话的同乡，让他们帮你打声招呼什么的那就更好了，反正见机行事就行，我相信你比我聪明，一定会有办法的。

"其实当好学生干部难度不大，一个重要的原则就是要'随大流'，千万不要与大众为敌，大家想干什么、在干什么，你要好好观察，然后顺势而为、因势利导，那样一是不累，二是得人心。

"跟你举个例子，我这人原来基本不怎么熬夜，也不喜欢浪费时间打闲牌，有时间我就尽可能去读书。可是后来我发现，如果那样的话，我在我们班、我们寝室，至少在男生这边，那就会彻底与'主流文化'格格不入了，到时候大家觉得我是个另类，谁都不接纳我，谁都不认可我，谁都不拥护我，那我虽然顶着一个学生干部的头衔，可这实际工作还怎么做呀？

"所以，我就主动跟他们学习如何打'升级'，然后每天下完晚自习，或者在周末的时候，还要特意拿出很多时间来'与民同乐'，结果怎么样？效果那是显而易见的，大家都拿我当自己人，后续有些工作开展起来也特别顺利。

"其实刚入学的时候我不这样，每当我看着有些同学在课余时间，甚至在上课时间什么都不干就知道玩，心里觉得他们拿着父母辛辛苦苦挣来的钱，却来这里打牌、看电影、谈恋爱什么的挺不应该的，所以我就暗暗给自己立下一个志向，就是除了要认真上课以外，课余时间就算是仅有我一个人，也要坚持每天都去上自习，或者去图书馆看书，我心里告诫自己，必须得对得起父母，对得起自己的未来才行。

"那段时间，我觉得自己活得有滋有味，也挺充实，而且还有一个同寝室的哥们儿也跟着我一起上进、读书，可是有天晚上，我可能是读书太用功了，或者可能是着凉感冒了，就是感觉头痛得厉害，于是我就比往常要早地回到寝室睡觉，可是没想到回来后，两拨人正在我们寝室支着牌局打得正酣。

"我当时头痛难忍，并且觉得他们太吵，就轻声轻语地劝他们小点声，或者早点结束。一开始他们还说好，马上就结束，可是无奈他们打得正来劲，另外好像还在私下里挂了点儿彩，于是在我几经催促之后，有个正好输了钱的同学就很不愿意地跟我吵了起来，我觉得自己做得没错，同时也正赶上难受，于是就暴跳如雷地跟他吵了几句。

"当然大家看到我那样之后，可能是觉得打牌的气氛被我给搅黄了，于是就一边劝架，一边撤摊去了别的屋继续打。

"我本以为这事情过去也就过去了，可是没想到后续的麻烦事接踵而至，先是那个跟我口角的同学从第二天开始就不跟我说话了，还有别的寝室的同学也不再主动到我们寝室来开牌局了，我们寝室的同学要玩牌的话，一般都是呼朋引伴地去其他宿舍。

"据说大家在背后都对我嗤之以鼻，说我当个学生干部就故意摆架子、假清高、特能装，以至于那个总跟我上自习的同寝室哥们儿最后也顶不住压力，慢慢地跟着他们一起玩牌去了。

"最令我意外的是，我们辅导员还为了这件事情特意找我谈了话，当然他首先肯定我在认真学习、积极上进这件事情上做得没错，但是他也开导我说，也不要一直这样下去，那样会显得自己与大家格格不入，该适当跟同学一起打打牌、吃吃饭，还是要一起做一做的，毕竟毕业之后，大家都要在地区的教育战线上干一辈子。

"他说，这些同学将来就是我的同事，甚至于说不定将来还会有人是我的领导，如果因为这点小事就在工作之前把自己的口碑弄坏了，把自己的同事和领导都给得罪了，那真是得不偿失。所以他劝我每天在坚持学习之余，要有节制地特别拿出点时间来主动跟大家玩一会儿，这样既没有迷失自己、又融入了集体，不失为一个很好的安排。

"我觉得老师说得也对，于是就渐渐地开始跟大家一起玩了起来，当然因为大家一起同吃、同住、同玩、同作息，那自然是少了很多的矛盾，所以不但之前那个不跟我说话的同学渐渐地成了我的好牌友，其他同学也把我视为了自己人，平时大家互相掩护着逃个课，补个笔记，去网吧联网打个游戏，考试时相互那啥一下，做得都挺好，感情处得也不错，大家对我也挺拥护、挺支持，老师也觉得我这人听得进去话、挺成熟，所以后边一切自然全都顺风顺水了。

"不过美中不足的是，我原定花在学习上的时间那是一减再减，钻研名著的时间也是越来越少，而且因为几乎天天熬夜跟他们玩，我这白头发明显增多了。真是应了那句老话，叫做'从善如登，从恶如崩'，我这是再想回到从前也回不去了。

"再跟你坦白一件事情，那天我之所以没能去车站送你，也不是真有什么重要的事情，就是因为头一天晚上哥几个玩得太高兴忘了上闹钟，结果第二天中午起来的时候，发现就算是打车过去也来不及了，所以对于这件事情而言，我是真要对你说声'对不起'，你就看在我主动坦白的分上，从宽处理了吧。

"但是话说回来，我有时候想想，现在适应了这种状态之后，那不也是挺好？我这也没缺啥少啥，而且还获得了许多的朋友，至于原来定的那些多读书、读好书、提高教学技能等等的计划，等正式工作之后再慢慢去执行吧，反正来日方长嘛，都说教学相长，等我正式教上了书之后，那能力自然会水涨船高地随上来了。

"我觉得，你进到大学之后，最好就按照我跟你说的这个路数来，到时候保准是又舒服又顺利。你看呢？"

董礼略微沉吟了一下后道："不怕你不高兴，怎么听你说的话，忽然感觉现在的你好像变了一个人似的，与以前大不一样了，怎么感觉你现在好像变得那么功利了呢？"

赵明道："功利？不'功利'的话，到最后你是既没'功'又没'利'，关键时刻那可是叫天天不应、叫地地不灵呀。

"你可真是沉得住气，放眼芸芸新生，谁不想在大学起步阶段就大干快上地实现人生新突破？不过你这样也好，稳扎稳打、步步为营、直至胜利。不像有些人有病乱投医，饥不择食、仓促下注之下，难免就会有那么个一差半错、马高镫短的问题，倘若真是踏出了错误的脚步再想撤回那可就难喽，正所谓失之毫厘、谬以千里嘛！

"比如有人会想，要不通过跟辅导员关系近的人帮忙说说话，给他弄个一官半职什么的，可这样做的前提一是你得有那个跟辅导员认识的人，二是这样做太低端，事后如果让人知道你是这么操作成功的，那大概率会形象尽毁，再也没有翻身之日，所以这些手段都是拿不上台面的下下之策。

"算了，看在你我朋友一场的份儿上，我就把我这怎么才能快速得到老师青睐的压箱底儿的不传之秘告诉你吧。你如果按照我点拨给你的这几点小妙招去做，绝对会让你早日脱颖而出、平步青云的。

"谁都知道，要成为一名合格的学生干部，必须得品德好、成绩好、人缘好、能力强，但这些都太宏观了，属于基本原理层面的内容。说到这具体微观的操作层面呀，我们必须还得有一点方法论才行，不过这里的门道简单，就两个字，一是'迎'、二是'敬'。

"你想呀，一个班里四五十名同学，怎么才能让老师在一众新生中马上把你给挑出来？那不得突出你的与众不同吗？怎么才能与众不同呢？秘诀就是适度的反向操作。一般来说，一个人到了一个陌生环境里边，他内心中都会不由自主地感觉到恐惧或者担忧，于是就会像林妹妹进贾府那样谨言慎行，不敢多走一步路、不敢多说一句话，也就是说大部分新生都在被动等待辅导员老师的慧眼识人和命运的垂青。

"那么在这个时候，你就要反其道而行之地适当地去主动出击，比如当新生发现老师在看他的时候，眼神就会不自主地去躲闪，头也自然而然地会低下去。这就会给人一种不自信的感觉，所以要想成事，那就不能逃避，当老师跟你们谈话的时候，你一定要把眼光迎上去，千万不能回避，这样至少让人觉得你很自信、很有底气。

"但是光会'迎上去'还不行，因为有些鲁莽、叛逆的人在跟老师说话时，也会很粗犷地把目光迎上去，并且还会主动跟老师提问题，有些更大胆的同学还会跟老师开玩笑，甚至于会当众反驳老师的一些观点以显得他们很成熟、很闯荡。但是你说老师对于这样的人会发自内心的喜欢和欣赏吗？答案是大概率不会的。因此，你一定还要在老师面前表现出对他的认同和尊敬，以迅速增加老师对你有礼貌、有眼光、有文化、有涵养的认可度。其实人与人之间最难建立的就是信任了，如果老师马上能对你建立起信任感，那后边的一切事情可就是一马平川喽！

"为什么这么做可能会有非常好的效果？因为能够主动迎上去表明你有底气、有勇气能帮助老师做事。而发自内心的尊敬他，则表明你有底线、有修养、不妄为，他将来能很好地控制你。你想，一个既能帮领导做事又不会反水不受控制的人，自然是领导喜欢和想要的人，这就是我之所以教你这样做的深层次行事逻辑。你如果按照我说得这个办法去做了，我不敢说百分之百会成功获得老师的认可，但是百分之八十的可能性绝对是有的，不信你就去试试。

"虽然电话中我看不到你现在的表情变化，但是对于我刚才传授给你的那些秘诀，估计你大概率会有些不屑，觉得都是些拿不到台面上来的下三滥做法。但是如果我换个说法包装解释一下我们为何要这样做的深层次考虑，你可能就会接受了。

"有一句大家耳熟能详的名言是法国科学家巴斯德说的，叫做'机遇只偏爱那种有准备的头脑'，咱们这两记绝招是什么？其实不就是一种准备嘛，一种思想上、策略上和技术上的准备。

"最近我闲着没事，还认真地翻了一下前时从地摊上买来的《孙子兵法》，记得里面有句经典语录，叫做'胜者先胜而后求战，败者先战而后求胜'。解释开就是能取得胜利的人，往往都是准备充分的人，他们只有在对情况完全了解、认为自己能胜时才去作战。而失败者往往是战前没有什么准备，战争已经开始了，他们才谋划怎样取胜。所谓'胜利之师从不打无准备之仗'，这个世界瞬息万变，我们不论做什么事都应该提前做好准备，也就是'先胜而后战'，这才是明智之举呀！

"都说'师傅领进门、修行在个人'，大方向我是告诉你了，但是怎么通过小细节去实现你的大目标，那你还得看实际情况去具体操作。至于聪明如你者如何相机而动地去具体操作，这些就不用我来教了吧。

"李连杰的电影《太极张三丰》看过吧？里边有句经典台词，叫做'我命由我不由天'，我觉得那才是一个男人应该有的积极作为的主动态度。你觉得天上掉馅饼的好事真有吗？即便是有，又有多大的概率会轮到你呢？所以，凡事不能等，只能是去争才行！"

董礼迟疑道："喊出'我命由我不由天'的董天宝是一时得势了，可他那种做派终究还不是被乱刃穿尸，下场很惨呀！"

赵明急道："你呀，可真是个死脑筋！怎么就跟你说不明白了呢？在这个弱肉强食的世界上，只有董天宝那样的人才会迅速胜出。至于张君宝嘛，要不是身带主角光环，那他可是怎么被玩死的都不知道。你能明白我的意思吧？"

董礼道："行啊，多谢你费心指点，我回去再琢磨琢磨。不过我还是觉得有些时候要坚持自我，这世界上没有什么过不去的火焰山，也没有什么借不来的芭蕉扇，就算有点儿挫折，只要我们不放弃目标，不迷失自我，也迟早会成功的。当然，要是按照你的这种设计，没准不经历九九八十一难也能取到真经呢！哈哈。"

赵明笑道："你的悟性真好，年轻人就应该这样信心百倍、意气风发，反倒是我，虽然是少年人，但是不觉间却已经有了暮气，有时候瞻前顾后的，真有点前怕狼、后怕虎的意思，这真不应该是我们这个年龄段的人应有的心态。

"跟你这么一聊，我一是挺放心、挺高兴，二是也有了点压力，我可能也得琢磨着是不是该调整调整自己现在的状态，可别再这样继续胡混下去了，否则还真对不起之前受过的那些苦。我希望你尽快通过一些有力的手段来增强个人实力，同时也把自己的这份理想和信念保持到最后，我相信你一定会错不了的。

"最后再提示你一句，当个班级学生干部的门槛虽然不高，但对于大学生的未来发展却很重要，以我平日里对你能力素质的观察来看，这项工作你应该是能够胜任的，不过这世界上可没有什么天上掉馅饼的好事，你什么都不做就在这里干等着可不行，尤其对于这种有识之士都非常重视及争来抢去的公权重器更是如此，你能不能在众高手中将此物揽入自家怀抱，那可就全看你的本事了，至于你能不能闯过这进入大学后的第一关，我可是充满期待呦！

"我们那边又要开局了，我先不跟你聊了，后续有什么情况咱们再随时沟通联系，祝你大学生活一切顺利，万事如意，再见！"

赵明今晚的一番话，无疑拨动了董礼那争强好胜的心弦，他想，要不我也去试一试？

第三章　未觉识浅入重山

开学已经有几天了，但董礼还没见到学院这届的辅导员老师，据说是在办公室忙着整理学生档案和处理一些紧急公务。所以，开学以来从新生入住、专业课程介绍到组织学前安全教育等工作，全都是由一个叫朱泽洪的"班级联系人"来总体负责。

一开始的时候，董礼以为朱泽洪即将成为学院本届的辅导员。后来才知道，朱泽洪原来是本院上两届对口班的班长，因与本届辅导员熟识的缘故，便在新生入学后、班委尚未确定下来前暂代辅导员之责，如果班级有个什么大事小情的话，全都由他来相机处理。

其实董礼刚入住的当天晚上就见到了朱泽洪——那天晚上，朱泽洪代表辅导员过来查看各个寝室的入住情况，连同实地了解新生们的个人情况。

当朱泽洪满面笑容、热情有加地和寝室中的每个人攀谈的时候，大家要么讷讷地不知如何更好作答，要么应答得太过稚嫩。只有董礼，因为事先得到了"高人"的指点，并同其既有的学识、阅历、修为等方面的原因，所以其应答相较他人来说就显得比较得体，于是朱泽洪后来的十句话中倒有六七句是对着董礼说的。

当朱泽洪了解完新生概况而欲离去的时候，众人的送别方式又有不同——

比如，王辉坐在上铺倚着身后的被子居高临下地对朱泽洪轻声说了句"老师慢走"。

方泰伟则在铺上稍微探出点身子朝朱泽洪摆了摆手，然后很俏皮地说了声"拜拜"。

黄健倒是站起来向朱泽洪笑着点了一下头，然后还张了张嘴，似乎想说点什么，但最终却又什么也没说出口，并且在朱泽洪还没完全踏出寝室门口的时候，他就像完成了一项什么任务似的长出了一口大气，然后就如释重负地坐回了床上。

而邢胜男面对朱泽洪的离去则一点反应都没有，就那么全程低头坐在床边，连动都没动一下，好像朱泽洪根本就没有来过似的。

整个寝室就只有住在门旁下铺的董礼，以及快速从上铺下来的常乐两人，共同礼貌地把朱泽洪送出了门外。

此后的两天时间里，朱泽洪再来寝室布置传达什么工作事宜，便不再在乎寝室内的人是否齐全。董礼在时，他便直接对董礼讲说相关需要注意的事项，再让他转告寝室内的其他人。董礼不在时，他便让在的人转告董礼应通知的事项，然后再让董礼统一转告寝室内的众人。

看明大势的室友们就像有了默契一样，等朱泽洪以后再来的时候，大家谁也不再像前几次见面时那样一体平等地听他讲话，而是任由他当着众人的面单独给董礼布置工作，然后再听董礼的二次传达安排。同样，等到朱泽洪离开的时候，整个寝室也只有董礼一个人出来相送，包括常乐在内的其他人也再无多余之举。

董礼知道，赵明教他的那些小伎俩果然奏效了，可是在内心里他却总嘀咕，这样循着"我命由我不由天"的行事原则且耍了小聪明得来的东西能持久吗？

几天后的一个晚上，朱泽洪把董礼单独约到运动场旁，然后笑着问他道："董礼，你以前在高中的时候是不是担任过学生干部？"

董礼见问，忙摇头道："没有，从来没有。不但高中，从小学上学开始就没当过。记得好像就是在上幼儿园时当过一次小朋友回家队列的队长，但还因为一个小女孩站得不齐批评了她两句，惹得那个小姑娘在家哭了一下午，说再也不愿上幼儿园了，而引得那小女孩的家长大为光火，并上告到幼儿园。自此以后，我就给老师留下了一个难以担当大任的不良印象，并被'罢官免职'。而后，老师对我那何止是雪藏，简直就是永不叙用，所以一直白衣至今，你说我冤不冤？"

朱泽洪闻言后立时哈哈大笑道："你还真够冤的，认真负责还被撤了职，哈哈。那我现在问你一下，如果学院有意让你担任班级干部，你愿不愿意？想不想出来锻炼一下？"

董礼其实从朱泽洪约他出来那个时候开始，就估摸出了朱泽洪打算向他说什么，于是就顺势回道："你如果觉得我行的话，我就试一试，不是说二十一世纪的人才必须要具备领导能力嘛，哈哈。不过我真没什么这方面的经验，恐怕做不好这件事。如果我真在师兄的帮助下当上了这个学生干部，那我以后如果有什么不明白的地方，还请你对我多加指点。"

朱泽洪笑道："这有什么行不行的。王侯将相，宁有种乎？通过这几天对你的观察，我觉得你完全可以胜任。我发现，每当我通过你帮我布置一些班务,你总能及时准确地传达到位,从没出现过任何纰漏,而且后续组织实施得也很不错。当学生干部,关键是要听话,要懂得执行好老师交办的各种任务,要和老师搞好关系,又不用你别出心裁弄什么新花样。我觉得你没问题,好好干吧,我会向辅导员王老师重点推荐你的。"

第二天下午课间的时候,朱泽洪来到教室单独把董礼叫到走廊里对他说:"晚上九点等我下课后,我将组织咱们班的几位预定班委开个碰头会,就在这间教室,到时候可千万别迟到了。"

董礼点头答道:"放心吧,我一定准时参会。"

等到晚间开会的时候,董礼发现,除了他和朱泽洪外,还有另外一名男同学和两名女同学,大家相见后都互相礼貌地点头示意。

等会议开始后,朱泽洪先是让大家分别做了自我介绍,董礼这才知道,那个戴眼镜的黑脸男生叫吕青阳,短发女生叫慕雪婷,辫子女生叫邰静。

等大家做完自我介绍后,朱泽洪笑着对大家道:"经过开学这几天的观察和接触,另外经辅导员王老师对各位档案情况的仔细了解,现决定把咱们法学二班的班委给确定一下,初步的想法,班长是党员吕青阳同学,团支部书记是董礼同学,党支部书记是慕雪婷同学,副班长是邰静同学。"

朱泽洪说完后向四个人看了一眼,见大家听后都没什么特别喜悦的反应,好像忽然悟到了什么似的忙又解释道:"你们不要有什么想法,说是初步确定,实际上就是已经定下来了,只需后期在开班会的时候,向大家公布一下就算正式任命。

"你们接下来需要做的工作,是尽快组建班委。广义上的班委,应该是班内所有的学生干部,包括党支部和团支部的学生干部，这些学生干部的人选要由你们来分别确定。狭义上的班委除了班长、副班长外，还应有学习委员、体育委员、文艺委员、生活委员，这些人就由青阳和邰静同学商量着定吧。

"而党支部和团支部应该有组织委员和宣传委员，团支部的组织委员和宣传委员就由董礼同学主要负责确定。

"至于党支部，据我了解，咱们班的学生党员不多，除了吕青阳和慕雪婷同学外，就只有黄健是党员，所以党支部可能暂时不完整，不过也不用着急，一般按照惯例，咱们是一年发展一批党员，等明年这个时候，党支部应该就能配齐了。"

朱泽洪边说边转向董礼道："董礼，到时候向党支部推荐入党人选的工作可全看你们团支部的了。

"这里先向你说明一下，从咱们院甚至咱们学校在发展党员工作中的通常做法看，各班发展的预备党员总是团支部书记优先。但是，具体到你们这一届，至少是我带的这个班，是否可以试点一种让普通同学优先入党的'新发展模式'。这样做的好处是既可以提高同学们学习、进步的积极性，加强班级的凝聚力，也可以也给别的班级做出一个好的表率。

"之所以采取这种做法，其实我还有一个目的，就是别让普通同学一想到班干部，就想到以权谋私、先占先得等不好的事情。而且，你们把眼光放长远一些看，如果这个做法让你们赢得了'民心'，你们再开展其他班级工作也会顺利许多。

"这样既有了群众的支持，再加上各种实际的工作成绩，你们这些班干部就算晚些时候入党也不会成为什么问题。所以，我建议不光是董礼同学，就是其他班干部也不要着急，大家迟早都会成为党员的。当然，这只是我的一个建议，到时候你们自己看情况决定。"

其实对于刚刚告别高中生活还根本没有进入大学状态的董礼来说，当听到诸如"发展模式""民心"和"群众"等大词汇，就这么自然地从朱泽洪嘴里冒出来的时候，他的内心多多少少还是有些不适应甚至别扭的。

毕竟董礼中学时代的朋友们从未对他说过这样的话，这些话一般都是开"校会"时，校领导们照着秘书们事先写好的讲话稿才能说出来的。就算班主任朱老师在开班会时，也常常是就事论事地强调些学习、生活等方面的具体事情，还从没见他如此从容地就甩出过这些大词。

不过虽然董礼心中已经起了微澜，但是见朱泽洪在认真地看向自己时，他还是很爽快地笑着接道："这个请师兄放心，早入晚入都一样，即便不入都没什么问题，就让别人先入吧。"

其他人见董礼说得这么豁达，便一齐跟着董礼笑起来。

朱泽洪却不笑，反而一脸严肃地道："这你就外行了，虽说我建议要推行一种新的党员发展模式，让普通同学先入党，但你也不能不入呀！入党对于个人来说，既是他德能方面先进于他人的一种结果性表现，同时对于个人未来的成长和发展也有着重要的现实意义，比如就说这次确定学生干部吧，王老师这几天都在看你们过去的档案，其实你们能考到这所学校来，说明你们的成绩在本省都没什么问题，都是好学生。青阳，你知道你的考分在你们省的排名吗？"

吕青阳答道："知道，我印象特别深，是第二百五十名，傻子数。"众人听后又都笑了起来。

朱泽洪笑着转头问董礼道："董礼，那你在你们省的排名是多少呢？"

董礼答道："一百七十七名。"

董礼倒不是故意把名次说得比吕青阳高些，只是人生中诸如高考这样的大事，怎么可能时隔一个暑假就让人忘却了呢？

记得在高考结束后等待分数的那段时日里，为了扼杀恼人的时间，董礼几乎天天都去上网。那天，正闷在网吧耗时间的董礼隐约听人说高考分数已经能够通过电话进行查询时，他竟连网费也忘记支付，起身便向网吧外面的公用电话亭赶去，以便能在第一时间通过电话查分。

网吧的收银员见董礼二话不说起身就走，还以为他想逃付网费，于是把鼠标一撂也跟着追了出来。

不过董礼打了几次查分热线，可听到的全是忙音。于是他就向父亲求助。

父亲的电话刚一接起来，董礼就急不可待地说道："老爸，听说高考分数已经出来了，但是我打了几次都不通，你们单位电话多，能让空闲的人帮我们抢一下线吗？"

父亲听到董礼的求助后不慌不忙地说道："儿子，不要着急，你的分数已经查出来了，考得不错，超出重点线八十多分，中午回来好好填报志愿吧。"

董礼有点不信地问道："真的吗？你不是在骗我吧？"

父亲道："那还能有假，一开始我用电话查，线路太忙，我根本查不到。后来，我到楼下办事大厅查工作档案，唐彦新、李水静他们几个问我，你儿子考了多少分，我说线路太忙，查不到。

"他们以为你考得不好，不好意思把分数告诉他们，就故意说，你把你儿子的考号给我们，我们帮你查，省得你着急。这些人,盯着你的考分比我都紧,哈哈。

"三个人、三部电话一起给你查分,唐彦新第一个查到的,说你儿子超出了重点线八十多分,要我请他们喝喜酒。我说我不信。

"唐彦新就说,咱们打个赌吧,你儿子的高考分数超了重点线八十多分,全省排名一百七十七,在咱们省可算得上是万里挑一的才俊了。不信,你自己去查,如果不是这个分数,我请你喝酒,如果是这个分数,你请我喝两顿酒。

"我说没问题。

"不过,这分数不是我自己亲自查到的,到底不能随便相信,万一他们马虎查错了,那可就误了大事。于是回到办公室后,我又一遍遍地拨电话去查,一开始不通,后来查到了,就是这个分数。儿子,考得不错,你就把心放到肚子里去吧。"

董礼心下大喜,又追问了一句:"我妈知道了吗?别忘了告诉她。"

父亲回道:"已经知道了。"

董礼放下电话,回头却见网吧的收银员站在自己的旁边。董礼一时没有会意,还笑着问收银员道:"你也要打电话?"

收银员没接董礼的话,却冷着脸反问道:"哥们儿,还上网吗?不上,就赶紧交钱把网退了吧,别人还等着玩呢。"

董礼忽然意识到了什么,就忙道:"不好意思,不好意思,走,我和你去把钱交了。"

回到家后的董礼又拨通了查分电话,直到他亲耳听到了声讯台报出的分数和名次,这才确信寒窗几载的自己,这回终于金榜题名了,而那"您在本省考生中的排名是第一百七十七名,祝贺您"的声音,至今令他记忆犹新——

朱泽洪继续道："依我对高考的观察以及自身的体会说，高考分数在平时模拟考试分数上下十分，也就是总体二十分内波动均属正常，所以，一个人分数的取得，具有很大的偶然性，加之各省考生的总人数也不同，所以两省考生的排名原本没什么可比性。

"但咱们如果仅从数字上来看，董礼的排名确实要比青阳的高些。如果依排名的话，这次班长的职位似乎更应该是董礼的，但现在为什么却让青阳来做呢？就是因为王老师看到青阳同学已经是党员了，而且之前他也担任过班级干部，所以就将班长这一重任交托给了青阳同学。

"其实，不仅这次选拔班干部是这样，以后大家考公务员、就业、升职等等，这个'党员'名号的作用还大着呢。所以，董礼同学，你除了要真诚地帮助其他普通同学尽快入党外，对于入党这件事情，自己也务必要重视起来。"

在朱泽洪说这番话的时候，董礼差不多是一直认真看着朱泽洪的。不过，在董礼听话的空当中，他也不经意地把目光投向了其他几位同学。

第一次，是董礼不经意间瞥向吕青阳的。让董礼没想到的是，当听到朱泽洪假说按排名，班长的职务应该属于董礼时，吕青阳的眼角快速地收缩了一下，眸子上还悄悄地漫过了一种莫测的光。

第二次，是董礼有意看向那两位女生的。慕雪婷一直认真听着朱泽洪的分析，表情并没有什么特别明显的变化。但是，当邰静听到入党的种种好处时，原本一直专注地看着朱泽洪的她，眼神忽然间有点飘忽地散转向了别处，脸上还显出了一副若有所思的样子。不过，仅只一瞬后，邰静那松散的瞳孔便又收拢了起来，重又认真看向了朱泽洪。

董礼听到朱泽洪最后又点到了自己的名字时，忙收回了目光，并看着朱泽洪正色道："重视、重视，一定重视。不过，以后团支部的各项工作，还请班长、党支书大人多多帮助，副班长大人大力支持。"

吕青阳听到董礼"大人、大人"地和他们开玩笑，也就展颜一笑道："大家彼此彼此，团支部那边有需要班委这边支持的工作，你尽管开口，我一定鼎力相助。班委这边有什么需要团支部帮忙的事情，我也不会跟你客气，哈哈。"

邰静也笑道："支持，肯定支持。但轮到我入党时，也请团支书大人多多帮助。"

董礼闻言后笑了笑，不过心里却隐约觉得哪里有点不对劲——起初，朱泽洪嘱咐董礼重视入党问题，这是一个善意的提醒，当然没什么问题。董礼接着朱泽洪的话，说重视入党也就是一带而过，而他话中之意仅是希望他们几位在未来要大力支持团支部的工作，这也没什么问题。

但是，等邰静接话后，那原本笼统的大话题瞬间就成为了具体的小话题，而且她似乎把自己对团支部工作的支持与将来董礼帮助她入党对等起来，怎么听都有种利益交换的意思。只是，这些想法都是多年后董礼结合自身后续经历，并回想起当年会议场景时的后知后觉。在当时，他仅只是凭着直觉，感到哪里有些不妥而已——

慕雪婷听到三人的对答后什么也没说，只是在那里和善地笑了笑。

朱泽洪见大家谈笑风生，相处得很和谐，就继续道："大家天南地北地相聚在一起，那可是一种难得的缘分，互相间都要好好地珍惜和包容，一定要互相帮助、团结协作。

"你们回去后，要分头深入了解一下班级其他同学的个人情况，尽快把其他的班委定下来，下周辅导员王老师很可能会找你们这届班委开会。现在时间也不早了，你们回去的路上都注意点安全。

"青阳、董礼，你俩一定要亲自把她们两位女生送到寝室楼下才能回呀。还有，最后再啰唆一句，也算表达一下我对你们这届班委的一种希望或祝愿吧，我希望：法学二班的同学能在以你们几位为核心的班委的正确带领下，全都发展得很好。散会！"

第四章　负手轻取何言战

周四晚上恰好没有课。因怕误了学生会面试的时间，所以八点半一过董礼就打算叫王辉一起出发。

董礼一边收拾一边对赤着上身坐在上铺，正嘟嘟囔囔看着英语书的王辉道："兄台，你能不能快点儿，初次见面守时很重要的，你的明白？"

王辉闻言后先是一脸不解地抬头看了眼董礼，然后反问道："干什么快点儿？今天晚上不是没课吗？还初次见面，要跟谁见面？"

董礼看王辉不像装样，估计他是把去面试的事情给忘了，就提醒道："去学生会参加面试呀，虽然人家说的是九点钟开始，但咱们第一次去，都不知道学生活动中心在哪儿，还不早点儿行动？"

王辉听后，并没有现出董礼觉得他应有的恍然大悟的表情，而是将眼皮一耷，然后在打了个哈欠后慵懒地道："还是你自己去吧，上次我不是跟你说过本人对自己能否通过面试毫无信心嘛。"

董礼闻言后假装发怒道："少废话，快点走，你以为校学生会天天都能等你去面试？错过这个村可就没了这个店。如果你错过了这次机会，那你之后再想面试的话，估计也就只能是去院里的学生会了。"

王辉听董礼如此说后却并不动心，依旧一动不动地坐在铺上笑道："没废话，真不去了，你替我参加一下就行，以后有什么心得体会别忘记及时向我汇报汇报，本人授予你为我的全权大使。"

通过开学后几天的观察，董礼发现王辉这个人很有意思，很多时候他虽然内心中极愿意去做一件事情，但嘴上却总是先推三阻四地说不想做。每当这个时候，只要董礼给他个台阶或者推动他一下，他就会在董礼的坚持下，半推半就地去做。有时，甚至完成得比董礼都仔细和彻底。

比如，开学后好几次午餐时间董礼招呼王辉一起下楼去吃饭，但他每每都是先赖在床上找些诸如"我还不饿""天太热了""没胃口""不想下去吃了"等借口来推说不去。

但是当董礼"走吧、走吧"地催促几次后，他通常就会"很不情愿"地下床并对着便携镜开始收拾打扮，然后再容光焕发地跟着董礼出门。临出门前，王辉还要特意带上一条家里自制的熏鱼。等到了食堂后，王辉打的饭并不比董礼少多少，而且会就着焦黄的熏鱼"吧嗒吧嗒"吃得有声有色。反正从他那一丝不苟、狼吞虎咽的吃相来看，怎么都不会让人把他同"还不饿、没胃口"等词儿联系起来。

还比如，报名学生会那天，起初王辉也说不想报，但在董礼的坚持之下，他也就跟董礼一起报上了名。而且，在填写报名表的时候，连主动报名的董礼都嫌麻烦而不愿填写的"个人简历及特长"等内容，王辉这个"被迫报名"的人却不计苦累地进行了细致的填写。所以王辉的这些半推半就的行为，总能让董礼对他口中的"不想"，有些更深层次的认识。

不过，这次董礼从王辉的表情和动作来看，显见他早已打定主意是真不想去了。所以，董礼这回也就没有再争取他，而是一个人拿着报名表独自出了门。

等董礼一路打听着来到作为校学生会主要活动地点的主楼地下室时，就见此时各个办公室的门口都已围了一堆人，整个狭长的走廊被吵吵嚷嚷的众人给堵了个水泄不通，远远看去，直似一个正在讨价还价的大菜市场一般。

不过，虽然走廊内人员众多，但阵线却极分明——那些学生会的老生们通常聚在一处神情自若地谈谈说说，时而还会放肆地爆发出一阵大笑，显得甚是热闹。与这些老生相比，新生阵营的同学们就显得拘谨了许多，除个别互相认识的新生在压低声音进行交谈以外，其余的大部分人都仅是拿着张报名表在不安地等待着面试的开始。

董礼看了一下眼前的办公室，却怎么也找不到门牌的所在，于是就向一个正好向外挤到他身边的女生问道："你好，请问D21是哪间办公室？"

那女生侧过身子指着后边道："你再往前走三个门，左手边那间就是了。"

董礼闻言后连忙道谢。

女生点了点头，一边回了声"不谢"，一边继续向前面挤去。

董礼按照女生的指示，好不容易挤到了D21办公室的门口时，却见那间办公室的门紧闭着，只有室内顶灯发出的强烈白光，从门上的天窗很威武地投射出来，把站在门前人的脸和衣服都照得又白又亮。

董礼等了一会儿，并未见那天报名处的两位男生出现，于是就又低头看了看腕上的手表，见时针差三分钟就指向九点了。

因怕出现自己不知道的情况，董礼便转头向面前一位同样等在门口的女生问道："同学，你是来维权部面试的吗？不是说好的九点开始吗，怎么到现在还没人招呼咱们进去？"

还没等女生回答，董礼忽然发现那天在招新台前发报名表的那位男生正从不远处向这边侧身挤来。

董礼见状，就对面前的女生说了句："谢谢，不用回答了，I know。"

那女生张了嘴正要回话，当听董礼这么说后，便闭了嘴，顺带着还瞪了董礼一眼。

董礼却不以为意，还逗趣地朝那名女生眨了眨眼睛。

等那名男生挤到门前后，董礼便对他笑道："师兄也才过来呀，我还以为自己迟到了呢。"

那人见董礼和他打招呼，先是愣了一下，不过随即好像又想起了什么一般，便微笑着对董礼道："你好，我刚才有点事儿要办，一办完就赶了过来，这几天各部都在搞面试，弄得订间办公室都显得特别难，估计现在里边的会还没散，咱们就先在外边等一会儿吧。"

又过了几分钟，董礼面前突然一亮，办公室的门被从里面打开，接着一股被憋在室内好久的难闻热气扑面而来，继而便传来了人们陆续起身和挪动椅子的声音。

再之后，里面的人开始陆陆续续地往外出。此时不知屋里的人向外面说了句什么话，一个已经出来的人闻言后立即回头向里面大声地应答了一声，好像生怕别人说他反应慢似的。

最后一组出来的人有两个,先出来的人个头有点高,梳了一个三七开的偏分,后出来的人个头略矮,一脸笑容地侧身陪在高个子的身后。

原本一脸肃然的高个子,在看到董礼旁边的那位招新男生后,脸色立时一缓,并主动对他笑着打招呼道:"你们早过来了吧,我们今天部里面试的人有点多,所以就挤占了你们的时间,真是不好意思,赶紧组织人进屋吧。"

招新男生见他如此说后,立时言语恭敬地笑道:"师兄客气了,我晚上正好有课,也才刚过来没多久,正好你们部开完会,我们现在就组织大家进去。"

高个子男生笑着回道:"进吧,进吧,我们都开完了。"说完后就朝招新的男生又点了下头,然后和矮个子一起侧身挤进了人群。

招新男生目送俩人离开后,这才清了一下嗓子,然后微笑着向围在门口的众人朗然道:"哪些同学是到维权部面试的?请进办公室吧。哪些同学是到维权部面试的?现在可以进办公室了。"说完后就闪身站在了门侧。

等董礼随着几位同来面试的同学进入办公室后,却见已有几位同学先于自己进了屋子。因怕挡了后边人进屋的道路,董礼就找了个靠墙的地方侧身站了,然后利用等待的时间快速打量起了整间屋子的布局。

细看之下,只见这间屋子并不算大,也就二十几平方米的样子。正对着门的那面墙上挂了一方红绒布的窗帘,窗下并摆着两张黄色的旧写字台,写字台后边各放了把老式的弹簧座椅。相对于左边有点返潮起皮的墙面,右边的墙面上挂了张红底黑字的大幅"组织结构图"。想是张挂久了的缘故,这张组织结构图已显陈旧，图的右下角还被撕缺了一块纸，空空洞洞地张在那儿，很像一只张开着的嘴。

等往图上看时，就见题头写着"校学生会部门结构图"几个毛笔字。接下来第一行是金字标识的"校学生会主席"几个字及某个人的姓名，主席名字下面是一排横写的几位副主席名字。在各位副主席名字下面是一个向下开口的扁括号，括号下面像章鱼须般地伸出了许多小立柱，立柱们稳稳地压在近二十个竖写的部门及各部部长的姓名上。远处看去，部长们的名字如桥墩般直直地挺立在"组织结构图"的最底端，既坚贞不屈又忍辱负重地支撑着上面的一切。

董礼觉得，整个结构图自副主席以下，横横竖竖的架构框像极了一张网格绵密的网，而榜单上那密密叠叠的名字，就如一尾尾撞了网的鱼，在那里不动而动地翻腾着。网外，金光闪闪的"校学生会主席"，就像一位收网的渔夫正威风凛凛地在顶端抓着这张大网……

不知何故，当董礼看着校学生会主席名字的时候，脑中忽然闪过《史记·高祖本纪》中看到秦始皇旌旗蔽日、卫士如云巡游时，彼时仍是布衣的刘邦自叹"大丈夫当如是也"情景的那段生动记述内容。

就在董礼打量办公室布局的工夫，有名男生在稍作观察后，已经开始弯下身子，一张一张地整理起前批人起身弄歪了的那些椅子、凳子。

不过，他的行为却没有带动其他几名已经进到屋里的同学，那几个人见状后不坐也不动，只是很拘谨地站在旁边默默地看着这个男生一个人低头忙碌。

董礼见状，就忙弯下腰去帮着那位男同学摆椅子。男同学听到董礼行动的声音后，回头看了董礼一眼，没笑也没说话，不过手上的动作却快了起来。就在董礼俯身摆椅子的当口，后面又陆续有人进来，进来的人要么站着闲看，要么也一起帮忙摆椅子。所以一会儿的工夫，椅子已经全部摆好了。

等董礼直起腰时，却见那位招新的男同学不知什么时候已经站在了写字台旁。而来面试的这些新生，则全都静静地挤在地当中，并没有一个人主动坐到那么多的空椅子上。

招新男生见状，便向大家和蔼地笑道："大家都先坐吧，部长马上就到。这屋的空间比较小，如果大家都站着的话就更显挤了。现在各部都在面试，椅子就有点儿不够用，所以也不能保证今天到场的人都能坐下。如果实在坐不开的话，你们就把椅子并一下尽量挤着坐一起。

"那些没座位的同学，就先委屈着站一会儿吧。等下别的部开完会后，看看能不能再匀兑过来几把椅子。对了，除了写字台后那两把弹簧椅外，右首靠前的位置也再空出把椅子来，等会儿还有一位你们的师兄要过来。至于其他的座位，大家就随便坐吧。"

众人听他这么说后，就开始纷纷就近找寻座位来坐。最后，除写字台后面的两张弹簧椅和右首靠近写字台的那把椅子没坐人以外，其余的全都坐满了人。

董礼也在靠前第三排临着过道的位置找了张椅子坐了。先前那个主动摆椅子的男生原本是可以坐在最前面一排的，但他却选择不坐，而是当众很大声地把椅子让给了一名晚到的女生，然后顺着过道走到门口，一脸大度地和其他几位晚到没座位的男生站在了一处。

招新男生也没坐，仅微笑着倚在写字台旁看着面前众人行动。董礼发现，当他看到摆椅子男生让座的行为后，眼神中立时掠过了一丝赞许。

之后室内的秩序倒是井然，除个别人挪动椅子发出点声音以外，再无其他声响——所有坐下的人要么拘谨地低头看着脚下的方寸之地，要么静静地环视屋内的大环境。几名新生待得实在无聊，于是就盯着对面墙上张挂的那张"组织结构图"，然后一个名字一个名字地顺次往下看，个别人还边看边翕动着嘴唇，好像在给图上的人点名一般。

正在众人等着面试开始的时候，办公室的门突然被人从外面给推开了，门后站着的那几名男生见状，便连忙向左右闪避。

门开后并未见有人进来，却见一个灰色的双肩背书包先自半空挤了进来，接着一个正朝外边说话的人随之退了进来。

等那人彻底退进屋里并最终把身子转过来后，董礼发现来人乃是一位中等身材、满脸书卷气息的男生。几名坐在门旁的同学见他进来后，都不由自主地站了起来，有人还主动笑着跟他打起了招呼，看那情形，之前应该是彼此相识的。来人见状，则微笑着招呼那几个人坐下。董礼观其神态举止，显然不似一位来面试的新生，想是招新男生刚才说的另一位将到的师兄。

果然，当招新男生见到来人的眼光转向他之后，便立时满脸笑意地道："你今天晚上也有课？居然过来得比我还晚。"

那人笑着回道："嗯，刚下了化学课，下课后又转道去图书馆下面的书店买了本书，恰巧今天交款的人有点儿多，便又排了会儿队，所以来得就有点儿迟了。今天地下室的人可真多呀，我都快挤不进来了。"

招新男生笑着看了眼左面写字台后空着的那张弹簧椅，然后玩笑道："谁让你来得这么晚，快过来，这边的宝座还给你留着呢，哈哈。"

那人边向前走边笑道："你可别偷偷给我挖坑，那宝座还是你来坐吧，我可不敢坐。"

招新男生见那人已走到近前，便又指着左首写字台后的那个老式弹簧椅笑道："坐吧，都给你留半天了，那椅子坐着舒服。"

那人则笑着回道："你要是觉得舒服，你可以过去坐呀，反正我是没意见，哈哈。"

招新男生等那人来到近前后，又和他谦让了一下谁坐里边谁坐外边后，这才最终坐在了右手边写字台后的那张椅子上。那人也在把书包卸下来后，拉过那把预留的椅子挨着招新男生坐了。

一众新生此时正在百无聊赖之间，于是便都全神贯注地观察着招新男生和新来的那位男同学两人之间礼让椅子、互相调侃的一系列动作。有几位新生在看的过程中，还露出了会意的笑容，门口站着的那名让椅子的男生笑得更是灿烂，就好像是看到了一出极有意思的戏。

果然，屋里的气氛在二人的玩笑间松动了很多，准备面试的新生们也渐褪了此前的拘谨。正在这时，屋门忽然又被推开，众人也全都举目向门口看去。

董礼抬眼看时，就见来人正是那天在招新台后面坐着看书的那位男生。

写字台旁那两位正在低声交谈的师兄见这人进来之后，立时停止了说笑，还一同站起身来。众新生见状，情知来人应是这个部里的主事人，于是也都纷纷起身并向这名男生行注目礼。

这位男生却对眼前的情景视而不见，边大步向左首写字台后的弹簧椅径直走去，边好似自言自语地笑说："今天我们下课晚，迟到了，不好意思呀，还请大家多多谅解。"

等坐好后，他这才好像刚刚发现大家都已为他站立许久似的，忙谦让道："大家不用这么客气，都赶紧坐吧、坐吧。"

这人说完话后也不等众人反应，便摘下肩上搭着的书包很随意地向桌上一推，然后自顾自地在面前文件夹架里竖放着的那些笔记本中翻找起来。等翻了几下后，最终伸手从中抻出一个卷了边的牛皮纸封面的笔记本来。

那人先是把笔记本摊放到桌面上很快地向后面翻页，等翻到临近末尾的几页时，又听他好似自言自语地说道："嗯，还有几页就要用完了，不过这几次会议应该还够用。"

说完这些话后，就见他半躬着站起了身子，然后把笔记本轻轻地扔到对面的桌上，接着随口对坐在桌后的招新男生道："把今晚的会议简单做个记录吧。"

招新男生"嗯"了一声，然后便翻开了笔记本。

那人见招新男生已经开始记录，便把身子转向大家微笑道："现在咱们开始今天的例会。首先，恭喜各位新同学冲过高考这座独木桥，考入了咱们这所学校。其次，欢迎各位选择参加我们维权部。下面，我先简单介绍一下咱们部里的这几位老人儿，呵呵。我本人叫汪江涛，现任维权部部长。那位做记录的同学，是咱们部的副部长，叫周凯。"汪江涛边说边看向了周凯。

周凯会意，就立时停下笔来环视了一下面前的众人，接着轻轻地点头示意。

"他旁边这名同学，叫米庆丰，也是咱们部的副部长。"汪江涛说着又看向了米庆丰。

米庆丰早有准备似的马上站了起来，然后谦和地笑着对大家道："大家好，我叫米庆丰，目前就读于材料学院二年级，我这人特别爱交朋友，大家现在和以后如果有什么想了解的事情，都可以私下跟我说，哈哈。"米庆丰说完这些话后又环视了一下众人，这才又坐了回去。

汪江涛继续道："部里的三位同学已经全都介绍完毕，现在我代表咱们部的三位老成员再一次欢迎大家的到来，诸位以后有什么事情需要部里解决的，尽管向我们三位中的任何一个人说，只要是我们力所能及的事情，都会尽可能帮助大家去办的。下面，请各位新成员分别做一下自我介绍，就从左边第一排逐一开始吧。"

坐在第一排里侧的女生没想到这么快就轮到自己说话了，于是就略显慌乱地起身自我介绍道："大家好，我是工程学院的新生，来自湖北省，很期待能加入到维权部这个大家庭，如果最后能被录取，我将在今后的工作中尽职工作，履行好自己应尽的义务，同时也希望各位师兄、各位同学能在今后的工作中对我多多指点、多多帮助，谢谢大家。"

听完这位女生的自我介绍后，汪江涛边点头边笑着接道："这位同学介绍得很好，不过情急之下却漏掉了一项最重要的内容，你叫什么名字？"

众人听汪江涛这么说，就一起笑了起来。

那女生闻言后立时脸色一窘，然后红着脸回汪江涛道："不好意思，刚才确实有点紧张，忘了介绍自己的姓名了，我叫李玉姣，美玉的玉，姣好的姣。"

"好的，一个很好听的名字。下边的人就挨着逐次进行自我介绍吧，我就不一一点了。"汪江涛边说边看向了挨着李玉姣坐的那位女生。

那女生见汪江涛看她，便大大方方地起身说道："大家好，我叫邢艺敏，是机械学院的新生，河南人。很期待能在今后的日子里和大家一起并肩战斗，我也很希望经过在这个集体的锻炼，能够有所收获和提高，谢谢。"

大家如此这般地依次介绍下去，每个人的话都不长，但基本都延续了第一个人介绍的模式，分别说了自己的姓名、院系、籍贯并表明了今后要和大家同甘苦、共患难的坚定决心。

董礼特别记住了那位摆椅子并主动让座的男生姓名——贾占国。

等大家的自我介绍全部完毕后，汪江涛这才笑着继续道："很高兴认识各位，那么从今天开始，大家便都是维权部的成员了。大家对部里，对我们的工作，对这个学校以及对个人今后的学习有什么疑问，都尽管提出来，我们三位可以进行现场解答，呵呵。"

"难道不面试了吗？"有人在下面小声说道。

汪江涛显然听到了这话，于是便笑着大声回道："咱们部没有那么多的讲究，那些报了名没来的，视为已被我们部淘汰。你们这些来面试的，那就是看得起我汪江涛，看得起我们三位部长，就全部都通过，留下成为我们部的新成员。不过我要提醒你们的是，校学生会各个部门里边可能也就维权部进门最容易了，但是你们不要忘记了，这届新部员有五百余名，而且大家都是各省、各学院的精英，将来你们要在同他们的竞争中升副部长、部长、副主席、主席，而且越往上走就越难，这可是尖子里边拔尖子，竞争难度不比之前的高考差呦，所以我说你们是'进部容易进步难'，听着有点绕嘴是吧，哈哈。所以，以后到底能够走到哪一层就全看你们的了。希望大家珍惜这次锻炼机会，在今后的工作中都好好努力。大家如有需要我们三位帮助的地方尽管开口，我们都会尽自己所能帮助大家的，你们一定不要跟我们三个见外。"

董礼觉得汪江涛这番话说得豪气荡漾，很有些江湖好汉的意思，等不经意间瞥见了汪江涛放在桌上的那个书包，顺便又想起了报名那天见到他正读的那套《寻秦记》，于是便暗笑起来，觉得汪江涛这人还真是有点意思。

众人听到这么快自己就已成为了校学生会的正式成员后，便在稍感错愕之余，全都放下心来。整个屋中那种临考前的紧张气氛也随之一扫而光，顿时风和日丽、煦阳渐起般地温暖起来。

"师兄，听说大学四年中，我们必须要拿到英语四级证书，如果拿不到的话，就不给发毕业证，是这样吗？"一位坐在董礼后面的女生脆生生地开始发问。

等董礼循声回头看时，那位女生已经问完问题坐了下去，所以除了见到几位新生依然低头看地以外，其余的人都直了脖子等着汪江涛他们回答，董礼又向众人巡看了两眼，终究未能分辨出是谁问了首个问题，也就只好作罢。此后，不论谁再提问，董礼只是静听，再不回头。

"好像之前听人说过这件事儿，具体是不是真的，我们谁也没看见过官方的正式文件，不过咱们学校的人一般都能过吧，之前也没听说过谁因为四级过不了而没毕业的。"汪江涛模棱两可地答道。

"哦，是这样，据说咱们学校之前是有过不成文的规定，说英语四级不过就不给学位证，但可以拿毕业证。但后来我在教务处做'勤助'时受人之托，正好专门问过教务处老师这个问题，教务处老师回答说咱们学校对此不做特别规定，是否通过英语四级全凭学生自主决定，只要是必修课和选修课的学分修满，就可以拿到毕业证和学位证了。"米庆丰见汪江涛回答得很不明确后，就直接帮着他做了补充。

"是吗？这个我还真不知道，要是这样规定的话还真是不错。"汪江涛自我解嘲地道，"对了，以后你们有些什么学习上的问题，可以多向庆丰请教，他在我们三个人中是学习最用心的，也是在学术发展上最有潜力的人，呵呵。"

周凯听到汪江涛如此说后，便抬头向他一笑，那意思是同意了汪江涛的说法。

米庆丰见状，连忙"过奖、岂敢"地谦虚了几句。

众新生受到部长们玩笑气氛的感染，加之又去了"英语四级考试与毕业证书挂钩"的顾虑，屋中气氛便进一步活跃了起来。

"部长，咱们部的具体职能是什么，平时一般都干些什么工作呀？"又有人问道。

"咱们部啊，说起来比较惨，你听说过上访吗？"汪江涛边说边看向面前的新生，见有人点头，就继续道，"听过就好，说白了，咱们部就是学生会的上访办。同学们在平时生活中如果有什么不满意的地方，一般就会到咱们部投诉，咱们的人记下来同学们反映的这些五花八门的问题后，再去联系学校相关部门予以解决。

"不过说实话，单凭我们这些人的力量不可能解决同学们提出的所有问题，我们也得上课、学习、生活，而且有些事也超出了我们的能力范围。所以，对于那些能解决的问题，我们就及时联系解决并把结果告诉同学。而对于那些确实无法解决的问题，我们一般就会对同学说该问题已经反映到了相关部门，只是暂时还没收到明确回复，或者暂时无法解决再等等看什么的。

"如果得不到解答的同学不甘心再来问的话，咱们要么再到职能部门去问一下，要么就回答已经找过了，说暂时解决不了，几次之后，同学提出的问题也就不了了之、不解而解了，呵呵。"汪江涛说到后来一脸得意之色，显然对于自己的回答很满意。

不过董礼却注意到，对面一位男同学在听到汪江涛的回答后，脸上已经露出了不以为然的神色，而另一位女同学更是明显地撇起了嘴。

当董礼看向两位副部长时，发现米庆丰这回似乎很认同汪江涛的回答，什么也没补充，只在那里笑着看向大家。但周凯在听到汪江涛的回答后却微微皱了皱眉头，还抬起头来看了汪江涛一眼，接着嘴角微动，似乎想要说点什么，不过瞬间后却欲言又止，终于没有说话，并低下头去继续做起了记录。

"部长，来到咱们学校后，我感觉身边的人都太厉害了，简直是各省市精英的大荟萃，不论是德、智、体、美、劳哪一方面都那么优秀，说是'藏龙卧虎'也不过分。以前我在高中时因为学习成绩出众，大家都很佩服我。可现在身边人实力相若，大家谁也不服谁，明显感觉一进来就开始了各种形式的较量，而且据说进了大学之后大家也不再单纯以成绩论英雄，那我想在未来赢得同学们的信任和信服，需要从哪些方面进行准备呢？"一名女生忽然提出了这样一个问题。

汪江涛闻言后眼珠立时在眼眶里转了起来，不过可能是觉得自己回答不好这个问题，所以就对面前的周凯笑道："这个问题很尖锐也很难回答，我一时半会儿还没有一个满意的答案。周凯，你别在那里光顾着做记录，也像庆丰似的回答一点部员们的提问，我看这个问题就交给你吧。"

周凯见汪江涛把皮球踢到了自己这边，就停笔笑道："好吧，那我就试着回答一下这位师妹的问题，想得不一定周全，仅供参考。你的观察很准确，由于咱们学校在北京市乃至于在全国的录取分数线都很高，所以自然而然聚合了全国各地的许多精英学子，他们既是你们接下来这几年各方面的竞争对手，也是你们共同成就一些事情的伙伴，甚至于可能成为你们一生的挚友，所以我建议大家在注意到彼此间这种竞争关系的同时，也一定要注意到互相间的学习与合作，那样你必然会享受到身处贤良者间的乐趣和益处。

"其实在大学里边做成一些事情的方式方法有很多，成功也没有想象中那么困难，但是在做成事后能让大家服气就难了。我觉得，能服众的一个很关键的条件就是要走正道、守规则，你要在大家都公认的规则下，做出别人不能够做出来的事情，取得别人取得不了的业绩，那样你才能获得别人发自内心的佩服。如果你不走正道，成天想着通过歪门邪道来取胜的话，那么就算你取得了一时的胜利，长久来看也终会失败的，而且别人看到你所谓的胜利成果，内心也必定是不服气的。

"得非其道必然会发生反噬的不良后果，比如有些看着已经稳稳得到的东西，没准儿日后会让你以另外一种方式再还回去，那个得而复失的滋味可是不好受，所以想服众的话，必须要依止于正道，切记不可走偏。另外，服众的事情最好要当众表现出来，尤其对于那些急难险重的复杂问题，你解决的过程或者结果最好要让大家全都知晓，那样一定会收获你想要的结果。以上是我一点不成熟的思考，你以后可以慢慢去体会，如果有什么问题我们可以再进一步地交流。"

董礼闻言后心中不觉一动，虽然也觉得周凯说得不错，但涉世未深的他终究还是无法了然其中的真意。

汪江涛则微笑道："回答得挺深刻，我听了都觉得深受启发，挺好、挺好，你们今后慢慢去体会其中的意思吧。看看大家还有没有什么别的问题？"

"部长，我想给家里人或者朋友打个电话，可咱们宿舍里却没给装电话机，所以我们现在打电话都必须事先跟接电话的人约好了时间，然后再去校园里的公用电话亭打电话，感觉真是挺麻烦的。请问寝室里什么时候才能安上电话机呀，另外你们平时都到哪儿去打电话，一般一分钟多少钱？"一个男生接续问道。

"哦，咱们学校现在还不能保证每个宿舍都装一部电话，一般我们都是到南门电信公司设的那个室内公用电话亭去打，一分钟通常是四毛钱，不过建议你最好是中午或者没课的时候去打，等到了晚上或节假日的时候，那排队的人可就多了。

"另外，学校里还设有很多室外的公用电话亭，春秋季节时还好说，夏天蚊子叮、下雨，冬天冷、下雪，排起队来那可真是受罪。如果不想在室外电话亭排队的话，北门外还有一个室内电话亭，但平时去那里的人也不少，通常也需要排队。我想想，哦，对了，你还可以到学校西南角那边的公园，那里也有一个室内的公用电话，不过要走很远的路。

"总之，多往家里打几次电话，你就会摸索出如何才能够多快好省的通话规律了，比如去哪儿打、什么时间去打、什么时候电话亭会有优惠活动，这其中都有门道，大家尽管去摸索，等有了什么心得体会咱们再交流，呵呵。"汪江涛感觉跟大家开了一个很有意思的玩笑，自己还笑了起来。

不过众人听后却没人跟着笑。想到打个电话居然还要费这么多的周折，大家心下顿时黯然起来，一个个坐在那里思谋着今后如何才能省时省力地打好电话。

汪江涛见大家没什么明显的反应，便转移话题道："你们这里有谁是班干部吗？如果有的话就说一下，那正符合咱们部的工作要求，可以多为咱们部收集一些同学们的问题和需要，那样将很有利于咱们部工作的深入开展。"

听到部长如此说后，一名女生主动说她是班级生活委员，可以收集大家生活上的问题。董礼也说了他是班级团支部书记兼寝室长，也可以为部里收集些同学们在学习和生活中遇到的问题。不过董礼发现，当他俩回答自己是班干部的时候，先前那位对汪江涛搭话撇嘴的女生，这回嘴撇得更加厉害，另外眼里还多了重嫉妒的虚光。

汪江涛闻言后立时对董礼二人笑道："挺好，刚来就当上了班干部，看来素质都不错，你俩以后可要为部里的工作多多费心。"

董礼和那名女生立时笑着表示没问题。

此后，大家又分别问了些涉及个人生活及学习上的问题，汪江涛、米庆丰、周凯分别回答了众人的提问。汪江涛回答得最多，米庆丰其次，周凯最少。

会议大约进行了一个多小时后，汪江涛低头看了看腕上的手表，然后总结道："今天能够认识这么多新朋友感觉特别好，咱们部新学期的首次例会开得也很成功，但是由于时间的原因，今天就先到这里,如果大家还有别的什么问题,咱们来日方长,以后开会的时候再聊。记住,以后咱们部的例会,是每周五的晚上九点,召开地点都在这个地下室,至于是哪间办公室,具体看情况再定。大家到时候都要准时参加,尽量不要缺席和迟到,好了,今天的会议就到这里。"

第五章　曲意深沉备他年

也许是高中时代刻苦学习的惯性使然，虽然已经如愿考进了这所著名的大学，但是绝大部分学生却依然保持着昂扬的斗志与上进的精神，就算没有晚课也基本不会滞留于寝室，要么自觉去教室自习，要么去图书馆看书阅报，要么就去参加一些知名教授的讲座……

傍晚的时候，董礼最后一个离开寝室去校内那家最有人气的书店闲逛。在他千挑万选并最终确定要买一本喜欢的书籍时，却发现除了饭卡外，兜里居然一分钱都没带，购书心切的董礼便暂时把书归架，返回寝室去取钱。

等回到寝室门口的时候，董礼发现自己走时再三确认已经锁好的门此时又开了，一线狭窄的光正从虚掩的门缝中顽强地挤出来，斜斜地投射在地上。

不过此刻屋中并没有人说话，仅传出了一阵轻快的口哨声。

董礼透过门隙向寝室里扫了一眼，就见常乐正背对着门独自站在寝室当中的空地上，边吹着口哨边低头看着桌子上的一张纸，同时还张开双手用手指不断快速交替地往后梳理他那本就不算长的板寸。

董礼轻轻推开寝室门，踮着脚往前走了两步，等距离常乐仅有三五步远的时候，突然对着常乐的背影道："看来老弟你今天的心情不错呀！"

常乐听到静夜中原本无人的寝室中突然有人开口说话，立时吓得一哆嗦，口中的哨声也戛然而止。

常乐边用手轻轻拍打胸口，边慢慢转过身来对着奸计得逞的董礼佯怒道："哎呀妈呀，你这家伙，都快要吓死我了，这大半夜的，你怎么进来时一点动静都没有？要知道人吓人可是会吓死人的，我这要是被你给吓出个好歹来的话，你可得为我负责。"

董礼笑道："怎么？我这一大活人回屋还把你给吓着了？有道是'平生不做亏心事，半夜不怕鬼叫门'，看你在那儿神头鬼脑、鬼鬼祟祟的样子，估计十有八九是在做什么亏心事呢吧？"

常乐此时倒是有点缓过神来了，便不接董礼的话茬道："我记得我进屋后是锁了门的，怎么背后一点开门的动静都没有？真是奇了怪了，忽然听见背后有人说话，把我给吓了个正着！你这家伙以后可千万别这样了，刚才真是把我吓得不轻。"

董礼见他顾左右而言他后就笑道："不好意思，不好意思，都是我的错，那句笑话怎么说来着？愚兄真是让你'受精'（受惊）了，如果小弟你刚才不慎恰巧又排了一枚卵的话，那长成之后不就成吓大（厦大）的了吗？"

常乐在这方面反应倒快，见董礼如此说后，就立时反驳道："去你的，你才排卵呢，'吓大'（厦大）的，还浙大的呢。"

董礼哈哈大笑道："果真是个淫（人）才，这脑子，反应就是快！"

常乐也笑道："兄弟，请您在说话时务必把每个字的字音都咬准了，否则可是很容易发生误会的。"

董礼闻言后立时绷住嘴，然后假装一脸郑重地向常乐挑了下大拇指，接着又跟他随意调侃了几句。

不过自打进门的那一刻开始，董礼就恍惚觉得今天的常乐好像哪里有点不对劲。及至又观察了一下后，这才发现原来是常乐着装的问题——眼前的常乐，上身穿了件崭新的白衬衫，看上去倒是很合体，但不知为什么，衬衫的领子却高高地支了起来，正生硬地抵在常乐的脖子上，让人看着特别不舒服。

下身那件略显肥大的深蓝色西裤，由于没系腰带的缘故，就任由整个裤腰那么松松垮垮地卡在胯上，底下的裤脚也因下坠的缘故在拖鞋面上堆了一叠，因为裤子的拉链没有拉好，虽然衬衫的下摆已被塞进了西裤，但从董礼站的地方看，还是能透过拉链缝隙隐约地见到衬衫下摆的些微白色。

再往下看，常乐那双趿拉着蓝色拖鞋的脚，一只穿着只新袜子，另一只还光着。那只光着的脚的旁边则是一个打开了的皮鞋盒，另一只袜子正搭在其中一只皮鞋的鞋帮上。

董礼见状就快步走到常乐身边并围着他绕了两圈，然后语气肯定地对他打趣道："正在偷偷试衣服！却被偶尔出现的我撞破了，所以就做贼心虚、心惊胆战，对不对？看你这意思……是打算去参加人民大会堂的国宴呀？"

常乐这回不能不接话了，于是便马上脸上一红，然后讪笑道："眼睛真毒！呵呵，我哪有那待遇？就是晚间待着没什么事做，随便把带来的衣服拿出来试一下，看看过两天穿哪身儿合适。"

董礼见常乐遮遮掩掩地不说实话，于是两只眼珠故意上下左右快速地转了两圈，然后一脸坏笑地对常乐调侃道："你没觉得自己的鼻子比我刚进来的时候长了那么一点点吗？都说当着明人不说暗话，你这是明显在跟我撒谎呀！就你这打扮、这穿戴，我怎么觉得就像是今晚有什么重要的活动呢，让我猜猜、猜猜……就当下大一新生一般性的重大活动安排来算的话，我想……你老兄……大概应该是要参加什么面试活动去吧？"

常乐见董礼三言两语间就戳破了自己的谎言，于是就又红着脸讪笑道："看来什么事情都瞒不过你啊，真是个活神仙！不瞒你说，我报了咱们院的学生会，按要求今晚得去面试，这不，想到今晚是第一次跟大家见面，于是就打算穿得正式一点，这不能给别人留下点好印象不是？要不你帮兄弟参谋参谋，看看我这身打扮如何，如果有什么不妥的地方，还请赶紧指点一二。"

董礼笑道："这就对了，做人嘛，就得实实在在，不弄虚作假才行！否则心就会特别虚、胆子也会特别小，就算别人在背后随便说句话也可能被吓得魂不守舍，你说对不？何况，无端欺瞒本府更是不对的。"董礼边说边指着常乐的领子道，"别的暂且不论，你衬衫领子中的塑料撑子肯定没取出来，不信你就摸一下，你难道不觉得自己的脖子现在被支撑得很难受吗？"

听到董礼这么说后，常乐忙伸手摸向衬衫领子，等捏了捏后这才恍然大悟道："我说怎么感觉那么别扭呢？原来是这东西给管得呀，快来帮帮忙，赶紧帮我把东西给取出来。"

董礼笑着点了点头，然后几步走过去帮常乐翻领子、取撑子，等全部工作都做好之后，又细心帮他把领子给理平后才又道："你现在感觉怎么样？是不是比之前舒服多了？"

常乐扭了扭脖子道："是感觉好多了，谢谢、谢谢。再帮帮忙，看看我这别的地方还有什么问题没有？"

董礼笑道："问题还是有的，而且是大大的。你不觉得你穿的裤子有点肥吗，我建议你还是穿你每天穿的那条蓝色牛仔裤吧，这件衬衫配那条裤子，肯定比现在这样看着精神，这套西服的上衣倒是挺配你的，可是这条裤子就不怎么打扮你了，让人乍看之下总觉得有点儿臃肿不堪的感觉，如果不信，你可以换过来再比比看。"

常乐依言换上了刚才脱在黄健床上的那条蓝色牛仔裤，然后低着头前前后后地审看了好几遍，边看边自言自语道："这回可终于找到症结所在了，现在感觉的确比刚才利索了许多。"

董礼赞道："这就对了嘛，年轻人，就是要这种休闲和自然的劲儿！你说你，穿得那么正式，把一个学生会面试，弄得跟要去相亲似的，太扎眼，让你们部长、副部长和其他的同学看了，肯定觉得别扭，如果大家都看着你别扭，看着你不顺眼，你想你的面试还能成功吗？"

常乐听董礼这么一说，顿时眼睛一亮，接着满脸盈盈笑意地对董礼道："真知灼见呀，听你这么一说，还真是那么一回事儿。不过，你也说漏嘴了吧，你对学生会面试这么了解，想必这两天也是参加过面试的，快跟我说说，他们都问些什么问题，是不是像传说中的那样笔试加面试？"

董礼闻言后，假装不悦道："什么叫我也说漏嘴了？我什么时候像你一样瞒人了？本来我还想帮你支支招来着，可是你却这样来诋毁我，真是狗咬吕洞宾——不识好人心，我看还是不管的好。"

常乐见自己说错了话，就忙赔不是道："对不起、对不起，是我说错了，大哥，快点教教我吧，等会儿就要去面试了。"

董礼见常乐真有些着急，便笑道："我不知道咱们院学生会怎么面试新人，我报的是校学生会，那可没进行什么笔试，就大家坐在一起聊了一会儿天便结束了，之后部长就说我们参加会议的人全都被录取了。"

常乐轻轻摇着头道："你就骗我吧，我听说校学生会的面试可难了，那天我一个老乡说，他报的是办公室，人超多，总也有八九十人吧，还笔试了，后来刷掉近四分之三，仅留了二十多个。而且他们主任说，这也不是最终结果，说他们都是暂时留用，等观察一段时间后再刷掉一批，说留的人如果太多没活儿干的话，也不锻炼人。"

董礼知道常乐误解了他，便调侃道："有句老话，叫做'人比人得死，货比货得扔'。看来相对于我这样对于如何过好大学生活尚无丝毫想法可言的同学来说，许多有心人对于自己的未来人生倒是进行了提早的谋划布局。

"谁让他报什么办公室了，真是哪壶不开提哪壶，报个人少的部门不就行了？我报的反正不是办公室，没那么大竞争压力，我们部只要是那天按时参加了面试的，部长最后照单全收，都留下了。大家在一起就是聊了会儿天，说了些学习和生活上的事情，又谈了下部门职能什么的，最后部长说以后按时来开例会就行了。"

常乐看董礼的表情不似作伪后便道："你报的是什么部门？面试这么容易，不知道我报的这个部是不是像你说的那样容易录取。"

董礼点头道："维权部，说是一个冷衙门。你报的是哪个部？我帮你参谋参谋。"

常乐道："其实，我报了两个部，一个是外联部，一个是监察部。我想，就算有一个马失前蹄，那另外一个也能兜底儿不是。

反正只要让我进了学生会，那我就会认认真真从底层做起，一年熬部长，两年当主席，最后领袖群伦闯出一番自己的天地，怎么样？像不像一个志向远大的人应有的胆识与气魄？"

董礼见问，就对着常乐又伸出大拇指道："宏图大略、雄心壮志，势可凌云也！"

不过常乐却叹了口气道："可是、可但是、但可是，这么意气风发、不甘人后的我居然首战失利。前天我已经去外联部面试过了，不过最后没通过，后来听他们说，很多像我这样被刷下来的人，都是因为面试那天不注重仪表，说是与这个部门对个人形象的要求不符。正因为有了前车之鉴，所以今天我才弄得这么正式。"

董礼听后道："我说你今天为什么如此郑重其事呢，原来如此！有道是'前车之鉴，后车之覆'，不过可也别矫枉过正了。而且我觉得他们说你们不被录取的理由，估计就是个搪塞人的借口，十有八九是因为别的方面的原因，所以你也不用把这事儿太往心里去。"

常乐闻言后立时眼前一亮，然后追问道："那你估计我之前的失误，到底是哪方面的原因？"

董礼道："我当时又没在现场，如果主观臆断你失败的原因，那也忒不负责任了。所以你就别管是哪方面的原因了，过去的就都让它随风而逝吧，所谓覆水难收、木已成舟，你还管它干吗？最重要的，是你要把今天晚上的面试关过好了，否则，你不就彻底没有在未来实现你雄才大略、远大抱负的机会了吗？"

常乐点头道："那倒也是，你帮我出出主意，看我面试监察部都应该说点儿什么？"

董礼刚要说话，外边便传来了敲门声。董礼和常乐还没来得及说"请进",门便被推开了,接着一个人迅速闪了进来。

董礼抬眼看时,却发现来人是吕青阳。

吕青阳进门后见董礼和常乐都在看他,便冲着二人一龇牙道:"没打扰你们吧?"

不过吕青阳也不等两人回答他的问话,便直接对董礼道:"正好有事儿要找你,随便上来看看你在不在,没想到你还真在。"

董礼奇道:"你找我有事儿?"

常乐本就与吕青阳不熟,又见他是来找董礼的,于是就向他笑了笑,然后开始俯身收拾自己放在桌上、黄健铺上和地上的衣服、鞋袜,接着又按董礼的指点开始更换行头。

吕青阳先看了一眼常乐,然后才对董礼道:"也没什么大事儿,你现在有空吗?走,咱俩出去转一圈儿怎么样?"

董礼道:"行,等我一下,我拿点钱,等会儿去趟书店。"

吕青阳闻言后,立时大惊小怪地夸赞董礼道:"行啊你,一来就买书,以后想当学者呀?正好,我这两天也想着买两本书看呢,要不等会儿咱们一起去吧。你看你们屋里这么闷,真让人觉得难受,现在外面太阳已经下山了,校园里的空气非常好,又凉快又舒服,不出去逛逛简直是浪费资源。同时我也跟着你认认咱们学校书店的门儿,呵呵。"

此时的常乐已经收拾停当,就对董礼他们道:"你们忙,我先走了。"

吕青阳听到常乐这样说后,好像忽然发现新大陆似的向前走了两步来到常乐的身边,接着前前后后地审看了一下常乐的着装,然后龇着两只突出的门牙满脸坏笑地道:"兄弟,穿这么板正,你这是要去相亲呀?"

常乐嘿嘿一笑道:"就是没事儿出去转一圈儿。"

说完后他也不等吕青阳答复,而是又朝正低头在抽屉里找钱的董礼道:"董礼,我先走了。"

董礼抬头道:"好好努力,争取领一个漂亮媳妇回来。"

常乐道:"没问题,"边说边开门,逃也似的走了。

吕青阳看常乐出了门,又笑着转向董礼道:"这家伙,还真去相亲呀?打扮得还挺帅的。"

董礼此时已经装好了钱,就站起身来对吕青阳道:"是挺帅的,咱们走吧。"

吕青阳却没走,而是快步走到门前把门关了,并且还在里面反锁。等他回到董礼桌前,先是哈着腰从董礼的桌子下抽出一把凳子坐了,然后又看着董礼道:"上次泽洪师兄交代的那件事情你落实得怎么样了?"

董礼一时间没想起来朱泽洪跟自己说过什么事情,就问吕青阳道:"你这突然一问,我这大脑还真是有点儿短路,一时间倒想不起来他跟我说过什么事情?"

吕青阳闻言后假装惊诧道:"这么大的事情你居然能给忘了,真是无组织无纪律,还能有什么事儿呀?不就是前几天他让咱们赶紧定班委的那件事吗?你们团委的人选现在都敲定了吗?"

董礼见吕青阳说的原来是这件事后就道:"没完全敲定,我就跟我们寝室的王辉说了,他说行。另外的一个人我还没选好,这两天大家都刚报到,我跟谁也不熟悉,我想了解了解情况再说。而且,男生这边已经有了两个人选,下一个我打算选一位女同学,这样男女生两边都好开展工作。"

吕青阳道:"你的想法和我差不多,我也是这个意思。多了解了解可能更好！但是我跟你说，今天上午王老师找了我，让我通知你和慕雪婷，说下周一下午让法学院两个法学班的候选班委去她那儿开会，最终明确各班的班委人选和职责分工，同时还一并召开第一次辅导员与两班班委的见面会。我看，留给咱们进行甄别选择的时间可是不多了。但是现在，你这边居然还差一位合适的人选，这个……"

董礼闻言后不觉一愣，也不知道在这仓促之间，自己应该去哪里找剩下的那一个团委委员……

吕青阳见董礼沉思不语，就在等了一会儿后继续道："这样吧，为了尽快完成泽洪师兄交给我们的任务，同时也为了不在王老师面前出丑，进而做到不拖学院学生工作的后腿，我向你推荐一个人吧。放心，这个人选还真是符合你刚才说的那些遴选标准。这人是咱们班3304寝的一位女同学，叫柳晶，我们一个省的，算是老乡吧。不过，跟你声明一下，以前我们可不认识。

"这两天为了敲定班委，我和她接触过几次，觉得这个人还挺不错的，人聪明，反应快，性格也好。我也问过她有没有意愿为大家做点事情，她说如果有机会的话倒是愿意为班级和同学服点儿务。不过我和她认识时，我们'小班委'的人选都已经全部确定好了。她不是党员，估计慕雪婷那儿也用不上。正好你这边缺人，要不就定她得了！"

吕青阳说完后，就抬眼看向董礼。

董礼听吕青阳说他六七人的"小班委"都已经敲定，而自己这边三个人的团支部尚缺一位人选的时候，心中立时暗叹自己的工作速度还真是有点跟不上节奏。想到辅导员马上要与班委们见面，忽然觉得自己选人的时间已经很紧迫了，况且现在临近周末，大家各有各的安排，此时再想大范围找人接触的可能性也已经不大，而且既然吕青阳对这个柳晶介绍得如此清楚并也认可和推荐她，那用一下此人应该也没什么问题。

念及此处后，董礼便对吕青阳道："既然你对这位柳晶同学进行了前期了解，而且也认为她的个人素质不错，那我这边就把空缺的职位定成她吧。"

吕青阳见董礼同意了自己的意见，就立时满面笑容地道："你办事儿还真是爽快，杀伐决断一点儿都不拖泥带水，是个干大事儿的人！那周一上课的时候，我让她过来找你面谢一下，要知道这个宝贵的任职机会可是你给她的。"

董礼闻言后忙推辞道："不用、不用，大家都是为了班级、为了工作着想，谁也没必要对我们某个人感恩戴德、念念不忘，那样做可就不好了。"

吕青阳见董礼这样说，就立时笑道："跟你开玩笑的，不要那么认真。对了，你打算怎么安排王辉和柳晶他俩的职务？"

董礼道："这有什么区别吗？谁干什么都一样吧。到时候让他俩自己挑吧，谁更喜欢、更擅长什么就干什么，只要是能把工作做好就行。"

吕青阳道："话虽然是这么说，但事儿可不是这么个事儿，我觉得你对于这俩人的职责分工还是要认真琢磨琢磨才行。这件事情很可能影响到你未来对局势的掌控，所以我建议让柳晶担任组织委员更好一些。就前几天我整理班级个人档案的情况看，咱们班大多数同学的政治面貌还都是团员，这样看的话，大家将来都要面临一个推优和入党的问题，尤其是入党问题，你们团支部的推荐人选和意见基本能定得了江山。

"男生这边的情况,你将来随着与大家的交往肯定会全面掌握。但是女生那面的情况到底怎么样,究竟谁更有资格、更适合优先发展,我看你和王辉比起柳晶来说,还真是少了点日常接触方面的优势。所以,如果把这个职位给了王辉的话,到时候他在对女同学真实情况缺乏了解的前提下随便向你推荐了人,你又碍着面子不好推辞,如果大家最终都没意见倒还好些,但是一旦有了什么瑕疵和矛盾,大家对你肯定会有一些看法,那样对你将来连选连任可是大为不利呀。

"另外,再跟你说些掏心窝子的话,虽然你是团支部书记,但是在某些场合,有些话你还真不便首先定调子,按照惯例,这类涉及组织人事方面的议题,通常应该由组织委员先提出意见,然后你们三个再做进一步的决定。王辉是个男生,现在你们关系尚好什么都好说,但是将来一旦他跟你有了些许矛盾,他如果就是不按照你的意思进行提名,那你是一点办法都没有。

"但是柳晶就不同了,她一个女同学,对咱们,那个……对组织的忠诚度相对比较坚定,通常也比男同学更容易驾驭,只要你们平时处好了关系,到时候一旦有什么事情,那她还不是对你言听计从、鼎力相助呀?

"所以,我觉得不论是从男女平衡的大局考虑,还是便利你将来工作方面考虑,你都有必要把这个负责组织人事的工作岗位定成柳晶,那样于公于私都有好处,而且男女生两方的力量基本平衡,大家也不会有什么太大的异议。我前两天帮着王老师整理学生档案时扫过你的简历,知道你之前基本没有学生工作的经验,所以这回特意过来提醒你一下,也是一番好意。

"现在咱们才刚刚认识,你对我还不算太了解,等将来咱们相处的时间长了,你就会了解我了,我这人很讲义气,如果你对我好,我将来就会加倍还给你,但是如果你对我不好,那个,哈哈……

"其实你有所不知,我是王老师早就敲定的班长人选,在定谁是团支部书记这个问题上,原本有好几个候选人的,但是我基于大家的基本情况,觉得还是你更适合一些,于是就极力向朱泽洪师兄推荐了你。班级三巨头里边,只要你我总能保持一致,那慕雪婷一个女同学,是翻不起什么浪花来的,说一千道一万,总之你就听我的吧,到时候保准不会错的。"

董礼此前确实毫无学生干部的任职经历,一时间也想不明白这中间的关核利害所在,但是听吕青阳这么一番缜密地分析,并同他的人情输送以及言之凿凿的经验告诫后,觉得他说得还真是那么一回事。

于是董礼就对吕青阳笑道:"还是你高瞻远瞩、料事于前。到底是班长,很多事情考虑得就是比我们周到,看来我以后还要多多向你学习。既然你已经考虑得这么细致了,我看就这么定了吧。另外在以后的工作中,如果我这边有什么想不到的地方,还请你多多费心提醒,呵呵。"

吕青阳听董礼这么说,就忙笑着谦虚道:"哪里、哪里,大家互相帮助、互相学习嘛。我看你这人的面相就知道你挺实在的,所以虽然有些话犯了交浅言深的忌讳,但是为了长远计,我也就毫无保留地把多年间积累的一些经验之谈推心置腹地跟你和盘托出了,我还是挺相信自己识人眼光的。另外,你也别以为我老谋深算,其实就是一般的未雨绸缪,今后大家同为班委,需要你们团支部配合及帮忙的地方还多着呢,到时候你可不许推托呀,呵呵。"

董礼道："多谢你这么看重和举荐我，不瞒你说，我高考前全部时间都专注于学业了，对于如何才能做好学生工作那可真是一窍不通，所以今后对于这方面的事情还烦请你多加指点，至于你说的对你配合帮忙的事情，那自然是应当的，都是班里和大家的事情，我们一起商量着来，最终同学们满意就好。"

吕青阳见董礼不但采纳了自己的建议，将团支部的剩余人选及职务都按自己的意思给定了下来，而且还屡次对自己表示感谢，于是就在谦虚了几句后，东拉西扯地聊起了别的话题。

过了几分钟后，吕青阳好像突然想起了什么似的叫道："哎呀，都快忘了，你还要去书店买书呢，你快点儿去吧，别太晚了，再晚的话，人家就要关门了。"言罢，吕青阳就站起来向董礼告辞，然后开锁出了房间，仅把他坐过的凳子留在了地当中。

周一上午课间的时候，吕青阳把柳晶叫过来跟董礼认识。因为课间时间短的缘故，董礼和柳晶之间并没说多少话，除了分别进行自我介绍并相互客气了几句外，董礼仅对柳晶提了几点关于今后工作的建议，柳晶倒是都点头答应了。

整个谈话下来后，柳晶给董礼的整体印象是人看着还算朴实，话也不是特别多。不过，董礼总觉得柳晶虽然表面上对他说的话都一一答应，但心里好像却并不太在意。而且，董礼还注意到，虽然在整个谈话过程中吕青阳并没怎么看柳晶，但她在每次表态之前，总会先有意无意地向吕青阳看一眼，然后才继续说话。

下午的时候，两个法学班的候任班委按照通知齐聚学院学生工作办公室，来集体参加辅导员王老师主持的班委见面会。不知为什么，这次见面会上却没见到朱泽洪。

本次见面会的内容主要有两项，一项是两个班的候任班委逐一进行自我介绍，另一项是辅导员王老师介绍学院概况，说明各位班委的岗位职责，并对新任学生干部进行任前谈话。不过，即便仅有这两项内容，也让会议花了一个多小时的时间才进行完毕，而且整场会议的气氛一直很严肃，丝毫不见维权部见面会时的轻松愉快。

见面会上各位候任班委自我介绍的时间几乎占了三分之二，有些人显然在会前进行了认真准备，讲得还真是不错。不过因为人多的缘故，而且要不断想着自己接下来的介绍词，所以董礼对大家的自我介绍并未留心去听，因此整个会场上的人几乎就没谁给董礼留下什么特别的印象。董礼想，反正来日方长，只要事后有接触，肯定会跟大家慢慢熟悉起来的。

但是，相对于"人"的方面来说，见面会上倒是有那么几件"事"令董礼印象深刻。

第一件事是在这些来开会的学生干部中，三分之二的人都带了笔记本和笔，但也有三分之一的人没带。于是没带笔记本和笔的人就临时拿了办公室打印机中的打印纸，并在办公室里四处找笔，虽然最后这些人都找全了笔和纸，但他们在寻找过程中的那种仓促和忙乱，很是让那些带了笔、本的人哂笑了一下。而这些没带笔、本的人中，偏偏就有董礼。

第二件事是在候任学生干部做完自我介绍后，王老师在正式介绍岗位职责及开始任前谈话前，首先面无表情地问了其中几个手里拿着打印纸的同学以前是否当过学生干部，那几个人都回答说没有。王老师点头说从大家的表现上她就能看出来，不过以后凡是开会都应当带好笔和本，俗话说"好记性不如烂笔头"，谁也不能保证把老师说的每一句重要的话都记住。所以，今后做好会议记录是当好一名学生干部的基本要求，否则便会因无法完整领会上级工作意图而落实不好工作任务。

第三件事是在任前谈话的最后，王老师说因为大家都是新近入学，师生间、同学间的了解还不够深入，所以这次任用学生干部的方式有点特别，算是采用了"委任"的方式。不过，一年后将进行首次换届，那个时候学生干部的任用方式将是"选举"，现任学生干部到那时究竟能否连任，将取决于换届选举中得票的多少。说这话时，董礼看到王老师的目光主要投向了这些拿着打印纸的同学。当然，王老师也看了董礼一眼。

第四件事是整个见面会虽然王老师说的很多，但笑的却很少，从始至终几乎一直都冷着一张脸。还有，董礼觉得王老师看人的方式很特别，准确地说，那不是看，而是盯，而且是狠狠地盯，盯得让人寒意顿生，好不难受。

此外，董礼还注意到，当那几个没带笔和本的人被王老师责问，以及王老师就此事进行批评和强调，而令这些此前没做过班干部的人身陷窘境时，一班班长钱坤边听王老师讲话，边低着眼皮看向脚前的地面，脸上并无丝毫喜怒表情的变化。

而本班党支部书记慕雪婷在听出王老师语带不悦后，也忙低了头，赶紧拿着笔在笔记本上认真地做起了记录。但是，吕青阳却与他俩不同，在王老师批评和强调的过程中，吕青阳满脸幸灾乐祸地笑着来回扫了这些被批评的人好多眼，丝毫不见他有半点怜悯和同情之意。

会议的最后，王老师特别强调，大家在平时的工作中，要眼睛多向下看，而不要总往上瞧。要多为普通同学着想，多听听他们的意见，多想想他们的困难，多向他们让出一些自己的利益。

同时，如果工作中有什么问题，要尽量设法自己单独处理，实在有什么解决不了的问题，要多跟其他班级干部商量，不要没事总往办公室跑，总找辅导员。

她说，除了两个法学班外，她还要带两个政治学和两个社会学班的同学。如果大家遇事都来找她的话，按接待每人花费半小时的时间算，那她一天就不用做别的什么工作了。

而且，相对于学生干部来说，她更愿意多听听普通同学的声音。至于班级发生的各种情况，各位班级干部要多与班长商量，由班长汇总后，统一向她汇报即可。如果有什么需要单独谈的事情，她会再通知相关人员来她办公室进行深入了解。

当听到王老师让大家平时要多多顾及普通同学利益的话时，董礼觉得这个王老师虽然看起来很严厉，但人还真是很不错。

按照学生办的要求，又经几位主要班委共同商议后，大家一致决定在周二上午下课后召开本班第一次班会。

周二的早晨，吕青阳早早地就来到了教室，当他发现室内空荡荡的没有一个人的时候，就一边思索一边在教室的过道上踱步。等他感觉一切都已考虑周详后，便走上讲台拿起粉笔在黑板的右上角写道："通知，兹定于今日三四节课在本教室召开班级第一次班会，请法学院二班的全体同学在课后留下开会，特此通知。法学院二班班委，即日。"

为引起大家注意，同时也防止值日生无意间将通知擦掉，吕青阳又用粉笔在通知内容的外面画了一个方框，然后在方框的右下角处竖着写了一行小字："值日人员请勿擦涂本通知，会后帮您处理，谢谢！"

做完这一切后，吕青阳快步走到教室最后一排，站在那里远远地端详了一下黑板上的字。当确认内容无误之后，他这才将手中的粉笔往地上一扔，接着拍拍手上沾着的粉笔灰满意地走了。

虽然已在课前强调了三四节课要召开班会的事情，但是第二节下课铃一响，吕青阳还是不等老师离开，就马上从座位上站了起来，然后迫不及待、满脸涎笑地向众人大声强调道："二班的同学下课后都别走，咱们马上要召开班会。"

授课的老太太闻言后，边收拾课本和教案，边窝着眼睛透过已滑到鼻梁下端的厚厚镜片向吕青阳十分不满地看了一眼，然后也不知嘴里嘟囔了一句什么后，就提起她的灰色手提包不紧不慢地走了。

"别光顾着开会，都说人有三急，我们总得先上个厕所才能坐安稳呀。"不知是谁大声喊了一句。

话音刚落，吕青阳的前面就响起了一片哄笑声。

"我倒是把这茬儿给忘了，那有需要的同学就先去厕所，咱们第三节上课的时候再开始开会，到时候大家都要准时回来。"吕青阳生怕大家不回来开会似的又笑着对众人强调了一遍，这才放心地出了门。

董礼再次回到教室时，发现吕青阳已经回来了，不但他回来了，朱泽洪师兄也一起来了。吕青阳此时抱膀斜倚在第一排靠过道的课桌边沿上，正满面笑容地看着对桌座位上扭回头跟后排同学说笑的朱泽洪师兄。

又过了两分钟，当上课铃终于响起后，众人这才开始纷纷调整坐姿准备开会。吕青阳见状就向前迈了一步，接着俯身在朱泽洪的耳边小声说了几句什么，朱泽洪则边听边点头。

等二人耳语完后吕青阳便疾步走上讲台，然后一脸严肃地向众人扫视了一下，这才沉声道："各位同学好，我宣布，法学院法学二班第一次班会现在开始。首先，有请我们尊敬的班级联络员朱泽洪师兄讲话。"吕青阳话音一落，就一边带头鼓着掌一边自动让到了讲台的侧面。

朱泽洪在一片掌声中微笑着起身，然后快步走上了讲台。

见朱泽洪走上讲台后，一位坐在后排的男同学便玩笑似的故意大声鼓掌，以致引得坐在前面的许多人都笑着回头看他。

吕青阳见状，颧骨上的肌肉立时动了动，脸上还明显闪过一丝不悦，正待他要张嘴说话的时候，朱泽洪却先笑着开口道："谢谢大家的欢迎，尤其是李彪同学卖力地鼓掌。"

大家听到朱泽洪这样说，就都笑了起来，然后更多的人开始回头看向李彪。

这次李彪倒是显得有点不好意思，就见他脸上一红，接着迅速地把头低了下去，坐在那里再不鼓掌。吕青阳见朱泽洪很好地处理了场面，就也站在那里跟着大家一起笑，再无任何阻止李彪的举动。

朱泽洪继续道："本来，从上次班委见面会起，我作为班级联络员的带班任务就已经完成了。这次的班会，按照原定计划应该是由王老师来参加的。但是，因为身体上的原因，王老师这次还是不能过来参会，所以就再次委托我来代她出席这次班会，并让我替她转达对大家的歉意。相信在不久的将来，等王老师身体好些的时候，她会尽快召开年级大会与大家见面的。

"开学的这几天时间里，通过和各位同学一起参加各种活动，让我对许多人有了一个比较深入的了解和认识，你们积极向上的人生态度和朝气蓬勃的精神风貌，让我这个大三的老人重获青春，也让我又想起了本人大一时的青葱岁月。"

众人听到朱泽洪幽默地假装卖老后,立时响起了一阵嘘声和笑声,李彪见状又恢复了初时的勇气,再次带头起哄道:"朱老师不老,你是我们永远年轻的师兄。"大家听后又是一阵大笑。

朱泽洪也笑道:"在这里,我要郑重地向大家说一声谢谢,感谢你们在开学这几天来,对我各方面工作的大力支持。

"今天,根据学院学生办的工作安排和王老师的授权,我一是来代表学院学生办参加咱们班的首次班会,二是代表王老师来向大家宣布法学二班新班委的任命决定。同时,我也借此机会,卸下班级联络员的担子,彻底将二班的领导权转交给你们班新的班委集体。我希望咱们法学二班的同学,在新班委的集体带领下,能够团结和睦、健康快乐地度过这人生中最为宝贵的四年!"

"朱老师,我们法学二班离不开你呀,离不开你,我看你还是接着带我们吧,你就别走了。"李彪又一次开始起哄,全班又一次开始欢笑。

吕青阳闻言后,立时皱着眉头往李彪的方向看了一眼,然后又张了张嘴,但却没有说话。

朱泽洪则笑着对李彪道:"看来你还真是离不开我,这样吧,为了响应你想和我多接触一下的请求,从今天开始,你每天请我喝一顿酒,直到毕业,怎么样?"

"没问题,就怕你拼不过我,我可是个大酒缸!"李彪闻言后立时大声地回应起了朱泽洪。

同学们见状迅即又发出了一片笑声,更多女生则笑着回头看李彪,不过董礼也发现,与大多数女生善意地觉得李彪的表现很有趣相比,后排几位男生此刻已经或拧眉或撇嘴地开始斜眼看向李彪了。

朱泽洪笑道："本来，我还想跟大家多说几句，可是咱们的李彪不断起哄，显然是有点烦我了。那我就知趣点儿，不再啰唆，下面我开始替王老师宣布咱们法学二班的各位新任班委人选。"

"我没起哄，也没烦你。"李彪忙辩解道。

这次，朱泽洪却没再接李彪的话茬，而是开始展读那张他随手带上讲台的纸片："下面我开始宣读《法学院学生工作办公室关于任命法学二班第一学年班委的决定》。经法学院学生工作办公室对各位新生历史档案的了解，以及对各位同学入学后的观察和考验，并经学院分团委认真讨论，年级学生办决定任命下述同学为法学院法学二班第一学年班委。

他们是：班长吕青阳同学，副班长邰静同学，学习委员肖雯同学，文艺委员蔡楠同学，体育委员庄严同学，生活委员彭满江同学，彭满江同学主要负责男生这边的日常工作；生活委员田晓丽同学，田晓丽同学主要负责女生这边的日常工作。党支部书记慕雪婷同学，党支部组织委员黄健同学，党支部宣传委员因党员资格问题暂缺。团支部书记董礼同学，团支部组织委员柳晶同学，团支部宣传委员王辉同学。

"各班委任职期限为一学年，任职期满后，将通过选举的方式产生下一学年班委。在本届班委任职期间，请各位同学自觉遵守学校各项规章制度，积极配合并监督班委开展工作，为班级的团结和发展贡献自己应有的力量。法学院学生工作办公室，即日。"

朱泽洪宣布完名单后，班内立时响起了一片稀稀落落的掌声。

董礼知道，对于这些来自全国各地的精英来说，这届班委会在没经过班级同学的选举、认可，也没向大家明确何以这些人能够成为班委，而其他人却没资格成为班委的情况下，就这么通过硬性指派的方式进行任命的方法，显然让其他非班委的同学内心中多少有些想法。而且，即便那些已经成为班委的同学，其究竟是否满意学生办对自己职务的安排，其实也很难说。

董礼正思虑间，又听朱泽洪道："那么，从这一刻起，我就彻底完成了班级联络员的使命。下面的会议将由你们的班长吕青阳同学继续主持进行，我将成为你们首次班会的忠实听众接着参加下半程的班会活动。另外，对于各位同学对我这段时间工作的理解和支持，我再一次说声感谢，同时，也希望我们能在今后的生活中成为很好的朋友，谢谢大家。"

说完这些辞任和感谢的话后，朱泽洪走到讲台旁向着面前的众人深深地鞠了一躬。众人则立时报以一片热烈的掌声。

朱泽洪直起身子，笑着向吕青阳做了一个"有请"的动作，接着跨下讲台回到座位上，然后面带微笑地抬头看向台上的吕青阳。

当见朱泽洪正微笑着看自己后，吕青阳便讪笑着冲朱泽洪点了点头，接着又向台下众人正色道："在我们进行班会的下一个环节之前，我提议，我们再次把掌声送给我们尊敬的朱泽洪师兄，感谢他在开学以来的这段时间里，对我们法学二班付出的辛勤劳动，我们也在这里衷心祝愿他在今后的日子里，身体健康、学习进步、生活愉快、爱情丰收。"说完后吕青阳便笑着率先鼓起掌来。

"对，爱情丰收、早生贵子！"李彪又一次开始起哄。

大家闻言后则立时开始跟着大笑，然后又大声地热烈鼓掌以作声援。

朱泽洪先是无奈地摇了摇头，接着又扭回头向大家做了个抱拳的动作。

等众人的笑声歇住后，台上的吕青阳立时表情严肃地道："我提议从现在开始，大家都严肃一点儿，毕竟这是我们的正式班会，有想开玩笑的同学，等会后再开吧。"

李彪闻言后，一脸不屑地鼓了鼓嘴，倒是没再多说什么。

吕青阳继续道："希望我们班级的每位同学，从此刻起就和衷共济、同甘共苦，群策群力地把班级工作一起搞上去，让我们班级在平行班中不掉队、不落伍，甚至于始终走在其他班级的前列。类似的话，泽洪师兄刚才已经说了很多，这里我就不再重复了。我希望，大家在今后的学习和生活中，都能够全力支持本届班委的工作，如果我们做得有什么不好的地方，希望大家及时向我们反映，我们会尽力改正。

"下面，进行班会的第二项内容，也是最后一项内容，为了增进班级内同学间的相互了解，请班内各位同学分别做一下自我介绍。看看哪位同学能主动带头，向大家做一下自我介绍？"

吕青阳边说边向大家扫视了一圈，不过众人闻言后却没谁主动接招，就连那位接连带头起哄的李彪，此刻也像大多数同学那样，把头深深地埋下去认真地研究起了桌面上的木纹走向，班内的气氛也因此瞬间变得压抑起来。

吕青阳见状，笑了一下后道："既然大家都不愿做这块引玉的砖头，那就还是我来当吧。"

很多人听到吕青阳这么说后，都又重新抬起头来看向他，室内的气氛也顿时缓和了一些。

"从我开始可以，但是也得定个规矩。等我介绍完后，从左侧第一排靠墙座位的同学开始，从前往后大家逐一进行自我介绍吧。我先说，我叫吕青阳，吕丽萍的吕，青春的青，朝阳的阳，现任班级班长职务。高中起，我就加入了光荣的中国共产党，现在已是有两年党龄的中共党员了。

"首先，我非常感谢法学院分团委和辅导员王老师对我的信任，任命我为咱们班的班长。然后，我在这里向大家表个态，作为本班班长，我会在今后的工作中，以一个党员的标准严格要求自己，吃苦在前、享受在后，多多为班集体做出应有的贡献。

"同时，我也希望咱们法学二班的同学在今后的学习和生活中，多积极发挥你们的长处，互相团结、互相帮助，尽快使我们法学二班成为学校的先进班集体。如果大家在学习和生活上，有什么需要我帮助的地方，欢迎大家来找我，我一定会竭尽所能地帮助大家。也请大家要支持我们的班委，依靠我们的班委，相信我们的班委……"

第六章　黉门意气聚新典

前一段时间，法学院院长陈淑理教授作为学校暑期校际学术交流项目的派出代表，一直在欧洲的几个国家做学术交流访问。虽然大部分学院的开学典礼都早已结束，但是法学院的开学典礼却迟迟没有召开。

上周末，陈院长结束了学术交流活动已经载誉归来。但是按照教育部的工作安排，陈院长作为教育部推荐的宣讲团巡回主讲教授，又将于周三飞赴广州，去参加司法部组织的一个为期两周的省市领导干部依法行政培训班。

鉴于陈院长本月的日程安排，周一上午的时候，学院分党委召开了一个紧急会议。按照会议的决定，本届法学院的新生开学典礼就定在了第二天的晚上。

下午，吕青阳在接到王老师关于明晚要召开新生开学典礼的紧急通知后，就开始忙着联系各位班委和各寝室长，以通知、布置第二天晚间的开学典礼相关事宜。

安排完相关工作后，吕青阳、慕雪婷、董礼和邰静四个人又开了一个碰头会，按照大家商议的结果，班级队伍以男女生寝室整体为单位构成，吕青阳他们寝室在队伍的最前面，董礼和董礼隔壁的男生寝室在队伍的最后面，其余的女生寝室在队伍中间。

除此他们还决定，从明晚队伍集合开始，吕青阳和董礼要分别固定在队伍的前、后两个位置，而慕雪婷和邰静则固定在中间的位置以带领班级同学入场就座。如果在开学典礼过程中出现任何突发事件，四人都要尽快就近处置。

第二天晚上六点一过，董礼就按照事先的约定，早早地来到了作为集合地点的喷泉广场。

过了一会儿，董礼见同学们开始三三两两地向广场汇集而来，到场的人董礼并不都认识。董礼其实也像很多人那样患有"脸盲症"，截止到现在，他除了能够认全本寝室的人和吕青阳等几名班委外，对于班级内的绝大部分同学，他并不能够一一辨识清楚。为怕认错人的董礼，就一个人站在喷泉旁边，边欣赏着喷泉随时变幻的水姿，边等着吕青阳他们的到来。

过了一会儿，王辉来了。黄健、常乐也紧随其后，于是四个人就站在一处闲聊。转眼间，董礼发现邢胜男不知什么时候也已到场，不过邢胜男好像没看见董礼他们似的，并不凑过来，而是一个人远远地站在十几米开外的水池旁，独自欣赏着喷泉那变化多姿的水花。

片刻，吕青阳徐徐到场。

吕青阳一到，就马上开始找各班委和各寝室长核实大家通知同学开会的情况，并开始让各寝室长聚拢自己寝室的人以尽快组成班级队伍。

董礼和吕青阳说完话转身后，发现班内各寝室已经开始松散地聚到了一处。董礼寝室中的方泰伟和邢胜男不知什么时候也已经排到了队伍中。不过，两人中只是方泰伟和王辉、常乐、黄健几人比比画画地聊在一处，而邢胜男仍旧不和大家搭话，只是一个人站在众人的旁边静静地听，总感觉他和寝室中的人有种格格不入的感觉。

体育委员庄严按照事先的安排，微笑着站在前面一边整队一边清点班级人数。不一会儿的工夫，各寝室的人已经按照"前后男、中间女"的队形组好了班级队伍。

整好队伍后，班内的同学松散地站在当地互相搭讪着聊天。男女生间交流的分界线还是较为明显，除男女寝室交界处的个别男女同学在笑着搭话外，其余的人基本上还是男生跟男生、女生同女生聊得更热烈一些。

吕青阳此时已在队伍旁前前后后地跑了好几个来回，当确认班内同学确已全部到场后，又把慕雪婷、董礼和邰静找到旁边，重申了一些其实上午都已经商量好的事情。

经过开学这几天来的接触，董礼他们寝室的人已和隔壁寝室的人熟络了起来，现在两个寝室的人正聚在一处说得热闹。也不知隔壁寝室的人和黄健说了句什么，围在一起的众人立时哄堂大笑起来，黄健则在红着脸骂了一句"他妈的"后，也站在那儿嘻哈嘻哈地跟着众人讪笑。

当大家循着笑声把注意力全集中在黄健处时，就听旁边的李彪又笑着大声道："他哪止这件事儿呀，还有一件我也跟你们说一说，那天我跟黄健去上课，忽然在路上碰见一漂亮女生，老黄想上去搭讪，但是又没有由头，正在苦恼之际，忽然发现路旁有半块砖头，于是他就马上捡起来追上前去，然后满脸谦恭地对那位女生说：'同学，这块美丽的砖头是你掉的吧？'没想到那个女同学还挺幽默，等她看了眼黄健后，立即温柔地说：'是的，不过我不想要了，如果你不嫌弃的话，就自己留着做个纪念吧。'哈哈哈……"

众人闻言后，又是爆发出一阵响亮的笑声。黄健则一边涨红了脸跟着笑，一边大叫道："李彪你个混蛋，就知道编派老子，按你那意思，我岂不成精神病了？"

李彪正色道："这回可是你自己承认的，下面我看有必要再说几个关于你的病例，大家也一起帮着我会诊会诊。"

吕青阳听后也笑道："这几个家伙逗得还挺来劲儿，走，一起过去看看，可不能让他们几个弄得太离谱了。"正当他们要向班级队伍走时，却发现远处辅导员王老师正向这边赶来。

吕青阳见状忙抛了董礼三人，然后快步向王老师迎了过去。

迎上王老师的吕青阳放慢了脚步，边陪在王老师的身侧按着她行进的节奏小心地跟着走，边认真地看着王老师的侧脸指指点点地说起了什么。

王老师并没有正眼看身边的吕青阳，而是一直保持步速不变地向前面队伍的方向走去。不过，在行进的过程中，王老师倒是面无表情地微微点过几次头，以示正在听着吕青阳的介绍。而当吕青阳不再打算说话的瞬间，王老师又目光前视地随口问了他一句什么，引得吕青阳又开始满脸诚惶诚恐地认真作答起来。

当王老师和吕青阳快走到喷水池旁边的时候，原本正和班内同学聊天的法学一班班委也发现了情况，一名高个子男生忙走出队伍快步迎了上来。

王老师带着吕青阳和那名同学最后停在了法学班队伍旁的石

阶上。

董礼班内的几位同学见王老师到来后,立即笑着和王老师打起了招呼。对于这些热情的同学,王老师一改之前的严肃,立时露出了满脸灿烂的笑容,并微笑着大声和同学们互动交流起来。

王老师和同学们交流时,丝毫不顾身旁正在说话的吕青阳,吕青阳见状便住了嘴,仅陪在一旁满脸微笑地看着王老师和同学们互动。

只一会儿的工夫,王老师的身边又多了四名同学,想是政治学和社会学班的主要班级干部。吕青阳在内的这六名同学呈扇形围在了王老师的面前,王老师也不再同董礼班上的同学交流,而是又表情严肃地对着面前的六人说起了什么,六个人则在王老师交代的过程中频频点头。

不一会儿,王老师停止了谈话,一个人向前走去。六位班级干部也快速地转身走向各自班级的队伍。

吕青阳回到班级队伍后,先把慕雪婷、董礼和邰静单独叫出了队列,重点强调了马上要举行的开学典礼的各项事宜,并要求各主要班委务必团结一致,保证好会场秩序,要带领同学们该唱歌的时候唱歌,该鼓掌的时候鼓掌,坚决不许中途退场,不许起哄、打闹。

董礼虽知这些仍是下午碰头会上吕青阳传达的王老师早前的要求,但也还是跟其他人一样,很认真地点头表示会认真遵照执行。

吕青阳跟慕雪婷他们强调完后,把其他班委和各寝室长召集到一起,又认真地重复了一遍刚才说过的话,并让各寝室长尽快将王老师的要求传达到寝室内的每一个人。

做完这件事后,吕青阳仅让体育委员庄严和文艺委员蔡楠单独留下，而令其余的人马上归队传达王老师的要求并准备出发。

大约过了一分钟，吕青阳三人也向班级队伍走来，来到队伍旁后，吕青阳和蔡楠立即回归到了队伍中，而庄严则站到了队伍的前面。庄严看了看队伍后，大声道："法学二班的同学都有了，现在开始以我为基准，以各寝室为单位成两路纵队集合，准备入场参加学院开学典礼。"庄严边说还边高高地举起了右手。

从小就习惯了这种整队方式的同学们，立时开始按照两路纵队重新排队，一会儿的工夫，班级的队伍就排好了。

庄严见两路纵队已经基本成形，就再也没有发出什么"立正、稍息"的整队口令，而是任由大家就这么站了，同时自己也站在队前和本宿舍的李冬聊起天来。

又过了一会儿，各班的队伍接到命令开始整队前进。

进入会场后，董礼快速地环视了一下这个学校最大礼堂的格局。只见整个礼堂的建筑风格与家乡的老式电影院一样，整体格局为经典的"六块式"布局。现在，整个礼堂中只有观众席前区上方的顶灯和过道两旁及安全门处的壁灯打开着，观众席后区及主席台上的顶灯都关闭着。

等大家都到了前区中间那块指定的座位区并坐定后，董礼这才发现，其实来参加开学典礼的，除了本届法学院法学、政治学和社会学专业的新生外，法学院大二至大四的各个专业的高年级班级也都被通知到会，各专业高年级的同学还分别拉起了写有"法学""政治学"和"社会学"字样的几面红旗。

按照学院惯例，礼堂中间靠前区域的最好位置全部留给了大一新生，新生们按所修专业的类别，从左至右分别是政治学、社会学和法学的六个班级。每个班又都按着三人一排、从前至后的顺序就座，而那些大二至大四的班级则环绕着各自的新生班，或呈半环状、或呈片状，分别在新生区的外围就座。

董礼依事先与吕青阳等约定，一个人坐在了班级队伍最后一排的外侧，至于董礼旁边的那个位置，因为缺员没人坐，就任由其空在了那里。

不一会儿，董礼发现自己班级队伍前面的同学像接力似的，分两路不断回过头来向坐在后排的同学说了句什么，等前面的人说完后，后边的同学也不回答对方，就马上把身子转向后边的人又继续传了下去。

又过了一会儿，坐在董礼前排的黄健终于把话传到了董礼这里，他说："等会儿各班新生之间要进行拉歌比赛，文艺委员问大家，都会唱《团结就是力量》这首歌吗？如果大家都会的话，那等会儿她起头后，大家就一起大声唱起来。"

董礼点点头说："会。"

黄健闻言后，立时转身拍拍前排人的肩膀说"会"，而黄健前排的同学在得到黄健的回答后，头也不回，又拍了拍前排人的肩膀说"会"，信息便这样一个接一个地又向前传递了回去。

正当董礼坐在那儿看得有趣的时候，忽听旁边有人向他问话道："董礼，你旁边没人吧？"董礼转头看去，见身边不知什么候已经站了一个高个儿的胖子，这人虽然看起来十分眼熟，但一时间却又想不起来他是谁，想到这人既然能叫出自己的名字，显见是认识自己的。

念及此处后，董礼便忙对他笑道："没人，没人，进来坐吧。"

那人在得到董礼的允许后，便侧着身子挤了进来，等他一坐下后，就以手做扇不断用力地在下颏旁扇了起来。他边扇风边侧头看向法学一班的队伍，并很随意地和董礼聊道："这天可是真热，也不知道哪天会降降温，还让不让人活了？"

董礼见他跟自己说话，就礼貌性地回道："是呀，这天是有点儿热，不过估计也快结束了，这都九月中旬了，再忍两天，等到了'十月一'，估计就能彻底凉快下来了。"

那人"嗯"了一声，算是回答了董礼。

董礼见那人暂时再没跟自己说话的意思，也就没再多说什么，而是飞快地动起脑子，努力地想回忆起身边这人究竟是谁。

此时，吕青阳又从第一排站起并向队伍中间张望，文艺委员蔡楠会意起身，并低头向前后排的人说了句什么。随后，蔡楠站直了身子做了个起唱的手势，接着她的身边便响起了参差不齐的歌声，可是还没等唱几句却不知什么原因又整体没了动静。周围的人见状，便顿时报以笑声和起哄声，蔡楠见此情状后就红着脸坐了下去。

本已坐下等待班级唱歌出彩的吕青阳见状，立刻皱着眉头起身，然后开始贴着外侧一列座位的过道边往后走，边表情严肃地对班内同学强调着什么。

及至走到董礼和黄健的座位旁，吕青阳俯下身子，很严肃地对董礼和黄健说："等会儿蔡楠再站起来示意起唱时，咱们就一起唱《团结就是力量》，声音要响、气势要大。这是咱们班在全院同学面前的首次亮相，千万不能出丑，班委必须负起应有的责任，尤其不能拖后腿，要带头好好唱。"

董礼暗忖道，吕青阳这话说得，好像大家刚才不负责似的，只是入场以来，除了黄健问过是否会唱《团结就是力量》以外，再也没人通知何时唱、怎么起唱等事宜，现在吕青阳见起唱不成功，便说出了这样一句话，真是令人莫名其妙，也确实有点不负责任。

不过在听到吕青阳的话后，黄健倒是回了他一句："刚才也没人通知什么时候起唱，所以蔡楠站起来后我都不知道要干什么。这回知道了，你放心吧，班长，等会儿蔡楠再打拍子时，我一定尽我最大的音量去配合着唱。"

吕青阳听到黄健如此坚定的回答后，脸上顿时露出了喜色，还伸出手来在黄健的肩头轻拍了两下以示嘉许。

吕青阳正要再次将头转向董礼进行嘱咐的时候，忽然发现了董礼旁边的胖子，于是便先不和董礼说话，而是对着那个胖子笑道："你这班长当的，刚才集合时也不见你出现，怎么这会儿倒是跑到后面来躲清闲了？"

听到吕青阳的问话，董礼忽然想起，身边这个看着面熟的胖子原来是法学一班的班长钱坤。

钱坤边扇风边不以为然地对吕青阳道："刚才去车站送了个人，现在这不正坐镇大后方进行指挥呢吗，前面的事儿，有别的班委分别负责就行了，一时半会儿还用不上我，等需要的时候我再出马，有道是'大将出马，一个顶俩'，哈哈。不过看起来你倒是挺忙的呀！"

吕青阳答道："你看这五个班的班长不都在忙吗，就你坐在这里养膘，我看是该减减肥了。"

吕青阳说完也不等钱坤回答，就在董礼的肩上拍了拍道："等会儿好好唱呀。"说完也不等董礼回答，就又转身向蔡楠那里走去。

董礼远远看到，吕青阳重新来到蔡楠的身旁后，又低头对她说了几句什么，蔡楠便又站了起来，然后向前后两边的队伍看了看，又低头对身边的同学说了几句什么，接着就举起双手开始示意大家起唱。

经过吕青阳的这番招呼，班级这回的歌唱效果果然发生了质的飞跃——这一回起唱后，班内的同学一是发声齐整，另外音量也大，整体效果出来后，那是相当不错！吕青阳站在当地，前前后后地看了几遍众人的表现，然后便满意地向自己的座位走去。

钱坤在董礼换气的关口，指了下前面的吕青阳低声对董礼道："这个吕青阳好胜心挺强呀，连唱歌这样的事情也要争个头彩，看来我以后得多向他学习学习，同时我们班也要向你们班多学习学习。你们班如果什么事情都这样操作的话，可是让我们其他班，尤其是我们班的工作显得很被动呀。咱们商量商量，今后不论什么工作，咱们两个班能不能在沟通交流后一起进行？毕竟两个班都是小法学专业的嘛。"他说完后就把头扭向董礼，一副征询的表情。

董礼不太明白钱坤此话何意，就转头看向钱坤道："钱大班长，恕在下愚钝，你刚才说的话是什么意思？我有点听不太明白。"

钱坤道："还能有什么意思？总不会是两个班不一起唱歌这样的小事吧。我是说，你们班的班委确定得可真快，快就算了，你们确定完等等我们也确定完了，咱们再一起向王老师申请召开班委见面会也行呀。你看你们班急的，那么快就确定完了，然后就催着王老师赶快召开班委见面会，打了我们班一个措手不及，让我们很被动呀。"

董礼奇道："不是王老师通知让快点确定班委，然后尽快召开班委见面会的吗？"

钱坤见董礼的表情不似作伪，便道："没有呀，王老师什么时候说过这话？王老师三令五申，说各班一定不要着急确定班委人选。在各班确定了班长、党支书、团支书和副班长这四位核心班委的情况下，可以多花点时间和其他同学接触观察，等确实认为人选妥当后，再慎重决定，难道吕青阳没跟你们几位核心班委说过这话？"

董礼一脸茫然地道："没说过，从来没跟我们这样说过。吕青阳上周五晚上找的我，说上午王老师找他谈话了，让他通知我和慕雪婷，说这周一下午要举行两个法学班的候选班委见面会，而且说让我们尽快确定剩下的人选，别拖学院学生工作的后腿。因为我接触了解同学的节奏有点慢，他还帮我确定了一个团委委员呢。按照你这么说，难道王老师事前没确定周一下午开见面会呀？"

钱坤道："他还帮你确定了一个团委委员？他这手……王老师是定了周一下午开见面会。不过，那好像是你们班长吕青阳要求或建议的。而且对于从慎重确定班委到快速确定班委这个转变，我想吕青阳的建议起了很主要的作用。

"或许王老师怕各班曲解了她的意思，以为慎重确定班委就是无限期拖延时间，所以就临时改变了主意，又让吕青阳催促大家加快遴选进度了？不过即便这么说也不对劲儿呀，据我所知，政治学和社会学班现在还有部分班委的人选没有最后确定下来，人家王老师也没说什么呀，要是这么看的话，这事儿还真是有点意思……"

钱坤这番话说完后，瞬间就让董礼对这个长相平常的胖子另眼相看起来。董礼心想，这个钱坤表面上看着粗粗疏疏的，没想到他的政治敏锐性倒是很强，从两人交谈的三言两语间他就发现了其中的问题所在，而且他给自己点到的话也是要言不烦、意蕴深远，看来这人还真是道行不浅……

等董礼和钱坤聊完天后,发现刚才蔡楠起的那首歌已经唱完了,而当下会场的形势也已发生了很大的变化——

起初,社会学一班的同学见法学二班抢了拉歌比赛的风头,就在董礼他们班唱完后,开始分成两队一问一答地起哄,一队大叫:"法二唱得好不好?再来一个要不要?"另一队就应答:"好好好,要要要!"

之后,大二、大三的高年级法学班同学见社会学班的新生在同自己的嫡系师弟师妹们叫板后,就开始群起声援道:"冬瓜皮,西瓜皮,社会学班耍赖皮。机关枪,两条腿,打得你们张开嘴儿。社会学班来一个,噢——噢——噢——"

想是反击的词句太过有趣,在这些人喊完后,整个会场上包括社会学专业部分同学在内的众人都哈哈大笑起来,整个会场顿时成了一片欢乐的海洋。

因为自己班的歌唱得很出彩,吕青阳也好像立了大功一般,边侧坐在座位上一副挑衅的神情望着社会学班,边撇着大嘴异常开心地笑……

大家笑过之后,社会学专业高年级的同学也开始帮着师弟师妹们还击,就听他们齐声嚷道:"叫我唱,我就唱,我的面子往哪儿放?要我唱,偏不唱,看你能把我怎么样?噢——噢——噢——"

法学班早有准备似的回敬道:"社会学真不爽,就连唱歌都不响。不唱我们不勉强,赶紧打包回家乡。噢——噢——噢——"

社会学班闻言,又开始了新一轮的回击:"东风吹,战鼓擂。要拉歌,谁怕谁。噢——噢——噢——"

也不知是不是此前已经进行了暗中联络,此时政治学专业的上几届同学等社会学班喊完后,突然横空出世地开始替法学专业同学帮腔道:"时间宝贵,要唱干脆,杜绝浪费,不唱撤退!社会学班,你们还能不能唱了?再不唱我们开始唱了。噢——噢——噢——"

社会学专业在发现法学专业和政治学专业此刻已经开始联手后,口风立即软了下来,口号的内容也开始变得给自己找台阶下,就听他们喊道:"革命歌曲大家唱,你不唱来我就唱。要唱我们大声唱,唱得不好请原谅。噢——噢——噢——"

法学和政治学两个专业的同学虽见社会学专业的同学已经开始屈服,但却兀自不饶,仍穷追猛打道:"要唱你就快点唱,磨磨叽叽什么样。唱——唱——唱,噢——噢——噢——"

事已至此,刚才挑起事端的社会学专业的新生一班只好出面为师兄、师姐们解围,就见一班的一位女同学在众人的注目下柔柔弱弱地站了起来,此人甫一站起,便立刻引来社会学高年级同学的一片叫好声和掌声,那同学起的歌曲却是一首《社会主义好》。

社会学专业的新生刚一唱完,社会学专业高年级的同学便有了莫大的资本一般,立时高声向政治学专业的班级开始叫嚣道:"打蔫了吧?没词了吧?你们的声儿都哪儿去了呀?不行了吧?沙哑了吧?以后不敢再叫板了吧?政治学班来一个,噢——噢——噢——"

让董礼万万没想到的是,还没等政治学专业的同学回答,法学专业高年级的同学却开始出手相助社会学专业道:"红旗飘,绿旗飘,谁再不唱谁草包。政治学班来一个,噢——噢——噢——"

全场见法学专业的同学们这么快就开始倒戈,顿时又响起了一片哄笑声,以至于法学专业的许多同学也开始融入这股大潮中跟着大笑起来。

黄健一边涨红了脸跟着纵情放声大笑,一边转过身来对董礼道："你说这叫什么事儿呀？这不就是过河拆桥吗？哈哈哈。咱们专业的某些同学简直成了墙头草两边倒了，哈哈哈。"

董礼笑道："就是，拉歌版的《三国演义》，没有永恒的朋友，也没有永恒的敌人，只有永恒的利益，这就是政治呀，哈哈。"

钱坤听到董礼这么说，就扭过脸来笑着看了董礼一眼，不过他刚要张嘴对董礼说点什么，却见一位身着淡蓝色短袖衬衫的男老师从左侧的台阶快步登上了主席台。

等上了主席台后，这位老师先是走到前排桌子前将几只麦克风的开关依次打开。然后又走到台侧那处独立的发言席处，扭正了台上固定着的那只麦克风的金属线筒，接着又伸出左手食指在话筒上轻轻地敲了两下，礼堂的音箱顿时跟着"噔、噔"地响了两声。

那人随即低头侧向话筒并对台下的同学道："今天的歌就先赛到这里吧，大家都肃静一下，准备开会。"说完后，他又仔细地把话筒扶正，然后穿台而过，向主席台另一面的侧门走去。

此时，全场同学已经笑闹了半天，也确实有点倦了，各个班级便开始整肃装容准备开会。

就在大家调整的过程中，主席台上方的大灯开始逐一亮起，原本有点显暗的主席台也渐渐光明起来，此时早已等在主席台右侧准备上场的老师们见主席台上方的大灯亮起后，就以一个看似松散的队形开始慢慢入场。

高年级的同学见到老师们入场后，便开始鼓起掌来。各班新生在老生的带动下，也开始跟着鼓掌。

台上的老师见状，就也边走边向同学们鼓掌以作回应，走在最前面的那位老师甚至还抬起手来向同学们用力地招了招。台下的同学见状,便报以更加热烈的掌声。

等众老师根据桌签上的姓名分两排逐一就座后,董礼发现,他们的辅导员王老师被安排在了后排座位偏右的角落里。

又过了一分钟的样子,前排靠边就座的一位身着浅色短衫的女老师先是扫视了一下全场,然后微笑道:"各位领导、老师、同学们,大家晚上好,法学院新生开学典礼现在开始。下面,进行会议第一项内容,请全体起立,奏唱国歌。"

场内众人闻言后立时全部起立,接着"起来,不愿做奴隶的人们……"的雄壮国歌声立时响彻全场。

等奏唱完国歌后,主持老师俯身对着话筒道:"奏唱国歌完毕,大家请坐下。"

整个会场立时又发出了一片大家整凳落座的声音。

主持老师等大家全都坐好后便继续道:"下面,请允许我介绍一下今天到会的学院领导和老师们,他们是:法学院院长陈淑理教授。"坐在主席台前排中央的一位老师闻言起立,微笑着向大家点头示意。

董礼看时,却是刚才入场时那位向众人招手的老师。台下同学见陈院长站起示意,立即报以一片持久且热烈的掌声。

主持老师见状,笑着停了一会儿,等同学们掌声渐歇后续道:"法学院分党委书记左冷杉书记。"就见陈院长左手座位上一位脸色暗黑、面容略老的老师闻言后,立时板着脸、鼓着掌站了起来。

这一回,倒是新生抢了个先,在主持老师的声音一落后就立时鼓起掌来,不过老生们这次的掌声却并不积极,那有一搭无一搭的样子,很有些应付差事的意思,是以欢迎书记的场面也就与院长显出了差距。好在新生们鼓掌都很用心,所以书记收获的掌声也还说得过去。

短衫老师显见有着主持方面的丰富经验,是以不等声音显出更大差别时就继续道:"法学院副院长石俊民教授,法学院副院长孙忠林教授,法学院分党委副书记董永光老师,法学院分团委主要负责人及各年级的辅导员老师,让我们以热烈的掌声欢迎各位领导及老师的到来。"

这回主持老师在介绍各位领导及老师的时候,再没有明显的停顿,而是一连串地说了下来,而各位领导和老师也再没有人起立致意。等主持人介绍完毕后,同学们礼节性地统一鼓了一次掌。

掌声毕后,主持老师继续道:"接下来,进行会议第二项内容,请我院政治学冯凌云教授作为教师代表进行发言。"

主持老师话音刚落,台下的老生间便立时响起了一片热烈的掌声和欢呼声。

伴随着同学们的掌声,一位坐在前排的中年男老师立时起立并向台侧发言席走去。

冯教授并没直接走到发言席处致辞,而是先站到发言席旁向台上的领导及老师和台下的同学们各鞠了一躬,场内众人见状则立即鼓掌回应。

冯教授讲完后,全场立时爆发出热烈的掌声,就连台上的老师也不由自主地跟着鼓起掌来。

虽然董礼也跟着大家一起鼓掌,但是对于冯教授的致辞,董礼着实有些似懂非懂——有些内容董礼曾经听过或者能够听明白,但是有些内容董礼却一时还不明所以,而且对于冯教授口中蹦出的某些词汇,董礼甚至还真是平生第一次听说。董礼心想,大多数学生夜以继日、十年寒窗的意义,就是使自己能够有资格追随这样的学者大师以继承学术薪火，以传承文明精神，以真正改变国家和社会吧。

主持老师等到全场的掌声渐小后又继续道："感谢冯教授对同学们这番语重心长的教诲和嘱托，也希望我们法学院的全体同学在经过四年的学习和锻炼后，都能够给在座的老师们交上一份满意的答卷。下面，进行大会第三项内容，请社会学专业的皮伟民同学作为学生代表进行发言。"

一位身着淡蓝色西装的男同学闻言后，立即从观众席第一排站了起来，并在同学们的掌声中意气风发地走上了主席台。

不知是因为有了冯教授讲话的珠玉在前，还是出于同龄人水平不相上下的嫉妒，虽然皮伟民同学的致辞中还是有很多亮点，但是台下的掌声却显得稀稀拉拉的很没精神。

主持人等皮伟民同学走下主席台后，又笑着说道："谢谢皮伟民同学的精彩致辞，听得出，这份致辞既是老生对新生的一种寄托，也是我们学院同学的一种宣言，更体现了学院既往的培养成果，真是值得我们欣慰和自豪。下面，进行大会第四项内容，请我们院的左书记致辞。"

这一次，与台下礼节性掌声相对的是，主席台后排各位辅导员们响亮的掌声。左书记似乎对师生们的掌声并不在意，脸上的表情始终那么严肃如一。

与前面两位致辞人的最大不同是，左书记并未像他们那样走到发言席处，而是直接把桌上的话筒拉到自己的面前，然后坐着开始了自己的致辞。

左书记致辞时完全脱稿，声音洪亮，手势有力，激情澎湃，全程下来竟没有一丝他事先说的近期生了大病的迹象，而且言谈举止间还很有大领导的风范和气魄。不过在他讲话过程中,诸如那些颇具实用主义的"肺腑之言"以及"强健体质"等搭配用词,还是让人听着有点别扭。还有就是他演说中所引用的各种名言、讲话,也让人不知准确与否。至于当他把人们通常说的"法学大师"说成了"大法师"时,更是引得台下一阵大笑。

董礼发现,当左书记说这句话时,在他身边一直正襟危坐、一副温文尔雅模样的陈院长,竟不觉这些言辞是在针对他们这些法学家开炮一般,脸上还露出了一种觉得左书记言语有趣的善意笑容,并微笑着偏过脸去看左书记。

与陈院长的敦厚、稳重比起来,主席台上就座的一些老师的修为,就立时显出了差距。

比如,后排就座的一位年轻男老师在听到左书记说这句话时,脸上马上就毫不掩饰地绽开了灿烂的笑容,并看着左书记的后脑勺大笑了起来。

还比如,一位女老师似乎是出于怕自己笑得太过而惹左书记不快的考虑,以致在她露出笑容的同时,马上以手掩口,垂下了头,仅任由一双肩膀在那里有节奏地轻轻地抖。等过了几秒钟后,她终于又抬起头来,不过脸上那副想控制但又不能完全控制住的欢乐表情到底出卖了她的内心,想是她觉得这样不好,所以又马上把头低了下去。

到底是老教师,同样听闻这句话后,在角落里就座的王老师就好似什么问题也没有听出来一般,脸上的表情也几乎没有发生什么明显变化地就那样端坐在原处,果然是成熟老到!

等左书记讲完后,台上台下立即爆发出热烈的掌声。不过这种热烈,在董礼看来,并非仅是蕴含着对左书记讲话赞赏这唯一的情感，因为大家脸上的种种坏笑几乎说明了一切。

左书记对大家送给他的掌声倒是感觉良好，还在台上跟着大家鼓了几下掌以作答谢，鼓完了掌的左书记再次向台下的同学们认真地点了点头，然后才一脸满足地拿起了面前的杯子去喝水。

董礼正和大家一起鼓掌的时候，身边的钱坤却边鼓掌边用手肘碰了董礼一下后小声道："你仔细观察一下左书记喝水时的动作，全院有名的'左三圈'。"

董礼依言看去，一会儿便看出了左书记喝水时的门道。

左书记喝水的动作很有意思，与常人轻轻吹水、喝水的动作不同，左书记的喝水简直就是在做整个的头部运动。远远看去，左书记从端杯到喝水要分四步，第一步端杯停于面前，第二步开始鼓腮噘唇，第三步把头围着杯子口按逆时针方向边吹边大幅度画圆，第四步不多不少画完三圈后举杯喝水。喝完一口水后，再次重复上述动作。

董礼看罢，便笑着对钱坤道："真是名不虚传呀，哈哈。"

钱坤微微一笑道："目前，你对这个绰号的理解还很肤浅。这喝水时的'三圈'，是娱乐你的。等过一段时间后的那'三圈'，才是痛苦你的。你就慢慢体会消受吧。"

董礼刚要说话，却听主持老师道："感谢左书记这番思虑长远、发自肺腑的长者之言。我希望同学们对于左书记讲话中提到的诸多鲜活实例和经验之谈，都能够仔细体会、认真咀嚼，相信大家也都能在左书记的讲话中有所收益。下面，进行大会最后一项内容，有请我们的陈院长为大家致辞，大家掌声欢迎。"

主持人的话音一落，台下就顿时爆发出一片热烈的掌声。

陈院长从座位上站起，轻快地走到发言席处，微笑着开始了自己的致辞。

演讲过程中，陈院长那一身正气，那一腔寄托，那一丝忧虑，那一种期许，随着他语带金石的娓娓道来，让董礼很受感染。虽然陈院长说的很多东西，董礼当下还不能完全理解，但他依然如全场的师生一样，将最热烈的掌声送给了这位杰出的学院掌门人。

第七章　等闲识得愚贤面

经过开学后的学前教育、上课、班会和开学典礼等活动后，班级内的各位同学渐渐地熟悉起来。除了课间同桌、前后桌间的课堂交流外，在平时的学习和生活中，个人的活动半径也开始超出了各自的寝室，而在相邻的寝室间开始了更大范围的相互接触。

傍晚的时候，隔壁寝室的李彪拿着脸盆来董礼他们寝室借水。

进门后，李彪并未直接向站在铺前打算出去的董礼开口，而是拿着盆径自向坐在铺上翻书的王辉走了过去，然后嬉皮笑脸地对王辉道："小帅哥，忙啥呢？再借点水呗。"

王辉看都不看李彪一眼，直接不耐烦地对他道："去、去、去，又来借水，我打的那点水都让你给借光了，那我用什么？自己不会打水去？你都快懒死了。"

李彪被拒绝后也不着恼，依然站在那里死皮赖脸地笑着央求道："就不去，去了就不找你了。一个男人，别那么小气好不好？"

王辉道："谁小气了？一次两次可以，但是你也不能天天总来找我借水呀？除非你给我水费和跑腿费，否则的话，你最好还是别借了。"

李彪笑道："没问题，明天打了水还你，现在开水房不是已经关了嘛。"

王辉道："晚上我洗脚还没水呢，真不够了，你看看别人谁还有，你先向别人去借吧。"

李彪见王辉是真不打算借了，就拿着盆怏怏不快地往外走。

等李彪快走到门口时，董礼叫住他道："你看看我壶里还有水吗，如果有的话，你就拿去用吧。"

李彪闻言后立刻喜上眉梢，忙对董礼连声道："谢谢书记、谢谢书记。"说完后立时拿起董礼的开水瓶晃了晃，然后抬起头对董礼道，"这么多水？那我就倒点，等明天我打了水再还给你。"

董礼笑道："不用还了，一点点水而已，我现在又不用，明天我就又打新水了，这么客气干吗。"

倒完水后，李彪却不离开，而是转身气王辉道："王辉，你看看人家董礼，到底是书记，真是想人之所想、急人之所急。你再看看你，什么素质？我就纳闷了，同是住在一个寝室里的，做人的差距怎么就这么大呢？"

王辉听后立时把书一放，然后对着李彪大声道："你真是忘恩负义，我借了你那么多次的水都不说，就这一次没借，你就说我，真是有奶就是娘。"

李彪嬉皮笑脸地还嘴道："废话，没奶那是爹！"

王辉闻言后，马上抓起手边的一张纸，三下两下揉成一个纸团，然后用力地向李彪掷了过去，边掷还边佯怒道："你给我滚。"

李彪一边躲闪，一边拿着盆哈哈大笑着出了门，边走还边喊道："董礼是好人，王辉大坏蛋。董礼是好人，王辉大坏蛋。"

董礼笑着正准备往外走的时候，吕青阳却龇牙笑着先走了进来。

吕青阳对董礼笑道："你干什么好事了，还大好人？"

董礼一笑道："没什么，李彪和王辉闹着玩呢。你干吗呢，过来找谁？"

吕青阳道："就找你，有点儿事想跟你商量一下，现在方便吗？"

董礼道："行，你说吧。"

吕青阳看了眼正坐在床上的王辉后，对董礼使了个眼色道："别影响人家看书，咱们还是到外面去说吧。"

董礼会意，就跟在吕青阳的身后走了出来。

等走到了走廊拐角处，吕青阳这才转身对董礼道："是这么个事儿，这不朱泽洪师兄从上次班会开始，就不当咱们班的班级联络员了嘛。人家从开学后，就一直跟着咱们班辛苦到现在，王老师提示我，让咱们班委商议一下，看咱们班是不是应该表示一点心意。而且，我想咱们这些核心班委都还是朱泽洪师兄建议王老师定下来的。所以，于公于私，咱们都应该感谢一下人家，我打算用班费买点纪念品送给朱泽洪师兄。这不过来想先跟你商量一下，你看行吗？"

对于这么一件小事，吕青阳还特意过来跟自己商量，董礼觉得很受尊重，而且这个事也属人之常情并且也得到了王老师的许可，所以董礼觉得没有什么理由不同意，于是便道："朱师兄前期确实为了咱们班的事情没少费心，另外王老师也指点你这么做，想来是没什么问题的，所以对于这件事情我完全同意。那你打算买点什么东西送他呢？"

吕青阳见董礼同意了自己的主张，就面露笑容道："我目前还没想好，但是听人说西街那边有很多商铺，商品种类多、又便宜，我想看看那边有没有高档一点的影集或者台灯之类的东西，像笔记本、钢笔什么的小儿科都太便宜了，送人没什么意思，你看呢？"

董礼道："行，你看着买吧。用不用我和你一起过去？"

"到时候看情况再定吧，如果需要，我再麻烦你，我看你这一天天都挺忙的，呵呵。看样子，你这是还要出去呀。你忙吧，没别的事了。"吕青阳说最后一句话时，再不多看董礼一眼，边说边向前走，还抬起手在虚空中很有力地晃了一下，只把董礼一个人留在当地。

董礼看着吕青阳的背影，总觉得眼前这场景好像在哪部乡村题材的影视剧里看过！

董礼今晚确实有事，部里要召开面试后的第一次例会。所以，在和吕青阳谈完事后，董礼又来到寝室斜对门的水房，对着墙上的整容镜重新整理了一下衣服，然后回到寝室，把一个早已准备好的小笔记本和笔装进裤袋，这才脚步轻快地转身离去。

因为离开会的时间尚早，而且由于董礼他们这届新生的图书证至今也没有办下来，所以董礼就走进了学校主楼后边的那家书店。

这家书店很大，就像董礼家乡最大的那家新华书店那样大，而且店里的图书种类也非常丰富。店里的书籍按照文理学科分为两大区域，靠近门口的是理工类书籍区，里面则是人文、社科类书籍区。

董礼对于理工类书籍不太感兴趣，只是见到一本介绍计算机应用知识方面的书籍的封面设计得活泼有趣，这才随手拿起来翻了翻，等看了几页后，觉得里面内容写得太深，就又放回了原处。

董礼绕着店里的几个展台拐了几个弯后，便转到了人文、社科类书籍区，在这个区域里，书的摆放比理工区显得拥挤了许多，不但书架上塞满了各种书籍，就连书架的顶端也摆满了早已落满灰尘的成捆旧书。

董礼略略打量了一下，见架上近三分之一的书是各种专业教材，还有就是各领域的学术专著，以及一些学术随笔、学术小品之类的文化书籍。

小说虽然也有一些，但都是像路遥的《平凡的世界》、凌力的《少年天子》或者二月河的《雍正皇帝》等获过茅盾文学奖等的小说，诸如家乡书店里常有的金庸、古龙、梁羽生和琼瑶的书，董礼在这里却是一本都没见到。

董礼找到摆放法学类书籍的区域，随手拿起一本书翻读了起来。但是翻了几页后董礼发现，自己对于其中内容的理解，也不比对那本计算机的书强到哪里去。虽然书中的文字每个都认识，但是当把这些文字组合到一起后，就几乎一句也看不懂了。

好在董礼也不太在意这些，心想这才刚刚入学，那些专业书里的东西之于此时的自己，肯定是显得深奥难懂，假以时日后，肯定会明白他们想要说的内容。即便自己愚钝，四年后也总归能看懂书中的大意。董礼放下那些法学书，只是随便挑些能看懂的文史类的作品去看。

董礼并没觉得在书店里站读了多久，可是再看表时，却发现时间已经接近九点。于是，董礼马上合书归架，然后脚步匆匆地向学生活动中心走去。

等到了地下室后，董礼决定先去面试时的那间办公室问一问，看看维权部今晚究竟在哪间办公室开会。但当董礼刚一站到那间办公室的门口，就发现周凯正面带微笑地和面前的几个部员在聊天。

由于周凯的座位正对着门，所以他也立即看到了董礼。于是周凯马上向董礼招手道："进来吧，咱们今天就在这里开例会。"

董礼一边答应着，一边走进了屋子，然后找了一把靠前的空椅子坐了。

几位部员见状，都回过头来看董礼，董礼则马上微笑着对他们点头示意。那些人中有的人见状也礼貌地对董礼报以一笑，有的人却对董礼的到来视而不见，而这些人中，就有那个坐在第一排的贾占国。

就听贾占国接着刚才的话题又对周凯道："那也就是快要联系成功了吧？如果那样的话，大家可都能少跑很多路，少浪费很多排队的时间了。"

周凯看着贾占国道："对，应该是这样的。"

说完后周凯又把目光投向董礼，正当他刚想跟董礼说几句话的时候，那边贾占国却又问道："那我看我们屋里现在也没有电话，是不是到时候还得自己出钱买一部？"

"应该是自己出钱买，当时只谈妥了接线入网的事，人家可没说要给咱们送电话。如果真送的话，那些费用谁来负担？这可不是一笔小钱，我估计着最好的结果是电信公司运来一批电话，咱们按照批发价来买。当然每个寝室也可以自行凑钱去解决。你想，好点的电话也就四五十块钱，一个宿舍六个人，一个人十块钱都不到。"周凯回道。

"要是真能送电话就好了。"两位女生听到周凯的回答后，就对望着小声嘀咕了一句。

周凯笑着看了眼两位女生后却没再说话，而是又把头转向了董礼。

刚要说话的周凯，忽然看见又有人站到了门口，便再次招呼他们进来。

这次进来的人还不少，几乎把屋里的凳子都坐满了，而且队伍的最后还跟进来了米庆丰和汪江涛。

等大家全都坐好后，汪江涛又从文件夹里找出维权部的会议记录本，然后扔到周凯面前的桌子上道："你俩谁记一下？"

周凯拿出笔来道："还是我来吧。"说着便展开本子在上面写了起来。

汪江涛继续道："大家都来得差不多了，也都没有迟到，很好，希望今后能够继续保持。现在咱们开始开会，今天的会议主要有这么两件事，一是向大家通报一项咱们部参与的，与在座每位的切身利益都有关的利民工程。另外一件事就是布置一下下周的工作任务。下面先由周凯通报一下前一项工作的具体内容。"汪江涛说完后就看向了周凯。

周凯立时停笔向汪江涛点了下头，然后转向众人道："好的，下面由我向部里汇报一下上周的一个工作。大家都知道，我们学校因为种种历史原因，使得学生寝室至今还都没安上电话，这让同学们跟外界的远程联络成为了一个大的问题。

"此前，虽然学生会也多次向学校反映过这个问题，但是都没能引起校领导的足够重视，这个问题也就一拖再拖，并一直拖到了我们这届。

"经过前期的调查了解，近几年首都的各大高校都已纷纷采取措施，先后实现了'电话进寝室'。所以，像我们学校这种状况在北京的高校中已经非常少见了，同学们对比其他学校之后，对这件事情的意见也是越来越大，几乎每次有关学习、生活问题的提案会上,大家都要重提这个问题。

"从去年开始,江涛部长将这件事情列为部内专项工作,并在部长会议上立下了军令状,明确要在他的任内解决这个已经困扰了同学们多年的实际问题。后来,学生会通过专报、情况反映等渠道,多次书面向学校予以反映,江涛部长也授权我接手并专门跟进这项工作。

"经过此前的多方努力,这个问题终于引起了学校领导层的重视。上学期,学校主要领导还专门为此召开了有关部门负责人及学生代表参加的专项工作会。会后,学校专门成立了以主管后勤工作的陆校长为组长的'寝室电话通'工作小组,并指派学校通讯中心具体与区里电信主管部门联系。

"在此期间,咱们维权部一直积极与通讯中心等部门沟通联系,不但通过各种途径积极推动这项工作的顺利开展,还每月以海报的形式向同学们通报这项工作的最新进展情况。

"上周,我按照江涛部长的指派,作为校学生会的代表,一起参加了通讯中心与电信公司的合同签约仪式。按照已签合同规定,电信公司从下周开始,将抽调专人、集中作业,分批在各个寝室楼施工,争取在半个月的时限内为各个寝室全都接通电话线。

"等电话线接通后,各寝室只要接上电话机,再通过购买的201电话卡,就能与外界通话了。到时候,这个多年来一直困扰我校同学的'打电话难'的问题,也将在包括我们维权部在内的各方的努力下,得到最终的解决。

"不过,下周安电话线的时候,需不需要咱们部再派人随同相关部门跟进工作,我现在还不知道,通讯中心只说让咱们等通知。那大家看一下,到时候如果谁有时间,就过来帮一下忙,最终究竟怎么安排,请大家听部长的调配。我就汇报到这里。"

说完后,周凯便看向了汪江涛。

汪江涛点了下头后笑着接道:"这是咱们部为同学们办的一件大事,也是一件实事。此前,部里的同学,尤其是周凯,没少为这件事情费心。现在,终于有了一个让人欣慰的结果,我感到很高兴。刚才周凯也说了,下周如果谁有空闲的话,可能需要跟一下这个项目,你们看看谁有时间过来一下。"汪江涛说完后,便用征询的目光看向了众人。

大家闻言后,瞬时都沉默了下来,并没有一个人主动说话。董礼在那里想,也不知是下周哪天接线,如果当时有课,那可还真走不开。

正当董礼暗做思想斗争的时候,第一排的贾占国却首先开口道:"虽然下周我也有课,但是我可以克服一下,到时候应该能够过来跟一下具体的任务,毕竟有些工作需要有人做嘛。"

虽然他的这番话说得慷慨,也有一定的示范作用,但接下来却仍是应者寥寥。

汪江涛又等了一会儿,见再无人跟进,就笑道:"那这项工作就先定下来贾占国吧,到时候有什么具体的事情,我再让周凯通知你。"说完这话后,他又自我解嘲地笑着对周凯和米庆丰道:"大一的同学不像咱们,还都是好孩子,谁都不想逃课,其实也不是所有老师的课都有必要去听的。"

周凯和米庆丰闻言后都露出了笑容,以示同意汪江涛的说法。

见汪江涛他们这样说,有两个男部员倒是也松了口,说如果到时候没什么重要的课就过来。不过董礼却已打定主意肯定不会逃课,所以任汪江涛他们如何引导,就是不表态。

汪江涛见状，也就没再接续这个话题，而是继续道："这个事情暂时就这么定了，会后你们几个能去的人把寝室号和联系方式都留给周凯，到时候看学校和部里的具体安排吧。下面，我再布置一下下周的工作任务。"

汪江涛边说边向面前的部员们巡看了一下，见只有董礼和一两个人拿出了笔记本要做记录的样子，而其他大部分人却只是直着脖子等着听话，便笑道："看来你们这些不打算做记录的人真是来听会的，连笔记本都不带，下面我说的内容你们都能记下来吗？以后开会的时候大家都记得要带上笔记本。"

几个没带笔记本的男生闻言后，立时对着汪江涛点了下头，更多没带笔记本的人则都不好意思地低下了头。只有董礼他们几个带了笔记本的部员，全都底气十足地端然稳坐在那里。董礼暗想，真是吃一堑长一智！

汪江涛继续道："下面开始布置工作。在布置之前，先向大家宣布一个纪律，这件事你们知道后，先不要和班内或同寝及你们认识的人说。

"按照工作安排，下周将召开学校主要负责人任免大会。你们可能不知道，我们学校现任的梁校长已经到了退休的年龄，经过教育部前期的酝酿考虑，新校长已经最终确定下来，下周教育部的领导将在这次任免大会上进行宣布，同时北京市委、市政府的有关领导也要参会。按照分工，咱们学生会要配合保卫处做好会场的安保工作。

"因为交接仪式究竟在哪天举行，现在还没有最终确定。所以大家还要等通知，这个活动按照团委老师的要求，各部的男部员只要那天没课的，到时候都要参加。"

周二晚上快熄灯的时候，吕青阳挽着裤管、穿着拖鞋又来到了董礼他们寝室。

见寝室的人都在，吕青阳就先是和大家有一搭没一搭地闲扯了几句，然后才道："今天晚上来，主要是跟你们说个事儿，这不每个宿舍都还没安电话嘛，大家平时打个电话都要去公用电话亭打，挺不方便的。

"上学期，经学校与区电信局等部门联系，明天电信局的人要来各个宿舍接电话线，所以每个宿舍都必须留人。但是，明天上下午咱们班又都有课，你们宿舍看谁留一下？如果没人愿意留，就班干部轮值，你们内部先商量一下，等确定人选后我记录一下，明天上课时我统一向老师请假。"

"我们上周开例会时，部长好像说是电信公司的要来，不是电信局的来。"董礼听后立时答道。

"你这消息还挺灵通的嘛，我都不知道，你就知道了。"吕青阳龇牙笑着搭了一句，言外之意好像董礼理应在他之后知道才对似的。

董礼也不以为意，仍笑着接道："还行，主要这件事情是我们部跟办的，部长例会时说我们部还要出人具体帮一下忙，要不就我留下吧。等安完我们寝室的电话之后，我还能去看看别的寝室的工作进展情况，顺便也算帮着部里完成了一项工作任务。就是不知道那些人什么时候才能来，如果上午来还好，要是下午来的话，上午没上成的课就可惜了。"

方泰伟笑道："书记兼色长（舍长）大人，浪费点课不算什么的啦，就算给我们大家做点贡献的啦，哈哈。"

董礼也笑着接道："做点贡献不算什么的啦，舍长不色的啦。"

众人闻言后都立时笑了起来。

大家正笑间,常乐忽然一脸郑重地对董礼道:"董礼,我看你挺想去上课的,那你就别留了,还是我留一下吧。"

董礼道:"难道你不想去上课了?"

常乐偏着头面色凝重地接道:"谁不去上课都是一种损失,但是看你这么不想缺课,还是你去上吧,记得把笔记好好记一记,回来给我抄一下就行。我正好有点事情需要办,这样留下来两者都能兼顾。"

董礼见常乐是真想留下来,就笑道:"不勉强吗?如果不勉强的话你就留下来,但如果你觉得不去上课真有损失的话,那还是我留吧,你就别争了。"

平时本就常常缺课的常乐闻言后,还真怕董礼把这个可以光明正大不用上课的机会给抢走,于是就一改之前的犹犹豫豫,而是语气坚定地对董礼道:"你别跟我争了,就我留下来吧,我真是有点自己的事儿要办,反正就算他们不过来装电话我也得请假。"

董礼点点头道:"既然是这样的话,那就还是你留吧。"

"班长,等安好电话线后,学校是不是还给咱们每个宿舍都发部电话机?还有,以后要是想打电话的话要不要钱?"常乐没接董礼的话,又转头问向吕青阳。

"电话过几天应该会发,要不光给接电话线又不发电话机,那同学们拿什么打电话呀?但是打电话肯定是要收费的,要不有些不自觉的人整天没完没了地打,那谁能付得起这个账?"吕青阳语气坚定地答道。

"过几天会发电话机?我们部里开会时可不是这样说的,我们部长说,电话线是电信公司的给我们学校安装,但是电话机却得每个寝室的成员自己凑钱买,至于以后打电话的话,应该都得是自己去商店买什么201电话卡,用这个电话卡就能跟外界通话了。"董礼立时纠正道。

"那可能是学校觉得给每个宿舍都配电话机成本太高,又临时改变计划了吧,我是很早之前知道这件事儿的,估计事后又有了新变化,等王老师给我最新消息后,我再传达给你们。"吕青阳听到董礼修正了他的话后,脸色稍赧后又立即改了口。

"那咱们买个什么样子的电话更拉风些?我看白射(色)的就不锉(错),不过,质量一定要好,要用整整四年啦。"方泰伟接着董礼的话又道。

王辉皱着眉头对方泰伟笑道:"老方,今天你是不是有什么问题,怎么说话总带家乡腔调,又不是不会说普通话,你这话一说,直让我听得浑身起鸡皮疙瘩。算我求你了,把舌头捋直了再说行吗?其实我觉得电话的颜色不应该成为关注的重点,关键还是价格和性能,我看最好买那种一百二十块钱的,据说质量很好,虽然这价钱乍一听挺贵,但是如果咱们六个人分摊下来的话,也就一人二十,四年下来一人一年五块,也不算多。"

"老方今天发春儿,你甭管他,等会儿过劲儿了自然就正常了。其实我觉得不用买那么好的,六十块钱那种的质量就不错,四年下来一人一年才两块五。"黄健接道。

方泰伟看王、黄二人一边议论着电话的事情,一边还语气自然地把自己给编派了进去,就笑着点指着他俩道:"这对狗男男,一唱一和的太恶心了,行,不说方言就不说。对了,黄健,你是不是之前有过发春儿的经验,要不你怎么知道等会儿过劲儿了自然就正常了呢?来,快点儿给我们谈谈你之前发春儿时的心得体会。"

邢胜男原本像往常一样捧着他的塑料水杯坐在铺上静听大家讨论，但是当听到方泰伟的这番有趣的说辞后，立时忍不住把一口水给喷了出来，然后还一边重复着"狗男男"等话来为自己的失态遮掩，一边像个纯洁无邪的小姑娘似的咯咯地笑了起来。

要是往常的话，董礼一定会顺势插话跟方泰伟或者黄健逗上几句，但今天他却不想在吕青阳面前节外生枝地去讨论别的事情，所以就点头接道："要不到时候咱们一起去市场挑一下吧，尽量选个物美价廉的。班长，你看咱们班这几个寝室一起批发几部电话怎么样？"

董礼边说边回头看向吕青阳。不过，不知什么时候，吕青阳已经离开了。

董礼见状便回头对大家道："各位都快点儿准备休息吧，我们边躺着酝酿睡意边接着商议买电话机的事情，我这最靠近门和灯的人可是要关门熄灯了。"

众人闻言后便纷纷响应。

等大家全都就位，董礼过去关寝室门的时候，隐约听到吕青阳正站在隔壁寝室的门口笑着向什么人嗔怪道："还想让学校给你发电话？真是美死你了！你咋不想着让学校也给你娶房媳妇呢？也不知道你是怎么考上的大学？那得各个宿舍的人合着出钱去买，然后每个人再去买个201电话卡才能打电话。"

董礼闻言一笑，"咔嚓"一声，轻轻地推上了寝室的门。

中午下课回到寝室的时候，董礼见屋门四敞大开，可是室内却空无一人，也不知事先说好要留守的常乐此刻跑到哪里去了。

董礼放下书刚要去杂物架旁提暖瓶打水的时候，忽然隐隐觉得门旁情况有异。仔细看时，却见门上天窗左上角和墙体接触的地方被钻了一个洞，一根长长的电话线已经伸了进来。至于电话线的末端，此刻已经浸在了门旁王辉泡了衣服的脸盆里，而脸盆架旁的地面上，则撒了一摊被钻碎了的红砖土屑和细木头渣。

董礼心想，这个常乐是怎么照看的寝室，也不知道帮着挪一下脸盆或在工程完毕之后打扫一下现场？董礼边想边向门后走去准备拿笤帚和撮子收拾屋子，可才向前走了一步，面前的门就被"砰"的一声撞开了，这个突如其来的变故着实把董礼给吓了一跳。

抬头看时，见常乐双手各拎了一只大编织袋，正满头大汗地侧身向门里进。

常乐不顾被他吓得站在当地尚未缓过神来的董礼，反而还嗔怪道："看什么看？没见我手里拎着东西，还不快点儿过来接把手儿？"

董礼见状，忙过去接了常乐左手的那个袋子，谁知这袋子竟然重得厉害，于是就问常乐道："你这莫不是去抢金库了吧，拿的东西这么沉，难不成是金砖？"

常乐擦了一把汗，气喘吁吁地道："要是一次能抢这么多金砖，就算立时把我给毙了都值呀！可是那样的好事儿怎么能轮得上我呀，兜里是师兄买的电话，让我先帮他拿上来放一下。"

董礼"哦"了一声后问道："难不成这两大袋子都是电话？这可真是够沉的，他弄这么多电话干吗？"

常乐向着黄健铺前的桌子一努嘴道："先把你手里的那个袋子放到我们桌上吧，可累死我了。"常乐边指挥董礼放东西边把自己手上的那个袋子随手放在了黄健的铺上，接着如释重负地一屁股坐在了黄健的床上开始擦汗。

常乐擦汗的时候，忽然瞟到了门边垂下来的电话线，于是就腾的一下起身向门旁走去，而且还边走边问董礼道："安电话线的工人过来了？他们什么时候来的？不是说下午才来吗？"

董礼情知不对，便反问常乐道："安电话线的时候你不在呀？那这电话线是怎么装上的？我们早晨走的时候，你不是说要在家里坚守到底吗？"

"你们走时我本来都醒了，可谁知这脑袋一沾枕头却又睡着了。等我起来后随便垫巴了一口，然后就在寝室里等人过来，可是一直到九点半多也没见有人过来，后来我听工程学院那边的同学说安电话线的工人人少活多，所以很可能下午才过来。

"又过了一会儿，有个老乡师兄过来找我，说让我帮他购买同时也帮他寄存点东西。我想反正工人下午才来，就跟他走了，没想到这些人就这么一会儿的工夫，竟然都过来把电话线给安好了，真是神奇呀。"常乐边说边捏着电话线翻来覆去地看了又看。

看完电话线后，常乐又仔细端详着门上方那个被钻开了的孔洞并对董礼道："你看这工艺，估计是站到外面生生用电钻钻透的，然后又把线从外面给穿进来的，要不就是舍管会的人跟着过来给他们开的门，你说我分析得对不对？"

董礼心中虽然对常乐的不负责任有点不满，但却仍笑道："应该是这样的。看样子，你也没吃饭吧。走，一起下去打个水，然后共进午餐怎么样？"

"我先不吃了，这半上午都快把我给累死了，哪还有力气下楼去吃饭！你去不去打水？要是去的话，帮我顺带也打一壶怎么样？我给你水票。"常乐边说边一脸相询地转身看向董礼。

"行，你给我吧。但你不吃饭能行吗？"董礼又问道。

常乐见董礼答应了他，就快步走到自己的桌子前，先是"哗啦"一下猛地把抽屉拉开，然后在一堆杂乱无章的物件里左翻右寻地找了一会儿，最后摸出一张水票对董礼道："给，原来水票放这儿了，真是让我找得好苦。哦，没事儿，临走时师兄给我买了一袋泡面，中午拿这个对付一下就行了。"常乐边递水票边回董礼道。

"给你打水没问题，但是我打完水要先去食堂吃饭，吃完饭才上来，你能等吧。"董礼对常乐道。

"能等、能等，没问题，你吃你的，我不着急，等你上来我再吃就行，谢谢啦。"常乐边说边到董礼床尾处的公共杂物架上找他的餐缸去了。

等董礼吃罢午饭再回到寝室时，见其他的人都已经回来了。此时黄健正坐在床边接着翻他的《鹿鼎记》，方泰伟和王辉已躺在床上开始酝酿睡午觉。邢胜男则倚着被垛边捏着把粉红色的塑料扇扇凉，边看着上铺的床板不知在想什么，当他听见有人进屋的时候，就偏过头去看了一眼门口，见是董礼后，也不搭话，反而倒身躺向了墙里。

董礼见状，先是在杂物架旁放好了自己的暖瓶，然后又走到黄健的铺前，把常乐的暖瓶在靠窗的墙下放好并问黄健道："常乐呢？他不是说要等我给他打开水吃面吗？"

黄健抬头看了眼董礼，然后皱起眉头，眼睛向上翻着左左右右地动了好几下，好像在努力寻思这个常乐到底去哪儿了一样，等他思谋了一会儿后，这才收束眼神对董礼道："他这个时候居然还没吃饭？还睡不睡觉了？听声音，他刚才好像去隔壁寝室了，要不你去门口叫他一下试试吧。"

说完后，黄健又开始埋头于他的《鹿鼎记》。

董礼依言站在门口对着隔壁宿舍的方向喊了句："常乐，水打回来了，回来吃饭吧。"

喊完后，董礼就回到自己的铺旁开始换衣服。

还没等董礼解开第一粒衬衫扣子，就见常乐趿拉着拖鞋，又用肩膀"砰"的一下用力碰开门，然后像个醉汉一样，跌跌撞撞地闯进了寝室，并边走边对董礼道："来了、来了，谢谢、谢谢。真是饿得不行了，马上做饭。"

常乐来到自己铺前的桌子旁，一把掀开了早就放在桌上的餐缸盖，然后"啃"的一下把盖子放在桌上，接着抓起地上的暖水瓶开始咕咚咕咚地向餐缸内倒水。

等常乐盖好餐缸盖后，立时向寝室内其他人处巡看了一番，接着便一屁股坐到了黄健的铺上，然后看了眼正在捧书苦读的黄健道："兄弟看哪儿了？要不给哥讲讲。"

黄健见常乐坐到了自己的铺上，就把书往铺前他和常乐共用的桌子上一扔道："去、去、去，谁是你弟？还给你讲讲，要不我喂喂你得了？如果想看的话，自己拿去看吧。下午还有课，我要午睡了。你别坐在我铺上，去，找你自己的凳子坐去。"

黄健边说边躺倒在铺上，顺手还拉过毛巾被搭在了腰间，然后翻身侧向了墙里。

常乐虽被黄健说了一下，但却完全不以为忤，边拿起黄健扔在桌上的《鹿鼎记》，边在铺旁随便抓了个凳子，并不管钢腿锉地发出的那令人抓狂的"吱吱"的声音而一直拖到胯下，然后骑马似的骑上去坐了。

董礼见大家都开始午睡，就也躺下开始酝酿。可是等他躺了一会儿，刚感觉有了点睡意的时候，忽然觉得胳膊被人推了一下。董礼睁眼看时，见常乐正站在他的铺旁俯身看着自己。

还没等董礼说话，常乐便笑道："董礼，忘把在食堂给我拿的方便筷给我了吧？"

董礼一时有点蒙，便反问道："你让我帮你带筷子了吗？我怎么不记得了？"

"你看你说的，没筷子怎么吃面呀，你走的时候我不是嘱咐你给我带双筷子回来的吗，真是的。"常乐明显有点不悦地回了董礼一句。

董礼实在想不起常乐还曾经让他帮忙带筷子的事儿，于是就满脸歉意地回道："真是不好意思，想是刚才走得急，没听见你最后跟我说的这句话，真是抱歉。"

"没事儿、没事儿，我问问大家，看谁有，我先借用一下吧。"常乐见董礼这么说，就很大度地回了他一句。

说完之后，常乐便站直身子对着寝室内都已睡下的众人泛泛地询问道："兄弟们，谁有一次性筷子我先借用一下，等明天去食堂取了再还你。"

躺着的众人就像全都睡着了似的，谁也没有搭他的话。常乐见状，又提高嗓音重复了一遍。这次方泰伟倒是迷迷糊糊地答了一句："没有，去隔壁问一问吧。"

至于其他人，还是没人搭理常乐。

常乐见状，便自言自语道："算了，那就用勺儿吃吧。"

常乐说完后又左闯右撞地来到董礼床尾放餐具的杂物架处，然后稀里哗啦地四处翻腾着去找他那连自己也不知道到底放到了哪里的勺子……

董礼多年来养成了午睡的习惯，如果不睡好午觉，那下午和晚上就一定会没精打采、抽筋扒皮似的特别难受。更特别的是，董礼不仅每天要按时午睡，而且还养成了一种睡觉时别人不能出声打扰他的不良习惯。

不过这种习惯之于董礼的负面作用，在此前并没有完全显现出来——由于董礼的父母都是职工，中午只要没事，一般也都会睡一会儿午觉，而且因为董礼是独生子，平时没有兄弟姊妹的搅扰，兼之自己睡一间屋子，所以坚持午睡和保持睡眠环境安静，在他看来一直都是件自然而然的事情。

高中以后，尤其是高考这段时间的紧张和压力，让他新添了一个神经衰弱，或至少是入睡困难的毛病。这个毛病的最大特点是在真正睡着之前，自己总会不由自主地用"我必须要好好睡觉，睡好觉后我还有很多重要的事要做"的良好愿望，来不断地提醒和折磨自己。可正是因为这种不断的心理暗示，反而更是让自己心有牵挂无法安睡——通常情况下，这种睡觉特别轻的人，一有风吹草动就会让此前的种种准备工作全都前功尽弃而得再次重来。

而且，这个毛病最奇怪的地方是那种没来由的"怕别人打扰自己睡觉"的自我惊吓。举个例子，自从这个毛病养成以后，每当董礼睡觉时，他总会要求父母也在同一时间段休息，或者待在别的屋子里不发出声音，否则躺在床上的董礼，就算隔着门听到父母在客厅轻轻走路的声音，也会让他紧张地以为父母马上要推门进屋招呼他起床上学，而让他睡得十分不踏实。

但是董礼虽然对家人要求极高，可是如果室外就算有人装修施工，也根本不会影响他的睡眠，因为他知道，那些人不论怎么折腾，也不会进家来招呼他起床。所以，这个毛病最大的问题是身周些微的外界干扰，就会引起他一系列的强烈自我精神折磨，但是外界的大音，却似希声般对其入睡毫无干扰，所以不明白这种痛苦的人，常常以为是这类人故意为难他人，或者是过于矫情所致。

这个入睡困难的毛病对董礼折磨甚巨，睡不好觉的他，通常会大脑混沌，头疼如裂，心情不佳，烦躁易怒，别说好好学习，就是正常待着都觉得好像生了头风病似的难以忍受。但是如果睡好了觉，便如换了个人似的诸症皆消。整个人头脑清晰，精神饱满，心境平和，此时就算有人故意找茬儿，他也会毫不介怀。

后来在大二的一次刑诉课上，老师绘声绘色地讲到，一些侦查人员曾经说，在对付某些用脑过度的高智商犯罪分子，或者那些平时养尊处优惯了的职务犯罪分子时，他们一般不会动用那些施之于肉体上的粗刑就会让其招供。至于手段嘛，只是在其想睡觉时，轻轻地推一下对方，不让其安枕即可。这种办法，方式简单，成本低廉，效果据说还不错。

一些同学听后，脸上立即显现出狐疑不信或者不以为然的表情。董礼则不然，他对老师讲的内容倒是深信不疑。他想这些饱汉子不知饿汉子饥的人，哪知侦查员这对症下药的手段是何等的"阴险毒辣"，对于某些人，尤其是那些得了神经衰弱症的人来说，睡不好觉的折磨并不比刑讯逼供来得轻些，那滋味可真比杀了他还难受！

对于董礼的这种状况，父母也曾和他的班主任或一些学生家长交流过，大家都说这些症状无非是考前压力大的表现而已，心理学专家把这叫做"考前综合征"，很多考生考前都有，家长一般不用过于担忧，等到考试完成，考生心理压力减小后，这些症状自然而然就会渐渐消失的。

董礼的父母了解到这个情况后，出于保证董礼学习质量和效率的考虑,也就一切都按照董礼的要求办了。所以一直困扰着董礼的这件睡眠紧张的麻烦事,在家里也就这么轻松地解决了。

但是,当董礼升入大学后,因为惯性使然,他依然如此,之前心理专家说的他的这个会自动慢慢消失的毛病,至今仍没有丝毫减轻的迹象。

开学后,董礼曾直言不讳地跟同寝室的人说过他的这个毛病,并跟大家协商着要互相体谅些,当然他在享受了相应的权利后,也会认真履行不干扰他人休息的义务。大家都是初来乍到,"见面初"的交情也从来都是那么的礼貌、包容与和谐,所以大家均表示理解并照办。

当然,现实生活跟理想状态永远存在差异和冲突,小伙子们虽然口头表示同意,但是行为上难免触及董礼的这个痛处,所以他近段时间委实是遭受了许多次因睡不好觉而备感生不如死的精神"酷刑"折磨。好在开学这段时间也没什么特别重要的事情,因此他也就一直强忍着,不让自己在他人面前表现得太过明显。

但是今天中午,常乐的表现好像与往常不太一样,为了自己能吃上口饭,已经屋里屋外地来来回回地跑了好几趟。一会儿去杂物架上取勺子,一会儿去水房洗勺子,一会儿又往废纸篓里扔方便面袋子,简直是忙得津津有味、不亦乐乎。

董礼体谅常乐没吃上饭的现实情况,只好任由他来回折腾而一言不发地在床上痛苦地辗转反侧。后来,董礼实在有点头痛难忍,于是就抬头看了常乐一眼,以期他能够明白自己的意思,谁知常乐见董礼看他后,反而对着董礼龇牙笑道:"香吧,是不是感觉也有点儿饿了?要不也起来一起吃口儿?"

董礼心中一苦,只好直言央求道:"兄弟,我睡觉怕吵,你能不能轻点儿？"

常乐好像突然反应过来了什么似的，忙歉意道："不好意思、不好意思，我轻点儿，等我一会儿吃完面并刷好碗后就睡。现在我先看会儿书，泡会儿面，你先睡，不打扰你了。"

董礼闻言，真想对常乐说，你已经打扰到了别人的午休，还不赶紧吃完睡觉？居然还要再看会儿书并刷个碗。你就不能晚上回来再刷碗？本来午休时间就没多长，现在你还非得来占用他人这点宝贵的午休时间？但是，董礼在心里掂量了说完这些话可能产生的后果，也知道对于在寝室这种公共空间生活不能对他人要求太过，所以他最终也没把这些话说出口，而是又翻了个身，然后面朝墙里，痛苦地闭开去了。

又过了很长一段时间，正当董礼蒙蒙眬眬刚要睡着的时候，忽然听到床头前面"啪"的一声，就像头顶有个炸弹爆炸了似的又把他给吵了起来，等翻身抬头看时，却见常乐左手持书不动，上半身和右手正侧俯下去捡拾刚刚被他碰掉在地上的餐缸盖，常乐边捡还边对大家解释似的说道："什么时候把它放到桌边了，该死该死。好！现在开始吃饭！"

接着，便响起了放餐缸盖和一阵呼噜呼噜吃面条的声音。

黄健翻了个身，对着常乐的背影来了句："常乐，你能不能轻点儿，你这噼里啪啦的，还让不让人睡觉了？睡完午觉下午还有课呢！"

常乐对黄健道："不好意思，轻点儿、轻点儿，你放心睡吧。"

黄健没搭言，举起睡前脱在枕边的塑料电子表，几乎都要贴到他那没戴眼镜的瞳仁上仔细地看了又看，然后嘟囔了一句："都一点半了，再眯五分钟，上课去。"

董礼闻言后顿时大惊，心想这觉是睡不成了。按照董礼的睡眠习惯，他午休时一般酝酿将近半个多小时，才能有效睡个一二十分钟。此时想到有人五分钟内就要起床，那自己是无论如何也不可能再睡着了。

都说"莫道君行早，更有早行人"，等黄健嘟囔完后也就过了两分钟，董礼就听见邢胜男把床板弄得嘎嘎吱吱地开始起床。而且起床后的邢胜男并不着急走，而是坐在床边开始磨蹭。

董礼烦躁地抬眼望去，就见起身后也因没睡好午觉而略显憔悴的邢胜男，先是一脸不满地看了眼正在桌对面尽情吃面的常乐，然后轻轻地从枕下拿出一只粉红色塑料套的小圆镜，对着自己那长满青春美丽痘的脸庞照了又照，接着又从枕下取出一只别致的粉红色塑料小梳子，然后对着镜子认真地打理起他那因午睡而被压平了的秀发。

等收拾了一会儿后，邢胜男将镜、梳重新放回枕下，接着转身从墙上的壁挂书架上取下睡前就已准备好了的课本等物，继而轻轻地下地、穿鞋，并把从他起床开始就一直盯着他看的常乐独留在当地，一个人轻轻地先走了。

听到邢胜男出门的声音后，寝室内的其他人也开始纷纷起床，方泰伟一边下床一边对常乐道："还没吃完？别吃了，快上课去吧，再不走就迟到了。"

常乐一边往嘴里吸面，一边含混不清地回方泰伟道："下午什么课，哪间教室上？"

方泰伟此时已经蹬好了鞋子，就边向门外走边回道："邓论，礼堂上。"

常乐道："邓论啊，还礼堂上，那肯定不点名了，你们先走吧，我等会儿去。"

这时，董礼和王辉也已经收拾好了，两人互相招呼着先后出了寝室的门。

常乐对着董礼和王辉的背影喊道："董礼、王辉你们好好记笔记，回来给我抄一下。"

王辉在门外喊着回了一句："你不去上课了？"

常乐大声道："去，等会儿就去。"

董礼此时头痛欲裂，同时心中充满了对常乐的怨怒，是以并不回话，仅一边用手轻轻地揉着太阳穴，一边痛苦不堪地和王辉向礼堂走去。

等二人来到礼堂时，董礼发现礼堂的前半区已经坐了很多人，一些晚到的同学正快速地寻找座位就座，而主席台上那位满头银发的老教授也已开讲了。

王辉低头看了眼腕上的手表后，小声地嘟囔了一句："还没到上课的时间呢，怎么就开始讲课了？"

董礼打量了一下周边的环境，指了指礼堂后半区中间的一处座位，轻轻地碰了下王辉道："就坐那儿吧。"

王辉"嗯"了一声，便随在董礼的身后快速地侧身蹭了进去。

坐好后的董礼再向台上看时，就听那位老师说道："战略通常管什么？我们说它通常管的都是宏观上的事儿、大方向上的事儿，它一般不管具体的事儿。那哪个才管具体的事儿啊？战术，战术才管具体的事儿……"

董礼在起初的几分钟内还能听进去老师讲的话，后来就渐渐地感觉到眼皮开始打架，于是便将手臂垫在前排那还不到一指宽的薄薄的椅背上，然后边俯身把前额搁在小臂上边在心里安慰自己道:"就先趴着听会儿吧,等会儿状态好点后再坐直了认真听。"

趴好后的董礼,起初还因小臂硌得难受而难以入眠,后来随着老师那越来越遥远的声音,以及安心于睡眠不会再受人打扰,并同确实头痛难耐等诸般条件的完美和合,不久以后就渐入了梦乡……

也不知睡了有多久,董礼就听到礼堂中爆发出了一阵又一阵的笑声。在众人的笑声中,董礼又头昏脑涨地趴着缓了一会儿才最终坐起身来。

清醒后的董礼首先感到的是小臂的疼痛,低头看时,却见左手的小臂已在前排椅背上被压出了一道浅紫色的深痕,此刻经旁边的白肉一衬更显突出,其次是脖子硬硬的很是不舒服。

董礼缓缓地转动脖子,同时轻轻地按摩左臂上的压痕。再转头向王辉看时,却见他正用左手支着头,上身正向前一晃一晃地也在打盹。

等董礼环视礼堂时,就见同学们大都满脸笑容地在全神贯注地看着台上的那位老师。

邓论本是一门让一般老师讲起来会显枯燥的课程,但这位老师讲授得却非常精彩,中间不单有理论,而且还夹杂了他五十多年的人生经历和个人感悟,以及诸多不失文雅的插科打诨,所以全场同学都听得非常起劲,并会时而报之以掌声、笑声。

最后,老师说:"在此,我把当年我的老师留给我们的那句话,再一次传递给你们,那就是'在追求真理的道路上,不论你们遇到什么样的艰难险阻,你们都一定不要退却、不要放弃、不要停歇,你们的执着是有意义的,民族兴旺、国家富强的那丝希望,就掌握在你们的手中'。谢谢你们,再见!"

老教授讲完后把麦克风轻轻地放到身旁的讲桌上，然后走到主席台的中央，郑重其事地向台下的同学们深深地鞠了一躬。台下的同学们见状，马上全都起立鼓掌，那送给台上这位老教授的掌声非常响亮，而且持续的时间也很长、很长……

在下课回寝室的路上，董礼不断回味着老教授最后那番语重心长的话语——在经历过苦难的命运后，他竟能把种种人生的体悟用这种嬉笑怒骂的方式巧妙地传达给自己的学生，那究竟需要一种什么样的修养和一种什么样的境界才能做到如此举重若轻。

想着想着，董礼就随口问了身边的王辉一句："你觉得下午这位老教授讲得怎么样？"

王辉不假思索地答了一句："还行，讲得挺好的。就是后半段实在有点困，睡了一会儿，后来被大家的鼓掌声给吵醒了，也不知道他都说了些啥。"

董礼对于王辉这平淡如水的评论并不满意，也没再就这个话题深谈，而是转言道："你中午也没睡好？你不都睡着了吗？"

王辉道："哪能睡着呢？刚要睡着就让常乐给吵醒了，这家伙，大中午的非要吃什么面，自己不睡觉也不让别人睡觉，真是的！"

董礼一想到因为常乐的打扰，致使自己中午没有睡好，进而导致了下午那么多有趣甚至于重要的内容都没有听到，就不由自主地在心中生出了对常乐的一丝怨怒。

不过看到身边的王辉也是深受其害，但却没对常乐多说什么，也就慢慢地平下了心中的那口气，心想，谁又没点儿事呢？以后看情况再说吧。

等两个人回到寝室的时候，董礼却发现常乐并没像他说的那样去上课，而是赤着上身依然睡在床上，而且肚皮一起一伏地睡得还挺投入。

王辉看了眼常乐，然后回头笑着对董礼道："这家伙，把别人给搅扰得够呛，自己最终还不去上课，却窝在寝室里睡大觉，看他的样子，睡得还挺香，呵呵……"

董礼则苦笑着对王辉摇了摇头，算是对他作答了。

晚上董礼回来的时候，明显感觉今天寝室里的气氛有点热烈，几乎所有在场的人尽皆笑意盈盈、情绪大好。董礼见状，就笑问正站在自己铺旁的李彪道："兄弟，你们正在干什么呢？看这架势整得跟春晚似的，要不直接来首《春节序曲》马上开个春晚得了，哈哈。"

李彪闻言，就笑着回董礼道："书记真是聪明，虽然整晚不在，但是回来后一眼就看出了其中的端倪，我们这现场虽然没春晚那么大阵势，但是跟你说的也差不太多，大家凑在一起讲笑话呢，有几个还挺逗，这不笑得大家前仰后合的，哈哈，对了，既然书记回来了，要不你也给大家来一个？"

上铺的方泰伟闻言后立时探出头对着董礼笑道："对、对，我们刚才好几个人都讲了，平时书记在我们屋里边算是最博学多才的一位，今天必须给大家展示一下，大家一起鼓掌，欢迎董礼同学给大家献上一个精彩的笑话怎么样？"

寝室内的众人倒是捧场，在方泰伟的鼓动下立时全都大声鼓起掌来，掌声之下，竟惹得隔壁寝室以及对面水房的同学也围到寝室门口一探究竟。

董礼见状，也不好扫了大家的兴，就笑道："行，既然大家抬爱，那我就献个丑。讲个什么笑话呢？就讲个我们老家那边一个跟方言有关的真实笑话吧。"

刚才大家那么说，原本也就是打算起哄架秧子地跟董礼开个玩笑，可是没想到董礼还真接受了邀请，于是众人立时全来了精神——原本打算拿着脸盆出门打水的邢胜男，立时握着盆沿面带微笑地低头停在了铺旁，刚刚站到门口看热闹的五六个同学也先后挤进来了两三个，上铺的王辉、方泰伟和常乐更是纷纷探出了身子，并一脸热切地全都把目光投向了地当中的董礼。

董礼清了清嗓子道："我们那里有个地方'上''十'俩字的发音分不太清楚，说'上'跟说'十'几乎一样。虽然当地人可以通过语境对说话人究竟用的是'上'还是'十'加以分辨，但是外人就算仔细听，一般也听不出来。

"有一天，那个乡里边有个膀大腰圆的老乡去外地出差，到了午饭的时间忽然感觉肚子有点儿饿，就进了一家包子铺。伙计见有人进来，就满脸堆笑地过来招呼他吃喝。

"老乡坐下后就问：'你们这里是卖包子的吗？'

"伙计答：'就是呀，门口写得清楚，是包子铺，我们店里做的包子皮儿薄馅儿大，特别有名，左近的人都知道，很多旁边村镇的人过来赶集，都会特意进店捧捧场、尝一尝我们家的包子。'

"老乡听后点点头道：'既然是这样，那就先给我六十一笼包子吧。'

"伙计听后心里有点嘀咕，但是也不敢深问，于是就接着道：'除了包子以外，你看看还要点儿别的什么东西？'"

董礼讲到这里，抬眼扫了一眼面前的众人，见大家都全神贯注地静待下文后就继续道："老乡问：'你们这儿有酒吗？'

"伙计答：'有自酿的散白酒，挺便宜，比市面上正规厂家的价格低不少。'

"老乡说：'行，那就再给我五十一壶散白酒。'

"伙计听后虽然不明就里，但还是答道：'好嘞，除了酒以外，你还要点啥？'

"老乡问：'你们这儿有茶吗？'

"伙计答：'有呀，而且还是免费敞开供应。'

"老乡'嗯'了一声道：'那就再给我七十一壶茶。'

"伙计听后就有点儿蒙，不过还是笑着接言道：'看来等会儿来的人还挺多，那也别光就吃包子呀，你看看要不要再点上几道菜？'

"老乡也不搭话，而是继续问他道：'你这儿有蒜吗？'

"伙计答：'包子铺哪有没蒜的，你说要几瓣？我等会儿给你拿去。'

"老乡看了他一眼道：'几瓣可是不够，我这人吃包子、吃饺子必须就蒜，你就给我八十一头蒜吧。'

"伙计听后顿时一愣，但是还是笑道：'看你这东西要的，真是有零有整呀！那除了这些东西而外，你还要点儿啥？'

"老乡见问就又道：'你这儿有葱吗？'

"伙计答：'包包子的，哪能没葱呀？地里就长着呢，要不再给你来上半棵？'

"老乡又抬眼看了伙计一眼道：'既然你们地里有葱，那也别半棵了，大方点儿，就再给我九十一棵葱吧。'

"伙计听完后看了看这个老乡，然后试探着问他道：'大哥，你要这么多东西，究竟要给多少人吃呀？'

"老乡抬头横了他一眼道：'没看着吗？就我一人儿吃！'

"伙计一听，立刻怒从心头起，心想，六十一笼包子、五十一壶散白酒、七十一壶茶、八十一头蒜，还有九十一棵葱，这么多东西,就你一人儿吃,你吃得完吗,这不是存心过来找茬儿吗?

"于是,伙计朝老乡意味深长地点了点头后,直接奔后屋找老板去了。等见面后,他就黑着脸跟老板说,客堂有个人到店里找茬儿来了,一个人要了六十一笼包子、五十一壶散白酒、七十一壶茶、八十一头蒜,还有九十一棵葱,你快过去瞅瞅吧。

"店主人也不是一个怕事儿的人,立即到后厨,让剁馅的、择菜的、擀皮的、和面的伙计们都马上停手,然后拿好各自的家伙什儿跟他到前面去,说是有个找事儿的正在前面等着他们呢。

"众人听东家这么一说,就全都停下了手中的活计,然后抄起了趁手的家伙什儿跟了出去。

"等大家气势汹汹地来到老乡跟前,打算跟他短兵相接的时候,却把老乡给吓了一大跳,他见状也马上从座位上站了起来,还顺手把屁股下坐着的凳子抄在了手里,心想我是来吃饭的,又不是来打架的,你们来这么多人,还拿着剁菜刀、擀面杖,这是要寻仇还是要干什么?

"就在这时,伙计里边有个人认出了这位老乡,于是就私下里跟老板说:'老板、老板,先别动手,这个人是我们村儿的,按照辈分论,我还得管他叫四叔,他平时豪爽仗义,不是一个随便找事儿的人,何况他跟咱们远日无怨、近日无仇的,干吗平白无故地过来找事儿呀?让我先过去问问他。'

"店主本也对这件事情有点丈二和尚摸不着头,所以就答应让他过去问一下事情的来龙去脉。

"于是这个人就来到老乡跟前说:'四叔,你还认识我吗?我是村里靠东头儿老王家的小三儿呀!论着,还得管你叫声四叔呢!现在,我在这家包子铺帮活儿,你今天过来干什么来了?'

"老乡见是熟人后就说：'是小三儿呀，我过来办点事儿，恰好饿了，看到这里有个包子铺，进来点了点儿包子，这不还没等吃呢，就见你们拿着家伙围上我了，我这也是感到挺意外的。'

"王小三估计这里边肯定有什么误会，就把伙计和老乡叫到一起，让他们把刚才的事情又当着大家的面说了一遍，等俩人说完后，王小三大笑不止，说全是误会。

"原来老乡说的是让店伙计给他馏（蒸）上一笼包子、焐（热）上一壶散白酒、沏上一壶茶、扒上一头蒜、揪上一棵葱。但因为乡里边'上''十'不分，而且习惯把'蒸上一笼包子'说成'馏上一笼包子'，'热上一壶酒'说成'焐上一壶酒'，所以这番话就让伙计给听成了老乡一个人却要了六十一笼包子、五十一壶散白酒、七十一壶茶、八十一头蒜，还有九十一棵葱，因此以为他过来找茬儿，所以才有了这样天大的误会。

"众人听明白后顿时开怀大笑，最后店主还请这位老乡白吃了一顿包子，算是给他压惊。你们说这方言的差异有没有意思？"

众人听后尽皆大笑不已，纷纷感慨中国地大物博、语言丰富。

李彪则一边重复着"老板，我饿了，赶紧给我六十一笼包子、五十一壶散白酒、七十一壶茶、八十一头蒜，还有九十一棵葱，哈哈，真是笑死我了"的话，一边捂着肚子哈哈大笑起来。

董礼见自己的笑话收到了预期效果，就笑着对众人道："多谢各位捧场，今天就讲到这儿吧，我还得赶紧洗衣服去，下面该轮到你们谁了，接着讲吧……"

等快熄灯的时候，常乐好像忽然想起来什么似的来到董礼的铺前，然后语带歉意地对他道："你瞧我这记性，简直跟猪脑子似的，一晚上就光顾着听笑话了。傍晚的时候，有个叫周凯的人过来找过你,那时你不在。他托我转告你说明天上午学校礼堂有会,说你如果没什么事情的话就过去吧,八点四十在学校礼堂前集合,具体的事儿等到了再说。我问他具体是什么事情,他没说,仅说了只要我跟你一说,你就知道是什么事儿了。"

董礼想了一下,估计周凯说的可能是上次例会上,汪江涛部长说的学校将要召开宣布新校长任命决定大会的事情。

董礼正想着的时候,常乐又追问了董礼一句:"董礼,到底他说的是件什么事儿呀?"

想到上次汪江涛部长特意强调过要对这件事情进行保密,所以董礼就含含糊糊地回常乐道:"去礼堂还能有什么事呀?开会呗!可是明天上午咱们班还有课,这可怎么安排呀,唉……"

董礼上午有两节核心课要上,所以他就并未按周凯说的八点四十到礼堂前集合,因为他依稀记得例会上汪江涛说的是没有课的同学要全部到场。因此董礼直到上完第二节课后,才匆匆赶往礼堂。

等到了礼堂一层台阶前的时候,董礼远远望见礼堂二层入口处的几扇门已经全部关闭,此刻四名身着制服的保安队员正一边两人,分列于中间那两扇黑色玻璃门的两侧,神情放松地闲聊着天儿。他们见董礼过来后,很随意地看了董礼一眼,也没说什么就又继续聊了起来。

正当董礼因在礼堂门口没看见汪江涛和周凯,而不知道是走是留之际,忽然从礼堂门侧的看台旁转出一个人来,接着那人便对董礼大声道:"你是哪个部的,怎么现在才来?"

董礼见那人说话的神态举止,估计至少应该是位部长以上级别的学生干部,于是就忙快走了几步上到二层入口的平台处,然后对那人笑道："我是维权部的，上午前两节有课，现在才下课，所以马上就赶过来了。"

那人面色冷峻地道："这会开始都有半个多小时了，你竟然才过来！以后再有什么活动，记得早点儿过来。你们部里的人应该是在礼堂内北侧门那儿执勤，赶快过去吧。"

跟董礼说完后，那人又转头对门口的保安道："这是我们学生会的同学，让他进去吧。"

一名保安闻言后，就对说话的那人微微点了下头，转身打开了一扇门，示意让董礼进去。

董礼见状，就朝说话的那人点了点头，迅速走进了礼堂。等进门后他先是稍稍地分辨了一下方向，然后就向北侧门的方位快速赶去。可是等他到了礼堂北面第一个侧门的地方，并没有看见汪江涛和周凯他们，却见到钱坤和几个人正站在门外聊天。

当钱坤见到董礼后，立即朝他笑着道："董礼，你怎么才过来呀？"

董礼压低声音回道："上午我们有课，现在才下，这不刚一下课我就马上赶过来了嘛，你看到我们维权部里的人了吗？"

钱坤闻言，就转身对身后一个体形偏瘦的男同学问道："部长，汪江涛部长他们是不是在第二出口那里执勤？"

男同学点了点头，板着脸对董礼道："你沿着这条道接着往前走，转过弯后十来米就到了。"

董礼闻言后，先是对着那名男同学说了句"谢谢"，然后又转身对钱坤点了点头道："多谢，那我先过去了。"

等董礼刚走出两步，就听钱坤在身后对他道："董礼，会议完了过来找我，咱们一起去吃午饭怎么样？"

董礼回头答允了钱坤一声后就快步向前赶去。

等快到下一个门口时,董礼先是远远望见两位身着西装的老师,一人夹了一支烟气袅袅的香烟,正神情愉悦地站在离门旁不远的地方比比画画地在对谈着什么。他俩的身后站了几个人,其中一个倒很像是汪江涛,于是董礼就快走了几步赶了过去。

等来到汪江涛身旁后,董礼有点不好意思地对他道:"部长,真是不好意思,我们上午有两节核心课,老师还总在课上点名提问,所以根本走不开,刚才一下课,我就赶紧收拾着过来了。"

汪江涛闻言后倒是没什么不悦的表情,仅对董礼温和地笑道:"现在这里也没什么事儿,你就先在门口站着吧,等会儿会议散场时做好相应工作就行了。"

董礼见汪江涛并没有责备自己的意思,心下顿时放松不少,虽然不知汪江涛嘴里的"相应工作"是什么,但还是对着汪江涛笑着回道:"好的。"

等董礼按照汪江涛的要求来到门口处的时候,见周凯正挑开门帘从里面走出来,于是便又笑着和他点头打招呼道:"周师兄。"

周凯什么也没说,只是笑着朝董礼点了点头。

当董礼再向身周环顾时,却见贾占国和其他几位叫不上名字的男部员此刻正神情肃穆地分别列于门的两侧,至于那位米庆丰副部长此刻倒是也不在场。

看罢多时,董礼就朝门口的几位部员笑着点头示意,众人中除了贾占国看见董礼朝他们打招呼后没什么反应外,其余的人都朝董礼笑着点了一下头,其中一个人还对董礼道:"这么晚才过来,上午有课?"

董礼见问,就对他笑道:"嗯,刚下课。"

又过了几分钟，等董礼再次确认无误后，这才悄悄问旁边一个嘴角有颗黑痣的部员道："刚才咱们部长说会议散场时要做好相应工作，那到底是些什么工作呀？"

那人小声回董礼道："部长也没明确说要做什么工作，估计就是散会后把门拉开，然后在门两侧站好，等老师们散场完毕就行了。刚才入场时，我们也是这样做的。"

董礼闻言后，心中顿时又放松了不少。心想，要是就这点活儿的话那也太简单了。

又过了一会儿，忽然有人跑过来叫汪江涛和周凯去开会。汪江涛走时嘱咐大家要原地待命，同时还指派贾占国做了现场的临时负责人。

等汪江涛他们走后，众人立时一改刚才的严肃，包括贾占国在内的全体人员尽皆小声地聊起天来。

董礼也跟身边的同学有一搭没一搭地聊了几句，不过当那两位老师抽完烟回去的时候，董礼透过红绒布门帘的缝隙向礼堂里特意看了两眼，依稀就见亮堂堂的主席台上整整坐了一排人，下面的座位区也黑压压地坐了很多人。

又过了一会儿，董礼在外面站得实在无聊，就又跟身旁先前问话的那个部员试探道："你说咱们进去听一会儿行吗？"

那人道："我也不知道行不行，感觉应该行吧，反正也没人说不行。不过，你进去听个什么劲呀，全是一个接一个领导枯燥的讲话，他就算是让我进去听，我都懒得进去，你居然还要自投罗网，真有意思！"

董礼闻言后完全不以为意，听说可以进去听会后，心下不觉一动，于是就又对那人商量道："我打算进去看一眼，就站在门旁待一小会儿，如果有什么事情，麻烦你进来叫我一下，我保证马上就出来，你看行吗？"

那人道："你想听就进去吧，不过说好了，你就站在门口这儿，可别走远了，否则到时候我如果找不到你，咱俩都得挨部长的批。"虽然这个人很迅速地答应了董礼的请求，但是董礼却明显发现他脸上同时也浮现出了一种十分不屑的表情。这表情也不知是对董礼没有坚守岗位的不满，还是对于董礼竟然愿意进去听那些枯燥讲话的不屑。

董礼没有顾及那么多，只是又转头往贾占国站的地方看了一眼，见他此时正背着身子和别人说话。因怕跟贾占国说了自己的想法后，他故意弄权、从中作梗，董礼就没跟这个临时负责人打招呼，而是悄悄转身挑开门帘进了礼堂。

进了礼堂后的董礼先是贴着门垭口站在了墙边，旁边座位上几个老师见他进来后，转头看了董礼一眼，见是个学生后，又都转头看向了主席台。

董礼边在门边站着，心里边时刻如临大敌似的等着什么人随时过来赶他出去，所以虽然人在礼堂，却没把台上人的讲话内容听进去几句。

又过了一会儿，董礼这才最终放下心来，同时也又一次开始打量起身边的环境，看见一个靠门的座位一直都没人坐时，就蹭过去坐了。

坐下来的董礼，心中渐渐褪去忐忑不安的感觉，并慢慢地将注意力转向了主席台，定睛看时，就见一位穿着驼色西装、年龄大约四十上下的男士正在发言席处慷慨陈词。

就听他说道："世界上第一所大学是1088年在意大利建立的

波罗尼亚大学。这个大学的第一个学科是法学,第二个学科是医学,这被认为是近代高等教育的起源。

"……

"众所周知,天津大学是中国近代的第一所大学,最初叫中西学堂,后来改成了北洋大学堂,再后来改成北洋大学,现在叫天津大学,它于1895年建校。

"那么,紧接其后的第二所近代大学,是1896年建校的南洋公学,也就是现在上海交通大学和西安交通大学的前身,它可以称为中国历史上第一所真正意义上的工科类院校。

"第三所近代的大学,是1898年建校的京师大学堂,也是中国第一所官办学堂,现在已经发展成为了在中国数一数二的北京大学。

"再后来,在1901年,当时的政府决定在京师大学堂之后,再建立一所大学堂,也是中国的第二所官办学堂,并且还是京外第一所官办学堂,那就是今天的山东大学。

"至于今天中国在世界上另一所颇负盛名的大学——清华大学,倒是在1911年才诞生的,它是我们利用'庚子赔款'建立的一所留美预备学校,建校初期,它称为清华学堂,后来经过一系列的演变,成为了今天驰名中外的清华大学。

"那么今天我们所在的这所大学与前面提到的这些大学相比,在历史传承上还有着很大的差距,大家知道,明年我们将迎来建校五十周年的庆典活动。这对于我们的大学来说,是一个重要的发展机遇。这是一个什么机遇呢?

"首先,它是我们反思传统的机遇。其次,它也是我们建设的机遇,这个建设包括学科建设,也包括办学条件的改善。我们要抓好这个独特的机遇，这件事将来有机会我们再详细谈，下面接着刚才的话题，继续说学校建设发展思路的问题……

"欧洲教育界有一句话，叫做'一个好的校长就是一所好的大学'。我不这样看，我认为教授才能代表大学，尤其是在中国。所以，我把这句话改造为'好的教授就是一所好的大学'，因为在任何一所大学里，教授都是最有资格代表大学的人。

"历史上，海德格尔因情人被纳粹追杀逃到了美国，美国国庆日邀请他出席，人们问他想不想自己的国家，他回答了一句话'凡我在处便是德国'，德国在我心中，我走到哪里就把德国带到了哪里。

"我们要用这种理念来对待我们的教授，因为我们的教授始终代表着我们大学的办学水平，他们走到哪里，就会把我们大学的水准、风范、文化带到哪里。因此，选聘好的教授、引进好的教授、留住好的教授和培育优秀师资队伍永远是大学的头号工程，也是我们最重要的任务……"

董礼正听得入神，忽然见门开了一下，那位之前他托付的同学探进头来，眼光向附近不断地扫来扫去。

董礼见状，估计他是在找自己，就忙站起来迎了上去。那人看到董礼后就对他做了个"出来"的手势。

董礼一出门，那人就小声对他说："部长他们回来了，快点出来站好。"

董礼出门后赶紧贴着门站在了当地，就像他本来就站在那儿似的。再看时，就见汪江涛和周凯一前一后地已经走到离门口也就十多米的距离了。

董礼又向前看了一眼，恰巧碰到站在前面的贾占国正回头扫视，等二人四目相交之后，他仅面无表情地对着董礼看了一眼，倒是没说什么就又转了回去。

这时，汪江涛和周凯他们已经来到了门前，等站定之后，汪江涛就微笑着随口问贾占国道："这边没什么事吧？"

贾占国边回答："没事、没事，大家都坚守岗位、各司其职，做得都很好。"边侧身向董礼站的地方又看了一眼，也不知道他看的这一眼是有意还是无意。

汪江涛接道："没事就好，现在新校长正在里边进行就任演说，等会儿他讲完了话，大会就快散场了。邓主席刚才给我们开了个会，说散场时大家务必要做好会场里人员出入的安保工作，如有情况就地处置，并要及时上报。"

说完这句话后，汪江涛又笑了笑，好似自言自语似的道："应该也没什么事啊，总之大家一切小心就好。等一会儿散会的时候，周凯负责出入门左边的事情，贾占国、彭一虎、蒋子珍、童梁语你们几个过去，一切都听周凯的安排，剩下的部员和我在门右边照看着就行。"

虽然说汪江涛布置的是散会时候的事，但是等汪江涛一说完，大家就全都按照他的安排，自动分两队站到了门的两侧，站好后的众人又有一搭没一搭地聊起天来。

又过了大约一刻钟的时间，礼堂里面忽然响起了一阵热烈的掌声。

正在这时，远处的走廊通道走来了刚才站在看台上跟董礼说话的那个人，他见汪江涛已经看见了自己，就再不往前走，只是远远地对着汪江涛大声道："江涛，开门吧，散会了，提醒大家注意安全和秩序呀。"

见汪江涛大声应了后，那人就转身走了。

周凯和众人闻言，不等汪江涛安排，忙伸手把门打开，然后表情庄重、笔管条直地站在了门侧。

不一会儿，礼堂里的众人或相互交谈，或独自一人地纷纷走出门来。

就听一个经过董礼旁边的老师对同行的人道："这个新来的校长讲话真有水平，对咱们学校的未来发展规划性也很强，就是不知道最后能不能像他说的那样做到位。"

同行人不屑道："听听就得了，你还真把他说的话当真了，所谓积重难返、独木难支，他一个人就算再有想法可又能改变什么呢？之前那些领导给咱们的种种许诺和画的各样大饼难道还少呀。"

董礼望着二人渐行渐远的背影，又想起新校长刚才的那番慷慨陈词，一时间倒真有些不知该信谁的话才好了。

大约过了七八分钟的样子，礼堂里已是空无一人，相关工作人员开始逐一熄灭灯光、整顿清场。

汪江涛见状，又一个人进到会场看了看，就听他在里边大声地问话道："能走了吗？……嗯，好的，我跟他们说一声。"

说完后，汪江涛走出会堂，笑着对董礼他们道："好了，咱们胜利完成了全部任务，这里再没什么其他的事了。大家上午都辛苦了，赶紧去食堂吃饭吧。"

董礼记着钱坤约他一起吃饭的事情，就在和汪江涛和周凯打完招呼后，一个人径直向钱坤所在的地方走去。

等董礼接近钱坤值守的那处门口时，望见他的部长正面对钱坤说着什么，钱坤则时而应答几句时而对部长点点头。

董礼不便靠得太近，就在一个钱坤能够看到的地方远远地站了等他。

等到部长终于转身走了，钱坤立即快步向董礼这边走来，并迫不及待地对董礼笑道："本来我是打算会议一结束就过去找你的，可是临了部长忽然有事情向我交代，而且一半句还说不完，我这心里头急得呀，就怕你忘了咱们要中午一起吃饭的事情！"

董礼笑道："怎么可能？大丈夫一言既出驷马难追，答应别人的事，哪能随便忘了呢？"

钱坤笑道："重承诺、讲信用，不错、不错！"

董礼笑了笑，问道："早晨见你们部长的时候感觉他挺严肃的，但是刚才看他对你倒是挺和蔼的，估计是挺赏识你吧？"

钱坤闻言后，顿时面露得色地道："我们部长对我倒是还行，反正遇有重要的事情总是交代我去做。"

董礼见钱坤说话时满脸扬扬自得，就随口夸奖他道："行啊，还没入会多长时间，就成了部长眼中的红人了，前程远大、不可限量呀！"

钱坤闻言后，又得意地笑了笑，嘴上虽没承认董礼的说法，但是却也没否认。

第八章　剪烛畅怀析细谈

两人一路闲聊着来到了食堂，等一起打好饭后，钱坤选了个靠窗的阴凉座位和董礼对面坐了。

吃了几口饭后，钱坤问董礼道："早晨事情多，没来得及细问你，你报的校学生会哪个部来着？"

董礼答道："维权部，据说是学生会里的信访办，哈哈。我也不太懂，报名时别的部基本都招满了，我就随便选了一个还有点空余名额的部，没想到还被录取了。你在哪个部？"

钱坤答道："听你们部的名称应该很牛，维权部，顾名思义，应该是维护学生权益的部门吧。你别听别人瞎扯，还什么信访办！估计你们部应该是一个实权部门。

"我报的这个部叫做信息部，部长是我们老乡，那天报名时跟他聊了几句，发现还真是很投缘，就报了这个部。至于究竟要干什么，我其实到现在也没真正弄明白，总不成是学生会内设的专门收集各种情报的谍报部门吧，哈哈。"

董礼对于学生会各部门的职责分工一无所知，也不便发表什么意见,于是就和钱坤一起笑了起来。

笑完后,钱坤转了个话题道:"你是从你们省哪个中学考到咱们学校来的?省里的,还是市里的?"

董礼道:"我家是县城的,高中就读于我们县里边的一所普通中学,我福薄缘浅,是无法高攀那些省市级重点中学的,哈哈。"

钱坤听后"哦"了一声道:"看不出来,你居然是县城中学里考出来的,不简单呀!据我所知,咱们这个学校里大多都是各省重点高中的高才生,当然有些同学所在的高中虽然不是省重点,可也基本都是市重点。你居然能从县里的中学考到咱们学校,不简单、不简单。那你的高考成绩应该在你们县里数一数二了吧?"

董礼答道:"那倒也没有。主要是高考时我的文综没有发挥好,至少比平时每次模考的成绩低了三四十分,不过其他那几科考得倒是不错,都比平时分要高出很多,所以总分和平时也差不太多。老天还是很公平的,这边丢了那边补,取了个平均数吧,哈哈。当然,虽然我没有成为状元什么的,但是总成绩排名绝不会跌出前五。"

钱坤听后道:"那你们县里的教学实力挺强呀!咱俩差不多,有两科我也没发挥出应有的水平,所以就到了这个学校,否则以我平时的成绩,冲击一下北大那也不是没可能的。

"听说话,就能感觉到你人挺踏实的。开学以后,我问过很多同学成绩上的事,大多数的人觉得考得超常了,那都是应该的;考砸了的,就怨天尤人地说自己倒霉、不公平,没反映出个人应有的实力。像你这样,以如此心态来看待利得利失的人,还真是不多。

"那你在你们省里边排名又是多少,你们省的文科考生又有多少人呀?"

董礼回道:"查分时说我在我们省文科类考生中排一百多名,我们省的文科考生怎么也得有七八万人吧,具体的数字我也不是太清楚。"

钱坤道:"那也是万里挑一,不错、不错。我也是文科生,很多人都以为咱们文科生学习全凭死记硬背,都是下了苦功夫、笨功夫才考上来的。其实,这些年来文科的高考试题是越出越难,越出越活。那些只知道死记硬背的考生哪能考出高分呢?"

董礼若有所思地"嗯"了一声。

钱坤接道:"我不否认记、背在考试中的基础地位,因为很多研究教育的专家都说过,中国的很多考试在某种程度上,考的就是考生的记忆能力。但是现在的高考,光有记忆能力,没有分析提炼、总结归纳的能力,你想考高分,我看也没那么容易。你说是吧?"

随着钱坤的问话,董礼眼前倒真是浮现出高中时一个同学的身影——这位同学是从乡镇初中考到县里中学的,他当年的中考成绩在其所在的初中位列前十,可谓当之无愧的尖子生。

到了高中以后,这位同学逞中考大胜之余勇,早早就向众人放话,非北京的重点大学不考。他说到做到,从入学那天起,就很认真地悬梁刺股、囊萤映雪起来。

可惜的是,他并没有及时觉察出高中时代学习的方式和考试的侧重点都已发生了实质性变化,而仍将其过往的学习办法移用到高中的学习中来。

据其同村的同学说,虽然他家里的经济状况也不是很好,但是其父母对他期待甚殷,每学期都省吃俭用地给他拿上很多的资费。这位同学倒也大体对得起父母的期待，除了平时必要的吃用花销以外，每学期都从家里给他的钱款中拿出很大一部分用于购买学习资料，比如其购置的历史课辅导资料就在课桌上摞了有一尺多高，在全年级同学中可谓是绝无仅有。

为了背好海量学习资料后附的习题答案，这位同学更是下起了苦功，据住校的同学讲，这位同学每天四点半左右就雷打不动地起床，然后先是去操场跑上几圈步，接着就去教室苦背历史、政治题的答案。

不过，虽然他自觉对历史、政治等课程学得很卖力、很刻苦，可是令人费解的是，无论他怎么努力，这些课的成绩在达到八十分左右后，就像被人施了定身法般再也无法前进半步。从几次考试情况看，这位同学除了对那些考记忆基本概念、事件、时间、地点、人物等内容的"死题"，能够靠着他的生猛背功得到近乎满分以外，一到材料分析等"活题"部分，他就立即束手无策，常常是下笔千言、离题万里，很是让人费解。

而且，人的思维就是这样。往往一通百通、一塞百塞，既然他历史、政治等科目都学得如此毫无章法，那扩展到语文、英语、数学等科目，其结果也就可想而知了。所以，虽然他从高一起，就立下宏图大志，意图通过自己的勤奋刻苦最终考上一所名牌大学，进而实现他光宗耀祖的远大理想，但是两年来一次次事倍功半的勤苦实践，以及总是劳而无功的恼人结果，让他终于认识到自己实在不是能一鸣惊人的那块材料。

久而久之，他初心丧失，渐渐地没了志向。早晨不再早起跑步、学习，家里给的钱也多半奉献给了学校旁边的游戏厅或者租书屋，往昔购买的各种教辅资料也慢慢演变成了《读者》《青年文摘》《微型小说》等休闲文学读物，等到后期，上课时间睡觉，课下一个人独来独往不与师生做任何交流已成常态。

更让人难以置信的是，或许实在是无法承受高考可能落榜的巨大压力，无法面对众人对其失败后的冷语纷飞，在临近高考前的两个月，他竟三番五次地跑到教务处去提交退学申请。

临近高考却出了这样动摇军心的事情，学校当然高度重视，校方先后派出了包括班主任、其他任课老师以及分管教学的副校长在内的各种人物，本着对其高度负责的态度，从各种角度对他进行了细致入微、春风化雨式的全面疏导帮助，甚至最终还打出了亲情牌——请其父母和兄长与他进行涕泪交流的谈心谈话，可是不知因何缘故，这位同学就是王八吃秤砣——铁了心了。

任由各路人马再三苦劝相求，他就是坚持己见、毫不动摇，自觉自愿地放弃了那十年寒窗、龙门一跃的大好机会，也彻彻底底地绝了父母希望他出人头地、光耀门楣的美好梦想。其也是觉得无颜再见江东父老，于是跟家里简单地说明了一下情况，又与初中那些没考上高中的同学联系好后，便一个人背起行囊，登上了南下打工的列车。

有鉴于此，董礼对钱坤得出的这个结论深以为然。

董礼道："你说得倒是不错。"

钱坤见董礼认同了自己的说法，马上谈兴更浓地道："董礼，你平时都读些什么名著、好书？首先声明一点，课本、辅导书什么的就免谈了。

"我跟你说一件事儿，以前我也就这个问题问过一些同学，其中有个同学一本正经地跟我说他读的最熟、最透的是《中国古代史》，还说他连书里正文下的注解有几行都了如指掌，我听他这么一说，立马对他肃然起敬起来。你想呀，这是什么功夫？他得对咱们中国的古代历史有多熟悉呀！

"然后，我就小心翼翼地试探着问他，你读的那套《中国古代史》是翦伯赞先生著的，还是范文澜先生著的，或者是其他哪位大家的作品？谁知道他认真回忆了一会儿后，居然说这本书的后记写没写作者的姓名，他是真没什么印象了，因为考试不考，他从来没看过。不过他依稀记得书的封面上好像写的是'高中历史课程教材研发中心组编'。

"这答案，当时就把我给噎得戳在那里动弹不得。就一本不是为了高考什么人都不会看的历史课本，他居然给我归到名著里了，真有他的。"

董礼笑道："人家如果没有对课本那么深透的了解和记忆，也不可能考那么高的分数呀，所以你也别笑话他了。说到我嘛，家里的杂书倒是不少，经史子集都有。早前囫囵吞枣地看过《论语》《大学》等四书五经，《史记》《纲鉴易知录》《曾国藩文集》《古文观止》等也东一篇、西一章地浏览过一些，当然像'三百千'等过去的开蒙读物也大体翻过。

"时下的小说看得最多的就是金庸、古龙或者二月河他们的作品，不过那些言情类的确是一本也不曾看过；至于民国时期，茅盾、鲁迅、丰子恺、周作人等的短篇小说或者散文倒是都有所涉猎。杂文嘛，李敖的看得多一些，柏杨、魏明伦的也都看过。偏学术点的，看过一点民国史学家著作的合集，如果南怀瑾老先生写的也算，那可能看他的书还更多一些。至于散文，刘墉、余秋雨等那肯定是我们这代人都逃不过的必读书。

"至于别的嘛，好像也就是古典小说了吧，比如说四大名著、

'三言二拍'什么的。当然,国外的像马克·吐温、欧·亨利等人的书也翻过一些。总之阅读兴趣很广泛,但是吸收、理解的深度很不够,是不是让你听后感到有点失望,觉得我的水平层次有点低?"

钱坤道:"不错、不错,至少比那酷爱读历史课本的强多了。怪不得你的高考分数那么高,有底蕴呀!你还读过四大名著?《水浒传》看过吗?"

董礼笑道:"你这'至少比那酷爱读历史课本的强多了'的话是个什么意思?是在夸我吗?《水浒传》倒是看过,不过还是初中学《鲁提辖拳打镇关西》那篇课文时的扩展阅读,专拣有意思的地方挑挑拣拣地囫囵吞枣地看了个大概,说句真心话,那时候的阅读,还是看热闹的成分居多。"

钱坤脸色一红道:"兄弟别多想,我就是在夸你。你说得倒是实在话。我问你,你怎么看梁山好汉之间的关系,他们之间真像书里或一些说书人形容的那样,一百零八人都只有一条心吗?你说那晁天王和宋江的关系真的就那么好?"

董礼答道:"那倒也不是。别的情节我记得不是太清,就记得鲁智深在桃花山时,打虎将李忠、小霸王周通劝他落草不成,鲁智深执意要去东京大相国寺后,他们对鲁智深说要到山下抢点东西作为路费送给他。

"鲁智深见他们着实吝啬,放着山上现成的财物不给,还非得要去劫掠一番后才能给自己凑些盘缠,心中很是不悦,于是就趁李、周二人下山的时候,打倒了伺候他的山寨小喽啰,然后将酒桌上的金银器皿踏扁后席卷而去。

"李、周二人回山后得知此一情由,不觉大怒,带人持械遍山要寻鲁智深报仇不得，要不是二人顾及功夫不及鲁智深厉害，甚至还要追上去羞臊一下刚刚还同桌把盏的兄弟。

"你想，仅这三人的功夫、交情、修养等就如此不同，以至于方才还喜笑欢颜，转身便翻脸相斗，那一百多人聚在一起，虽然对外总以水泊梁山整体侠义形象示人，但是估计内部拉帮结伙、山头林立的问题肯定也是不少。

"至于说到晁天王和宋江的关系嘛，别的我研究得不深。只说一点，如果两人的关系果真有那么好，那晁盖临死时直接把寨主之位传给宋江就行，而不需说谁捉住史文恭，便叫他做梁山之主了。所以我想，他们二人间的隔阂应该还是很大的。"

钱坤闻言后顿时两眼一亮，接着他就立时催促董礼道："那你再说说，他们俩之间到底有哪些隔阂，有没有宋江人为架空晁盖，甚至于故意加害他的事情？"

董礼道："这个我就说不好了，其实刚才我说的有些观点，那也是之前看的别人的分析，至于分析者的行文思路和佐证情节，由于时隔太久，我真是记得不太清楚了。"

钱坤闻言先是点了点头，然后假意谦虚道："那好吧，等哪天你想起来再跟我说。其实我倒是很喜欢看《水浒传》，我试着给你说一下这本书行吗？"

董礼正苦于肚里无货、思论枯竭，见钱坤这样说，真是如遇救星一般，于是便忙道："行啊，太行了。你快给我讲讲这本书，我可是愿闻高论！"

钱坤见董礼求教心切，就满脸得意地道："你听说过'六大才子书'这个说法吗？"

董礼摇头道："没听说过。哪六大才子书？"

钱坤道："这个说法是明末清初一个叫做金圣叹的人提出来的，他认为在他读过的所有书中，有六个人的作品可以称为'才子书'，分别是《庄子》《离骚》《史记》《杜甫诗》《水浒传》和《西厢记》，此六者才气纵横、妙笔生花，值得一读再读、一品再品。至于《水浒传》更被金圣叹称为'第五才子书'。"

董礼认真地听着钱坤的讲说，见他说完最后一句时又看向了自己，便立即接言道："这个批《水浒传》的金圣叹我此前倒是听说过，但是他这'六大才子书'的说法，恕我孤陋寡闻，倒真是第一次听说。他既然如此称赞《水浒传》为'第五才子书'，想必这本书必是有些与众不同的特点。"

钱坤一笑道："跟你说话还真不费劲，一问就问到点子上了。这《水浒传》确有过人之处，金圣叹就曾言《水浒传》'章有章法，句有句法，字有字法。人家子弟稍识字，便当教令反复细看，看得《水浒传》出时，他书便如破竹'。

"不但如此，对于这本旧时官府、师长千方百计不让子弟去读的书，这个金圣叹偏偏亲自作序传给其十岁的儿子，还明言'汝今年始十岁，便以此书相授者，非过有所宠爱，或者教汝之道当如是也'。至于相授的理由，他说'人生十岁，耳目渐吐，如日在东，光明发挥。如此书，吾即欲禁汝不见，岂亦可得？今知不可相禁，而反出其旧所批释脱然授之汝手'。

"这种'堵不如疏'的开明见解，别说明末清初，就算现在大多数的家长、老师也根本做不到。你说这金圣叹高明不高明？"

董礼闻言不觉一愕，这些评说自己之前闻所未闻倒在其次，主要是眼前这个体态肥胖、行动迟缓的钱坤，竟然能在谈笑间随口就把金圣叹所书的原文，而且还是古文，就那么信手拈来、从容不迫地背出来，这可不由得董礼不对他立时刮目相看起来。

念及此处，董礼也顾不得礼貌，而是冲口打断钱坤道："兄弟，行啊。这金圣叹写过的文章你居然能够背得这么纯熟，真个是道行不浅！"

钱坤不以为然地笑道："我原本也就会它个一两句，主要是聊天唬人的次数多了，后来发现如果能把原文全背出来，立时就能起到成功镇住他人的奇效，于是索性就费了点气力把这几句话全都背了下来。我拿你当长远的真朋友交，所以也不瞒你，你可别见笑。这话其实我也没看过原文，主要是我们语文老师在进行课文分析时，在黑板上写过。金圣叹这话说得很合我的心意，我就抄下来并记住了。

"要说对《水浒传》的研究，我们的语文老师还真有一套，据说他还就此书在许多学术刊物上发表过多篇研究文章呢！要知道，人家可是北师大毕业的高才生，当年毕业后本是要分配回县里中学的，但省教育厅管人事的领导看了他的成绩单，并向他的老师了解了他大学时的一些学习情况后，为了加强我们当地省属学校的师资力量，就硬是为他争取了一个指标，把他分到了我们学校里来。

"不过，他确实没有辜负领导对他的厚望，同样的课本、同样的教学大纲，经他一摆弄，我们班全体学生连成绩最差的那位全都算上，语文课的平均成绩从没掉下过一百分。正因为这些实实在在的教学成绩，所以早在几年前，人家就已经是我们省有名的语文特级教师了！"

董礼见钱坤这样说，就不由自主地羡慕并感慨起来："真是名师出高徒。我们的老师就没这本事，一次次的课上下来，时间、力气花费的肯定不比你们的那位老师少，而同学们的成绩那差别可真是太大了。

"就拿我来说吧，我从小就对语文课感兴趣，语文方面的知识积累和文学修养嘛，在我们班上也算是好的了，可是语文成绩却忽上忽下很不稳定，最差时还得过九十多分，看来还是学得不得要领。而且，同学们私下里交流起来，都觉得听我们语文老师分析习题，好像是他事先看过答案后硬往上靠似的，换了另外一套题，他的那些言之凿凿的理论就全都成了智多星吴用（无用）了。"

钱坤闻言哈哈一笑道："你算说对了。我们那个政治老师给我们的感觉就是那样，水平差得很。不瞒你说，我觉得对于一些政治理论，她理解得都没我深！

"其实我觉得，这师资质量是真能直接决定学生成绩水平的，比如我表弟的语文老师就是前些年在我们市里师专毕业的，和我们那个北师大名校毕业的语文老师根本没法比，所以就算他酷爱语文，同时下的功夫也比我多，但他的成绩就是始终都没我好。

"而且通过对这次同学填报高考志愿的观察，我对于现下之升学、择业体制也有些担忧。我不知道你们班这次高考填报志愿的方向都是什么样的？但是，我们班这次，或者说这么多年来，考高分的文科生几乎都报了法学、经济学、金融学等热门专业。

"至于文史哲或者师范类的专业，如果哪个考了高分的同学报了，大家都觉得他的脑袋肯定是出了问题。然后老师说、家长劝的，绝大部分学生都在最后改变了初衷，换填了别的专业。至于那些最终没改志愿的，基本都是公认极有性格或者是对这门学科有真兴趣的人。

"其实这个现象不止存在于那些高分考生中，那些考了中档分和低档分的同学，也都纷纷报了相应档次院校的热门专业，填报文史哲或者师范类专业的学生同样很少。

"至于那些最后报了师范类，或冷门专业的学生，要么是家境不太好，希望通过读师范专业，得到些国家的补贴或者救济，以减轻家庭经济负担。要么是考分实在没有竞争力，怕报了好专业也不能被录取，索性第一志愿报个冷门专业，以确保自己在第一时间就被录取。

"为父母、家庭生计考虑的那些学生，我们暂且不论，而且他们中考高分的学生还不少。但是那些分数低又被师范类专业录取的学生可真是让人担忧，因为他们自己在做学生时就没太学明白，或者虽然头脑聪明本应该学明白，但是却因为不用心学习而致使个人成绩很差。

"你想，如果让这些人将来毕业后再当教师教我们的下一代，那教出来的学生岂不是黄鼠狼下耗子——一辈不如一辈。当然，肯定会有些例外发生，但是对于大多数人来说转变的可能性根本不大，你说是不是会有很多本应该成绩更好的学生，因为师从这些庸师而让自己的潜能始终发挥不出来呢？毕竟以其昏昏无法使人昭昭，我觉得教育管理者或者关心教育工作的人真应该对这个问题重视起来。"

董礼听罢道："你说的这个现象在我们那里也存在，长此以往肯定会生出诸多的问题。不过中国社会自古以来就是'学而优则仕'，'学而优则教'的还真是很少，现在这个社会不仅是'学而优则仕'，还可以'学而优则商'，因为做官、经商都是能够直接解决家庭经济境况的有效途径。

"政治老师不总说'经济基础决定上层建筑'吗，高考报专业这件事就是一个很好的证明。若想改变你说的那种状况，估计等将来教育从业的条件真正变好了，或者大家都衣食无忧了，或许那些成绩好又真正喜欢教育的人，才会大量充实到教育队伍中来。

"而且，高考报志愿、被录取这件事，也是当下时代中众学子通过自身能力，在这个物竞天择、弱肉强食的社会中获取资源的一次尝试。分高的强者抢走了最好的学校、最好的专业，分低的就只能分剩下的那些资源。话说回来，我问一下，你为什么不报文史哲那些专业呢？"

钱坤一笑道："还不是因为钱嘛，父母养我这么多年，我将来还想快点赚钱、多点赚钱，让他们享几天清福呢。至于当老师，我可从来没想过，辛辛苦苦教书几十年，培养出那么多高官富豪，为别人做了无数嫁衣，轮到自己，却只能住个破房子，将来为了孩子能很好地就业什么的琐事，都可能会让我低声下气地去求自己曾经教出来的学生，你说我十年寒窗图个啥呢？"

董礼笑道："行了，闲话别说了，你还是跟我接着说《水浒传》吧。"

钱坤道："行，我也吃完了，刚才你光顾着说话，还剩这么多饭。现在你专心吃你的，我说我的，你听着就行，咱们两不耽误。我先问你，你是怎么看这《水浒传》第一回的？"

董礼想了想道："这第一回我还真看过，不过好像都是些封建迷信的内容，说什么洪太尉放走了一百零八个魔星，给北宋王朝惹了祸，也没武打和特别有意思的情节，让人看着挺没意思的。不过，那个时候人的思想落后，神神鬼鬼地写来唬人，也没什么奇怪的。而且，说洪太尉放走了一百零八个魔星，无非是给后面水泊梁山一百单八将聚义做个铺垫罢了！我就是这么看的。"

钱坤听罢，呵呵一笑道："你说得有一定的道理，这一回确实是给后文做铺垫的，不过这铺垫的方法却没你说的那么简单，因为施耐庵的这个铺垫，不仅仅是文学技术性的也是政治性的，其使用的办法恰好是你刚才批评的封建迷信。所以，金圣叹才说《水浒传》章有章法！"

董礼"哦"的一声睁大了眼睛，边看钱坤边道："怎么一个用封建迷信做铺垫的法儿，还什么'章有章法'？你快跟我说一下。"

钱坤见问就继续道："这书里说，洪太尉本是受皇帝委派，作为朝廷的天使到江西龙虎山去寻张真人为京城百姓除瘟疫的。但是这个被寄予厚望的钦差到了龙虎山后，却没有立即投入到应该做的工作中去，而是被当地大小官员、老少道士兴师动众、远接近迎地好好地伺候了一番。

"不过，当被伺候好了的洪太尉要办正经事的时候，却没有经受住张天师用变化出的猛兽的考验，而在受到一番惊吓后，不顾京城百姓的死活，彻底放弃了天子交代的任务，并在吃饱喝足后兴高采烈地去游山。而且他为了满足个人好奇心，竟然威胁要将那些不愿为他开锁的道士们刺配远恶军州，也非要他们为自己打开这个从唐朝时就被封禁了的'伏魔殿'，以致最后导致伏魔殿中被镇压的一百零八个魔君重新出世，而最终乱了赵家的江山。

"其实，如果剥去书中伏魔殿中'遇洪而开'等迷信思想，施耐庵老先生想跟我们揭示的其实是他心中更深一层次的意思，就是魔君的出世，完全是由身居显要的上层统治者一手造成的。你想，普通的老百姓或者一般的官员，谁有能力让这些道士们开启镇压妖魔的封条呀？所以金圣叹才在《水浒传》的批注中说这件事实在是'乱由上作'。

"我们看看历史，中国因为政治体制和政治文化等诸多原因，其实很多起义事件的发端都是为上者一手造成的。在这里，施耐庵不过是用了一种魔幻的写作手法，以一种隐喻来表达出了这层在他们那个年代无法明言的意思罢了。

"不过作者并不像《西游记》《封神演义》等书的作者那样，从始至终都用一种魔幻的手法来表达内心的思想。而是从第二回以后，就马上转到写实风格的轨道上来，并用他那生动的笔触给我们讲了许多当时的社会现实故事。

"如果我们把全书的前后章回放在一起来看的话，书中这些人的做派，不论是之前的洪太尉，还是之后的赵王天子、高俅等四大奸臣，抑或其他各路大小官吏、土豪地主等，他们的思想、行为都是大致不差的，身居高位不知自尊、自警、自爱、自珍，视百姓为刍狗，以至于民怨沸腾，不得不反。

"这书中的第一回和以后的故事，不过是本书作者通过一虚一实、一暗一明两条线索，向我们表达他著书的那一片深远心意罢了。所以对于这第一回，我们还真不可轻看了去。"

董礼听罢钱坤的解说，忽然有种豁然开朗的感觉。这样的分析和解读，可是他此前的老师和同学们从未言及过的。但是眼前这个同样刚刚升入大学的钱坤，却竟然在食饭饮汤间就这么三言两语地把一部名著的中心扣子给轻易解开了。

董礼心中暗道，虽然都是读书，这档次分别可是真大。那句"行家看门道，外行看热闹"的话，果真不是白说的。想罢之后，董礼又对钱坤问道："这都是你的个人研究成果？你也太牛了吧！"

钱坤笑道："我哪有这么大能耐，这都是我们语文老师的研究成果，或者是他看完别人的研究成果后，又在课堂上跟我们转述的，课下我找来原著一读，还真是那么回事！所以我非常崇拜他，也特别愿意上他的课，不仅长知识，还长见识。倒是我跟你说的那些东西，纯属是二道贩子了。"

董礼道："这真正能把书读深读透的人，和那些仅把读书当做看热闹，或者视为充门面的人果真不同。我不知你们那里的具体情况如何，反正据我了解，我们那儿的很多高中生甚至是许多语文老师，念了这么多年的书，也没有真正、彻底地读明白几本。

"也不知从何年何月起，大家应付语文考试中文学常识题最简单有效的办法，就是把一些汇编介绍各种中外名著梗概的小册子奉为宝典，讨巧地将其中人物、故事情节以及作者生平的简短资料性文字记了便完事大吉，而很少有人再愿意从头至尾、原汁原味地去读原著了。而且有些人如此投机取巧之下，居然就以幻为真地真当自己博览了群书一般，甚至于还因此自高自大、感觉良好起来。

"更有甚者，一些爱慕虚荣的人资此办法，在和别人谈天说地之时，竟然真的能对国内外各种名篇杰作，批名捡姓、如数家珍地一扯就是半天，也是咄咄怪事！不过毕竟真的假不了、假的真不了，那些人对各种名著的认识理解程度，跟你们的老师比起来，那真是不可以道里计。"

钱坤道："和我们语文老师水平相当的老师毕竟不算太多，要不然人家怎么能够成为全省的特级教师呢？其实，我们那儿的学生对于名著了解的情况与你们那里也差不太多。只是他们这样做，应付考试还行，吹牛聊天也可以，但就是深问不得，一问细节马上就跑风露馅原形立现！"

董礼忽然心有戚戚地叹道："造成当下这个状况又能怪谁呢？

还不是这考试制度给害的，这么多作业，这么多的考试科目，大家哪有时间去通读名著、细赏名篇呀？能弄到现在这个样子就算不错了。"

钱坤接道："你说的这些情况也是实情，不过这个弊端迟早是要大家一体来承受的，你没看过一个报道吗？说一些研究中国史的日本中青年学者对于史料的把握、钻研的深度比我们国家研究同一领域的学者都要好。你说别人对我国历史的研究比我们都深，除去那种战略刺探意义的考虑之外，这种情形能不让人蒙羞吗？"

董礼忽然有感而发地道："既然你不满意他们的研究水准，那就得自己顶上去，年轻人就要有这种舍我其谁的豪情壮志，知耻而后勇嘛！"

钱坤白了董礼一眼道："你真是站着说话不腰疼，要赶超国内外的顶级学者，那可不是咱们在这里坐着闲扯就能实现的，那必须得下一番寒彻骨的苦功夫才行！说真的，就是你能实现这个目标我都实现不了。对了，还没问过你，你在今后的四年里到底想过一种什么样的大学生活？"

董礼笑道："你可不能妄自菲薄、人为设限，那样可是很不利于个人成长的哟！至于你问我想过一种什么样的大学生活？那我还真是没有认真想过，高考前大学对我来说就是一个抽象的目标，是一种特殊的符号，仅仅知道那是我们寒窗十余载后必须要到达的地方，至于它究竟对我的人生意味着什么，我仅仅是有那么一点模模糊糊的意识，但你让我说清道明，我却做不到。

"不瞒你说，我的祖辈和父母都没有上过大学，我生长的地方也没有大学，只有一所规模很小的卫生学校，所以，怎么做才算是合格的大学生，怎样过才不会辜负这宝贵的青春年华，这在我心里一点概念都没有。

"之前，几个亲戚家的孩子倒是念过大学，但一是他们考取的学校和专业都不够理想，二是他们上大学的时代已经是十几年前的事情了，计划经济时代的大学生活之于市场经济时代的大学生活来说，可资借鉴的地方实在是微乎其微。

"我听家里人说，他们那时只要考上大学就算有了铁饭碗，四年之中学好学坏那是你自己的事情，决定命运的是毕业时你最终能分配到哪里，如果分到一个好单位，那此后人生的道路相对来说就顺利一些，反之就会差一些。工作之后就是成家立业，接着就是好好工作、好好生活，然后培养并期待子女将来也能够考入一所好的大学，以像他们自己那样谋一个好的前程。

"听我的那些亲戚说，他们当年在刻苦学习之余，也曾参加过交谊舞会、音乐会，看过大型的花车巡游或者国外的热门电影，也曾试着谈过男女朋友，或者在某次演讲比赛或运动会上表现突出，而让他们在同侪间出了一次很大的风头，这些可资回忆的美好往事开阔了他们的眼界、丰富了他们的人生，以至于让他们感念至今。

"只是这些他们津津乐道甚至于引以为傲的人生体验，并不是我想要过的大学生活，那些东西对我也没有什么足够的吸引力。当然，在来这所大学读书前，我也曾看过前几届的学生写的关于在这里学习、生活的招生文字，比如什么中秋节去十三陵水库看月亮，在郊外搞什么篝火晚会，或者获得了某次论文比赛的大奖等等。

"这些他们人生中的吉光片羽并不能代表大学生活的全部，也承载不了我对大学的期待和幻想，所以，我要走出一条属于我的独特的大学之路。你想，如果我们每一个读大学的人都不怀有远大理想，仅把读大学作为自己日后获得美好生活的敲门砖，那格局是不是小了一点？而且大家只满足于把前人们过过的日子再重复一次，然后就觉得自己好像也是一个名副其实的大学生的话，那样好像也太过无趣了吧！

"我不知道在未来的日子里，自己会经历些什么喜怒哀乐、胜败沉浮，但我绝不准备复制他人的生命旅程，或者把别人的过去稍微改头换面一下，就算作了自己的标准大学生活。我不知道在这里经过四年的磨炼之后，我的思想、能力、品性会发生些什么样的变化。但愿不仅仅是比之前多获得了那么一点专业知识而已吧！"

钱坤拿起手中的筷子用力地敲了下桌子后赞道："有气魄、有思想，到底我还没看走了眼。这个答案是我在给那么多同学出完这道考题后，截至目前，听到的最深刻、最有见地、最具思想的回答。

"你不知道，其实大部分人想过的大学生活，无非就是得奖学金、做班干部、交男女朋友，然后尽可能地获得各种奖励和荣誉称号，最后再找到一个好工作，或者考研、考博地继续深造，以期在抬高身价后最终卖出一个好价钱。总之最好就是一顺百顺，人人艳羡呗，这样的生活听起来好像不错，可是你觉得这样过就真有意思吗？"

董礼故意逆着钱坤的意思道："挺有意思的呀！这样有什么不好吗？而且你说这种大学生活那还不是一般人能过的呢，应该是比较成功的大学生才能享有的学习、生活模式，如果你连这种生活也觉得没意思，那我倒想问问你，高明如你者，究竟想过一种什么样的大学生活呢？"

钱坤见问，就先转了转眼珠，然后才对董礼笑道："你这思想前后转变得还真是够快的呀！刚夸完你卓尔不群、阳春白雪，可还没两句话你就泯然如众、下里巴人起来，真是让我说你什么才好！过什么样的大学生活，我其实也没有完全想好，当然过大多数人期待的那种日子，也没什么不好。不过，以我的个性和想法，这大学生活呀，最好不要那么一清如水般的单纯，虽然不能像坐过山车那样大起大落，但是至少也得复杂一些、深刻一点，那样才有味道对不对？

"我给你打一个可能不太恰当的比方。如果你面前有三种苹果，一种是纯甜的，一种是纯酸的，一种是酸甜的，你选哪一种？其实不用你说，我都能猜出来，你应该会选那种酸甜的对不对？而且不只是你，我相信对于大多数人来说，他们都会选酸甜味道的苹果，为什么？因为全是甜味，或者全是酸味的苹果都太过单一了，通常没有对比的东西，是没什么意思的。

"可是选择吃什么味道的苹果这件事情，和其中的道理容易让人理解，但是选择人生这件事情上，明明跟选苹果是一样的道理，可是好些人却完全不懂了。他们一股脑地想选择的人生，都是甜味的，连甜酸都不想选，你说奇怪不？其实人性趋利避害、好逸恶劳，那是谁都能够理解的，所以想一辈子给自己选择痛苦和不幸，也就是纯酸味的苹果，那基本是不可能，也是不符合人性的，但是一味追求甜味，好像也不太好。

"何况，没有酸涩的对比，你就体会不到甜美的价值和意义，所以，我要过的大学生活，那不只是要有风口浪尖，还要有低地峡谷才好，起起落落几番走过，那到将来回望人生，回首大学生活的时候，才不会觉得自己虚度光阴，白白浪费了大好的机会。

你说是吗？"

董礼笑道："是啊，人生有趣之处可能就在这高低起伏、旺衰不定之中吧！今天听你给我讲了这么多，我自觉收获很大，有道是'来而不往非礼也'，那我也给你讲个故事吧。

"高考前最后那段时间，我们许多同学为了节省路途时间，晚上都在学校食堂就餐。有天晚饭，我们忽然讨论起了国外电影这个话题，其中一位同学说，他看《阿甘正传》时发现有这么一句台词，叫做'人生就像一盒巧克力，你永远不知道下一个是什么滋味'。他说，一盒巧克力不就一个味道嘛，怎么会不知道下一块是什么滋味呢？所以他一直以来对于阿甘为什么如此说都是百思不得其解。

"一位一起吃饭的同学对于国外巧克力的文化倒是有所了解，于是就对他解释道：'你不知道，外国的巧克力跟中国的不一样，他们那一桶里装的巧克力口味不是一种而是各种各样，就跟我们中国的什锦糖果是一个意思，所以阿甘才有此说。'那位同学听到这个解答之后，多时的疑问这才终于找到了答案。

"与阿甘说的巧克力的道理具有异曲同工之妙的是我们学校食堂做的煎饺儿。因为食堂晚上出售的煎饺儿通常是把中午卖剩下的各种馅的饺子放到锅里一煎，然后混着盛到一起卖给同学，所以吃煎饺儿的同学究竟下个饺子会吃到哪种口味也是不确定的，于是先前那个提问的同学就借用《阿甘正传》里的这句台词，自我解嘲地演绎出了一句符合我们校情的话，叫做'生活就像煎饺儿，你永远也不知道下一个是什么滋味的'。哈哈。

"我现在也借用一下这句目前还不算特别出名的名言，来祝愿一下我们钱大班长未来的生活，就像我们高中时吃的煎饺儿一样，多种多样、变幻莫测,当然,最终一定是会比较可口的怎么样?哈哈。

"行了,今天咱们自高考开题,中间旁及《水浒传》,后来又说到了大学怎么度过以及未来如煎饺儿等各种各样生动有趣的话题,可谓有广度、有深度、有高度,而且越聊还越投机,挺好!现在咱们这饭也早都吃完了,放眼食堂,几乎就剩下咱们这几桌还不走人,我看咱们也别耽误工作人员收拾桌子,人家也得休息不是,咱俩快点收拾着走吧。"

钱坤环视了一下四周道:"还真是就剩咱们这几桌了,行,那咱们下次找机会再聊,走吧。"

等从食堂出来往寝室走的路上,钱坤忽然想起来什么似的对董礼道:"有件事情我想问你一下。"

董礼奇道:"什么事儿?你说吧。"

钱坤道:"你知道你们班委送咱们两个法学班共同的联系人朱泽洪师兄的事儿吗?"

董礼道:"送朱泽洪师兄?哦,前几天我们班长倒是跟我说过要买个礼物给他,我问他要不要我帮着他去买。他说,有需要的时候再联系我,此后就再也没有了任何音信。也不知这件事情现在进展得怎么样了。你们班是不是也打算送点礼物给朱泽洪师兄?"

钱坤听后神秘地一笑道:"看着你好像挺聪明的,可是办起事情来,怎么总是泛着傻气呢!你不会还等着吕青阳来跟你汇报工作进展情况吧?告诉你,人家早就把事给办完了,那是饭也请朱泽洪师兄吃了、礼物也给朱泽洪师兄送了,人情早都到位了,就你还不知道这件事情。"

董礼听罢,并没把钱坤说的这些情况当回事儿,就随口答道:

"就这么点事儿呀？能办，他们就办了呗，又不用我出钱，又不用我出力，省下来的时间，我还可以看看书、休息休息呢，多好的一件事儿，倒省得我操心了。不过你是怎么知道他们请朱泽洪师兄吃饭的？"

钱坤对于董礼对他透露出的信息，竟然是这样一种态度很感意外，就惊讶道："连这你也不在意？真是超脱！以后人家吕青阳办起什么事情来，东也绕过你、西也绕过你，就把你视为无物一样，渐渐地把你架空，你最后就什么都不是了，明白吗？

"而且，通过开学后的几次接触，我看朱泽洪这个人是真不错，何况他又是咱们的嫡系师兄，将来毕业了都是很好的校友资源。何况即便不为以后想，就说入学后咱们当班委这件事吧，那还不是泽洪师兄向王老师全力举荐的！

"现在，人家帮完你了。等人家走时，你连欢送一下的动作都没有。这从哪个方面看，都显得你对人家不尊重。旁人一看，连这些帮助过你的人你都不在乎，这心性也太凉薄了些，而且有些事传出去，慢慢地再被别人添枝加叶地讲说后，大家肯定会对你产生不良的看法，那样可就不好了。"

董礼闻言后心下一动，先是坚持己见地又跟钱坤置辩了几句，但后来又有所动摇地道："不至于吧，泽洪师兄和别人会对我产生看法？当初明确职务范围时，就划定了各自分工的范围，吕青阳管的是小班委的事情，所以他们欢送泽洪师兄是分内事。可是照你这么一说，可能我这理解还真是有问题。你还没回答我刚才的问题呢，你是怎么知道他们请朱师兄吃饭的事的？就我一个人没去，还是很多人都没去？"

钱坤一愣道："看来这件事你真是一点也不知道呀，那你这消息可真是够闭塞的。是慕雪婷先知道这件事后去王老师那里反映，我才知道的。她对这件事情的意见可大了去了,那天我正在值班,她直接去王老师那儿反映的情况,我当时就看着她情绪有些不太对劲,不过她见到我在那儿,便看看王老师又看看我地欲言又止,我觉得她肯定有事,就跟王老师说如果这里暂时没别的什么事情我就先走了。王老师也发觉情况有异,就让我先走了。

"第二天,我找了个机会问王老师昨天慕雪婷怎么了,是不是家里有什么事情。王老师说慕雪婷跟她说吕青阳和部分班委欢送朱泽洪,党支部叫了黄健,却没叫她过去。

"可是这天下就没有不透风的墙,后来你们班参与欢送的副班长郜静跟她们寝室的王芳无意间说起了这件事,王芳对班委花班费吃饭送礼这件事意见很大,就和一位她新认识的我们班的同学说了这件事,还问她是不是一班也这样,碰巧的是,这位被问话的同学是慕雪婷中学时的同学,于是这位同学后来就把这件事告诉了慕雪婷。"

钱坤说到这里后,侧头看了下董礼的反应,见他不急不恼的样子后就大声继续道:"这个慕雪婷可是比你敏锐多了,人又是个急性子,于是在知道吕青阳组织部分班委送朱泽洪师兄而没叫她后就很不高兴,所以专门向王老师做了汇报,以表达自己的强烈不满。

"王老师听完汇报后,先是安抚了一下她的情绪,然后提示她要心胸开阔,凡事要从大局着眼。后来王老师又找吕青阳了解了一下具体情况,据吕青阳说是中间有点什么误会,王老师批评了吕青阳,并让他跟慕雪婷解释一下。至于后边究竟发生了什么事儿,我就不知道了,这不过来找你问一下情况,谁想到你还没我知道得多呢。"

董礼道:"哦,原来是这么一回事,我还真是不知道。估计中间确实有点儿什么误会吧,原来吕青阳不仅没通知我,也没叫慕雪婷呀。不过他没叫我也挺好,我没什么酒量,听说这大学吃饭都要喝酒,我从小就烦酒场上大家吆五喝六的阵势,不去就不去吧。我哪天了解一下情况后,找机会再跟你说。"

钱坤见董礼这样说,就急道:"我没别的意思,就是想提醒你一下。都说大学就是个小社会,社会嘛,那自然是很复杂的,咱们都得尽快成熟起来才能在未来有效应对呀。你可是读过《水浒传》的人,应该明白晁盖的结局,回去后还是好好想想吧。"

董礼道:"多谢兄弟一番好意,有机会咱们再好好聊。马上到寝室楼了,那里咱们两个班的同学都多,这些事咱们就先别说了,免得有些人听到只言片语后给理解偏了,然后再添枝加叶地传出些莫须有的情节,那样影响可就不好了。"

钱坤会意,便不再就此话题说下去,两人边扯着闲话,边分别回了各自的寝室。

晚上回到寝室后,董礼先是跟王辉聊了几句闲话,然后问他道:"前几天班里送朱泽洪师兄的事你知道吗?"

王辉道:"知道啊,那天吕青阳到寝室来找咱们俩去吃饭,你不在,我们还等了你一会儿,见你也没回来,我说你总爱吃完饭又直接去自习室看书,也不知道那天你饭后回不回寝室。吕青阳说朱泽洪师兄这两天就要去南方的一所高校交流了,时间一年,正好那天晚上有时间,于是就招呼一些班委一起出去请他吃饭。

"饭桌上朱泽洪师兄还特意问到了你,班长也向朱泽洪师兄解释了临时没联系到你的原因,并说事后有机会再把你们这些没到场的班委组织到一起,然后再跟朱泽洪师兄送个别什么的。我听他这样说,也没当回事儿,回来后也便没再跟你说,怎么啦?"

董礼道:"哦,原来是这么回事儿呀。有些同学对班委拿班费请朱泽洪师兄吃饭很有意见,还向王老师反映了情况。看起来以后班委组织这些人情往来的事情,还真得注意一下。"

王辉听后对这件事并不怎么感兴趣,只轻轻地"嗯"了一声,再也没多说什么。

对于宴请朱泽洪师兄这件事,吕青阳后来倒是跟董礼提过,并说当时确实想等董礼回来再去的,无奈时间不等人,终于就遗憾作罢了。董礼因为早就知道了个中原委,而且吕青阳在事后也跟自己说明了情由,所以也就没再挂怀……

第九章　鸽舞龙翔同庆忙

9月21日一过,校园内外欢度国庆节的气氛就渐浓了起来,受到大环境的影响,对于如何安排大学生涯中的首个国庆节长假,基本就成为了各个寝室茶余饭后的主要议题。

周三晚上快熄灯的时候,董礼他们寝室也开始讨论起了国庆节究竟去哪里玩更好些的话题。

黄健说:"天安门、故宫肯定是要去的地方,以前总在电视上看这些地方,这次一定要到现场考察一下。"

方泰伟听黄健这么说,就冲口道:"都报到这么长时间了,天安门你居然还没去过!你这行动也太迟缓了。"

黄健闻言后不悦道:"没去过怎么啦?我这是爱学习的表现,我到校后基本就没怎么出过学校的大门。别说学校外边了,就是学校里边的一些地方我还找不到呢。难不成你就把北京城都逛遍了,不过是五十步笑百步罢了,我说个地方,让你给我当向导,你就能都给我导对了?真是的!"

王辉也在铺上接道:"开学的时候,我是在学校接站的大巴车经过天安门的时候,远远地看了人民大会堂、天安门广场、毛主席纪念堂什么的几眼,至于现场嘛,我还真没去过,所以这次我也挺想去那儿看看的。"

方泰伟见黄健和王辉都说没去过天安门,忽然觉得自己刚才的话有些失言,就没再接话。

因有家庭旅游计划,董礼和父母早于正式报到日几天到的北京,而落脚的地方就在前门附近,所以对于天安门等核心景观,董礼基本都看了不止一遍。除此,董礼一家还特意参加了一个旅行团,对于恭王府、颐和园、故宫等热门景点也全都逛了一遍。

对于黄健提议去故宫、天安门等地游玩,董礼原是没什么兴趣的,但此时见王辉也出言赞同,于是就道:"这两个地方我原本是去过的,不过国庆节再去,那意义和置景肯定与平日不同,所以我赞同过去看一下。不过人们总说'不到长城非好汉',所以,我建议咱们是不是先去长城看一下,然后再去故宫?"

黄健见董礼认可了自己的意见,同时觉得董礼的提议也不错,就接道:"行,就这么办,长城以前也总是在各种电视片和书里看到,这次也到现场去感受一下。"

王辉也附和道:"都说秋季长城的枫叶挺好看的,到时候摘两片枫叶回来夹在书里做标本。"

董礼见自己的提议获得了通过,就继续道:"除了这几个地方外,还有哪些地方更好玩一些,听说天坛、圆明园、八大处什么的也很好玩。"

还没等别人接话,吝于花钱又不好意思明言的黄健抢先道:"去的地方已经够多了,而且爬长城很累的,估计咱们玩到第三天就不想动了。所以,我觉得咱们就先定这些地方吧,反正大学四年时间长着呢，这些地方又跑不了，以后慢慢逛呗。而且回来后还要休息几天准备节后上课呢。"

王辉也道："那就先玩这些地方吧，剩下的以后再说。"

董礼想到全家初到北京旅游时，一开始也是定了好多地方，但是逛到第三天时，便已经身体疲惫得没了起初游玩时的雅兴，但是因为预交了旅游款，便也只能完成任务似的跟着导游东跑西颠，虽然旅游过程中也有很多乐趣，但是边际效用递减的铁律，在后边的旅游过程中是无论如何也没法绕过去的。

念及此处，董礼也随顺道："行，那就先定这些地方，如果到时候大家还有兴趣，那再加其他地方也不迟。"

定完地方后，董礼开始征求其他人的意见："方泰伟、常乐、邢胜男，你们看这几个地方定得如何？还有其他什么别的高见没有？"

方泰伟道："你们去吧。我已经和一个老家的同学约好了，去他姑姑在北京的工厂里玩。"

董礼还没说什么，黄健就马上接道："老家的同学？老家的女同学吧！这大过节的，去工厂里玩什么？别最后你们玩了一遭，工厂里生产什么全不知道，倒是玩出你们自己的产品来了！"

邢胜男原本面对着黄健他们的床，正侧身躺着听黄健的旅游提议，谁知黄健在方泰伟说完后突然来了这么一套，一时没忍住，在别人还没说什么的当口，先哧地笑出了声来，笑完后，邢胜男似觉不妥，就马上掩口翻身把脸转向了墙里。

方泰伟闻言后，立时在上铺斜探出身子向着黄健的铺位笑骂道："男同学好吧。玩出自己的产品来？先玩出个你来。"

对于方泰伟的笑骂，黄健倒不以为意，而是又一次将枪口对准了邢胜男道："我说老邢，平时看你本本分分、老老实实的表现挺好，可每次对于这些男女之事的反应，你是比谁都快，你平时的老实是不是都是装出来的？这反应快也没什么，笑就大大方方地笑吧，每次还假装挺羞涩，装得自己多天真无邪似的，而且还总逃避大家的眼光，你说你还是个男人吗？"

邢胜男也不回头，仅声如蚊蝇似的小声回了一句："我想别的事呢，你们说你们的，你们说你们的。"

常乐见状，立即添油道："这老邢，果然是个理科生，头脑反应就是快。"

黄健、王辉、董礼见状也你一言我一语地对着邢胜男又笑闹了几句，邢胜男听到后来竟用两手掩了耳朵，口里柔声喊着"不听、不听"，同时还撒娇似的用两个光脚在虚空中捣了几下以示抗议。

董礼看着邢胜男这个将近一米八的男同学，竟然做出这些扭怩的动作，胸口便顿时一塞。好在今天的议题是国庆旅游，董礼就岔开话头，故意朝着常乐的铺位话里有话地问道："常乐，你国庆不和女同学去工厂玩吧？"

大家闻言后又是一阵大笑，方泰伟则从上铺俯下半个身子，并用右手食指点着董礼笑道："董礼，你可是团支书！要特别注意自己的形象和影响，不许随波逐流地给别人造谣哦。"

董礼笑道："逗你一句，别当真。常乐，刚才大家的意见你都听到了吧，你看看还有什么其他的意见吗？"

常乐迟疑了一会儿，但却仍未忘记顺便调侃方泰伟一下，所以就假装一本正经地道："我倒是不和老家的女同学去参观什么工厂，而且我也去不了，我得帮师兄卖电话。"

方泰伟闻言后，立时反应很快地笑着对常乐嚷了一句："常乐！你别跟黄健他们同流合污好吗？！"

董礼没搭方泰伟的话茬，接着对常乐道："卖什么电话？旅游完回来再卖吧，回来我帮你卖。"

常乐又嗫嚅了半天道："也不全是因为卖电话，我这个月的生活费花得也差不多了，现在手上又没多少钱，下次再说吧。"

因为董礼在下铺，并不能看到常乐在上铺说话时的表情，因此就继续慷慨地说道："没钱了？那我先借给你怎么样？你什么时候有了，什么时候再还我。"

常乐闻言后顿了一会儿，声音变得有点无力地道："我家这几年做生意总亏钱，现在是真没钱出去玩了，以后吧。"

常乐的理由很有杀伤力，董礼也不好再说什么，于是就道："咱们又不是出去花天酒地，就是随便看一看、逛一逛，估计也花不了多少钱，要不这样，你跟我们一起去，你的费用我包了。"

常乐道："谢谢、谢谢，还是不去添累赘了，早都跟师兄约好了，有道是'君子一言，驷马难追'，我这次就不去了。"

为了尽快消除跟常乐对话产生的尴尬，董礼迅速转向邢胜男，并假装厉声说道："老邢，别在那儿渗着了！你能去吧？我们选的这几个地方怎么样？"

邢胜男闻言头也不回，仅柔声柔气地道："谁渗着了？挺好、挺好。就去这些地方吧。"

王辉道："听说国庆节当天看升旗和游故宫的人特别多，到时候可别太挤了。"

董礼道："那咱们十一那天就先去长城，等第二天人少时再去天安门怎么样？这样至少能躲开旅游的高峰期。"

方泰伟虽然不参加董礼他们的旅游团，但是给室友支招的热情却是极大，所以就又大声道："董礼这提议挺好，就应该错峰出游。而且，我建议你们出游时最好弄台相机，到时候多拍点照片拿回来做纪念。"

黄健道："可惜咱们寝室谁也没有相机。"

方泰伟接道："虽然咱们寝室没有，但是服务楼那里能租到，一般的相机租一天十块钱，你们租两天二十块钱，平均一人五块钱，挺划算的。"

董礼道："还有能租相机的地方？那倒是挺好的。兄弟们，租一台拿着怎么样？"

黄健和王辉闻言都说行。

邢胜男虽然没说行，但是却主动问道："那咱们租了相机后还得买胶卷吧？"

这时已经有一会儿没说话的常乐突然道："我师兄那儿好像也卖胶卷，估计应该会比市面上的便宜一些，我这两天去给你们问问怎么样？"

董礼道："那太好了。过两天大家开始分头行动，王辉，你最迟国庆前一天也要去服务楼那儿问下租相机的事。黄健，你去问问市面上的胶卷一般都多少钱。老邢，你和常乐去他师兄那儿，看看他卖的胶卷多少钱？如果能便宜或者同等价位的话，咱们尽量照顾一下常乐他师兄的生意。"

众人听董礼给大家分配完了各种任务，又等了一会儿，不见董礼再说话，于是就几乎齐声问道："董礼，别人都有活儿了，你干啥？"

董礼故意朗声道："我居中调度，专业给你们当团长！"

众人听罢，立时笑着开始起哄道："喊，你个官僚！"

国庆节前一天的傍晚，董礼刚一踏进寝室的门，就听王辉在门对面的桌旁对着自己大声道:"董礼,站那儿别动,看镜头。"还没等董礼反应过来是怎么回事儿,就听"咔嚓"一声,董礼立时感到眼前白光一闪,接着就觉得眼前一黑。

正当董礼站在当地愣神的当口,就听常乐跟旁边的黄健调侃道:"看来这相机质量不错,不但能照相,而且还能定身,你看王辉这一操作,就把董礼照得跟照片似的定格在那里不动弹了,哈哈。"

董礼此时已经大体明白眼前发生了什么事情,于是就一边把手里的书包往桌上放,一边泛泛地向王辉他们几个问道:"相机租回来了?"

王辉见董礼问,就兴冲冲地道:"我下午去了趟服务楼问相机的事,那边租相机的人可真多,老板跟我说你现在如果不租,明天肯定就租不到了,我问了一下租金价格,基本和方泰伟说的一样。我怕明天租不到,也没问你们,就垫上押金把相机给租了回来,顺便还买了四节电池。"

董礼笑道:"挺好,办事就该这么手疾眼快、当机立断。你要利用空闲的时间好好试试相机的各种功能,到时候多给我们拍几张好照片。"

常乐这时也插言道:"我和老邢已经问了我师兄,回来也和黄健问的市面上的同款胶卷价格做了比较,一卷能便宜两块五,两卷下来便宜五块,你们买电池的钱基本省出来了。"

董礼听罢,也觉得不错,就笑道:"真是挺便宜的,那这胶卷就从你师兄那里拿吧。"

常乐见自己推荐的产品得到了董礼的认可,就接着兴奋道:"那你们打算买几卷?明天我过去给你们提货。"

董礼思谋了一下后道:"这胶卷虽然写着三十六张,但是以咱们这些业余人士的摄影技术来说,一般最多也就能出个三十二张左右,剩下的那几张必要的废卷是相机运作时导胶卷必须要用的。咱们四个人独照加合照,我看怎么着也得买四卷吧。"

黄健听罢却道:"应该也用不了那么多,一人十五张,剩下的拍合影,我看两卷足够。"

王辉说:"这么多人怎么也得三卷,两卷有点少。老邢,你看买几卷好?"王辉边说边向董礼身后问去。

因为董礼站在过道背对着门口和王辉他们几个说话,也不知道邢胜男什么时候回来的。由于董礼挡住了邢胜男的去路,所以邢胜男就这样什么话也不说,一直不声不响地站在董礼背后,默默地等他让路并低头听大家说话。

董礼随着王辉的问话扭头看去,这才发现邢胜男就站在离自己一步之遥的地方,所以就对他逗趣道:"你这身轻功夫可是了得呀,什么时候到我身后的,待了多长时间,我是浑然不知。这要是哪天你想谋害本府,那后果可真是不堪设想呀,哈哈。"

邢胜男见董礼这样说,就一边嘿嘿地笑着一边侧身走了过去。等坐到铺上之后,邢胜男也不看对面的常乐等人,只是低眉顺眼地看了眼王辉手中的相机,然后声音轻柔地道:"租回来了?"

王辉道:"租回来了。你说三十六张的胶卷,咱们买几卷?"

邢胜男想了一下后道:"都行、都行,但是还是多买点备用吧,要不临时在景点买太贵了,而且剩下的,也可以回来在校园里拍一些生活照。我看三卷就行,一人二十多张。买太多的话照不完,浪费钱,买太少了怕又不够用。"

董礼道:"三卷就三卷,不够了到时候再说。常乐,明天你去你师兄那里帮我们拿货。王辉,钱还是你先垫着,你先把钱给常乐，等旅游结束时我们再一起给你算钱。"

王辉一脸坏笑地点着董礼道："你这团长当的，全让我垫支！行吧，那我就先垫上。"然后拿出两百块钱递给常乐道："记得明天把胶卷和找回来的钱给我。"

常乐一把抓了王辉递过来的钱道："胶卷拿回来没问题，但钱嘛，那就难说了，说不定胶卷涨价了呢？我这就过去拿……"他边说边笑着快步走了出去。

王辉对着常乐的背影伴嗔道："你要是敢偷偷给我们涨价的话，到时候就把你卖了抵账，你这个烂人……"

"谁是烂人？"李彪边问边系着裤带从外面踱了进来。

等李彪走到了黄健桌前，忽然发现了宝贝似的，立即快速抓起相机道："照相机？你们租照相机干吗呀？"

李彪边说边拿起相机对准了正半裸着上身的王辉，然后笑着道"看这里、看这里"。接着假装快速按了两下快门对王辉嚷道："拍裸照了，拍裸照了。明天拿钱来赎，要不然就登报示众。"

王辉听罢立时脸现急色，然后便抓起床上的书作势要打李彪。李彪见状连忙放下相机，并哈哈大笑着一溜烟地跑了。

王辉则对着李彪的背影大叫道："又是一个烂人……"

谁知刚跑出门去的李彪，竟然又折了回来，还从门口露出半张脸来并嬉皮笑脸地对王辉道："记得明天拿钱来赎你的裸照，一张一千块，两张打折，你给一千五就行了。"说完也不等王辉回话，就哈哈大笑着返回了自己的寝室。

国庆节这天的早晨，董礼他们四个早早地起了床，然后快速地收拾完毕，接着互相提醒着别落下什么必要的东西开始准备出门。临出门时，常乐突然从铺上探下头来，向着大家摆手道："祝你们旅行快乐，记得注意人身安全。"

董礼忽然想起来什么似的，假装语带沉重地向常乐道："方泰伟昨晚已经离开了我们，给我们打水的重任就落在你的肩上了。我们走得早，现在水房还没开门，后边的事就全都有劳你了。"

常乐稍微迟钝了一下，也假装郑重道："没问题，你们放心地走吧，一切后事我都会办妥的。"

黄健此时正好走到门口，闻言后就回头笑骂常乐道："说得好像我们都要挂了似的，大清早的能不能说点儿好话。"

董礼不管黄健说些什么，依旧回头跟常乐悲戚地调侃道："别了，兄弟。把家守好，实在不行，有好人家就先嫁了吧。"说完也不等常乐回话，就笑着在外面把门带上了。

等大家来到食堂附近时，邢胜男忽然发现食堂的烟囱正冒着烟，就边拿饭卡边对大家道："原来食堂今天有早饭，要不咱们别出去吃了，就在学校食堂吃吧，食堂的便宜。"

黄健闻言后立时一脸苦相地道："大哥，昨晚不是都说好了早晨去外边吃吗，我的饭卡可是放寝室了，难不成还要再回去拿一下？"

邢胜男见黄健如此说后，就不再搭话。王辉、董礼也都说没带饭卡。

邢胜男见董礼他们这样说后，就一言不发地站在当地不说也不动。

董礼见状就道："老邢，要不这样吧。我们先刷你的饭卡，等回来后我们再给你现金。你看这样行吗？"

邢胜男见董礼如此说后，并不跟大家客气，反而还加了一句："先说明白了，这饭不是请你们的，回来一定要记得还我钱哦。"

说完还呵呵地干笑了两声。

黄健对于邢胜男的抠门好像早就习以为常，所以就不以为意地催促道："少不了你的，快吃去吧，等会儿晚了等车的人就多了，回来肯定会还给你！"

王辉也答道："行，晚上回来就把钱给你。"

董礼闻言后心下顿觉不乐，心想这个邢胜男怎么这么小气！要知道董礼之前的同学朋友还真没这样的，别说借钱之前就先说还钱，就是借钱的人还钱时，出借人也会谦让几句"没几个钱，你拿着用吧"或者"你不给我，我都忘了这件事了"什么的，弄得借还的气氛都很和谐大气，似邢胜男这般行为的，董礼倒真是第一次遇到。

邢胜男见三人中唯独董礼没回话，便在稍一迟疑后又抬头笑问董礼道："董礼，你呢？"

董礼见问，就微微皱着眉头道："提出用现金还饭卡的人就是我，你说我还能少了你的饭钱吗？"

邢胜男见董礼如此说后就点了点头，然后前面引路进了食堂。

等进了门后，就见平时最为繁华的基本伙窗口此时尚未供餐，几个被私人承包了的特色餐窗口此时倒是已经开始营业了。

董礼见状，就指了门旁一处的特色餐窗口对王辉等人道："咱们就在这个窗口简单吃一点吧，吃完还要赶紧去赶公交呢。"

黄健见董礼这样说，就快步走到特色餐窗口前，然后一边探头看玻璃餐柜里到底供应了些什么餐品，一边大声对里面喊道："服务员，要饭。"

王辉闻言后立时嘟囔了一句："大早晨的就这么不吉利，要什么饭呀？是'打饭'好不好？"然后也不去窗口那里，仅远远站在当地去看售饭窗口上方张贴着的红纸餐单。

还没等黄健看明白里边卖些什么，王辉就过去对正等着黄健点餐的服务员道："给我来一碗皮蛋瘦肉粥，一个茶叶蛋，一屉小笼包。"

服务员见说，就很快地在刷卡器上打出了相应的金额，王辉则转身对邢胜男说："是一个一个算，还是最后统一结账？"

邢胜男想了一下后道："还是一个一个来吧，可别最后给弄混了。"说完就从书包里取出一个便签本来小心地记。

服务员等邢胜男刷完卡后，这才转身向里边喊道："一份皮蛋瘦肉粥，一个茶叶蛋，一屉包子。"说完后又对黄健道，"你选好了吗，看看要来点什么？"

黄健见问，便也不再进行选择，马上对服务员道："和刚才要一样的吧。"说完便扭头看向了邢胜男。

邢胜男则又将价格记在了便签本上。

董礼没等服务员再问便道："我也跟他俩一样。"

服务员点点头，然后对邢胜男道："你也一样？"

邢胜男见问就道："我就要一份小米粥和一屉包子。"

服务员算了一下饭价，然后很麻利地在读卡器上打了个总金额。

邢胜男看了眼服务员，然后小声道："要不把他俩的一起刷一次，我的单刷一次吧。"

服务员面无表情地道："你就比他们少了一块钱的茶叶蛋和五毛钱的粥，算得没错。不信你再核一下，赶紧刷卡吧，这样能快点儿。"

邢胜男见服务员如此说，就略显尴尬地嘿嘿干笑了两声，然后取卡刷了饭费。

服务员等邢胜男刷完了卡，就转身向里边喊道："两份皮蛋瘦肉粥，一份小米粥，两个茶叶蛋，三屉包子。"

董礼看了一眼邢胜男，虽然心里对他这小气计较的做法十分厌恶，但也不好多说什么，就跟黄健他们端着粥和包子，就近找了个座位开始吃起来。

饭后，四人快速出了校门，按照之前查好的路线，在换乘了几次公交后，终于来到了昌平市郊。

乘车过程中，让董礼很感惊奇的是，邢胜男不知从哪里弄出了一张月票卡，一路免费地坐到了终点。要知道，学校此时还没为这届新生办月票呢。

可能是王辉事先查的路线出了问题，抑或是公交车的路线有了调整。在下了最后一班公交车后，董礼他们在站牌上是无论如何也没找到能直达长城的公交车。邢胜男见状就有些不高兴，嘴里还嘟囔了几句。

董礼四面看了一下，见车站周边倒是停了许多正在等客的面包车和小轿车，于是就对黄健等人道："你们先在这里等等，我过去问一下那些车主，如果价钱合理，咱们就租一辆私家车去长城，这样咱们能省很多时间，你们看行吗？"

黄健和王辉都说好，邢胜男却迟疑道："你最好先问一下这里有没有到长城那儿的公交车，我这儿有月票卡能用，实在不行咱们再打车，要不太贵了。"

董礼点头而去，在打听了一圈出车行情后，回来跟三人道："我问了一下，公交车有，但是得换乘几次车才能到，人家说等你们倒车、排队、再等车，估计到长城至少得中午了，何况像919

支路那种'9'字开头的公交车还不让用月票。

"他们说等中午登长城那就太热了,而且如果晚上回来得太晚,也没有公交车回市里,那样咱们还得再租车回,那时候通常要价更贵,还不如现在打车赶紧过去划算。我问了几个司机租车需要多少钱,他们说那得看咱们想去哪儿了,去八达岭和水关长城的价钱是不一样的,并让咱们先商量好去哪儿再跟他们谈价。"

邢胜男闻言后,虽然脸上立即露出了不悦的神色,但是无奈胳膊拧不过大腿,所以也只能是少数服从了多数。董礼他们最后商量的结果是,四人一起过去问价,看租车价格的高低再决定去哪儿。

董礼领着三个人向一个之前询过价的中型面包车司机那里走过去。等到了地方后,董礼再回头看向黄健三人时,就见黄健和王辉都一齐看向了自己,至于邢胜男则低头看向了地面,看样子他们是要自己去和司机接洽。

董礼见状,只好对面前留着一副小胡子的司机道:"师傅,这几个是我的同学,刚才我没太问明白,从这儿去八达岭长城要多少钱?去水关长城又要多少钱?"

小胡子司机打量了董礼等人一下后笑道:"我把这里边的事儿再跟你们说一遍,你们怎么选我就怎么办。从这里倒公交车的事儿刚才已经跟你说过了,我就不再重复了。如果你们打算去八达岭长城那儿最少得一百二才能走,你们四个人平均下来正好一人三十;如果你们打算去水关长城那儿最少得收你们八十,平均一人二十。

"其实要我说,长城哪儿都一个样,不过就是八达岭那儿的长城因为宣传的原因更出名一些罢了。而且话说回来,这水关长城

195

也是八达岭长城的一部分呀——正宗的东半段！其实那些识货的人更愿意去水关长城这段儿，为什么呀？因为这是八达岭长城中最有特色的一段儿，也是保存最好的一段，也是最险要的一段。

"刘德华唱的那个《中国人》的MTV都看过吧？那个片子里出现的背景长城，就是水关长城。不信您上了城后自己比对去，保准一模一样！除了这以外，旁边像什么金鱼池、五郎像、骆驼石、佛爷台等等有意思的地方，那可是多了去了，保准你们去了不后悔。

"再跟你们交个实底儿，往八达岭那边跑车，路远、车多、道险，估计我这一天下来也就是你们这一趟活儿，所以跟你们要得多一些。去水关那儿路近些，我回来还能再跑一趟，所以跟你们要得少点儿。

"你们之前可能也看过相关报道，每年这国庆节一来，去八达岭长城的人特多，如果你们今天去的话，肯定还是人挨人、人挤人，你们去了就看人吧！但是如果你们去水关长城的话，那儿的人肯定没八达岭的人多，保证你们玩儿得倍儿爽。而且我这面包车，是上个月才提回来的新车，你们坐着肯定特舒服。

"另外，我这人地道，一旦你们定了我的车，我一定会把你们送到卖门票的城墙根儿底下，省得你们下车后再走远路去买票了。这大热天的，我看你们还是省把力气留着爬长城吧。

"去了你们就知道了，别的车一般是把客人送到路边就给停了，至于后边儿去售票点的路得客人自己走。我这人心好，坐过我车的顾客都知道，我特讲职业道德，说给你们送到哪儿，就一定给你们送到哪儿。哥儿几个，你们到底打算去哪个长城？"小胡子司机边说边看向董礼等人。

董礼犹豫了一下后对着小胡子司机笑道："行，你介绍得还真是挺清楚，我们再商量商量，如果打算用你的车再回来找你。"

"行，你们商量去吧。定好了再回来找我，包您满意。"小胡子司机边说，边做出一副毫不介意的样子。

董礼四人互相看了一眼，很有默契地一起向前走了一段。等与小胡子司机有了一定距离后，董礼这才对黄健三人道："咱们再找几个人问一问，别让他把咱们给蒙了。如果他说的这个情况属实，再租他的车也不迟，我看他的车确实挺新的，至少车的性能和安全性都有保障。"

黄健等人闻言后纷纷点头。于是几人就又分别问了几个司机，几个人说的话和小胡子司机说的大同小异，而要的租车价格相较小胡子司机开出的价格也是有高有低。

董礼他们相询的最后一位司机显得很为董礼他们着想道："我看你们都是学生，在外念书也不容易，何况就算有钱那还不如多买几本书呢，是吧？这样，咱们互相体谅一下，我也不能收你们太多，但我的车大，光你们几位也坐不满，你们等等，我再凑两三位散客，到时候大家一起走，肯定不挤，我一共就收你们几位八十，你们看怎么样？"

不知什么时候小胡子司机已经将车开到了董礼他们身后，见这个司机这样说后就笑着大声道："李子，这几个是我要拉的客人，你就别跟那儿磨牙了。嗨，哥儿几个，我看你们也问了半天了，是不是都是这个价儿？我没蒙你们几位吧？刚好我这车上上了几位客人，现在正好还剩下四个座儿，我再给你们便宜十块钱，你们上来咱们马上就走！你们要等他，估计还得有一会儿才能走，怎么样？赶紧上车吧。"跟那个李司机说完后，小胡子又开始跟董礼他们商量起来。

李司机显然和小胡子很熟悉，见他抢客不但不恼，还对董礼他们怂恿道："邓哥的车是新车，我们哥俩儿谁送你们都一样，你们上他的车得了。"

董礼看了王辉三人一下后道："怎么样？要不就这辆吧，早点儿去凉快，还能多逛一会儿。我看租车的价格也就这行情了。"

王辉等都说行。

小胡子见众人答应了坐他的车，就笑着停好了车，并下车给董礼他们拉开了后车门。董礼向里边一看，见后边的几个座位上坐了几位女客，从衣着打扮看，应该也是假期出游的大学生。

黄健等见状就鱼贯而入，董礼则坐到了副驾驶的座位上。

车子开动后一路北行，小胡子司机见山说山、遇水谈水，尽显北京的哥儿能言善道的本事。董礼也尽量调动自己的知识储备，或以应答的方式，或以提问的方式，或以质疑的方式，来不断左右着小胡子司机的神侃方向。

起初，王辉还在小胡子司机和董礼的谈话中偶尔插上一两句话，后来就什么也不说了。黄健、邢胜男和其他几位乘客则全程无话，要么听几句小胡子司机的神侃，要么饶有兴致地欣赏远处绵延不绝的燕山山脉以及京郊特有的秋景。

过了很大一会儿，车子终于驶入景区，小胡子司机依言将众人送到了景区售票处，还特别热情地停了车，并亲自到售票口去给董礼他们联系买票的事情，直到董礼他们拿到了票，小胡子司机这才按事先说好的价格收了董礼他们的车费。

临走时，小胡子司机还热情地跟董礼几人握了手，并留了一张名片。当车子掉过头后，小胡子司机又特意从车窗探出头来，大声地对董礼他们道："哥儿几个玩好呀！下次有用车的地方说个话儿,保证随叫随到。另外再提醒一句,你们在景区游玩可得多注意点安全,像野长城什么危险的地方尽量就别去了。最后祝你们旅游愉快,拜拜!"

小胡子司机把整个离去的场景弄得黏黏糊糊,真好像老友离别一般。

看着小胡子司机开车离去之后,董礼等就转向了检票处。当众人正排队等待检票的时候,就听王辉道:"咦?怎么那辆车又回到售票处了?"

董礼看时,果然见小胡子司机的那辆面包车又开回了售票处,小胡子司机则又下车去了售票窗口那里。

还没等别人说话,就听邢胜男烦闷道:"我听说这些拉私活的司机都跟卖票的有联络,他们带客人来买票,事后再从票款中分成儿,我估计咱们是被他给宰了,我就说嘛,还是坐公交车好,你们非不听,非得要坐什么出租车。"

黄健则不以为然道:"好像坐公交你就能给我们买到低价票似的,你看看你手里的门票多少钱?咱们是不是多交了额外的钱,如果仅交了个门票钱,却没有多交别的钱就行了。至于那个司机能不能跟售票处分成,那是他的本事,咱们管不着,行了,既然已经租了车,那就别计较那么多了,没准儿人家是有别的事情才回来的呢,走吧,趁凉快赶紧玩才是咱们应该琢磨的事情。"

董礼觉得黄健的说法也有道理,所以就没在这件事上发表什么意见,而是催促众人快点儿跟上前面的游人验票入场。

等验过门票后,董礼等人几乎是以最快的速度登上了长城。

当其时,秋高气爽、地阔天蓝,山、树、人、城组合在一起别有一番景象。董礼在长城之上远观近看、抚今追昔,想想两个月前还在为前程悬梁刺股,并为前路未卜而焦灼不已的自己此时竟然站在了这里,舒心快意之下,顿觉辛劳之后的收获是那么的甜美,所有的付出不但全都值得,而且诸多回报早已远远超出了自己当初的预期。

董礼各处玩乐、游览了一回后,再回头看时,见黄健等人早已寻找各种角度和背景开始互相拍照了。此时,不但黄健、王辉笑逐颜开、兴奋非常,就连平时非常拘谨忸怩的邢胜男也变得话多起来,就见邢胜男不断地变换着地方,然后还一反常态地大声指挥着王辉、黄健如何给他拍照。

不过在拍照的过程中,在场的每个人都各怀心思。

董礼总觉得自己不太上相,所以拍照的热情不高,拍亦可,不拍也行,游玩观赏的热情显然比拍照来得更多一些。

黄健拍照时则显得非常随意,通常四处看看,找个他满意的地方就让王辉或邢胜男给他拍,拍的时候也不太注重POSE,站直了笑一下就算完事,即使王辉提示他摆个什么姿势,他也从不采纳,反而还总催促拍照的人快点儿,有时实在等得不耐烦了,还会来一句:"你行不行啊,能不能拍快一点,格老子等得花儿也谢了。"

相较于黄健,王辉拍照时则较为注意自己的形象,不但照前总要特别整理一下衣服和头发,而且好几次因为发现站的位置可能会发生镜片反光的问题,还几次急忙叫停拍照人的下一步动作,然后把眼镜取下握在手里或藏在身后,方才提示拍照的人可以开始操作了。

每当身边景物优美之时,王辉在拍完后还要特别认真地问一下拍照人"自己的表情和形象好吗"等问题。有两次,因为黄健快门按得有点快,王辉还忍气微笑着大声对他抗议道:"你忙什么忙？能不能慢一点儿，别糟蹋了身后这么绝美的景致。"等到最后，因见黄健拍照的态度实在太不端正，索性就彻底弃用了他。

与王辉对于照相的认真相比起来，邢胜男对于照相的要求简直算是"苛刻"——王辉照相时一般追求的是形象和景物的漂亮和清晰，但是邢胜男对于照相追求的却是一种"意境"。

比如一般人拍照总要端端正正地站在相机前对准镜头微微地笑。邢胜男则不然，他要先倚靠在垛口上，然后把右手握成虚拳，并用食指和中指的尖突部分托起下颌，再仰头四十五度看天。等一番架势彻底摆足后，他通常才会让王辉蹲在地上给他自下而上地进行仰拍，以突出他向往蓝天、向往自由的心境，同时还要表现出他下颌与脖颈的曲线弧度，以及作为拍摄所在地的标志性建筑——长城垛口方才罢休。

那摆出来的姿势和他对摄影人的悉心指导，真的是非常、非常、非常的专业。

董礼在旁边感受着邢胜男在拍照时那忘我投入的精神，以及其对片子精益求精的态度后，怎么也不能把眼前这个严格挑剔、为了艺术效果总是不厌其烦出言指导他人的人，和平时那个一见人就马上红脸低头且总把"好的、好的"挂在嘴边的邢胜男联系在一起。有时，因为邢胜男为了拍好一张照片实在太过矫揉造作，而直令董礼在内心别扭嫌恶之余，似乎还隐隐感觉到胃内好像有鲜血汩汩地欲向外淌。

起初，邢胜男还曾让黄健和董礼帮他拍过两张照片，后来看着二人实在是"孺子不可教也"，索性就将自己的御用摄影师固定在了王辉身上。

王辉开始被邢胜男青眼有加、予以重用时，还感到无比自豪和荣幸。但是到了后来，随着邢胜男的艺术标准和摄影要求越来越离谱，使得他也不断地开始笑着用软语发出抗议："我说老邢，差不多就行了，我看这样就挺不错的。我蹲坐着拍就可以了，要是按你刚才那种要求，要么我得跪下，要么我得像专业摄影师那样躺在地上仰拍才行，求求你饶了我吧。"

邢胜男闻言后先是不置可否嘿嘿地笑，然后好像下了很大决心似的幽幽地道："既然你想凑合，那就凑合吧，只是可惜了这长城壮美的景色了。"

身旁对此实在有些看不过眼的黄健闻言后，忽然对邢胜男调笑道："老邢，我这有个更艺术的建议，跟你提一下怎么样？"

邢胜男闻言后顿感好奇，就睁大了眼睛问道："什么更艺术的建议？"

黄健道："要我说，你就把上身的衣服一下给脱光了，然后露出你强健的体魄和健美的肌肉，好好拍一套长城猛男艺术写真集得了。"

董礼听罢，就随便扫了眼邢胜男那怎么看也找不到体魄和肌肉的软塌塌的身躯，同时又特别感受了一下他那虽不算太娘娘腔，但也略显阴柔的气质，再想想这样的人居然还要拍一套什么猛男艺术照，就实在忍不住地哈哈大笑起来。

王辉听了黄健的调侃后，也解气似的蹲在地上哈哈大笑起来。

邢胜男听罢立时脸上一红，接着便柔声笑骂黄健道："你个臭流氓，我好端端地脱什么衣服？真是的！像你这样的俗人，哪懂什么摄影？好好的艺术，全都让你们这样的人给活活地糟蹋了！"

黄健见他的发言起到了预想的效果，就再也不管邢胜男说些什么，而是一个人坏笑着先往高处登了上去……

接下来约莫半天的时间里，董礼他们兴高采烈地爬了长城，并在允许攀登的末端长城"不到长城非好汉"处分别照了相。最后，还趁安全人员不注意时偷爬了一段野长城，不过后来见路实在不太好走兼且危险，就都主动作罢折返了。

大约中午两点多的时候，董礼他们这才兴尽而返。等最终从长城上下来后，董礼、王辉和黄健在景点的快餐店分别点了牛肉面作为午餐。邢胜男虽然也跟着他们进了快餐店，但是却没和董礼他们一样点面，而是从自带的背包里取出了事先准备好的面包，并就着自带的矿泉水吃了午饭。

稍作休息后，董礼等又把长城下边新建的蒙古大营等拓展旅游景点游览了一个遍。

傍晚临走时，在景区一处仿古牌坊处，王辉提议大家来一张合影。不过由于周边恰好没有游人帮忙拍照，于是原本就不太愿意照相的黄健就自告奋勇地担负起了拍照的重任。

这回拍照的布局是王辉指挥完成的，他说一定要照出和长城相配的气势。所以，就让董礼先站在了牌坊前面的路中间，还帮着董礼将两只手交叠着，像电视上通常见到的领导一样放在了小腹上。

然后王辉又安排邢胜男站在离董礼左后方四五步远的牌坊柱下，并让邢胜男伸出左手扶住柱子，右手插在腰间不动。等安顿好了邢胜男后，王辉马上跑到和邢胜男齐平的右侧柱下，也依样伸出右手扶住柱子，并用左手插在了腰间。

董礼看了看王辉这"有气势"的布局，无非就是个"品"字形的常用路数。但想到自己当前居中站了，肯定很有气势，也就没说什么。

邢胜男则在王辉安排完毕后立时露出了鄙夷的表情，还小声嘀咕道："真是太俗了。"

黄健则不管大家摆些什么姿势，只顾找好了角度快速按下快门就算完成任务。

等董礼照完之后，王辉马上转头对邢胜男道："老邢，你先别动。我跟董礼换个位置拍一下，然后我跟你换个位置再拍。"

于是王辉和董礼换了位置，也意气风发地站了一回C位。

当王辉要和邢胜男换位置时，邢胜男却怎么也不肯，而且还直言不讳地说不想浪费那属于他的一张宝贵胶卷。

王辉听罢，笑着"喊"了一声，问黄健拍不拍，黄健摆手说不拍了。

天色渐晚，四人便收拾下山，然后寻了一趟回市里的公交车坐了回校。可能车上的游客在游览了一天后尽皆筋疲力尽，所以整个车厢中竟没有一人说话。车行中，董礼并不觉得车子颠簸，还在一片沉寂中小睡了片刻。

等四人下了车后，董礼提议大家一起找个地方吃个晚饭。哪知邢胜男闻言后，立即推说有事要办，一个人先走了。黄健和王辉都说有点儿累不想吃饭，也一起回了寝室。只有董礼觉得饥饿难耐，就一个人在学校里一处安徽夫妇开的快餐店里点了小笼包和八宝粥吃。

等董礼回到寝室时，就见常乐正趴在铺上与下面平摊着的黄健在说话，王辉则坐在邢胜男的铺上低着头"哗啦、哗啦"地洗脚。

常乐见董礼回来后，就扬起头对董礼笑道："回来了？"

董礼笑道："回来了。这一天，都快把我们几个给累死了！你没去真是明智呀，哈哈。"

常乐道："你可别得了便宜还卖乖！我是没钱去，还什么明智？哈哈。对了，帮你把热水打了，水壶给你放餐具架旁边了。"

董礼一回来就也疲惫地躺倒在了床上。听常乐这样说，就回了他一句："兄弟辛苦了，多谢！"

常乐又问了些有关旅游的事情，董礼等因为疲累，谁都没有兴致回答，话就说得有一搭没一搭的十分无趣。常乐见大家都是这样的状态，先前说话的热情也就慢慢地消弭下去，于是就躺在铺上又翻起了《鹿鼎记》。

躺着、躺着，董礼不知不觉间竟迷迷糊糊地睡着了。

当董礼再醒来的时候，见邢胜男已经回来了，此时他正默默地独坐在床边捧着塑料水杯咂水喝。黄健和王辉也都好像恢复了精神，小声地评说着白天所逛的诸般景点。常乐铺上则一点声音都没有，也不知他人在不在？

董礼听了几句黄健和王辉的对话后，就插话道："兄弟们，我看大家今天都玩得挺累的，要不然咱们明天休息一下，后天再去天安门怎么样？"

王辉想了一下后回道："也行。"

黄健则答道："你们定吧，我这怎么着都行。"

正当董礼要说"那就这么定了吧"的时候，邢胜男忽然来了一句："王辉，你租相机的时候是怎么和那个老板说的？是不是咱们拿一天相机就得付一天的钱？"

王辉闻言后，立时恍然大悟般地拍了一下床侧的铁护栏道："差点忘了这件事！明天估计咱们还得去。我租相机的时候写了10月1日、2日两天，而且明晚必须去还，如果超了日期，店主说会视超期时间，按半天或者一天的租金加收咱们钱的。"

黄健闻言后，立时惨叫道："没天理了，这年头连玩都得被迫。高三时累得想玩半天都不行，现在不玩却不行了，这是什么世道啊？"

董礼笑道："那大家就都吃点苦，明天接着玩！"

王辉也笑说："这'玩'都成负担了，哎呀！下次再租相机时，我就一天一租，再也不连日租了。"

邢胜男见所言产生了预期效果，就一言不发地弯了嘴轻轻地笑。

又说了一会儿话后，董礼泛泛地问道："常乐去哪儿了？"

黄健见问，就语带疑问地道："常乐出去了？没见他走呀！"

王辉看了一眼常乐的铺位笑道："早在铺上睡着了！"

董礼道："行了！既然人都到齐了，那还等什么？睡吧。不过今天大家都逛得有点累了，明天的活动又都在市里。咱们明天八点起，好好吃个早饭再走，游玩的时间不用担心，保准够用！"

董礼话音刚落，邢胜男突然笑道："你们不说的话我都忘了，赶紧把早晨给你们垫的饭钱都还我。明天都记得自己带卡，我就不帮你们划了。"

王辉"哦"了一声后道："对了，还欠着饭钱呢。老邢，一共多少钱？"

邢胜男早就准备好了似的迅速答道："你们三个的饭钱都一样，一人两块五。"

黄健边叨咕着"两块五、两块五"，边和王辉一样起身找钱，然后分别递给了邢胜男。

董礼闻言则有点不悦，心想就两块多钱，至于这么急着要吗？不过虽然他心里这样想，但也起来把钱找好，然后轻轻地给邢胜男放在了桌子上……

第十章　美景乐事谁家院

第二天早上九点多的时候，董礼四人按照原定计划来到了天安门广场。

节日的天安门广场果然与平日不同，花团锦簇、游人如织，各种新布置的微缩景观引得众多游人流连忘返、拍照留念，整个广场直是一片喜气洋洋、热闹非凡的景象。

王辉道："早晨我在学校的阅报栏那儿看了一下昨天天安门广场旅游场景的报道，从随文照片看，那游客真是人挨人、人挤人。以前人们说每年这当口的游人就像人粥似的我还不信，这回一看，我是真信了。现在想来，好在咱们昨天没过来，否则啥也看不成，就看人吧。"

董礼听到王辉这样说后，就立即自夸道："昨天这天安门广场上看升旗的、游玩拍照的游人肯定是十一期间最多的。今天那些人都分流到别的景点了，所以这边虽然比往常仍要挤一点，但总还是能让我们不用玩得那么痛苦。还是我的安排英明吧，这期间就得错峰出游才行！"

王辉笑道："你就别吹了，还不是之前我提示你的。"

董礼闻言一笑。再看黄健和邢胜男时，黄健脸上倒是没什么特别的表情，邢胜男的脸上倒是不出董礼意外地早已堆起了不屑和鄙夷。

出于开放时间等因素考虑，黄健与王、邢二人商议后决定先逛故宫，然后再游不限时的天安门广场等地。

虽然董礼此前已和父母一起游过一次故宫，但看到黄健他们兴致勃勃的样子，就不忍拂了众人的意，马上痛快地同意了他们的安排。想到上次因为时间掌控方面出了问题，董礼一家只是逛了东六宫，至于西六宫仅走马观花地草草过了一遍时，董礼觉得即便再逛一次也无妨。

董礼凭着此前游览的印象，兴高采烈地对其他三人说道："对于各种人文旅游景点，导游们常有句话挂在嘴边，叫做'三分看、七分听'，故宫更是如此。不过，这故宫里面国内、国际的旅游团特别多，咱们进去也别单雇什么导游了，一般有点儿名气的景点，通常都会有导游在那儿讲解，你们如果对哪个地方感兴趣的话，直接停下来听就是了。我觉得多听听导游的讲解不但可以长知识，而且再看景点时也能看出点门道和内涵来。"

邢胜男和王辉闻言后，立即点头同意了董礼的说法，而且王辉还说如果想一直听的话，还可以固定追着一个团多蹭一会儿解说听。黄健则对解说没有半点兴趣，所以就直接表示没必要去听，大家随便逛一逛出去就行了。

董礼揶揄了黄健几句后兴致颇高地道："故宫里边很多大殿上都有清代帝王题写的楹联、警句什么的，认真读来会让人深获教益。而且像这种可称之为中华古代帝王文化总汇的地方，即使是后人写的一些旅游提示语也都很有气势，比如我记得里边有块旅游指示牌写着'此处已近天庭地，静心可闻风雷声'就写得很有气魄。"

王辉听董礼这样说，就接口道："是吗？那可得好好看一看、记一记，没准以后写作文什么的都能用上。"

黄健笑道："高三一年你还没写够作文呀？现在还想着写作文，你快好好记一记吧，回来后写篇《记故宫一日游》什么的，记得国庆节过后给我交上来，我好好地给你批一下。高中时我是班级语文课代表，我们语文老师总让我帮着他判作文，这方面我可是很有经验的。"

王辉听后马上笑着反唇相讥道："去你的吧，还用你判？还是你给我写篇《游故宫有感》什么的给我交过来吧，让我也见识一下贵校重点班语文课代表的水平。"

董礼和邢胜男在旁边听着二人斗嘴，全都不由自主地笑了起来。

等到了故宫的售票处，董礼收集大家的学生证去买票时，王辉这才发现因为今早换裤子，以至于把学生证给落在了换下来的那条裤子兜里。

黄健见状，就皱着眉头道："一个男人，待着没事你那么频繁地换裤子干什么？"

王辉解释道："昨天跑了一天，裤子上全是汗，穿着不舒服。而且爬长城时，有两块地方还给蹭脏了。何况，今天到故宫不是要照相吗，所以就换了一条。"

黄健不以为然地仍埋怨王辉道："什么出汗了、弄脏了？我看你就是想照相时臭美一下，这下好了，学生证没带，怎么办吧？

这时间、这路程，也不能回去取了。就是回去取，回来也得中午了，要不你掏全票得了？"

王辉见黄健这么说就有点生气道："就是换了条裤子嘛，怎么就臭美了？把相机给你们，你们进去玩吧，我自己回学校，大不了下回再来。"王辉边说边从脖子上往下摘相机。

黄健见王辉真生了气，就觉得有点不好意思，于是便站在当地脸现尴尬地有点不知所措。

邢胜男见状，什么也不说，假装若无其事地转头打量起了午门的构造。

董礼见原本还好好的气氛瞬间变成这样，就忙出来打圆场道："不就是逗两句吗？有什么大不了的。没带学生证就别进去了，咱们就到旁边的中山公园里逛一圈吧，那儿的门票便宜，也就几块钱。这两个地方都是过去皇城的一部分，设计思路、建筑风格大体一样，故宫的票如果不用学生证买那真是有点贵。今天非要多花冤枉钱去故宫也没什么意思，咱们就给下一次大家再一起出来逛留个机会怎么样？"

王辉听董礼这样说，就低了头不再说话，同时也不再提回学校的事。

黄健张了张嘴不知想要说点什么，但见董礼向他使眼色后也就附和道："中山公园应该也挺好的，以前也没去过，进去看看吧，应该也是不错的。"

董礼又对着假装在看午门的邢胜男大声道："老邢，先别看了。王辉换衣服没带学生证，要买全价票去故宫就太贵了，今天咱们先去中山公园玩，等以后有机会了再去故宫怎么样？"

邢胜男闻言后连忙表态道："听你们的，都行、都行。"

董礼又转向王辉道:"行了。咱们就去中山公园里玩吧,以后有机会再去逛故宫。"

在往中山公园走的路上,黄健不时地指着午门前大院里的一些地方故意没话找话,邢胜男则一如既往地不搭话。原本爱搭话的王辉这次对于黄健提起的话题索性一句话也不说,只有董礼为了照顾整体的团结,帮衬着黄健补了不少台。

后来,黄健为了确认王辉是否还生他的气,原本不太爱拍照的他,还故意在一处毫无特色的地方站定了,并对着王辉大声道:"王辉,麻烦在这儿给我拍张照片咋样?"

王辉并不搭话,只是将手里的相机递给了身边的董礼,然后气咻咻地道:"董礼你给他拍吧。"

董礼见状,就问黄健道:"这地方也没什么特点,还拍吗?"

黄健说要拍照本也是试探一下王辉,此刻见他余怒未消便气馁道:"这地方看着是不太好,算了,先不拍了,等会儿有合适的地方再说吧。"

此后黄健也不再主动说话,只是在与董礼、王辉隔着几步远的地方相跟着走,整个团队的气氛就显得有点压抑。

等到了中山公园售票处旁,董礼拿出学生证和钱给了黄健并对他使眼色道:"我和王辉在门口拍两张照片,你和老邢去售票处那儿买票吧。"

黄健此刻正巴不得有点儿事做,就忙答应着拿了董礼递过来的学生证和钱,叫了邢胜男去买票。

王辉也叫住邢胜男,给了他自己的门票钱。

董礼见黄健和邢胜男走出了一段距离后,就笑着对王辉道:"黄健这人就这样,贱嘴贱舌的,其实心里也不一定就那么想,你也别太生他的气了。咱们出来玩，图的就是一个高兴，你和他弄得这样不愉快，大家在一起都觉得没意思了。你看看现在的时间，这才刚过了早晨，难道你想让大家现在就散伙呀？等会儿他再主动跟你说话时，你也别不再搭理他了，就算给我个面子怎么样？"

王辉兀自气愤愤地道："谁让他说我'臭美'了？从小到大，我最烦别人跟我说这句话。"

董礼此刻才终于明白王辉何以突然间暴怒的原因——从开学以来王辉的一些言谈举止看，其人对于日常的穿着打扮很是在意。董礼发现，有时他即便穿一件旧衣服，也要对着镜子三番五次地照个不停，像领口、衣面等处如果稍有不平，他也要蘸上水，平整一番后才肯出门。很多次来到寝室楼、教学楼的门厅整容镜等处时，他都要不厌烦地认真照几次方才恋恋不舍地离开。

想来王辉对于个人仪表要求严格的习惯已非一日两日，那么当他的亲朋好友看到他如此这般而实在不能容忍时，说他句"别臭美了"当属自然。不过打人怕打脸，骂人怕揭短。在现在这个社会环境中，一个大男人过分在意自己的仪容本属不该，常常因此被人揭穿、刺痛，而心生怒火，自然也不难理解。

董礼想到此处后心里虽然偷笑，但面上却仍微笑道："他又不知道你最反感这句话，就是想和你逗着玩罢了，你就别和他计较了，都在一个寝室里边住着，以后还能不来往了？算了、算了，就听我一回劝，别再生气了。"

王辉听董礼这样说后，顿时感觉气顺了不少，也觉得自己刚才的反应有点过头，于是就道："行，不和他计较了。"

董礼见王辉回心转意、不再生气，顿时松了一口气，刚要再跟王辉说点什么的时候，忽见黄健迎面跑了过来，而且还边跑边对董礼他俩喊道："董礼、王辉，快过去吧，邢胜男和售票员打起来了。"

董礼闻言大惊，心想邢胜男这个平时连说话都轻声细语的人怎么会跟别人打起来呢？于是就连忙问黄健道："怎么还打起来了？谁先动的手？邢胜男平时看着挺老实的，买个票怎么就能打起来了呢？"

黄健满脸急色地道："可能我刚才没说明白，他们也没真动手打，就是吵起来了。我们两个过去后，我看人有点多，就说我看包，让他进去买票。

"一开始我还看着他排队，后来觉得无聊我就开始四外看景色，等了一会儿，看到轮到他买票了，我就转过头准备拿上票就走。但是不知为什么，他就是不过来，再看售票口时，见他买完票也不走，却和里边的售票员争论了起来，后边的人等得不耐烦，就开始集体嚷嚷开了。

"然后，我看见售票厅的侧门开了一下，出来一个负责人模样的人，接着把邢胜男叫到了售票口旁边，也不知说了几句什么，我就看邢胜男红了脸指着售票厅里大声地争辩起来。我不知道那边到底发生了什么事，怕自己过去后也走不了，那到时候连个给你们通风报信的人也没有了。我想如果就邢胜男我们俩在那儿跟他们理论，没准会吃亏，所以就先跑过来找你俩了。"

等说到最后，黄健也觉得自己把邢胜男一个人撂到那儿有点不太应该，所以声音也就越说越小。及至全部说完后，黄健先是神色慌张地看了下董礼，然后又偷眼看了下王辉。

董礼道："那还等什么？咱们快点过去吧，邢胜男可别有点什么闪失。"

等董礼三人匆匆来到售票厅旁边时，果然见一个中年男子正单独在和邢胜男说着什么。细看之下，就见二人旁边倒是没什么人围观，售票厅那边的秩序也很正常。董礼先松了一口气，心想看来应该是没发生什么过激的事情。

董礼三步并作两步地来到邢胜男跟前，并不看中年男子而是直接对着邢胜男问道："老邢，怎么啦？有谁欺负你吗？"

原本孤军作战的邢胜男看到董礼等人到来后，立时如遇救星一般明显有了底气。

邢胜男没答董礼的问话，而是先向对面的中年男子道："这是我的同学。"

中年男子见状，就很礼貌地对董礼几人道："你们好。"

董礼这才像刚看到身边还有其他人似的朝那人点了点头，然后语气冷淡地回道："你好。"

还没等董礼再说话，黄健先指着董礼对中年男子道："他叫董礼，是我们班的团支书，也是我们寝室的寝室长，有什么事你对他说吧。"

董礼见黄健一句话间就抢先把自己给推了出来，心中是又好气又好笑，无奈此刻又不能说他什么，于是就对着中年男子一笑道："你好，我叫董礼。请问你怎么称呼？我同学这边有什么需要协调解决的问题吗？"

中年男子见董礼说话很礼貌，就也笑着答道："董同学，你好。我是这里售票处的负责人，我姓李。刚才你这位同学在买票时，因为没及时拿走售票员回找他的钱，而与我们的售票员有了一些误会，同时还因为情绪激动，后来又与我们的同志发生了一点儿言语上的摩擦，然后……"

邢胜男闻言后，还没等中年男子说完，就立即涨红了脸道："他瞎说！我刚才都一再跟他说过了，我把买票的钱递给售票员后，售票员不一会儿就递出一些钱来，我前面买票的那人拿着递出来的钱，说了句'钱找对了'后，就拿着钱和票走了。

"之后，售票员把我要买的四张票给了我，我等了一会儿，见他叫下一位买票。我就跟她说还没给我找钱呢。她说刚才不是已经找钱给你了吗？我说没有啊，你刚才找的钱不是给我前面的那个人的吗？

"她说那就是找给我的钱，还说谁让我不看好钱的，是我自己把钱弄丢了，跟她无关。之后我说是她的原因找丢了钱，我的钱根本就没找给我，再后来，我们就慢慢吵了起来。

"吵了一会儿后，因为影响了后边人买票，他们的这个负责人就闻讯赶来，说为了不影响购票秩序让我到旁边跟他详细说明一下当时的情况。刚才我已经把事情的来龙去脉都说清楚了，他也说要再问一下那个售票员，但是一见你们来问，就全把责任推给了我。你这个人怎么这样呢？"邢胜男叙述完了刚才发生的事情后，立即对中年男子怒目而视。

董礼闻言后先是点了点头，然后问邢胜男道："那个售票员少找给你多少钱？"

邢胜男忙答道："我给了她五十元，除了王辉应该买全价票以外，咱们三个都是用学生证买的半价票，他应该找给我四十二块五才对。"

董礼转身对中年男子说："李同志，这样吧，你把刚才卖给我同学票的售票员也找过来，让他们两个当面对质着把事情说清楚，然后再看责任在谁那边行吗？"

中年男子道："行，你说得也对。这国庆节来游园的人特别多，快点儿解决完了还得迎接等一会儿的购票高峰呢。我这就过去把小贾找过来。"中年男子说完就转身回了售票厅。

中年男子进到售票厅里并稍过了一段时间后，便和一位面带愠色的年轻女子走了出来。

年轻女子走过来后，也不跟董礼等人打招呼，而是对着邢胜男劈头盖脸便道："我说你们这些大学生也是，读了这么多年书，这么点事儿都弄不明白？是不是脑子都读傻了，你们自己不把钱看好了，弄丢之后却来讹我！"

董礼心道这个小贾真是个傻女人，一句话间，就把她跟邢胜男间的矛盾转化成了她和董礼四个人的矛盾，如果再行放大，甚至已将所有大学生都推到了自己的对立面。

邢胜男闻言，脸又一下子涨得通红，然后大声争辩道："你怎么这么不讲理？明明是你没找给我钱，或者因为找钱中的疏漏让别人钻了空子，现在倒来怨我。"

接下来，两个人言来语去地火药味越来越足。

中年男子见状忙出面阻止道："你们别吵了，都慢点儿说，看看到底是怎么回事，是谁的责任谁承担。"

董礼也劝住情绪激动的邢胜男，让他慢点把事情和年轻女子讲说明白。

年轻女子和邢胜男见两方为首的人都这样说，就慢慢地平静下来。在接下来的对质中，二人虽在言语交涉间也偶有冲突摩擦，但到底还是把事实给基本说清楚了。

除了女售票员加了一句，说找钱的时候提醒过邢胜男"先找钱、再出票"外，其余的事实说的跟邢胜男之前讲的大致不差。

中年男子听完二人的叙述后，立时给出了自己的调节方案，他说两方面都有一定的责任，双方各承担一半，看在董礼他们是学生没什么经济收入的面上，就多返给他们一些钱，给二十五元算了。

邢胜男却拒绝接受这个调解方案，说售票员根本没跟他说过"先找钱、再出票"的话，明明是售票员的错，凭什么让他承担本不该承担的责任？

二人说着说着，眼看又要起争执。

董礼见状，就对中年男子道："李组长，请问你们这儿的售票款是不是一天一结？"

中年男子不知董礼所问何意，就答道："是啊。按照我们的制度，都是一天一结，票款两清。"

董礼笑道："这样吧，既然你说你们这儿每天都是票款两清，那咱们就把票款点一点，如果点完后，票款一分不错，这个损失我们自己承担了，四十二块五我们全出，你们没责任！

"但是如果真是多出了四十二块五，那估计多半是这位售票员没把钱找给我这位同学，至于是疏忽了，还是有意的，这事也不太好说，但那时我们肯定要找你的主管领导反映情况，至于媒体方面嘛，咱们都有联系的权利。反正你也看见、听见了，这位售票员言之凿凿地说已经找清了余款。

"如果差出来的钱不是四十二块五而是别的钱数，我们也不能说什么，只能说明你们这每天票款中间的收支肯定是有问题的。至于这中间发生的问题，我看你们售票厅这里也有监督举报电话，到时候我们也要据实反映一下情况。李同志，你看这个办法怎么样？"

中年男子略微思忖了一下，马上换了个笑脸道："董同学，你说的办法倒是不错。不过，这么多钱怎么查？而且按你说的办法，我这个售票点现在就得停止售票，这怎么可能？算了，也没几个钱，我先个人垫支，把这四十二块五找给你们，我们今天售票核算后再仔细地清查一下。如果有什么问题，我再联系你们怎么样，你们留下一个联系方式吧。"

董礼闻言后觉得这个办法也能接受，就笑道："既然李同志这样说了，咱们就先这么解决，我们相信你们的信誉和诚意，也希望事情最终能够水落石出、真相大白，联系方式可以留给你，如果有需要我们配合的事情，我们到时候再集体过来。"

中年男子让小贾回去取了钱给邢胜男，董礼则给李同志留了联系方式。

李同志倒没显出特别的不高兴，只是那个小贾给完邢胜男钱后，嘴里大学生长、大学生短地不断抱怨着，气哼哼地转身离开了。

董礼见已经替邢胜男把钱讨了回来，就跟李同志道了谢，然后拿了票和黄健等进了公园。

虽然依董礼平日对邢胜男做事为人的了解，知道他不会说谎，但怕邢胜男在外人面前不说实情，并为防备之后李组长再找董礼他们核实情况考虑，董礼还是当着黄健和王辉的面，又详详细细地把事情的前因后果向邢胜男问了一遍。

邢胜男因董礼为他找回了钱财，所以对董礼的信任感大增，同时也为了撇清自己在整个事情中的责任，于是又将之前的话大致说了一遍。董礼见出入不大，就对黄健、王辉道："这件事儿按照现在这种办法来处理也不是没有瑕疵，我只是赌他们平时对票款的管理没有那么到位才这么办的,至于他们负责人同意这样处理,可能也是不想引起进一步的麻烦。不过这事儿就先到此为止吧,咱们回到学校和寝室后,暂时也别再向别人提起。如果事后李同志再找咱们核对,那咱们认真应对就行了。你们看这件事情这么办可以吗?"

黄健三人听到董礼如此说后均纷纷点头。董礼见大家都同意了自己的处理办法,就在风波甫定后,召集着大家一起游园。

观赏游玩之下,董礼觉得这中山公园作为当年皇家园林的一部分,风景气象果然不同——坛、坞、亭、坊、厨、库、园、榭各有风致。董礼等人于其中看景、拍照,流连忘返,快乐非常。在董礼的带领下,四人还在曾竹韶先生雕塑的那尊孙中山先生铜像前,学着中山先生雕塑的样子,调皮地摆出了左手扶腰、右手虚握下垂的姿势,然后双目肃然远视地分别照了相。

因处理买票事件时,众人同仇敌忾,全都站到了同一战线之上,兼之经过一番忘情的玩乐后,四人有说有笑,关系较之刚来时又进了一大步,大有一种兄弟怡怡的意思,至于黄健和王辉早间发生的些小不愉快,更是早已消弭于无形。

时近一点,董礼四人饥肠辘辘地急待用餐。不过在公园里几处生意兴隆的餐饮点询价后,大家都觉得物无所值、价钱虚高得很,于是就坐在公园的休憩凳上一起商量着去哪儿吃饭好些。

董礼见众人商议后也没有个一致的结果,又因自己之前在前门那片的旅店住过一段时间,对那边的餐饮情况多少有些了解,于是就自告奋勇地道:"我家在开学前在北京城里玩的时候,在前门一家宾馆住过,那家宾馆就在箭楼前面西街的巷子里,那儿不但提供住宿,而且还对外供应饮食。我觉得那儿的东西物美价廉,吃起来也很顺口，要不咱们到那里去吃得了。"

王辉道："行啊。只要吃得好，价钱也不要太贵就行。人家一个饭店做的饭，估计怎么也比这公园小吃店里的东西强。"

黄健和邢胜男闻言后也同意去那家店里吃。

董礼就带领着黄健等人，穿街过巷地去找先前住过的那家宾馆。

之所以要去这家宾馆，是因为这家店曾给初到北京的董礼留下了诸多美好的回忆——比如这家宾馆的服务很周到，比如这家宾馆无论去天安门附件的哪处核心景点都很方便，比如这家宾馆物美价廉。此外，董礼对这家店里一位川籍服务员的印象也很不错。

这个服务员骨子里具备南方人特有的那种灵秀，虽然其人比董礼大不了几岁，但是显见更为成熟。从其能够承担入住登记、收银这种核心工作来看，显然很受老板的信任和重视。大多数时间里，她并不像其他服务员那样抹桌擦地、端茶送水地干些粗重活，而是每天穿得干干净净、漂漂亮亮地坐在收银台里，只干些迎来送往、登记结账等较为轻快的事情。

当看到其他人干的活有问题时，她偶尔也会提些意见，不过有的工作人员嫌她多事，有时也会不留情面地抢白她几句，但是她也不太着恼，该怎么干还怎么干，这又让人觉得她不太像是店主人的亲属，只是这个店里有一定上升空间的骨干职员。

这个服务员每次跟董礼说话都很和善，而且对于董礼的父母每次也几乎是不叫"叔叔、阿姨"不张口，显得很有礼貌。据妈妈说，这个小姑娘还在背后跟他们夸奖过董礼好几次，说董礼看着成熟、稳重、有礼貌，考的大学还这么好，将来肯定错不了。

年轻好强的董礼得知这个服务员在背后对他的评价甚高后，在难免自得的同时心中很是高兴，当然对于这个背后说人好话的小姑娘的印象也就很不错。

这次董礼选择来这家店里吃饭，不但是因为这里场地熟悉、物美价廉，而且还有故地重游之意，当然也有那么一点点顺道再看一眼那位颇有灵气的小姑娘的意思。

不过，等董礼他们进店后，董礼却发现接待台后坐着的人已经不再是那个漂亮乖巧的小姑娘，而是个打扮妖娆的半老徐娘了。

董礼四人刚找了个靠窗的座位坐了，服务员便送上了菜单。董礼推给黄健，让他们几个点菜，黄健却道："董礼，你在这里住过、吃过，哪些菜好，你心里比我们有数，还是你来点吧。"边说边又把菜单推还给了董礼。

邢胜男、王辉也同意黄健的说法，不过邢胜男还轻笑着加了一句："你点菜别太贵呀！"

董礼拿过菜单翻看，见不过才时隔月余，但菜单中大部分菜品竟已全都换新，自己除了对个别菜肴还有点印象外，对于菜单上印制的大部分新品也是头一次见。

董礼翻看菜单时，对面的黄健和邢胜男要么四处打量，要么就拼命地喝茶补水。不过身侧的王辉好像对于点菜之事很感兴趣，不但从始至终一直在旁边帮着认真参谋，而且还时不时地会来上一句"点这个菜怎么样"的问话。

按着价位不高、荤素搭配、有冷有热的原则，董礼点了四个菜一盆汤，外加四碗米饭。在征询其他三人意见时，黄健和王辉除力主将一道偏甜的菜换成一道偏辣的菜以外，其余的都同意了董礼的意见。邢胜男则在看完了点菜的单子后，还是以那句"都行、都行"来表达了个人意见。

众人刚刚喝完一杯茶的工夫，各样菜蔬就陆续上了桌，青、红、黄、绿的各色菜品很是勾人食欲。四人游玩了一上午本也是饥饿难耐，所以便立即拿起碗筷，夹菜、盛汤、食饭，吃得不亦乐乎，王辉还把一道菜的菜汤泡了米饭来吃。

饭后，众人又坐在桌旁喝着茶歇了一会儿。董礼见大家吃得不错，就笑着对几人问道："怎么样？这里的饭菜做得还算可口吧。"

黄健、邢胜男均点头称是。

王辉则赞道："真是不错，下次如果有朋友来这一带玩的话，我也带他到这里来吃一次。"

四人又聊了几句闲话后，董礼转身叫不远处一个正在低头抹桌子的服务员过来结账。

服务员闻言，立即对着收银台那儿喊道："老板娘，四号桌买单。"

收银台后的中年妇女听到服务员的话后，就拿着账单、扭着肥硕的身子走了过来。中年妇女过来后，一边跟董礼他们报价格，一边笑着问道："我们这店里刚刚经过调整，好几位厨师都是新请来的，这菜做得怎么样？还合你们的胃口吧？"

董礼总觉得之前在这家宾馆住的时候，好像从来没见过这个人，此刻见问就回道："之前好像没在店里见过你，你这个新主事人挺有眼光，请的厨师手艺都很不错。"

这人见董礼夸她，就立时笑道："看来你之前是常来小店呀，谢谢夸奖，要是觉得不错，希望你们以后也要常过来，我们这儿定期更换菜式，过几天还会推出打折卡。"

董礼道："也别过几天了，今天就给我们打个折吧，以后保准常来。"

这人倒是爽快，闻言后就笑道："行，看你们的样子，就知道是大学生，以后有同学聚会、生日宴什么的一定常过来。今天就给你们打个九折吧。"她边说边报出了打完折后的新价钱。

董礼其实也就那么一说，并没想到她竟然还真给打了折，于是就高兴地取钱付账。

这人边收钱边笑着说："我这手边没有零钱，这就去柜台那儿给你找。你们多坐一会儿，喝杯茶再走。"边说边拧着腰又向收银台那边走去。

董礼向王辉等笑道："刚才原本就是随口一说，没想到这人还真给了优惠！"

邢胜男等见省了饭钱，就纷纷脸现笑意地对董礼说了些称赞的话。

不一会儿工夫，一个戴着绿围裙的女服务员，左手拎着一个收拾餐具的塑料托盘，右手拿着找回来的钱，低着头向董礼他们的餐桌走来。

服务员走到桌旁后，边把钱轻轻地放在桌角边道："这是账单和找给你们的钱。"

董礼"哦"了一声，放下手中的茶杯去桌上取钱，不想一不小心把最上面的一张钱碰到了地上。女服务员见状，忙蹲下身子帮董礼去捡，等捡完后就抬着头把钱递向董礼。

董礼起初也没太在意地随手接过了钱，接着顺便看了眼服务员并礼貌地回道："谢谢你。"

不过，在董礼说话的瞬间，竟蓦然发现给他递钱的这个服务员，竟然就是自己来之前想见的那个给他留有美好印象的小姑娘。

只是这时的她，早已失去了先前聪明灵秀、满脸笑容的神采，现在的她，脸上写着风霜，双眸里也满是疲惫，之前董礼看过的她那双递登记簿、写字时光洁的手，此时已变得粗糙了许多，右手食指旁还分明有条结了血痂的长长的口子。

月余光景不见，一个人竟能发生这样大的变化，那种突如其来的感觉无法不令董礼感到震撼。

想是服务员看到董礼看她的神情有异，也跟着愣怔了一下，接着便偏头像是在努力回忆着什么，又过了一会儿，她好像也对董礼有了点印象。不过，即便是回忆起了些什么，她也什么话都没再多说，而是迅速熄灭了眼中的那点灯火，依旧神情冷漠地收拾起了桌上的残羹剩饭，然后端着托盘，低头向着厨房的方向快步走了过去。

董礼又对着她的背影看了几眼，心下不由猜测起了这段时间店内可能发生的故事，以及顺便暗慨了一下这女孩子今昔之间的巨大变化。

对男女方面事情异常有心的黄健，早在旁边窥察到了董礼的神情变化，所以便出言调侃董礼道："看上这女服务员了对不？以后再来勾搭吧，今天咱们时间紧，你们也做不成啥，我看你还是先跟我们一起走吧。"

邢胜男闻言后，半口茶竟又笑着喷了出来。

王辉则立时满眼笑意地帮着董礼道："黄健呀黄健，你瞧瞧你这张嘴，能不能积点德呀。真是的、真是的！"

董礼瞪了黄健一眼道："你少在那里胡说。"然后转头对邢胜男和王辉道，"茶水喝得怎么样了？咱们走吧。"

黄健见董礼有些生气，就立时脸现尴尬地接道："我这就是跟你闹着玩，当什么真呀？她一个没文化的打工妹能有什么前途，赚得又少、干得又累，估计你也不可能看上她，而且就算她现在长得再怎么好看，年轻的这两年一过之后绝对没法看了，自然美没有文化的滋养是长久不了的！"

董礼闻言后没好气地回黄健道："亏你也算高等知识分子，就是这样看待劳动人民的呀！人家自食其力地讨生活哪点不好？你有什么资格和资本对劳动者评头品足、说三道四，但凡人家有一线退路会到这里来受这些苦？真是站着说话不腰疼！"

黄健见董礼确实有点生气，也不敢再还口，仅涨着一张红脸道："既然都吃完了，那就赶紧接着去逛别的地方吧，可别在这里无端浪费时间了。"

王辉和邢胜男见状也不好多说什么，仅顾左右而言他地相继起身。

即使走出饭店好一会儿，董礼还隐隐沉浸在刚才的心境之中。董礼心中暗道，都说"世事无常"，看来真是不假——以前自己还以为这词只是书上一句寻常的感慨，但以今日事看来，这人的境遇竟可在朝夕间发生如此天翻地覆的变化，真真是世事难料呀！

四人往前走了一会儿，见街旁有一处公交站点，王辉快速地走了过去，并站在站牌下仰头认真研究起上面标注的几路公交车的路线走向。董礼等人见状便没再跟过去，只是歇在路旁的阴凉地里等他回来。

王辉看完回来后对董礼等人提议道："我看这天安门广场也就这样儿了，要不咱们去动物园那里逛一下得了？"

其实董礼今天跟王辉三人出来纯属友情陪逛，所以去哪里他都无所谓，于是就道："行啊，正好也不用再往前多走了，咱们就从这站坐车直接去动物园吧。"

黄健、邢胜男见董礼同意了王辉的建议,也都说行。

不一会儿,公交车驶进站来,董礼四人便跟着等车的众人挤上了公交车。因为到动物园的时间有点晚,董礼他们买票、进园就容易了很多。

前几天董礼在某个场合还听人说过,这座昔日被称为"万牲园"的北京动物园占地广、动物多、名气大,据说这里每年都能吸引大约六百多万人次的中外游客。不过,因为董礼等既想尽量看得全一些,又要顾及闭园时间的问题,所以虽然董礼他们把园里的狮、虎、熊、豹、象、猴、鹿、狼、蛇、鸟、鱼、鳖全都看了,但是哪个地方他们都只是走马观花,什么动物也没能够看得尽兴。

何况在此期间,黄健、王辉只想在诸如长颈鹿馆等能够离动物较近的地方多留几张影,以便回去跟家人朋友炫耀,是以对于董礼感兴趣的深具知识性的动物介绍等处尽皆忽略,只是吵吵嚷嚷地催着董礼、邢胜男快走。弄得董礼留又不能留、走又不愿走的相当痛苦。

不过在黄健、王辉这既有速度,又有激情的带领下,董礼四人终于在闭园前,大体浏览完了绝大多数的主要场馆。出来后,大家一致表示不论时间还是体力,都不够再逛其他任何地方,于是就集体决定乘车返校。

等回到校园后,邢胜男说明天再还相机又要产生费用,自己可不愿意多掏这份冤枉钱,而且现在离太阳下山的时间还早,所以就非拉着王辉说要在校园里把剩下的胶卷,都拍成具有近黄昏美感的"夕阳照"不可。

王辉也表示要尽快把剩下的胶卷全都拍完，以便等会儿能够及时去还相机，否则按那老板的说法，就要多算租金了。而且，拍好的胶卷他也想今晚就送到校外的冲印室去，以便能尽快洗出成片来。

董礼和黄健见他俩这样说，就都说这一天逛得实在太累，根本不想再照相了，剩下的胶卷可以随便他俩糟蹋，之后二人就聊着天先行朝寝室走去。

等终于来到寝室门口，董礼二人见屋门被顶了张凳子，正四敞大开着，可是室内却是空无一人。

董礼还没说话，身后的黄健便先嚷嚷道："靠，常乐这小子是唱空城计吗？屋里这么多东西，就不怕丢点儿什么、少点儿什么？这个常乐，人不在就不知道把门给锁上？"

还没等董礼回话，已经边说边走到铺旁的黄健，看着上铺又惊叫道："这家伙居然又在上铺睡觉，但即便是这样，也不耽误咱们丢东西呀！"

董礼闻言向常乐铺上看去，就见蚊帐之中的常乐正趴着身子，脸侧压在枕边上，身子一起一伏地睡得正香。

董礼向黄健笑道："这个常乐，怎么一点安全意识都没有？只顾自己睡得舒服，大家的财物就处于这么个大撒把的状态之中，他也真是放心！"

黄健对董礼道："作为寝室长，你可得跟大家说一下，以后但凡一个人在屋里睡觉或者最后一个出门什么的，必须都得把门给锁上。这么开着门要是丢了东西算谁的……"

黄健正说时，董礼忽然发现自己的暖水瓶不见了，于是就大声对黄健叫道："必须说！你看，我这暖水瓶不就没了吗！早晨走前我刚打了满满的一壶水。"

还没等黄健回话，就听斜对门水房中李彪大声嚷嚷道："书记回来了？别急，没丢，你的暖水瓶在我这儿呢，等会儿我打完水再给你还回去。你之前打的水，我正用着呢！"

董礼闻言，顿时放了心，就隔着门对水房那边喊道："在你那儿就行，不着急还，你先用吧。给我剩点晚上洗漱的水就行。"

李彪大声回道："还是书记大方。不像王辉小白脸那么抠门。"边说还边夸张地哈哈大笑起来。

李彪本意是想挑衅王辉一下，没想到等了一会儿，董礼屋里竟然没什么动静。

于是李彪就又大声嚷道："书记，小白脸没跟你们回来呀？"

董礼道："他和邢胜男照相去了，估计得等一会儿才能回来。那我就先下楼吃饭去了，等会儿你用完后把水瓶放回来就行。"

李彪喊道："小白脸就知道臭美，没事儿照什么相呀！没问题，你去吃吧，等会儿准给你放回去。"

董礼收拾了一下，又跟黄健打了个招呼，就一个人先去食堂了……

在剩下的几天时间里，董礼又几次提议大家接着集体出游。没想到要么这个人说累，要么那个人说没钱了，总之就是不想再出去。董礼见状，也就打消了集体游玩的念头，此后的几天里除了和王辉去学校北面的公园里逛了一圈外，基本是在教室、图书馆里度过的。

黄健则又新买了本盗版的《神雕侠侣》，并在寝室里继续刻苦研读。

邢胜男神龙见首不见尾，除了早晚的时间能在寝室里见到他一次以外，白天的时间基本见不到人。王辉等人曾好奇地问他白天都干吗去了，可他每次都支支吾吾地闪烁其词，众人见状也就不再多问，也不知这几天他一个人在神神秘秘地忙些什么。

常乐这几天倒是一直都在辛辛苦苦地帮着师兄在校园里摆摊卖电话机，常常是董礼走的时候，见他还睡在床上，等中午董礼回来午睡的时候，却见常乐的铺空着，等晚上董礼再从图书馆回来时，常乐往往又已经在蚊帐里打起了呼噜。

假期最后那天晚上快熄灯的时候，方泰伟终于结束了他的国庆工厂考察之旅，背着个大旅行包神采奕奕地回到了寝室。

此时寝室中的众人正在百无聊赖之际，是以方泰伟的回归无疑搅动了宿舍这一潭暑热中的死水。

黄健当时正斜倚在被卷上看《神雕侠侣》，等听到门口有动静后，就挑着眼皮向门口那里看，当看清是方泰伟回来时，就立刻把书往床上一扔，然后抬起头来一脸邪笑地看着方泰伟道："回来啦？"

方泰伟起初并没在意黄健的表情，所以一面往铺旁他跟董礼共用的桌上放包，一面低头随口回道："回来啦！寝室这么静，你们都干什么呢？"

大家正要跟方泰伟搭话的时候，黄健又道："去了这么多天，怎么就你一个人回来啦？"

此时，方泰伟已经抬起了头，不但看到了黄健的表情，而且也感觉到了黄健话里的机锋，不过他并不以为意，仍旧一边拉开背包往外取东西一边答道："肯定是一个人回来嘛，否则还能有几个？"

黄健接着试探方泰伟的底线道："你走之前不是说了嘛，要跟你的老相好参观工厂，顺便还要一起制造点产品出来。"

寝室中的众人闻言后立时大笑起来。此时方泰伟已经取出了几包小食品，见黄健又开始没正经，就笑着对他道："谁走之前说了这话？我哪来的老相好？再说一遍，跟我一起玩的是个男同学好嘛。"

"黄健，我觉得你这个名字取得可是真好呀，又黄又贱。叔叔阿姨果然有先见之明，知道你后来会贱嘴贱舌的，就给你取了这么一个恰如其分的好名字，不过我看还有点遗憾，你这名虽然没什么问题，但是你这姓却有点问题。你不应该姓黄，你应该姓'甄'就对了，那样的话，你叫个'甄健（真贱）'，那才更加名副其实！

"你刚才不是问我还顺便制造了点什么产品吗？对，我的产品在这儿呐，给你、给你。"方泰伟边说边把手里的几袋小食品，对着黄健的胸、腹和腰"嗖嗖"地撒了过去。

黄健对于方泰伟损他依旧不以为意，只是在小食品打在身上的时候，故意"哎呀、哎呀"地很夸张地叫了几声，然后随手拿起打在肚子上的一包东西撕开包装，也不看里边装的是什么，取出来放进嘴里就大嚼起来，边嚼还边说："不错不错，就是太酸了，要是辣味的就好了。"

方泰伟对着黄健笑骂道："辣你个头，也不看看是什么东西，杏干能给你做成辣味的？搞没搞错？"边说边又取出东西来笑着慢慢分发给寝室内其他的人。

等大家手里、嘴里都有了东西后，寝室里的气氛也自然随之活跃起来。王辉、董礼在谢过方泰伟，并称赞了他带回来的东西好吃之后，纷纷问了他几句这几天都逛了哪些地方、玩得怎么样、累不累之类的话。

方泰伟一一作了回答，中间黄健又话中有话地挑逗了方泰伟几句，方泰伟也都做了及时的反击。

邢胜男则一句话也不说，只是吃着东西笑着听大家说话。

等说了一会儿话后，方泰伟这才向常乐铺那儿看了一眼道："都这么晚了，常乐怎么还没回来？干吗去了？不会是有什么情况了吧？哈哈。他的东西，等他回来再给吧。"

黄健向头顶的铺板看了一眼道："你什么眼神儿？还说这几天没累着，常乐那不是在铺上趴着睡觉呢吗？"

方泰伟先是对着黄健假装恨恨地道："他妈的，这几天我累什么啦？"继而又道，"是吗，常乐在呢？怎么这么早就睡下了？"

还没等别人说话，就听常乐在铺上幽幽地说了句："你们吃得好香呀。居然有人还想着我，良心不赖。"他边说边掀起蚊帐探出头来，然后对着方泰伟道："回来了？都带什么好东西回来啦，快点儿拿过来给我尝尝。"

方泰伟见常乐这样说，就一边给常乐拿东西，一边回他道："也没什么好东西，都是我同学姑姑厂里生产的小食品，临走时给我带了一大包，说让我拿回来分给你们都尝一下。你怎么睡得这样早？"

常乐道："别提啦，都是这几天帮师兄卖电话机给累的。你想呀，我这从早晨九点多支上摊儿开始，这一整天除了中间去食堂吃口饭以外就一直得耗在那里，然后等熬到晚上散步的人逛完第一圈后才能收摊儿。你说我能不累吗？"

方泰伟道："生意怎么样？你师兄没给你点报酬？"

常乐道："都是老乡，又是师兄，要什么报酬？基本是义务帮忙，也就是管我中午、晚上两顿饭，中间再来几瓶水。这不，直到现在我们还有几部电话没卖出去呢。对了，咱们寝室正好还没有电话，要不咱们按照成本价留一部怎么样？"

方泰伟道："多少钱？"

常乐见方泰伟有买电话的意思，马上把探在外面的头收回了蚊帐，然后猛地坐起身子，接着拽着床的护栏开始咔咔有声地踏梯下床，整个床铺随着常乐几个有力的动作也猛地晃了几下。

坐在下铺的黄健觉得床晃动得实在厉害，便抬起头对已经站到了地上的常乐大叫道："床、床，常乐，你下次再下来的时候能不能慢点，这床都快被你给晃塌了，要是你的床板掉下来砸着我怎么办？"

常乐看了一眼黄健，坏笑着道："黄健，你先别叫床。我这不是忙正事呢吗？"

黄健闻言后翻着眼皮，立时对常乐笑骂道："你把话给我说清楚，谁叫床了？我刚才就是叫了两声'床、床'，那个你……"

常乐闻言后，立时见缝插针地道："这不你自己都承认了刚才叫了两声床吗？别说叫了两声床，就是叫一声，那也是叫了！"

方泰伟这时也大笑着帮腔道："叫床的家伙，shut up。我们这有正事要商量呢。"

黄健则对方泰伟反唇相讥道："这里又有你什么事了？和你老相好的事还没交代清楚呢，是不是这几天你听你老相好叫床多了，产生错觉了吧？你还是先给我 shut up 才对。"

邢胜男听着三人你来我往的交锋，又笑得收不住了。因怕大家再拿他取笑，就马上见好就收地拿了脸盆，趿拉着拖鞋先走了出去。

再看王辉，早已在上铺笑作了一团。

董礼起初还没反应过来他们在说什么，等觉察到他们话中的机锋后，就也跟着大笑起来。

常乐边笑边跟方泰伟继续道："先别理那个叫床的家伙，咱俩先说正事。这买电话得看质量，不同质量的电话价格也不一样。"

黄健好像怕再同时惹上两人自己招架不住似的，这回只小声地嘀咕了一句："两个淫贼，没一个好东西！"

方泰伟这次倒是没再理黄健，只是对常乐道："买就买个好的吧，毕竟要用四年呢。但也别太贵了，太贵没必要。"

王辉这时也收住了笑，问常乐道："你师兄那儿的电话，中档质量的一般需要多少钱？这几天你卖电话时，大家一般都倾向于买哪种？"

常乐道："他那儿的电话，四十块钱以下的算低档价位，四十块钱到六十多块钱的算中档，六十块钱到一百元以内的算高档。这几天中低档的电话都销得不错，高档的相对来说买的人不算太多。根据这两天的市场表现看，有一款乳白色、能够显示来去电话号码的电话卖得最好，而且价格也不贵，正好一部六十元。

"我说的这个电话不但设计得美观大方，而且总价正好能被六人均摊。以前买过这种电话的师兄、师姐也都说用着不错。所以这个电话在这几天中有两次卖断了货，这不后来又紧急进的货才供应上了大家的需求。"

"那这种电话进价多少钱？"不知什么时候邢胜男已经站到了寝室门口，见常乐力推这款电话后，就情不自禁地问了一句。

常乐道："进价五十五，加五块钱到六十卖的，市场上别的摊位也这个价，如果加得太多，就卖不出去了。我跟我师兄商量一下,让他再让一块钱,五十四块钱给咱们,正好咱们四个人一人省一块钱怎么样?"

王辉笑道:"你这什么脑子,还四个人一人省一块钱,是六个人好不好?我还以为能便宜多少呢,一人才省一块钱呀!"

黄健闻言却道:"能省一块是一块,一块钱最起码能买根雪糕吃!一啊一哎哟。"然后边唱边站起来奔着斜对门的卫生间去了。

董礼道:"既然大家都觉得这款电话不错,那就定下来吧。常乐,你再问一下你师兄看看按照你说的这样行不行,人家辛辛苦苦进回来的货,还得倒贴钱卖,好像不太好吧!我看咱们就六十买回来得啦。本寝室'电话购买办'一号令指示,责令常乐同学明天务必把电话给提回来,并且尽快进行调试,以尽早开通我们寝室的电话专线……"

第二天晚上董礼回到寝室的时候,就见王辉坐在上铺抱着新购置的电话机,正用家乡话呜哩哇啦地说得来劲。

董礼一边放包一边问正坐在铺上剪指甲的黄健道:"电话能用了?"

黄健看了眼王辉道:"咱们寝室的电话都快成这家伙的专线了,眼看这都抱着电话打了快一个小时了,也不知都在说些什么,满嘴叽里咕噜地好像日本鬼子对暗号似的,哈哈。"

王辉在铺上显见是听到了黄健对他打电话一事的评说,于是就对着黄健瞪了一眼,左手还做了个要打黄健的动作。做完这个动作后,王辉又对着电话聊了几句,这才最终挂断了电话。

董礼见状就问王辉道:"这电话用着感觉怎么样?"

王辉眨了下眼睛道:"蛮好用的,感觉音质挺不错的。给你,你帮我把电话放回去吧。"他边说边在上铺探着身子把电话机递向了董礼。

董礼边接电话机边站在当地问道:"谁给接好的电话,另外这电话怎么用?"

王辉道:"常乐把电话拿回来后,就研究着给接通了。你要打电话先得去服务楼那儿买张201电话卡,然后按着卡后的说明,先把电话卡和电话绑定,之后拨号、输密码就能用了,不过用完之后要记得把卡解锁,否则别人就用不成了。"

董礼道:"这么复杂?哪天我也买张电话卡试一试,家里的电话都是程控的那种,拿起来直接打就行。我还从没用过这种拨号卡的电话呢!"

正说着,忽然听到吕青阳在背后道:"你们宿舍可真老土!现在才安上电话呀,我们十一前就开始用了。嘿嘿!"

董礼回头看了一眼吕青阳,然后笑道:"这就叫'知耻而后勇',知道落后了就要奋起直追嘛,哈哈!班长过来是有什么事情吗?"

吕青阳笑道:"没事儿就不能上来看看你们呀?好好追赶吧,看你们这电话的质量,感觉跟我们寝室的那部还是有一定差距的,我们的那部至少比你们的这个贵个一二十块钱吧。你们买的这种电话也就四十多吧?"

董礼道:"我还以为跟你们寝室比,我们落后了很多呢。看来差距也不是特别大,这部电话市场价正好六十块钱。你如果没事,就坐那儿跟大家聊天吧,我先出去洗漱了。"董礼边说边拿着电话机走向床尾的杂物架。

吕青阳大惊小怪地对着董礼道:"不会吧?估计你们是被骗了,这种电话怎么可能这么贵?对了,你先别去洗漱,我还真有点事情要找你说。咱们别打扰别人休息，还是出来说吧！"

董礼听吕青阳这样说，就放下本已拿起的牙缸，跟着吕青阳走出寝室来到了旁边的楼梯拐角处。

等二人找了个合适的地方后，吕青阳这才对董礼正色道："有这么个事情想跟你商量下。这不入学快一个多月了嘛，咱们班除了上课和参加一些开学典礼等全院组织的活动外，自己班里还从没单独搞过一次像样的活动。为了进一步加强班级内同学间的互相了解和交流，我想近期搞一次班级活动，你看怎么样？"

董礼觉得吕青阳的想法挺好，就笑道："不错呀！你打算组织个什么样的活动？"

吕青阳见董礼赞同他的想法，就放开原本绷着的表情道："前期我也跟辅导员王老师说了我的想法，她很支持，只是说让我除了跟其他班委说一下外，还要取得党支部和团支部的支持，她还提醒我说活动过程中一定要注意安全。我这不就谨遵圣旨先来争取你的支持了嘛，哈哈。"

董礼见他这样说，就笑道："这叫谨遵懿旨，而不是圣旨，哈哈！这有什么不支持的？班级集体活动必须要积极支持呀！而且你是一班之长，全班同学都在你的管辖之下，你但有号令，我们是莫敢不从呀，哈哈。你说吧，需要我怎么支持？"

吕青阳笑道："支持就好、支持就好。为了开展好这次活动，我前期也在班内问过一些同学，有人提议一起出去吃个饭，有人说一起去唱卡拉OK，有人提议一起看场电影。我觉得这些建议都没什么新意，均是高中时代玩剩下的。而且在这些活动的进行过程中，同学间的交流会非常有限，根本起不到彼此熟悉的效果。

"所以，我后来又问了几位各学院上几届的班长和一些高年级的学长，很多人都推荐去昌平那边搞一次郊游摘苹果和烧烤的活动。他们说北京这个季节不冷不热的正好，而且在自助烧烤的过程中，大家一起劳动，一起分享，一起表演点节目什么的，感情一定会进一步加深。他们说，很多班级情侣就是这样诞生的，哈哈。董礼，你期不期待？没准到时候还能在咱班找到个意中人呢！哈哈。"吕青阳边说边看着董礼坏笑了起来。

董礼一笑道："打住！我目前还没这种想法，还是班长你抓紧机会，趁这次活动快点儿解决个人问题吧。"

吕青阳好像怕董礼把这个话题引向深入似的，赶紧又正色道："咱们别再拿这件事情逗了，先把正事说完。我初步的想法是可以搞这个郊游摘苹果和烧烤的活动，然后咱们几个班委再分头征求一下大家的意见。如果大部分人都同意的话，咱俩这周末就先去昌平踩下点儿，顺便联系一下活动用车和一个场地、价钱都不错的地方，然后再核算一下这个活动全部下来共需要花费多少钱。

"我觉得这次活动的费用，咱们用班费出一部分，然后再向大家收一部分，你也把这个意思跟大家说一下，看看同学们的意见。如果大家都同意这个提议，那咱们下周末就组织同学去昌平郊游、摘苹果、烧烤。你看怎么样？"

董礼点头道："好啊！大家在市里憋闷得厉害，正好集体去上风上水的皇家风水宝地散散心，如果活动当天的时间允许，我们还可以去十三陵那边逛一圈，我等下回去就征求大家的意见，明天上课时反馈给你。对了，用不用我顺便也跟隔壁寝室的同学说一下？"

吕青阳道："不用了。我已经跟他们舍长说好了。你就征求你们寝室的意见就行,记得明天跟我说一声。时间也不早了,你赶紧回去洗漱吧,我也得回去了。"说完后,吕青阳在董礼的肩头轻轻地拍了两下,然后转身下楼了。

董礼回到寝室后,见其他的人此时都已回来,只是有的在看小说,有的在铺床,有的躺在床上闭目养神,大家各忙各的,相互间也没有个语言交流。

于是董礼就站到寝室当中的空地上清了清嗓子道:"跟大家说件事。刚才班长找我出去,说打算在下周末组织一次班级活动,初步定的是去昌平郊游、摘苹果、烧烤。你们看这个提议怎么样?"

原本安静的寝室,在董礼一番话后立即沸腾了起来。

方泰伟原本正在整理壁挂书架上的书,等听到董礼的这番话后就立即转身道:"行啊,太好了。我来之前,就听说北方的苹果特别好吃,这次去采摘园里一定要好好尝一尝。"

常乐道:"烧烤是他们那边烤完,然后卖给咱们,还是咱们自带原料,自己动手烤呀?"

黄健把书一扔,并不表态同意与否,只是学着陈佩斯小品里的声音道:"新疆羊肉串,味道顶呱呱。新疆羊肉串,味道顶呱呱!"不过看他那兴奋异常的劲儿,肯定是十二分地赞同了!

王辉道:"到时候咱们怎么过去?是玩一天,还是玩两天?"

邢胜男闻言后,先抬头看了一眼斜对面的天花板,然后边点头边自言自语地轻声道:"挺好的、挺好的。"

董礼见大家几乎都同意出去玩,就继续道:"班长只是让我回来跟大家初步征求一下意见,至于大家刚才提出的具体活动细节,现在都还没敲定。如果大家都同意去,这周末我和班长先去昌平那边选下场地，等包车、场地等事宜都定下来后，班长说再核定一下总费用，全部费用中班费会出一部分，剩下的那部分还会跟大家收点钱，你们看行吗？"

方泰伟又抢先答道："行啊，没问题！不过你们可得选个好点的地方，必须保证我能尝到地道的北京苹果。"他边说还边自我解嘲似的在铺上笑了起来。

常乐道："你们可要好好选地方，多讲讲价，别收太多钱，我现在经济可是不太宽裕。"

邢胜男听常乐这样说后就脸色一缓，然后下意识地微微点了两下头。

董礼看大家势必还要讨论一番，就道："时间也不早了，待会儿就得熄灯了，你们先聊着，我先去洗漱了。"

众人闻言后，立时围绕着各自的兴趣点你一言我一语的热烈讨论起来。董礼见状，就拿起牙缸笑着走了出去。

第二天课前，吕青阳来到了董礼座位旁笑问道："怎么样？昨晚把活动的事情都跟你们寝室的人说了吗？大家的意见怎么样，都同意吗？"

董礼道："说了，大家都同意，而且都挺高兴的。"

吕青阳点了点头，又笑着加了句："活动最后要跟大家收点儿钱的事，你没忘说吧？"

董礼道："也说了。就是有人说让咱们定地方的时候好好讲下价，别太贵了。"

吕青阳闻言后，脸上立时露出了一种蔑视且不屑的表情，伸出右手拍了拍董礼的肩膀，接着嘟囔了一句："哪有活动不花钱的，要想省钱就别去呀。"然后就又向另一个寝室长那里走了过去……

下课的时候，吕青阳快步走到讲台前，大声对面前正在收拾东西准备离开的众人道："大家都先别走，有个事情要跟你们说一下。"

说完这句话后，吕青阳又走到讲台旁，笑着对授课老师道："有个事要跟我们班上的同学说一下，不妨碍您吧。"

授课老师笑道："不妨碍、不妨碍。你说吧，我这就给你们腾地方。"

吕青阳笑道："不着急，谢谢老师理解，您慢走。"

等授课老师离开教室后，吕青阳立时走到讲台后面，一脸严肃地道："经过请示院学生办和辅导员王老师，为增进班级同学相互间的沟通和了解，班委决定近期组织大家进行一次集体活动，经过班委的研究讨论，初步计划下周末去昌平搞一次郊游活动，具体活动内容有两项，一是摘苹果，二是露天烧烤。

"昨天，我已经布置各个寝室的舍长回去跟大家说了我们的初步想法，今天各个寝室长反馈回来的意见是大家都同意举行这次活动，也都愿意积极参加。

"那么下面还有几件跟活动有关的事情，需要在这里跟大家先说明一下。第一件事，我决定这次活动以联谊寝室为组进行，咱们班恰好三男、三女六间寝室，可以两两对应共结为三组联谊寝室。到时候拎东西、生火什么的，你们女生别客气，就全交给联谊宿舍的男生办就行了。"吕青阳说完后就咧着嘴，笑哈哈地看向大家。

众人闻言后，立即哄笑着炸开了锅，同桌、前后桌之间马上就这个提议非常热烈地讨论了起来，整个屋里也立时嗡嗡嗡地乱作一团。过了一会儿，董礼听到后边有位男生问道："班长，这联谊寝室怎么分组啊？哪个男生寝室和哪个女生寝室分到一组？"

众人听到问话后，立时全都静了下来。

吕青阳道："这个事儿我现在也没想好，等研究好后再公布结对情况。此外，还有几位和别的班级混住的同学，到时候要分别合并在我、董礼和慕雪婷这几组联谊寝室来参加活动。

"第二件事，按照师兄、师姐们跟我说的，大家这几天要多去周边的超市、商店逛一逛，看看哪有卖那种已经串好了的生肉串、生鸡翅什么的，主要是肉类，这需要咱们自带。其他像什么玉米等非肉类原料据说场地那里可以提供，但是需要咱们付费。至于烧烤用的炉子、夹子什么的工具采摘园会免费给咱们提供。对了，到时候如果谁发现有什么好东西，可别忘互相通知一声别的寝室组，大家最好利益均沾一下！

"第三件事，就是咱们去昌平的路有点远，而且拿着这么多东西，如果坐公交车去就会十分不方便。所以我决定联系一辆大巴车，另外咱们的活动场地和采摘苹果也都需要付费。这周末我和团支书董礼一起去实地考察咨询一下具体价格，等核算完全部费用后，再决定班费和自费的比例。

"最后，就是下周末如果大家已经有了什么安排，那请你马上调整一下，这毕竟是咱们班级的第一次活动，需要全员参与，因此，除非你有极特殊的情况，否则谁也不能请假，这是死命令！哈哈。我就说这些，看看你们大家谁还有什么需要问的，现在就提出来，如果现在没有，事后想起来也可以找我私下里提。"

大家闻言后，又有人问道："班长，咱们出去是玩一天还是玩两天，周六晚上怎么过夜呀？"

众人闻言又是一阵哄笑。

吕青阳也笑着道："你是不是还想在那儿过年呀？就周六一天，早晨吃完早饭出发，上午采摘，中午烧烤，下午就回来了。不过如果你想在那儿过夜也行，费用自理、安全自负。还有什么问题吗？"

同学们听吕青阳说完后又是一阵大笑，问话的那人也没再吱声。

吕青阳又问了两遍"谁还有什么问题"，等了一会儿，见再没人说话，就宣布了散会。

晚上熄灯前，大家自然又谈起了周末郊游的事情。

常乐先起了话头道："兄弟们，这次郊游，也不知道咱们能和哪个女生寝室联谊？"

黄健接道："不论哪个寝室，有漂亮妞儿就行，可别是一屋子恐龙！"

董礼第一次听到"恐龙"的说法很感新奇，心中虽然不太确定其语义为何，但根据语境判断，估计多数是"丑女"的意思。

董礼正琢磨"恐龙"的时候，王辉立时话中有话地对黄健开腔道："黄健，依你对咱们班女生的了解，你觉得哪个寝室的女生更漂亮些？"

不想黄健立即识破了王辉的用心，是以就马上连珠炮似的回击道："王辉你什么意思？对咱班女生我了解什么了？我哪知道哪个寝室的女生漂亮？要说对咱班女生关心的程度，你不比我强上个几十上百倍呀？所以要问，那也得先问问你这个小白脸呀！"

众人听黄健如此挤对王辉，还给他安了个"小白脸"的雅号，就一起哄笑起来。

王辉没想到自己偷鸡不成蚀把米，就红着脸愤愤地回道："你才小白脸呢，不知道就不知道呗。我了解女生什么了？你个……"可能因怕再说下去会产生不必要的摩擦，所以王辉就把原本想说的话给硬生生地忍了回去。但是此后不论别人再说什么，王辉完全不闻不问，只是闷闷不乐地坐在床上翻书。

别人却是不管王辉生气与否，全都兴致勃勃地接着聊天互动。

常乐道："我听人说南街那边有卖串好的生肉串的，货真价实，一般班级搞烧烤等活动，同学们都去那里买，哪天咱们一起过去看看呀？"

方泰伟道："不但要多买点菜和肉，我看弄点啤酒也是有必要的，也不知道学校让不让咱们喝酒。"好像为自己之言是否不妥找台阶下似的，方泰伟说完后立时红着脸哈哈大笑了起来。

黄健抬头瞥了方泰伟一眼，语气平静地接道："还买酒，你想酒后乱性呀？"

方泰伟听黄健这么说后就咯咯地笑道："乱你个头！要乱我先乱你。"

黄健翻了下白眼，冷冷地答道："我对你没兴趣！"

方泰伟故意笑得异常淫邪地道："可是老子对你有兴趣。"

不知黄健怕说下去自己占不到便宜，还是已然接不住方泰伟发出的招了，所以就不接方泰伟的话茬，而是转向常乐道："常乐，你说的那个地方我好像也听谁说过，哪天没课的时候我跟你去，一起去看看那儿都卖些啥。"

常乐见黄健要跟他去，就很高兴地答道："行呀，咱们好好跟他们讲讲价，我可是个砍价的高手！"

黄健道："行。"说完这话后，为了显出自己并没感觉到已经与王辉闹了不愉快,所以他就又抬头斜对着王辉的铺位大声笑问道:"小白脸,你去不去?"

"滚!"王辉一边大吼,一边把肚子里窝了好几时的火气,连同手里正看着的英语书朝着黄健狠狠地砸了过去……

第十一章　置腹推心堪外否

按照前一天晚上和吕青阳商议的结果，周六早晨的时候，董礼早早就起床收拾完毕并把门虚掩了，然后边独自坐在床边看书，边等吕青阳过来找他去昌平探看活动场地。

约定的时间都已经过了半个小时，吕青阳这才来到董礼的寝室。

吕青阳大力推开寝室门后，见除了董礼以外，其余众人都还睡在床上，于是就一边在屋里走动着挨个敲着床护栏，一边笑着大叫道："都几点了你们还睡？一个个都属猪呀？快点起来、快点起来。就你们现在这状态，等过两天跑早操的时候，还不全都得迟到了？"

本来董礼怕自己早起影响他人休息，所以起床后的一切行动全都是轻手蹑脚、小心异常。可吕青阳来后这么一顿搅闹，把原打算趁周末美美长睡的众人全都给折腾醒了。

出乎董礼意料的是，被吵醒的众人谁也没有埋怨吕青阳的失礼，倒是跟他聊起天来。

因昨晚已知道董礼他们要去查看活动场地，所以方泰伟就先对吕青阳笑着道："班长，这么早就要出去呀？辛苦、辛苦！你和书记可要帮我认真找寻一个苹果味道绝对正宗的采摘园啊，哈哈。"

吕青阳笑着回道："你小子能不能有点出息？一醒了就想到吃，行，肯定给你选个好的果园。"

黄健则接着刚才吕青阳的话头问道："班长，你刚才说什么？跑早操？什么时候开始跑？"

吕青阳几步走到黄健的床边，一边俯下身子笑着把手伸进黄健的被窝抓他，一边道："还党员呢？也不以身作则，这都几点了？还赖在床上睡懒觉。快起来！"

黄健满脸嬉笑地推开吕青阳的手道："别闹、别闹，这不昨天睡得晚吗，所以早晨起来得就有点儿迟了。"

上铺的常乐闻言后，还没等吕青阳回话，就先把头探出蚊帐并对下铺的黄健道："黄健你就别装了，好像你每天起得很早似的！晚上睡得不晚的时候，也没见你早起过呀！"

大家见常乐无情地戳破了黄健的谎言，就一起跟着哄笑起来。

吕青阳也蔑视地坏笑着又推了黄健一下道："叫你说谎，这下露馅了吧！"

黄健红了下脸，然后对着常乐笑骂道："你个吃里爬外的东西，还是睡在上铺的兄弟呢！我是说起就起。"他说完后就立时坐了起来。

坐起来的黄健，马上与吕青阳的手产生了一段距离，这回吕青阳再想推黄健也是不太可能了。黄健偏了头又接着之前的话问吕青阳道："班长，听你刚才的说法，是不是咱们要跑早操了？"

众人均心存疑窦，于是就一起等着吕青阳的回答。

吕青阳见大家都看着他，就顺势退到了寝室地中间，然后环视了众人一下后这才笑道："王老师那天跟我说，让我先给你们打个预防针，说是估计从下星期开始，咱们就要开始跑早操了。每周跑操的次数也不多，一周五天，周一到周五，周末休息。哈哈。"

黄健闻言后，立时假作悲伤地用哭腔道："这是什么世道啊？都一年没跑步了，这眼看到了大学，本以为每天早晨都能好好地睡一会儿觉，竟然又要开始跑早操了，惨啊，惨！"

吕青阳闻言立时对着黄健正色道："黄健，你可要注意影响，这可是咱们院分党委左书记的提议和主抓的工作，你敢反对？"

黄健闻言后，立即止了悲声，然后笑道："闹着玩呢、闹着玩呢，别当真、别当真。对于早起锻炼，我是举双手赞成。跑早操好啊，到时候脖子扭扭、屁股扭扭，我们早起一起做运动……"他边说边拽起搭在床头的毛巾往脖子上一围，然后下床趿拉着拖鞋，口里哼着范晓萱的《健康歌》直奔斜对门的卫生间去了。

王辉这时也坐了起来，并随手把原本盖在腰上的毛巾被往腿上一搭，然后双手抱膝对吕青阳道："班长，这以后每天早晨跑多远呀？在哪儿跑？体育场吗？"

吕青阳道："不是，体育场早晨哪有咱们跑步的地方？跑步的主场地好像是在学校实验楼那边的主路上，应该是从靠近咱们寝室楼这面的路东边开始出发，然后顺那条主路往西边计算机系教学楼的方向跑，一共跑三趟，就可以结束了。"

常乐笑道："从东面开始跑，跑三趟，结束时，那咱们不正好跑到西面去了？还不如跑四趟，跑完了正好又回到寝室楼这边，那回寝室多方便呀！"

吕青阳笑道："别以为就你聪明，这跑三趟据说还真有讲究！

说是左书记怕有些同学跑完了步急着吃饭对肠胃不好，经过研究后才这样定的。你想啊，离咱们寝室楼最近的食堂在跑步的那条主路的东面，咱们在西边结束跑步后，大家正好一路散步回来，等你到食堂的时候，正好心平气和地去吃饭，怎么样？想得周到吧！"

常乐马上露出了恍然大悟的表情并笑着道："领导就是领导！高，实在是高！"

吕青阳好像不愿再和众人啰唆，于是就转身对董礼道："董礼，都收拾好了吧。咱们快点出发吧，去昌平的路有点儿远，而且今天咱们要办的事情也很多。弟兄们，我们先走了，改天再聊。"吕青阳说完后也不等众人搭言便一个人先走了出去。

董礼应了一声，然后也站起来跟着吕青阳走了出去，不过当他关门的瞬间就听身后方泰伟对他又大声喊了句："董礼，你们一定要替我选个味道绝好的苹果园呀……"

董礼和吕青阳来到昌平的时候已经快九点半了。

下了公交车后，吕青阳对董礼道："没想到来趟昌平这么费劲，这还没到采摘园呢就这个光景了，也不知道事情全办完了之后得几点钟？"

董礼回道："嗯，这路是挺远的！上次我们去长城玩就是在昌平这儿倒的车，到长城的时候都快中午了。班长，今天咱们要坐哪路车才能到采摘园？"

吕青阳闻言后立即露出了蔑笑，然后对董礼大剌剌地道："你个土老帽，还坐哪路公交车？老兄，你见过有去采摘园的公交车吗？咱们得打车去！"

董礼听到吕青阳略带讥讽的回话后感觉有点不太舒服，不过还是笑着回他道："要不怎么选你做班长呢？以下的工作我一切听从你的安排就是了。"

吕青阳一笑道："也不能这么说！咱们还是一起商量着来吧。走，先去路边那些出租车那儿问问怎么才能去采摘园。"他说完后就一个人先向路边停着待客的出租车那儿走了过去。

原本聊得正热闹的出租车司机们见有人过来，便纷纷撇了聊友，一个个争先恐后地迎了上来。其中一位卷发的司机过来得最快，抢先对吕青阳道："同学，打车吗？路近打表，路远咱们商量个价，保证最便宜！"

这时其他的司机也赶了过来，纷纷七嘴八舌地道："兄弟，去哪儿啊？""哥们儿，坐我的车吧，保证又快又稳。""同学，我的车有空调吹，坐我的车吧。"

吕青阳扫了眼面前的众人道："我想去采摘园，大约多少钱？"

还是最先迎上来的那个卷发司机，仗着自己离吕青阳最近的优势抢先回答道："那得看你去哪个采摘园，近点儿的十多块钱就到了，远点儿的话，比如你去十三陵那边的采摘园至少也得三十起吧，你先上车，咱们走着商量，保证不跟你多要钱！"

吕青阳刚要搭话，人群后面一个戴着眼镜、看起来文质彬彬的年轻司机却踮脚伸头笑着搭话道："同学，你是不是要去采摘园搞活动？我哥家就有苹果园，能采摘苹果，还能烧烤，我带你过去吧。如果你们谈成了，你就给我十块钱的车费，而且我还负责把你给送回来。如果没谈成，我拉着你再转转，车费您随便给！"

不知是年轻司机他哥那有采摘园，还是司机来回接送车费才十元的话打动了吕青阳，他闻言后立即弃了其他的司机不顾，直接奔那个年轻的司机挤了过去。

吕青阳来到年轻司机面前后，笑着对他道："你哥家里有采摘园？具体在哪儿呢？"

年轻司机道："就在离这儿不远的军都山下，十多分钟也就到了。现在正是苹果成熟的季节，好吃还不贵。另外，你们采摘完了我哥那还免费提供场地给你们烧烤，连工具都配套白给你们用。还有，看你们好像是从市里过来的，如果你们的同学过来需要车的话，我们这儿还有中巴车、大巴车过去接你们。"

吕青阳道："你刚才说去那儿看场地，来回要我们十块钱的车费？"

年轻司机见吕青阳有意要去，就更显慷慨地道："这样吧，也别说十块不十块钱车费的事儿了，如果你们谈成了，我免费接送怎么样？如果你们没有谈成，再去看别的场地，那我也包送，你们看路程远近随便给，我绝不还价，行吧？"

吕青阳显然已被年轻司机抛出的优厚条件给吸引住了，于是就回头对董礼道："董礼，怎么样？要不咱们过去看看？"

董礼也觉得年轻司机说的条件不错，就点头道："听着还不错，那就先过去看看吧。"

其他司机见年轻司机和吕青阳基本已把租车的事谈妥了，就纷纷退回自己的车旁又开始聊了起来。

年轻司机看着吕青阳、董礼笑道："你们等着，我把车开过来，咱们马上就走！"

一会儿的工夫，年轻司机已经把一辆外观略显残破的红色夏利车开到了吕青阳和董礼的面前。

董礼和吕青阳上车后，年轻司机取出一盒烟，往上轻轻一抖，一支烟就探出了大半个身子。年轻司机托着烟盒，对坐在副驾驶座上的吕青阳道:"哥们儿,来根烟吧?"

吕青阳摆手道:"我不抽烟。"

那司机又偏过头来,举着烟盒示意坐在吕青阳后边的董礼道:"兄弟,你呢?抽不抽?"

董礼也摆了摆手道:"谢谢,我也不吸烟,你自己吸吧!"

年轻司机边转头边感叹道:"现在的孩子真是不像我们那时候了,都是好学生啊,呵呵。"他边说边用嘴叼起了烟盒中的这支烟,然后拿出打火机麻利地点了火。

年轻司机猛吸了两口烟后就把车子给启动了,等车向前走了几米后,年轻司机一边把拿了烟的左手伸到车窗外散烟,一边用右手慢慢地转动方向盘,等他看到前面确实没有车辆过来后,就侧脸问吕青阳道:"同学,看你们是从市里过来的,我这儿先跟你商量一下,你是想快点儿去园子还是想慢点儿去?如果想散心看看街景,咱们就从主街上走,不过那儿车多,还有很多红绿灯,咱们走得肯定会慢些。如果不想看街景,咱们就从后面的小路绕过去,一会儿就到了。"

董礼觉得上午除了看场地以外,似乎也没有别的什么事情,而且自己毕竟是第一次到昌平的市区里来,所以心中就很想看看市区里的街景。

但是,还没等董礼说出内心的想法,吕青阳就对年轻司机道:"就绕小路过去吧,一个小县城有啥可看的,看完场地我们还要早点儿回市里呢。"

年轻司机笑道:"行啊。那你俩可坐稳了,咱们一会儿就到。"说完他就猛踩了脚油门,车子一下子便蹿了出去。

年轻司机到底是本地人,开起车来驾轻就熟,一会儿的工夫就到了采摘园的正门。

等年轻司机在园门旁的路边驻了车后，先是快速地下车，然后绕到侧面给吕青阳和董礼先后开了车门，接着又陪在二人身侧，边说笑着边引导着他俩向园里走去。

等进了园门之后，董礼抬眼观瞧，发现离院门口不远处的北面高坡上，有几间不算太大的砖瓦房矗立在那里。

还没等董礼他们往前走几步，砖瓦房前一只本来睡着的黄狗就抖擞着站了起来，并对着董礼他们的方向狂吠起来。

年轻司机回头对吕青阳和董礼道："别怕、别怕，狗拴着呢，咬不着你们。"又转向狗的方向嚷道："小虎，别叫了，来客人啦。"

想是那狗听到了熟悉的声音，叫声立即变得没有起初那么猛烈，声调也柔和了很多。

年轻司机接着又对砖瓦房的方向喊道："哥，有学生过来看场地，你出来招呼一下。"

年轻司机话音刚落，就见砖瓦房的门便被推开了，一个穿着身藏蓝色旧工作服的中年男子手里夹着一支烟从屋里慢慢地走了出来。

等董礼来到园主跟前细看时，却见是个满脸络腮胡子的大约五十左右的高大汉子。

园主待人并不像弟弟那样热情，好像对这些迎来送往的琐事早就看淡了一般，以致见面后就连对客人笑一下的表情都没有，仅微微地点了下头，并淡淡地道："过来了。"

吕青阳见园主问话，就笑着回道："你好。我姓吕，双口吕，我是我们班的班长，下周末打算到你这里来搞个活动，今天预先过来看下场地并咨询一下具体的事情。"

还没等园主回话，年轻司机就对吕青阳和董礼道："同学，你们先看着，我回屋里喝口水，今天是怎么啦，都快渴死了！哥，屋里有水吗？"

园主随口回道："早晨烧了水，在地下壶里呢，喝去吧。"

年轻司机答应了一声，便向砖瓦房那里走了过去。

园主转头对吕青阳问道："你们大约要过来多少人，都想搞点儿什么活动？"

吕青阳回道："四十多人吧。想在你这里进行采摘、烧烤，顺便再表演些节目什么的，大概需要大半天的时间。你这里采摘、烧烤和活动的场地费用怎么算，有什么时间限制吗？"

园主道："采摘嘛，那得看你们要采几棵树了，我这儿只能整棵采，不零采，采摘之前可以免费品尝，不过别浪费。尝完后采摘下来的水果，会按实际公斤数计价算钱。

"烧烤的工具我这倒是可以免费提供给你们，如果要吃肉的话，那材料得自己带，我这儿没有。如果要烤玉米、蒜、毛豆什么的，我这儿都有，如果你们愿意的话，在我这里买就行了，便宜。

"至于活动场地，也都免费提供给你们，可以随便玩，只是要注意做好防火工作，另外别踩踏着我种的别的东西就行。至于活动时间，我这儿不限时，只要你们不累，想玩到什么时候都行。"

吕青阳听后，觉得园主给出的条件还算不错，于是就笑道："那你能不能先带我们看下场地？我也不知道你这一棵树上能结多少果子，等我们看完了再定能采几棵树吧。"

园主道："行，跟我过来看看吧。"说完就在前面引着路先走了。

吕青阳二人随在园主身后边走边四处打量起来，越往园里走，园中果蔬稼穑的香气就越浓郁，不论是枝头挂着的黄澄澄的柿子，还是绿叶遮掩下红彤彤的苹果，都是那么的诱人。而且每当金风乍起之后，这些经过了秋阳小晒的瓜果，更是争相飘起了香气，那份走在园里的感觉真是清爽宜人！

想是之前已经有许多人来这里搞过活动，所以靠近公路一侧的很多果树上的果子早已被人采得精光，现在是只见树不见果，而且几棵果树下面还扔了好几个只吃了半个的皱皱巴巴的苹果残骸。

等三人又往前走了一段路后，一片挂满了苹果和梨子的果树就立即现于眼前。

园主当先在一棵苹果树下站定，仔细地看了看后伸手摘了两个品相不错的苹果，然后分别递给了吕青阳和董礼，接着微微地扬了下眉毛道："你们老远过来，先尝两个苹果解解渴，不过这边没水洗，如果不嫌弃的话，直接擦擦吃就行。"

吕青阳接过苹果后，立时眉开眼笑地道："谢谢大叔，那我就不客气了。"边说边擦了擦苹果，然后"咔嚓"一口咬了下去，等嚼了两口后立时夸赞道："嗯，你家这苹果真好吃！不错、不错。"

董礼也把苹果擦干净后吃了一口，一嚼之下，顿觉苹果味道清香，酸甜适度，十分爽口。

想是对自己园中水果品质自信的缘故，园主听到吕青阳对果实的评价后也不多言，只是指着果树道："那几棵果子有点小的是幺二三，那几棵果子适中的是四五六，这两种都是嫁接过的，甜中带点酸，口感都不错！正常大小的那种，就是普通的国光苹果。苹果树旁边的是秋梨树，这种秋梨皮薄多汁，来的人都愿意买，吃了后，也都反映说不错。你看你们要采摘哪种果子？"

吕青阳边吃边问道："哪种最便宜？我们就是来搞次活动，花太多超支了没人给报。对了，除了整树摘的那些以外，如果相中了其他树上的水果你们能零售吗?"

园主道:"国光的那种最便宜。一般除了整树采摘的那种果子以外,如果顾客相中了别的,倒是也可以摘一些零着卖。"

吕青阳道:"那真是太好了。我们就摘这种国光苹果,如果来的人看中了别的,那就让他们自己跟你零买。我们就不管了!至于烧烤,肉,我们肯定自己带,剩下的玉米什么的我们回去也跟同学们说一下,就说如果怕路远不想多带东西的话,最好能在你这儿买,至于最终他们买不买,那我可就不敢保证了,哈哈。

"还有一件涉及钱的事情,得事先跟你说一下,就是我们提前出来看场地,浪费时间就不说了,此外又要坐车、又要吃饭什么的,肯定要花些钱。但是,这钱又不能走班费,明面上报销不了。不过出来看场地什么的,这都是本次活动的一部分,也是公事,所以这钱也不能让我们两个穷学生自己出,又搭工、又搭钱的事情谁愿意做,你说是吧?

"所以,我们打算跟同学说,你这场地不免费,一人需收三块钱。钱不多,谁也不会当一回事儿。但是,我们出来办事的经费就都能出来了。都是穷学生嘛,所谓人穷志短马瘦毛长,你多多理解,也别把我们想得有多黑,嘿嘿。一句话,我们没别的要求,就是这件事儿得事先跟你说好了,如果后期没人问就算了,但是如果有人问起来,你别在背后给我们说漏了就行!"

园主闻言后,还是没有显出特别的喜怒表情,只是淡淡地道:"明白,接待过好多次你们这种活动了。什么样的要求我都听过,你放心吧,肯定能按你说的办好。"

吕青阳先是偏头看了眼正在踌躇的董礼,然后转头对园主笑道:"还是大叔开明,能够对我们这些穷学生多些理解。对了,还有个事儿,刚才我听你弟弟说,你们这儿还能提供包车服务?我们从市里来,又拿那么多东西,肯定坐不了公交车,我想一块儿从你这儿把接送车的事情也一起谈好得了。"

园主道:"行啊,不过这事儿你得跟我弟弟说,接送的事情都是他来办,具体的细节我不太清楚。"

吕青阳道:"行了,那我们班下周末的活动就敲定在你们家举行。时间也不早了,我们还得赶紧回去,至于车的事儿,我再跟你弟弟谈。"

园主"嗯"了一声,引着吕青阳和董礼他们便往回走。路上,吕青阳一直没话找话地跟园主闲聊,董礼在旁边那是根本插不上嘴。

不过,对于吕青阳刚才跟园主说的虚报费用的事情,董礼心中却觉得有些不妥。他想,做学生干部不就是要吃苦在前、享受在后吗?为了同学们玩得高兴一些,即便付出点时间、金钱、精力又算得了什么呢?如果真按照吕青阳的说法向别的同学多收了费用,而事后又让大家知道了,那这以后的日子可如何自处呢?

正当董礼思来想去、心思不定的时候,三人已经又回到了砖瓦房前面。

年轻司机此时正在房门前逗狗,见众人回来了就笑着问道:"怎么样?在这里搞活动还不错吧?"

吕青阳笑道:"挺好、挺好,就定这儿了。还有个事儿,你哥说让我们跟你商量一下,就是这次活动包车的事情。"

年轻司机见说的是这个话题,就马上来了精神,然后立时满脸堆笑道:"这个也没问题,你们一共要过来多少人?需要我哪天、什么时候去接你们?"

吕青阳道:"四十多个人吧。下周六早晨来市里我们学校门口接就行。等会儿你给我留个电话,等全都定下来后我再把在哪个校门接人告诉你。活动完后,下午可能得四五点的时候回,你再把我们送回去。你看这来回得收多少钱?"

年轻司机一笑道:"你们这样的活动我接待得多了,我跟你说个最低价,从市里到我们家园子来回接送四百块。你先别着急还价,我详细地跟你算一下,你就知道我没跟你多要了。

"你想,这油钱、车辆的磨损费、人工费,以及来回的这几个收费站,这都得要钱。而且这车还不是我的,我只有这辆小轿车,这大巴车我还得跟朋友租,也得给他点租车钱不是?我这儿挣的都是辛苦钱,不信你再问问别的司机,如果谁出的能比这个价钱低,那你们尽管去租他的车去,你们看怎么样?"

吕青阳低头心算了一下后道:"行,就这个价吧。"

年轻司机笑道:"爽快!不过你得给我交个定金或者给我押个证件什么的,这车可不是我的,等我跟朋友把车约好了,到时候你们又不来,那不就把我给坑了吗?"

吕青阳道:"你这是说的哪里话,我们说来就肯定过来嘛!你要多少钱?"

年轻司机脸上一红道:"算我说错话了,就押一百吧!最后算车费时,你给我三百就齐活儿了,你看怎么样?"

吕青阳道:"行。我现在就给你,你给我写个收据吧。"

年轻司机答应着,回屋里找纸笔去了……

等一应事宜全部谈妥后,时间已近中午。

吕青阳并未让年轻司机再把二人送回公交车站,而是让他把二人送到了周边一家中档的餐馆。

及至二人在餐馆找了个肃静的位子坐好后，吕青阳便立即大声叫服务员过来点菜。等他把服务员递过来的菜单从头至尾地来回翻了几遍后，也没征询董礼的意见，就这页指一个、那页指一个的，让服务员记了四个菜，然后又对服务员道："先拿两只杯子，再上两瓶啤酒。"

董礼见状忙道："班长，咱们还喝酒？我从小就酒精过敏，不能喝酒！"

吕青阳脸上立即现出蔑视和不信的表情，然后涎笑道："你跟我还装什么？喝点酒醉不死你！如果你不喝，就是瞧不起我。谁喝酒不难受呀！"

董礼正待要分辩的工夫，刚刚领命而去的服务员已经用托盘把接碟、筷子、杯子和啤酒拿了上来。

吕青阳从托盘中拿过杯子，分别摆在了董礼和自己的面前，然后又从桌上拿起酒起子，动作娴熟地开了一瓶啤酒，接着不容分说地就给董礼倒上了一杯。

等倒完了董礼的那杯后，吕青阳又把自己的杯子也倒满了，倒的过程中，吕青阳还不断侧头看着面前的两个杯子，并来回比量着两人杯子中啤酒的高度，等彻底倒完后，吕青阳这才笑道："没占你便宜，我这酒和你的一般多。"

刚倒完了酒，最先点的肉丝拉皮已经上了桌。吕青阳拿起杯子道："既然菜已经上来了，咱们就先喝着。边吃、边喝、边沟通，你看怎么样？来，先干了这个。"说着举杯就要喝。

董礼忙拦下吕青阳道："慢着，班长。我是真喝不了酒，从小就如此，绝不是跟你装，你看这样行吗，咱们慢点喝，我能喝多少尽量喝多少，绝不耍滑，但是如果你愿意喝，你就自己多喝点，不愿意喝，你就少喝点，我都没什么意见，你看怎么样？"

吕青阳闻言，脸上立时显出鄙视的表情道："你以为我愿意喝酒呀？这酒场上喝不喝酒，主要看感情，你看得起我，就喝！看不起的话，把酒倒了也行，反正我是喝了。"他说完后立即把董礼的手拨到一旁，然后举杯一饮而尽。

等喝完后，吕青阳一边傲气十足地把杯子倒过来停在半空，任由杯中剩的几滴酒水滴滴答答地往下淌，一边面无表情地把一双眼睛直愣愣地看向董礼。

董礼见状，情知不能再说什么，只好喝毒药似的也举杯把酒全喝了。

吕青阳见董礼喝完了杯中酒后，脸上立时阴转晴地展颜笑道："兄弟之间这样就对了，大家都是狼，干吗要装羊呀，你说对吧？来，先吃两口菜压一压，等会儿咱们接着喝！"

忙了一上午，董礼早已口干舌燥、饥肠辘辘，这啤酒下肚之后，董礼感觉并不像上次喝得那么难受，还有点解渴的感觉，所以也就没再多说什么，而是立时拿起了筷子夹菜。

等吃了几口菜后，吕青阳又对董礼道："这就对了嘛！酒你要是不喝，那咱们之间的感情怎么才能快速拉近呢？不喝酒的话，有些话便说不得！来，把两个杯子都给满上。"吕青阳边说边把自己面前的空杯子推到了董礼面前，看意思是这回该董礼倒酒了。

董礼见状便拿过吕青阳的酒杯，接着拿起酒瓶对着杯子就咕咚咕咚地倒了下去，可是还没倒几下，杯中的啤酒就冒着白沫溢了出来。

吕青阳见状便皱着眉头嗔怪董礼道："你这是真的还是装的？倒个啤酒还能倒到外面来，慢点倒！"

董礼道："我平时真不怎么喝酒，也没什么倒酒的经验，所以倒得不太好，你就多见谅吧。"

等董礼倒满吕青阳的杯子后，又给自己倒酒，见杯子快满时，怕酒再溢出来，就停止了倒酒，然后随手把瓶子放到了桌子上。

吕青阳见了之后又皱着眉头道："你什么意思？欠一点儿酒干吗，准备挨罚是吧？倒满、倒满。"边说边抓起酒瓶把董礼杯中欠着的那块酒又给补上了。

吕青阳的酒倒完后，一盘热气腾腾的糖醋排骨又上了桌，吕青阳端起杯子道："先别着急吃菜，再走一个。"说完拿着杯子往董礼的杯子上轻轻一碰，一仰脖又给干了。

董礼高中时得过严重的胃病，吃东西时必须细嚼慢咽才行，否则很容易犯嗳气和食物倒流的毛病！对于喝酒，医生更是再三明令禁止，说如果董礼不注意的话，不但会引起旧病复发，其他与饮酒有关的急病的发生率也会非常高。

是以长期以来，董礼是能不碰酒就不碰！不过，有些场合喝不喝酒那可由不得董礼做主，比如今天就是这个样子。

由于刚才第一杯酒下肚有点猛，现在的董礼已经感觉到胃里有些后反劲式的不舒服。所以，对于这第二杯酒，董礼举起来后就有些犹豫。

吕青阳喝完自己的酒后，见董礼的酒还没动，就有些不高兴地道："别这么婆婆妈妈的行吗？是不是爷们儿？快点喝！"

董礼闻言后只好拿起杯子，又强忍着难受往下倒，等喝了大半杯的时候，啤酒特有的味道终于逼着董礼的胃开始造反，董礼忍了再三，终于还是没有忍住，刚才喝下去的酒全都悉数涌了上来。

董礼怕立即把酒吐出来影响桌上的气氛，就赶紧用口含了涌上来的酒，起身走到旁边地上放着的废纸篓那里，还没等他主动吐，那一口酒便不由控制地"哇"的一下喷了出来。

接着，董礼的胃部又狠狠地痉挛了几下，剩下的那点酒也全数呕了出来。董礼又扶着旁边的柱子站在当地平复了一会儿，等觉得差不多了，这才擦了擦嘴，然后满脸涨红地回到了桌上。

吕青阳在董礼吐酒的整个过程中，就坐在桌旁一动不动地冷眼旁观。

等董礼回来后，吕青阳也没有一句安慰的话语，只是挑着眼角向上瞭了董礼一眼后道："看你这意思是真不行呀！这可不行，在中国，你混社会不喝酒怎么能行呢？以后慢慢练吧，今天我也不逼你，不行就喝点茶水吧。"

董礼闻言后，立即如逢大赦一般高兴地道："多谢理解、多谢理解。我高中时闹过严重的胃病，医生嘱咐过千万不能喝急酒。但咱们初次在一起吃饭，你也不知道我这情况，说了估计你也不信，所以干脆只好舍身一试，让你看下我不是骗你。实话跟你说，我这破胃连吃东西急了它都会抗议，更别说喝快酒了！但是，如果慢着点进行，估计这胃还是有可能承受一点的。这样吧，我再倒上一杯陪着你慢点儿喝，能喝多少算多少，你看行吗？"

吕青阳见董礼这样说后，感觉他虽然喝不了酒但是对于喝酒的态度还算端正，而且也算给了自己面子，另外下边他还有话要说，于是就笑了一下道："行！一切都由你，别再伤着胃就行了。这年纪轻轻的就得了这么严重的胃病可不是什么好事！那你先吃点排骨压一压吧。"他边说边举筷挑了一块带着脆骨的精排放进嘴里"嘎嘣、嘎嘣"地嚼了起来。

董礼含糊着答应了他一下后也夹了一块排骨，埋下头来慢慢地吃，正琢磨着下面该跟吕青阳说点儿什么的时候，吕青阳倒是先开了口。

吕青阳边嚼排骨边看着窗外道："董礼，开学以后还适应吧，你感觉这大学生活怎么样？"

董礼看了一眼吕青阳后道："适应，都挺好的！学校、专业都不错，老师们课讲得也挺好。要是高中老师都是这种水平的话，我估计考个更好点的学校一点问题也没有，嘿嘿。"

吕青阳道："是吗？看来你这适应新生活的能力还真是不错呀。不过，我感觉可没你那么好。你知道吗，从咱们还没正式开学的时候，王老师就往我家打来电话，说让我早报到几天，帮她干些行政事务上的工作。

"本来按照之前的安排，我们家的亲朋好友还要再给我庆贺几顿。不过亲戚朋友听说老师让我提前报到，都说这是学校要重用我，必须快点儿去，可别耽搁了。

"其实不用他们说，这老师有命令，我哪里敢不听。所以我赶快收拾行李，又托人买好了火车票，以我能达到的最快速度来到了学校。你知道吗？我足足比你们正常的报到时间提前了五天。这五天的时间里，分班、分宿舍、制作签名报到表、查看各宿舍中配备的各种硬件齐不齐全等等碎烂活，全是我一个人干的，而且是法学院两个班的全部事情。

"开学后，什么学前教育、开学典礼、领取各种证照、学院学生办公室值班、搞卫生，什么我不得参与？有时候事情多，我连正常的课都上不成，甚至得连续翘课去做这些杂事。我到大学里是来学习的，不是到大学里来打工的。

"退一步说，即使是打工，那还能挣点工资呢？可我有什么？

有时候办事的过程中缺啥少啥，我还得自己垫钱，更有甚者，王老师事后如果忘了这事儿，我又不能跟她去要，只能是自己掏腰包。"吕青阳边说边拿起杯子又喝了一大口酒。

喝完酒后，吕青阳先对空叹了口气，然后幽幽地道："这干活也就算了，但是干完活还不一定能落下好儿。有时候，我也不知道哪里做错了，王老师沉脸不放地满脸不高兴，也不说为什么。我在高中时也当过班干部，每次帮着老师干完了活儿，老师都特别高兴，总会在事后变相给这些帮了忙的同学们点儿东西或者荣誉什么的作为酬劳。即便什么都不给，最差也会说声'谢谢'。

"但是，我帮着王老师干活，却很少能得到这些东西，有时做错了，她还会板着脸教训我一顿，我虽然脸上笑着，可是这心里难免不会有点想法，都是人嘛，谁不想听点好的，得点好的，这也不算我在背后说王老师的怪话，谁也不想因为工作不得力而受到老师批评，这你肯定能理解兄弟我吧？

"在老师那受点委屈也就算了，可是有些同学对我也真是够意思，哼！比如说上次送朱泽洪师兄，因为买纪念品和吃饭的事情，我还被人从背后捅了一刀子，告到王老师那儿去了，结果又挨了一顿臭批。董礼，你没参与这件事吧？"吕青阳边说边看向了董礼。

董礼见问便忙道："这事我还真不知道，上次你跟我说要给朱泽洪师兄买纪念品，我还一直等着你后续的信儿呢。可是也没见你再找我呀。"

吕青阳点点头道："我也知道你不会干这种事儿，所以才跟你说这些心里话，我一直很信任你的。一开始，我是打算让你帮我一起去买东西的，可是我后来想买个纪念品这么小的事情就没必要再麻烦你了,所以后来是我和庄严去办的,也没花多少钱,就买了个台灯。

"再后来请朱泽洪师兄吃饭,我也去你们宿舍找你了,还等了你好大一会儿,王辉说你有时在外面吃完晚饭就直接去图书馆或者教室了,不一定能回来。那天时间安排得比较急,也没办法再花多长时间等你,我们就出去了,事后也一直没机会跟你说一声,你不会因为这事怪罪我吧?"

董礼见吕青阳转头看自己,就忙道:"哪能呢?而且你过来找我这事儿,王辉后来也跟我说了。"

吕青阳点头道:"但是有些人,把这么屁大个事儿非得往王老师那儿捅,害得我还挨了王老师的批评。这他妈班长当得跟孙子似的,累呀!"

董礼见吕青阳情绪有些激动就劝道:"你也别那么想,有些事可能是误会,或者是王老师对我们要求太严了吧。"

"误会?哼、哼。"吕青阳看着窗外冷笑了两声,接着道,"我可不那么看!来,你再少抿一点,意思一下,我把剩下的都喝完。"吕青阳边说边把酒杯端起来,也没等董礼端杯,就拿着酒杯跟董礼的杯子一碰,然后仰脖一饮而尽了。

董礼见状也拿起酒杯小小地喝了一口。

"时至今日,我是一点也不想干这班长了。你不知道,这班长是真不好干呀!干活多那是应该的,没干好却是万万不该的。你知道要干好一件事情,那得费多少脑筋,这中间又需要处理多少关系才行呀?要我说,这可真不是人干的活儿!

"比如说我要处理跟学院的关系,跟学院学生办各位老师间的关系,要处理跟辅导员王老师的关系,要处理和其他班合作竞争的关系，还要处理班级内班委、党支部、团支部之间的关系，更要处理与普通同学的关系，你说，处理这些关系，先别说会不会处理好，仅转一圈下来，那也是非常耗人精力的，对不对？

"董礼，我看你这人不错，我也一直拿你当兄弟看待，才跟你说这些肺腑之言，你可得为我的这些牢骚话保密呀。"吕青阳边说边看向董礼。

董礼对于吕青阳这些诉苦的话，虽然并不十分赞同，但也大体能够理解，所以便笑道："你做的事情大家都看在眼里，你的苦闷我也能够理解，今天的话咱们哪儿说哪儿了，到我这儿就截止了，你就彻底放心吧，不会再有别人知道了。"

吕青阳刚才说完那些话后，一双眼睛就没离开董礼的脸，当见董礼对他的要求毫不迟疑地做了保证，这才放松了脸上原本紧绷着的肌肉，然后满意地笑了起来。

这时，服务员又端上来一盘宫保鸡丁。吕青阳夹了一块鸡丁，放在嘴里嚼了两下，看董礼还没举筷，便边让菜边催促道："吃呀、吃呀，别愣着。这饭得张嘴吃才能饱，光用眼看，那是看不饱的，呵呵。"

董礼见状就也跟着吕青阳笑了两声，然后举筷夹菜。

"看你是真不能喝酒，我就不管你了，你自己随意。"吕青阳边说边拿起酒瓶又给自己倒满了酒。

董礼见状便忙道："行，这样最好，你自己喝好就行。"

吕青阳也不谦让，拿起酒杯喝了一大口酒，然后又对董礼道："就拿今天看活动场地这件事儿来说吧。班里的其他人都能好好地过个周末，休息休息。可是咱们俩，却得大老远地跑到昌平来。你也看到了，这去采摘园是没有公交车的，咱们必须得打车。而且现在也到中午了，难道咱们是铁人，不用吃饭？

"但是如果跟他们说，咱们打车了、吃饭了，要报销，那就指不定会跳出一些什么样的人，质问咱们放着公交车你们不坐，凭什么花钱打车？为什么不早点儿走？在外边吃什么饭？那样他们不但会煽动其他同学对咱俩的不满情绪，而且还很可能去王老师那里再次煽风点火，给咱俩打些莫须有的小报告。人心难测，不得不防啊！

"而且这出租车咱俩也坐了，这饭咱俩也吃了，退是退不回去的，难不成咱们还要自己垫钱？所以，我觉得咱俩多一事不如少一事，就班里一个人多收点钱，块八角儿的事。虽然钱不多，但是咱俩这次所需的经费却都出来了，又没什么不好的影响，也不用经过谁的批准。你看这事儿就这么定下来如何？反正天知、地知、你知、我知，总之，别把芝麻绿豆大的事儿弄得不可开交就行。"

原本在吕青阳当着自己的面跟园主说变相多收同学钱的时候，董礼心里便觉得不妥，事后董礼也好几次想到吕青阳将会怎么处理这件事的问题。不过，从事情的发生，一直到二人到餐馆用餐，身边都始终有其他人在场，董礼一直也没有机会问吕青阳怎么处理这件事。

不想，一顿饭间，吕青阳便以这样一种先发牢骚博取同情，后摆既成事实把董礼一起拉下水的方式，把这件事就给轻轻松松地处理完了。

对于吕青阳的这番解释，董礼心中当然不以为然。因为客观需要，出租车费的事还可以说得过去。但是这顿饭的花费，在董礼的心中却觉得根本没必要，饭当然可以吃，不过简单地吃两碗抻面果腹足矣，像现在这样要四个菜、又喝啤酒的"工作餐"，不论跟谁说都是明显的公款消费、铺张浪费。

董礼心中虽然这样想,但却没有向吕青阳直接表态同不同意,而是问吕青阳道:"那你打算怎么办,这坐车、吃饭的事如果大家问起来怎么回答呢?何况,大家都看着咱们呢,总不成咱俩不交钱吧?而且大家交钱,也是生活委员收钱、保管,你怎么能少掏钱呢?"

吕青阳见董礼这么不开窍,就脸现蔑视地道:"真不知道你是怎么考上的大学,还在你们省排名那么高,这点事儿居然都想不明白?

"以我多年来当班级干部的经验来说,像坐车、吃饭这些涉及咱们生活上的事,是不会有人关心的,他们觉得这些钱都应该咱们自己出,这也是我很多时候厌烦担任学生干部的一个原因。都是父母给的生活费,我又是给你们去办事,他们凭什么好意思让我既费力又花钱?

"可是,就是有那么一部分人,以为我们做班干部的人,天然地就应该吃苦在前、享受在后。我告诉你,有些冠冕堂皇的话那都是哄人的,做不得真,连公务员出差还有报销和补助呢?我一个没工资的学生凭什么自己出钱?

"不过,董礼我跟你说,也有一种可能,有些别有用心、想找我们麻烦的人会问起这些事来,所以我们得做好保密工作,不能让任何其他的人知道这些事情。

"至于交钱的事,这还不好办?交活动经费的时候,咱们肯定得跟班内其他人按照事先定好的金额一起交钱,但是事后从班费里往外划租车费、活动费等款项的时候,咱们除了把应该给采摘园和出租车司机的钱给他们外,剩下的钱咱们留下不就得了?"

董礼若有所思地想了想，接着问吕青阳道："班费不都是生活委员保管吗，那他拿钱跟咱们一起付账时，不是就会知道这中间的事情了？"

吕青阳见董礼是真不开窍，就笑道："看你是真没这方面的经验，这付钱的活儿是有讲究的，那个时候不但要让生活委员看到，还要让所有的同学都看到，这样就不会有人疑心咱们俩了。"

董礼这回倒是真的疑惑不解了，就问吕青阳道："这事避人还唯恐不及，怎么还能让大家都知道呢？"

吕青阳好像早就算准了董礼要问他这个问题似的，于是就先自得地笑了一下后才道："估计你也弄不明白这中间的事儿，所以我就一次都给你说清楚了吧。到时候，等咱们进行完所有活动以后，是要最终跟园主算买苹果和场地费的，也要跟车主算租车费的。

"而按照惯例，为了把班费的账做清楚，咱们付完各种款项后，收款方是要给我们出具收据的，这收据就是咱们花钱的证明，但是有证明，却不一定保证咱们真花了这么多的钱，比如这次咱们会收到三个项目的收据，就是买苹果的钱、场地费和租车款，但是事后，我会把场地费从园主那儿要回来，他给咱们出具的收据却不用再还给他，这样神不知鬼不觉要回来的钱，就能充抵咱们这次出来看场地的所有费用，你明白了吧？

"其实，这钱也是羊毛出在羊身上，都是大家应该花的钱，不过咱们明着却没法给大家说清楚罢了。所以，对于这件事你也别有太大的心理负担，咱们是劳有所获，应该应分的！"

董礼边若有所悟地点着头边心道："你原来是这样设计的……"

等董礼和吕青阳吃完饭出来后，吕青阳说要在昌平会一下他在石大的同学，还说晚上可能要住在他同学那儿，周日晚上才能回学校，所以就让董礼一个人先回去了。

董礼回到学校的时候，眼见就到食堂开晚餐的时间了。所以，董礼也不着急回寝室，只是一个人在一食堂外面南侧的海报栏那里，慢慢地浏览各种校园信息。

正当董礼移步到一个墨迹较新的海报前面的时候，常乐恰好也经过这里，见董礼正在看海报，就凑过来道："董礼，看场地回来啦？怎么就你一个人，班长呢？"

董礼见是常乐，就笑道："嗯，刚回来，懒得上楼再下来吃饭了，就在这里边看海报边等着食堂开门。班长说要在昌平会同学，还说晚上可能要住到他同学那儿，周日晚上才能回学校，所以我就一个人先回来了。"

常乐立时坏笑着对董礼道："这班长不会也像方泰伟那样是去会女同学了吧？晚上还要住到人家那儿，我看，这是要出事儿呀，哈哈……"

董礼会意地一笑后问道："你这是干什么呢？"

常乐道："这不还帮师兄推销最后几部电话呢吗，好在就剩这几部了，当时进货的时候没估计好行情，从发货的那儿拿的电话稍微有点多，好在卖完这几部就彻底没事了。正好我也饿了，要不等会儿咱们一起上去吃饭得了，我看你正在看什么呢？"他边说边和董礼并肩站了，一齐看向海报。

董礼见常乐对这幅海报也感兴趣，就道："我也是刚站在这里，也不知道这则信息都写了些什么，咱们一起学习学习吧。"

转头细看时，就见海报的标题写着"招贤纳新增添活力"八个行楷毛笔字……

常乐看字的速度较快，还没等董礼看完海报，他就已经先看完并指着海报中"各部面试的部长团均对同学们进行了提问、面试……"这几句话，问董礼道："你不是说你们校学生会没面试吗，不是就聊了一会儿天就全都录取了吗？这不人家已经说了'各部面试的部长团均对同学们进行了提问、面试'，这个'均'字是什么意思？

"这回露馅了吧，你说我又不跟你一起竞争那个名额，那天晚上就是随便问你一下进学生会都有什么流程，面试官提了什么问题，我好认真做一下准备，可是你看你，居然还跟我留了个心眼儿，不说实话。你说你瞒我瞒个什么劲啊，真是的，唉……"边说边摇头长叹着看向了董礼。

董礼本欲跟常乐对这篇平淡无味的海报品评几句，没想到他却重提旧事，甚至还因海报的措辞对自己产生了误会，于是就忙对常乐分辩道："我至于拿这么点儿事情跟你撒谎吗？我们部当时真没面试，仅仅是见面后聊了一会儿天，也没说什么试用不试用的事，就全都给正式录取了。

"怎么跟你说真话你倒是不信了呢？而且你看这海报的落款就是一个通讯员，连校学生会的全称都没落。也不知这条消息是哪个部门出的，那个通讯员又采访了谁？不过我觉得这个通讯员掌握的情况肯定不全面，有些东西写得也与实际情况不符。"

常乐笑了一下后不以为然地道："是吗？这回你没再撒谎吧？听你说得倒像真的，可是这能够贴出来的白纸黑字，应该也不至于骗人呀……行了，假的真不了，这件事情我之后再慢慢了解，你快去吃饭吧，我还有事，先走了。"说完也不容董礼再行解释，便转过身头也不回地一个人先走了。

董礼看着常乐的背影，心道这常乐不会因为误会，而真生自己的气了吧……

当董礼吃完晚饭回寝室再要跟常乐解释的时候，发现常乐丝毫没有生气的意思，而且他还对自己笑着道："下午就是跟你开个玩笑，你还当真了？这么点事儿，我是不会往心里去的。"

董礼见常乐没生他的气，何况寝室中还有别人在场，也不好再展开话题多说什么，其他人见面后总问他和吕青阳看场地的事，董礼也就优先回答一些别人的问话，自然而然地把这个话题岔了过去。

周一上午上完课后，吕青阳又把大家留下开了个临时的班会，会议的内容是向大家汇报周末他和董礼看场地的概要情况。

等维持完会场秩序后，吕青阳对大家道："下面，我主要把周末和团支书董礼一起去昌平看活动场地的事情，向大家做一个简要的说明。

"经过走访比较，我们在昌平北郊初步定下来一个条件不错的采摘园。通过和园主认真协商，初步敲定了以下几个关键事项。

"一是采摘水果的事情。园主说他那儿的水果只能整棵树采，不能零采，采摘之前可以免费品尝，但是不能浪费。尝完后再采摘的水果，会按实际公斤数计价算钱。因为最终班费要补贴一部分买水果的钱，从经济上考虑，我们和园主初步谈定采一棵价钱最便宜的国光苹果树。

"不过，他那儿还有别的品种的苹果和秋梨，但是都比国光苹果的价格要贵，所以我们又给大家从园主那里争取了一项福利，就是可以从他那儿零买其他水果。但是，这些零买的水果，谁买谁付钱，班费是不补贴的，哈哈。

"二是烧烤工具和原材料的问题。园主说园里的工具可以免费提供给我们用,但是对于肉串类烧烤原材料,我们得自带,他那里没有。如果大家要烤玉米、蒜、毛豆什么的东西,他那儿都有,大家想买的话,在他那里买就行了,估计也不会太贵。另外烧烤用的木炭等燃料,也得咱们自己带。

"三是活动场地的问题。一开始他说要每人收五块钱,后来我们讲了半天价,给降到每人收三块钱。虽然这中间就差两块钱,但是四十多人就八十多块呢,如果这些钱能省下来的话,那咱们就可以多买不少苹果吃,哈哈。至于活动时间,园主说咱们可以随便玩、不限时,只要注意做好防火工作就行,另外还要注意别踩踏其他东西。

"四是租车费的事。我们这次活动租的车是这个园主弟弟联系的,因为在他哥哥的采摘园搞活动,他就跟我们要了最低价,从学校到采摘园来回接送一共四百块。租车费中包括来回收费站的过路费、油钱、车辆的磨损费以及司机的人工费,而且这车还不是司机自己的,他说得跟朋友租,所以这中间还有他转租别人车的钱。

"上面说的租车费和活动场地费的事儿,我是这样想的,车费一人交5元钱,一共是235元钱,剩下的165元钱从班费里出。场地费按照我刚才跟大家说的,一人交3元钱,这样加在一起,每人一共交的钱应该是8元钱。但是为了生活委员收钱方便,所以大家就交一个整数,都交10元钱吧。

"剩下的那两块钱,等咱们采摘完毕和园主算采摘费的时候,就充当买水果的钱,如果不够,那就用班费来弥补剩下的缺口。如果还有剩余的话,那就也放在班费里,等着以后有集体活动时再统一用。

"五是联谊寝室分组的事。这次活动我们进行了随机分组,周末晚上我把男女六个寝室的号码做了阄,本着'女士优先'的原则,让副班长邰静拿着做好的阄到各个女生寝室,并让各女生宿舍分别派出一个人抓阄,抓到哪个男生寝室,就跟哪个寝室联谊。根据抓阄的结果,我现在宣布一下联谊寝室的分组情况。

"因为之前是女生优先选择的,所以本着'男女平等'的原则,这次我按着男生寝室来逐个宣布每组的联谊寝室,哈哈。我们寝室的联谊寝室是邰静她们寝室,董礼他们寝室的联谊寝室是孙苗苗她们寝室,彭文斌他们寝室的联谊寝室是慕雪婷她们寝室。

"还有,上次我宣布联谊寝室事情的时候,少算了一个女生宿舍,就是任菲菲她们寝室,这里我要检讨一下,是我工作做得不细致。所以任菲菲她们寝室就和那几位跟别的班级混住在一起的同学组成一组联谊寝室吧。

"最后一个事儿,是建议各联谊寝室都早点动手,至少这几天把购物的事情尽快办妥,等最后拿货的时候,女生们可千万别客气,一定要让联谊寝室的男生做好服务工作。还有就是这几天北京的天气已经开始转凉了,早晚尤其明显,周六咱们走得早、回来得晚,所以大家最好都带件薄衣服,如果有人因为这个活动回来生病那就不好了。

"让我们大家一起祈祷周六那天风调雨顺,千万别下雨,如果下雨我们会临时改期,并再做通知。大家还有没有什么别的问题,如果没有的话现在就散会,回去后大家如果再有什么疑问,可以随时来骚扰我,哈哈!"

不知是因为刚分了联谊寝室还是其他什么缘故,这回吕青阳问完后，大家倒是出乎意料地平静，竟然没有一个人提出额外的问题。吕青阳又问了两遍后，见确实没人提出什么疑问，于是就宣布了散会。

董礼发现，吕青阳在向大家汇报的过程中，把他和董礼如何打车到采摘园，中午在外面怎样吃饭等情节，全都以"给大家节省开会时间"的名义统统给省略掉了。正像吕青阳吃饭时对董礼说的那样，整场班会开下来并无一人动问这些事情，就好像这些事都跟整个郊游的准备活动无关一样。

对于何以出现这种情形，董礼事后想来，可能有以下三种原因。一是大家可能不好意思在公众场合提这个话题，以防大家对提问人有计较过多的不良看法。二是大家可能真是对于这些活动中的辅助事项不感兴趣，进而表现出吕青阳说的那种大众对办事人出钱出力的一种"集体冷漠"。三是大家都知道班干部在看场地过程中肯定会有所花销，但是却默认了这种消费，以至于期望当自己也处于这个位置时，同样也可以如此这般。

不过，不论出于哪一种考虑，均不如大家在事前把如何处理这些费用说明白，并以一定的标准限制这项消费的总金额为好。那样出钱的、花钱的都有一个可衡量的标准，至少比现在这样大家都揣着明白装糊涂要好得多。不过既然大家都不提这件事，董礼也就只好假装什么都没发生一般，让这件本该清清楚楚向大家交代明白，或者应该得到大家监督质询的事情，就这样被轻易地放了过去。

当吕青阳说到收取费用的时候，还边说边用粉笔在黑板上给大家列示了明细表，什么单价、总价、预计费用，班费贴多少，个人交多少，都说得清清楚楚、明明白白。诸如跟园主把场地费从五块钱讲到三块钱等纯属子虚乌有的事情，在吕青阳口里说出来时，也显得那么从容自然、虽伪似真，就像真正发生过一样。而且说这些话的时候，吕青阳还有意看向了董礼，意思是要他为自己的说辞做一个证明。

诚实的董礼在吕青阳看向他的时候，却不由自主地把头低了下去，并且内心还很不争气地突突突地跳个不停，就好像生怕这时候突然站起一个人来当众戳穿吕青阳的谎言，同时也让自己难堪下不来台一样。

董礼的那些担心倒真是有些多余！

现实的情况是，经过吕青阳这么层次分明、数据翔实，而且中间还带着对大家晨昏早晚、冷暖病疾都关照在内的详尽考虑之后，同学们都觉得吕青阳和董礼这次的出行，真是不负大家的厚望，尽职尽责、全心全意，圆满、高效地完成了为下周末郊游选场地的光荣任务！

晚上董礼回到寝室的时候，生活委员彭满江正坐在黄健的铺位上等着董礼回来收活动的钱。董礼知道彭满江的来意后，忙找出了十元钱给了他，彭满江在花名单上董礼名字的后面画了钩，然后又礼节性地跟董礼等人聊了几句后，这才拿着一沓钱走了。

第十二章　柳绿桃红论短长

不出董礼的所料，晚上卧谈会的内容，又集中到了周末郊游的话题上来。

这次是方泰伟先起的话头："兄弟们，孙苗苗是哪个女孩？咱们班女生那么多，我还真不认识。她们寝室还都有谁，有漂亮的吗？嘻嘻。"

常乐吞吞吐吐地接道："我也分不太清楚，好像是总坐在第二排的那个穿紫色长裙子、梳着马尾辫的女生吧。"

黄健对常乐欲盖弥彰的话很不满意，立即揭穿道："常乐，你就别装了，还'我也分不太清楚'！你分不太清楚，怎么知道人家总坐第二排？你分不太清楚，怎么知道人家还穿着紫色长裙子？你分不太清楚，怎么知道人家还梳着马尾辫？

"都研究到这程度了，你还敢说不太清楚呢？你还想怎么清楚？是不是孙苗苗抹什么唇膏，用什么洗面奶，穿什么牌子的内裤你都得搞明白，才算清楚呀？"

黄健这几句颇具力道的话，瞬间就把常乐给顶得哑口无言。

被抢白成功并无言以对的常乐自知失言，所以虽然嗫嚅了半晌，终究没有说出一句话来。

众人听罢黄健的话后尽皆喷口大笑，王辉更是笑得厉害，一边笑还一边道："这个黄健，哈哈！这个黄健，哈哈！"

方泰伟觉得常乐多少有点代自己受过的意思，于是就出言相帮道："黄健，你少在那儿给我装正经，我还不知道你，一上课就睁着双色眯眯的眼睛睃来睃去，你哪有资本说常乐呀。而且我这是跟大家进行正常的学术探讨，你别误导了大家的讨论方向好不好？"

黄健显然不买方泰伟的账，于是便立即反击道："我还没说你呢，刚和你老相好干完了苟且之事，这魔爪又要伸向咱们班纯真善良的女生。我一定要向广大的女同学们及时揭露你这个色魔的险恶用心，以防她们一失足成千古恨。"

黄健言语一出，又引得大家一阵大笑。

方泰伟在男女之事这方面的脑筋、言辞储备显然不是黄健的对手，所以就泛泛地回道："黄健你个贱人！提前说好了，如果到时候你真敢坏了老子的好事，这四年你就别想好过！哈哈。"方泰伟说完后立时自我解嘲般夸张地哈哈大笑起来。

黄健自然不怕方泰伟的威胁，而且见他还当众承认了自己的猜测后便更加得理不饶人地道："看看，我说什么来着，这回你是不打自招了吧。说，你的魔爪打算伸向哪个女生？让我来帮你参谋参谋。"

常乐见黄健终于露出了原形，就为自己刚才被黄健的讥讽往回找账道："老方，听出来了吗？黄健这厮是真够意思，色鬼这回要为你这个色魔出手了，你何愁大事不成啊？哈哈。"

常乐本想在言语间把黄健推下坑中，进而给自己找回一局，没想到黄健在男女之事方面的反应速度那真不是常人能及的，还没等方泰伟答言，黄健就向常乐大吼道："常乐你个色妖，赶紧住嘴，如果再敢放肆，老夫马上祭出法器收了你这妖孽，也还天下一个太平。"

董礼等听着黄健瞬时间又造出了一个"色妖"的雅号回敬给了常乐，顿时又爆发出了一阵大笑，王辉还有意继续挑动黄健和常乐间的矛盾道："'色妖''色妖'，哈哈。亏你也能想得出来，哎呀。这个黄健，哈哈。"

常乐见自己又被众人取笑了，就哑火在床上不再答言。

有了先前的教训，这回方泰伟不再替常乐出头，而是直接问黄健道："黄健，你有何高见？都有哪些女孩儿是孙苗苗她们寝室的，有长得好看的吗？"

黄健道："开学才这么几天，你让我把咱班所有女生都分门别类地认全了，那真是有点强人所难。但是重点人物嘛，也逃不出我老黄的手掌心。比如刚才常乐说的那个女生就是孙苗苗，总和她坐在一排的那三个女生，估计应该和她是一个寝室的，至于剩下的那两个是谁，我还得进一步研究研究。世上无难事，只怕有心人！只要是我想打探的事，那十有八九是错不了的。"

董礼听罢就对着常乐铺位的方向道："常乐，你看你，这回小巫见大巫了吧。你也就侦察到了孙苗苗一个人，人家黄健却是侦察到了孙苗苗等一排人。都是一个寝室中的人，你这能力跟人家黄健一比怎么相差就那么大呢？"

常乐见又有人和他说话，就马上恢复活力并话中有话地道："我在这方面如果和黄健比，确实是能力不济，只好甘拜下风。"

不知是因为自得，还是不屑反击，这回黄健倒是没再说什么，可上铺的王辉却接道:"另外两个人我好像知道是谁了,应该就是总坐在孙苗苗她们那排后面的那两个女生。今天中午孙苗苗她们六个一起去食堂吃饭,我正好坐在她们侧后的桌子那里,估计刚才说的那几个女生应该都是她们一个寝室的,错不了!"

董礼见王辉这样说,就调侃道:"看来真是'强中更有强中手,能人背后有能人',这王辉平时看起来一副'两耳不闻窗外事,一心只读圣贤书'的样子,没想到却是'功夫在诗外,不着一字,尽得风流'!你这都跟踪人家到食堂了,真是个有心人呀!"

王辉见董礼取笑他,就讪笑着埋怨董礼道:"这个董礼,真是的,真是的。"

黄健见董礼两次出言攻击别人,就势不想让他一人独存地道:"董礼,你也别在那儿装,你一个团支书,难道还没我们对班级同学了解的程度深?快点说,孙苗苗她们寝室都有谁?"

董礼眼看自己马上要引火烧身,就立即将说话的语调从调侃转为严正地道:"要说一点不了解,那是不可能的。不过说句实话,其实我对孙苗苗她们寝室人员构成的了解程度还没你们多呢。

"回归刚才方泰伟说的话,咱们只做一个普通的学术探讨,大家都要端正态度好好说话,听的人谁也别开玩笑。先给大家一个选题,你说咱们怎么都对孙苗苗有那么深的印象呢?这回王辉先说吧,我绝对不害你,先声明一下,等会儿学术讨论中如果谁再敢随便插言,甚至胡说八道,我这个寝室长,一定会和其他人一起对他施以家法的,对不对哥儿几个?"

方泰伟和常乐当然知道董礼话里的意思,于是就大声附和道:"没问题,谁再敢胡说八道,大伙就一齐阉了他,哈哈。"

黄健明知大家的矛头是在指向自己，却假作不知地随顺道："对，这次大家都好好探讨，谁要是再敢找事儿，就阉了他。"

王辉虽见大家都表了态，但还是略微迟疑了一会儿后才磕磕巴巴地道："我觉得吧、我觉得吧，那个、那个孙苗苗长得挺像徐静蕾的，反正梳的那个发型再加上她的脸型，从侧面看，我觉得还真是挺像的，至少跟徐静蕾演的一个戏里的角色挺像的。我一直都挺喜欢徐静蕾这个演员，所以下意识地就对她注意得多了点儿。"

董礼道："嗯，说得不错。邢胜男，该你了？"

邢胜男见董礼问到自己，就忙推托道："我都不知道谁是孙苗苗，也从来没注意过什么女生，你让我说什么呀？你们聊你们的，聊你们的，我没什么可说的。"

黄健听邢胜男这么说，就要马上对他开炮，不过他刚说了句"老邢从来没注意过什么女生，那就是对男生感兴趣呗"，就被董礼出言给阻止了。

就听董礼对着黄健的铺位沉声道："某些人是不是明知故犯，不被阉了不甘心是吗？刚才不是说好了要认真探讨嘛！人家没意见可以暂时不谈嘛！真是皇帝不急太监急！"

常乐见董礼出头打横，就忙帮腔道："老方，我这儿的刀子有点钝，你那儿有锋利一点的吗？"

方泰伟笑着接口道："有啊，前两天才买的，本来打算这次出去郊游割肉用，所以我专挑了一把刀口特别锋利的刀子买的。你说要是用这把刀子给谁去势的话，那一下子准搞定，至于刀口到底向谁，那就等寝室长一句话了，哈哈。"

黄健见自己要倒霉，就讪讪地"喊"了一声，然后窝在床上不再言语。

董礼向来对邢胜男腻腻歪歪的作风不喜欢,见他那么说,就也不多问,同时又怕黄健等节外生枝又扯到别的地方去,所以就接着对黄健道:"黄健,你也别气馁,大家有言在先,学术讨论期间,别人不得随便插言。你看你,刚定下的规则,你却第一个跳出来违反,大家不说你说谁?这回按顺序该轮到你了,你可别牵着不走打着倒退,也别耍心眼跟我们掖着藏着,最好是知无不言、言无不尽,至少方泰伟这样别有所图的人还等着你爆料呢。"

黄健听董礼这么说后,就立时恢复了精神道:"这还用说吗?这孙苗苗一来上课,就穿身那么艳丽色彩的衣服,明显是要引起男生们的注意,是要钓凯子的。至于到底谁先上钩,那我就不清楚了,至少王辉已经起了反应,愣把一个长得有点像林心如的,看成了长得像徐静蕾的。哈哈。

"我这儿没她什么料可报的。说句实话,我对她这种瘦了吧唧的女生没兴趣,她不是我这盘里的菜。我倒是觉得那个叫李婉君的长得不错。

"那天班级里大家在进行自我介绍时我就盯上她了,好像她说自己是河北的。你看人家那身材,前凸后翘、凹凸有致,要什么有什么。可惜,她不是孙苗苗她们寝室的,要是孙苗苗她们寝室的,我这次就一定会好好地跟她接触接触,一定要给她留下一个完美无缺的印象。

"到时候,让她欲罢不能、投怀送抱,我们花前月下私订终身,等毕业之后,我就踩着七色的云彩,飞赴燕赵大地,迎娶她回家完婚,然后一家人从此过上美满幸福的生活。

"至于什么孙苗苗、徐静蕾、林心如等货色,那完全不在我的关注之列。我的高论到此为止，至于其他的内容想要知道的话必须给我点物质刺激，否则恕不免费奉告！"

黄健说完后，也不顾其他人对他这番宏论的反应和评说，竟然躺在那儿陶醉忘情地哼起了电视剧《婉君》的主题曲："一个女孩名叫婉君，她的故事耐人追寻……"歌声中流露出来的心情和语调，直似李婉君马上就要同意跟他私奔一般。

如果说黄健之前的言语还算靠谱的话，这越往后说的语言就越是露底和不堪，更让人没想到的是，也不知这黄健是不在乎大家知道他的心事，还是言多语失，舌头一秃噜，竟把自己心仪的对象都给抖搂了出来，至于说到什么"踩着七色的云彩，从此过上美满幸福的生活"等话语时，更是旁若无人地充沛了个人极重的情感在里面。除此而外，最后几句话语间那毫不掩饰的无耻和妄想，更是让董礼等人听来不能不喷饭。

是以等黄健抒发完了个人的情感后，寝室中的其他人早已在各自的床上乐不可支地纷纷笑作了一团。

董礼先是对王辉铺那儿笑道："王辉，徐静蕾那种明星级别的'货色'，在黄健眼中根本是不入流的，只有李婉君这种长得膀大腰圆的壮女，才是黄才子心中之所属！王辉，你以后可要及时调整追星方向，尽快提升自己的欣赏品味。"然后又向方泰伟的方向道，"老方，下边的路如何走，你只能靠自己了。作为下铺的兄弟，我也只能帮你到这里了。不过人家黄健已经说了，对于孙苗苗这种类型他没兴趣，这回你倒是可以大大地放心了。"

常乐闻言后立时笑着凑趣道："对呀，老方，你别看黄健瘦得跟个苞米秆子似的，可是人家喜欢的是'环肥'，而不是'燕瘦'，相对于黄健的骨感而言，那李婉君确实胖乎乎、肉嘟嘟的很肉感，二人正好阴阳互补、男女双修，估计到时候修炼完了的功力，肯定是一日千里、无人能及。具体孙苗苗什么情况，你还得自己去摸索，就别指望从黄健那儿得到什么有价值的信息了。"

王辉笑着道："还欲罢不能、投怀送抱，还私订了终身，还一家人从此过上美满幸福的生活。真是无耻之尤！这个黄健，快笑死我了。哈哈、哈哈。"

估计方泰伟和邢胜男笑点实在太低的缘故，二人听完黄健的自述，以及其他人一波又一波对黄健的调侃后，竟然一句话也说不出来，均已在各自的床上笑得上气不接下气地无法自拔。

黄健本来是自吟自唱地陶醉在自己编织的美好梦幻里，但是听着董礼、常乐和王辉的先后评说，以及方泰伟、邢胜男推波助澜的开怀大笑后，就有点回过神来，于是就忙出言质问董礼道："哎，我说董礼，你不是说学术探讨中，如果谁胡说八道，你就对他施以家法吗？怎么你先带头明知故犯起来了？难不成你想要自宫？"

董礼早就等着黄健的发作，见他这样说就道："我哪明知故犯了，说好了家法适用于学术探讨中的嘛！"

黄健兀自不知已经着了董礼的道儿，还理直气壮地道："这不我才发表完高见吗？下面常乐、方泰伟和你都还没说呢。你说你们是不是犯规了？"

董礼笑道："谁说学术探讨就一定要人人发言来着，到你发言完毕，这期学术探讨就截止了明白吗？截止了！截止之后再发表评论的，那惩罚的规则就不起作用了，明白吗？"

常乐和方泰伟闻言，立即笑着帮腔道："对，这期的学术探讨到你这儿就截止了，这回明白了吧？哈哈！我们现在说什么都不算犯规了。哈哈！"

黄健知道自己已被董礼等合起伙来给戏弄了，于是就边捶床边假装大怒道："你们耍赖！这不明摆着玩王辉、老邢我们三个呢吗？老子受骗了，天啊、地啊，快点下道霹雳，弄死这三个无赖吧！"

黄健对王辉的挑动显然起了作用，王辉这时也笑着对董礼道："董礼呀董礼，你为了搞掉黄健，居然不惜先把我给带进去，真有你的！"

董礼笑着回道："王辉，你要时刻注意和人民大众保持在同一战线上，否则一切后果自负。你瞧你这水平，怎么这坏分子一挑拨拉拢，你就上道了呢？可见你这革命立场还是有问题。跟你说，你刚才对革命事业成功做出的必要牺牲，人民群众是不会忘记的，但是如果你现在开始骑墙摇摆、执迷不悟，进而胆敢助纣为虐的话，后果你自己掂量掂量吧！"

王辉见董礼几句话间，就把自己推到"到底是站到革命的一边，还是站到反革命一边"这种大是大非的问题上后，就在权衡了利弊之后不再言语。

董礼见王辉终于不再配合黄健出头，邢胜男更是无话后就笑道："黄健你也别叫屈，现在进行民主投票，咱们根据结果说话。赞成马上闭嘴睡觉的，就别提出反对意见。不赞成的，明确表达出来，咱们绝对民主，以结果定输赢。

"黄健，我们肯定给你言论自由，如果你的主张能代表大多数，我带头服从。但是如果大家都通过了'马上闭嘴睡觉'这一提议后，如果谁再发表一句跟睡觉无关的言论，常乐、方泰伟，咱们就合力把他给阉了如何？"

常乐笑着道:"没问题,肯定阉了他。以后让他当公公,整天服侍咱们几个肢体健全的纯爷们儿!"

方泰伟也笑道:"刀子好坏与否试过才知道,不行我今晚就把心爱的刀子先给贡献出来,也让它开开荤、解解馋,哈哈!"

黄健闻言后知道大势已去,就抓紧时间努力挣扎道:"你们这是压制言论自由,你们这是合起伙来搞流氓无产阶级专政……"

董礼不想再给黄健大放厥词的机会,于是便大声道:"现在开始表决;同意'马上睡觉'的请立即闭嘴……"

午饭后,董礼和王辉一前一后出了食堂。刚一出来,董礼就见食堂门旁边的海报栏前,有几个部员正陪在一个负责人模样的人后面,一起认真地审看一张刚刚贴好的海报。等看了几眼后,那个负责人觉得还算满意,就招呼其他的人一起转身走了。

董礼好奇海报上的内容,就转头跟王辉商量一起过去看看。但王辉对这些东西不感兴趣,就对董礼推说他还有事要先回寝室处理,临走时他还跟董礼开玩笑说一定要好好领会海报精神,回去后再认真向他传达。

董礼笑着答应了王辉。等来到海报栏前,就见海报上的毛笔字遒劲有力、颇有古风,在海报的末端还用彩色的颜料画了椰子树、海浪和海鸥,图画虽然简单,但这小小的点缀,却使整幅海报显得活泼灵动了起来。

董礼看完后,觉得这篇海报在用语、言辞等方面,虽然稍显学生气的稚嫩和夸张,但在表情达意及整体内容方面,却是真实地反映出了中文系学生们的心声,大体上也还算过得去。

不过,对于海报中提到的"校学生代表大会",董礼确实不知是个什么样的会议,估计如果做个类比的话,应该跟每年新闻中总提到的"人代会"差不太多吧。

因为觉得海报上写的东西跟自己关系不大，董礼看罢也未多想，仅快步向寝室的方向走去……

晚上九点多的时候，周凯来到了董礼的寝室。

周凯来的时候，董礼正背对着寝室门和王辉聊天，当听到有人敲门时就回头去看。见到周凯正侧身站在门口看着自己时，董礼连忙起身往寝室里让周凯。

周凯见寝室里还有其他人，就笑着说不进去了，并让董礼出来，说有事要跟他说。

董礼估计是部里有什么事情，连忙跟着周凯到了门外的走廊上。

等二人站定后周凯便微笑着问董礼道："你周六有没有时间？按照校团委的工作安排，要在本周六组织召开全校学生代表大会，这次大会由咱们校学生会承办，这可是校团委本年学生工作中的重中之重，据说这次会议校党委书记和新来的校长都要过来参加。

"所以，校团委书记蒋老师相当重视这件事情，还专门对伟诚师兄强调，要让校学生会全力以赴办好这次大会。咱们维权部按照主席团的统一安排，要和其他部一起执行代表大会的安保和接待任务。江涛部长让我和庆丰分别通知你们，说如果周六那天没什么特别紧急的事情，每个部员都务必要过来参加学代会这项工作。你这周六没什么事情吧？"

董礼闻言后，立即面露难色地道："师兄，真是不好意思。这周六我还真有事，而且十有八九是去不成大会了。因为按照我们班的安排，这周六要去昌平进行一次集体郊游，班长说除非那天下雨，才可能改期，否则活动安排是不会变的。而且我还是班里的团支部书记，这次活动是班里的第一次集体活动，我不可能不参加呀！师兄，你看能不能帮我跟部长解释一下我这边的情况。"

周凯听罢略微停顿了一下后微笑道："原来是这样，那行吧，我回去跟江涛部长说一下你的情况。别说你还是班里的团支部书记，就算是个普通同学，对于这入学后的第一次班级集体活动那也得参加呀！我据实回复，不用解释，江涛师兄肯定能理解你的。那行，我先走了，你们外出活动时一定要多注意安全。现在天气转凉了，早晚都有些冷，别忘跟大家说一声，记得多带件单衣。另外如果你们班的活动有什么新的变化，那你就及时过来部里帮忙。"

董礼见周凯这样通情达理，就忙回道："谢谢师兄理解，如果我们班级活动改期的话，我一定准时过来参加学生代表大会的服务工作。"

周凯点头笑道："行，那我先走了。你也早点收拾睡吧。"他边说边向董礼摆了摆手，然后转身走了。

董礼先是站在走廊上目送着周凯在幽暗的灯光中离去，然后边往回走边对没能参加成这个重要会议生出了些许歉意。但是董礼转念一想，这世上毕竟鱼和熊掌不能兼得，班级的首次集体活动是万万不能缺席的，以后部里若有其他工作，自己再出力弥补吧。

周五晚上董礼离开自习室的时间要比往常早很多。

按照董礼前一晚和室友的约定，他们今天晚上要集体出去为明天的郊游活动进行大采购。不过，当董礼回到寝室的时候，却见每张桌子上都已放好了大包小包的各种东西。

董礼一边往床上放书包，一边对光脚坐在黄健铺上、正笑着看他的常乐道："大丰收呀！你们怎么不等我回来就出动了？按照咱们事先约定的时间，我应该是没迟到吧？你们都买了些什么东西？这么多，咱们能吃完吗？"

常乐闻言后立时以一副主事人的口气道："两个寝室男男女女加起来一共十二口呢，这点东西还消费不完？这只是咱们明天要带的东西中的一部分而已，像肉串什么的，我们怕在寝室放一晚坏了，就暂时寄存到了服务楼的冷柜那里，等明天早晨走之前再过去取。你先看看，如果觉得缺啥少啥，咱们现在就下楼去买。"

还没等董礼说话，就听王辉在上铺抢先道："可惜没买辣子粉，烤羊肉串的时候，放点辣子粉才好吃。"

常乐闻言立即对王辉斥道："辣子粉、辣子粉，你怎么就知道吃辣子粉？你说你从一回来之后，到现在都说几回辣子粉了？我警告你，小心吃多了辣子长痔疮。到时候荒郊野外的疼死你，我们可没法管！"

王辉气道："没买就没买吧，你咒我长痔疮干什么？何况那么点辣，根本长不了！"

董礼很反感常乐两人面对着眼前这么多美味的食物，净说些令人难以启齿的病种，所以也不插话，一个人在桌子间转来转去地查看各个袋子里究竟装了些什么东西。

细看之下，就见有的袋子里装了豆干串等各类能在寝室里放住的烤串原材料，有的袋子里装了矿泉水、可乐等各种饮料，有的袋子里装了食用盐、孜然粉等调味品，有的袋子里装了花生米、饼干等小零食，有的袋子里装了新上市的橘子、马奶葡萄等水果，总之林林总总很是丰盛。

董礼看罢就对常乐玩笑道："这都是你买回来的？"

常乐笑道："我哪有那么大的劲儿能拎这么多东西？下午联谊

寝室的人过来了，说邀请咱们一起出去买东西，又说怕她们自己力量小，拎不动太多的东西，所以就想让咱们寝室出人帮着她们往回带。

"那个时候，寝室里只有我、方泰伟和黄健三个人在，我们就下去和她们一起去市场了。你还别说，这些女生还真能逛，学校周边的这些商场、超市，人家早都踩好点儿了，到了地方之后，人家是定点取物，这家店里拿这样东西，那家店里买那样东西，那是分门别类、丝毫不差。这样倒是省事了，要不然咱们晚上不是也得出去做采购吗？

"这些东西说沉倒是也没多沉，就是这些店面东一家、西一家的相互间隔得有点远，本来就拿着东西，还得跟那些女生东走西逛的，这样全程下来，就让人感觉有点累。你想呀，联谊宿舍的都是女生，你说有方泰伟、黄健和我三个大老爷们儿一起跟着去买，我们能让人家女生拎东西吗？这不我们三个就全权包揽，最后都给拎回来了。

"不过还有些东西，像新串的羊肉串、猪肉串什么的，那几个女生怕在寝室放过夜后会变质，就都先放在了服务楼的冰柜里了，咱们明天早晨六点半准时去服务楼那家店里去拿就行。

"当时王辉、邢胜男和你，你们三个人都不在寝室，也没法征求你们的意见，所以我们就私自做主买了这些东西，合不合你们的意也只能这样了，实在不行明天你们就凑合着跟我们一起吃吧。哈哈！

"至于我们三个帮着你们三个往回带东西的酬劳，你们看着给，你说是明天给我们省下几个肉串呢，还是省出一瓶雪碧呢？反正多多少少总得意思意思、表示表示，哈哈。"

这回又是董礼还没说话，王辉又先开了腔。

就听王辉对常乐道："你居然还敢觍着脸要跟我们收取什么酬劳！要知道，这些都是联谊寝室间大家共同的事情，都是我们应该做的。何况我们三个又没说不去，只是事情凑巧，我们没机会去罢了！何况，六个女生陪你们三个逛了一下午街，你们怎么不说呢？估计一个个都心里偷着美呢吧？所以说，即便是要酬劳的话，也应该是你们三个给我们三个酬劳才对！你说呢，董礼？"

董礼立时笑道："对、对，就是这么个理儿！"

常乐则摇头愠道："你们两个居然敢这么说，难道不觉得脸红吗？真是得了便宜还卖乖！"

董礼笑道："我们是既不脸红也不心跳，合理合法、应该应分。何况究竟是谁得了便宜，那还真得好好研究研究呢！对了，你们在服务楼那儿存肉串，人家店里不跟你们收钱呀？"董礼有意在一弹一压的问话之间，把双方争执的话题巧妙地给转了方向。

常乐果然按着董礼的问话，认真答道："你不知道，虽然才开学不长时间，但是联谊宿舍的几个女生却跟服务楼商店的老板混得很熟，她们跟那个老板一说存肉串的事情后，老板马上就同意了，看那意思，估计她们平时没少去那家店里买东西。"

董礼"哦"了一声，算是应答了常乐。

王辉听罢却别有用心地笑着追问常乐道："你们几个下午一起逛得怎么样？黄健和方泰伟那两个坏厮对那几个女生有什么动作没有？"

常乐立时会意并坏笑着回道："你看你又来了不是，三句话不到，你这心思就又扑到女生身上了。今天下午就应该让你去好好地接触接触你的'徐静蕾'！"

"对，就应该让王辉过去体验体验那娘儿们的滋味，这一下午，就这个'徐静蕾'事儿最多，一会儿这个水果不新鲜了，一会儿那个肉串有黑点需要再调换一下了，太难伺候！就这样的婆娘，居然还成了方泰伟、王辉你们两个的梦中情人？什么眼光，喊。"黄健显然在门外听到了常乐的说话，所以就一边大声抱怨着接话，一边晃着两个瘦肩膀一摇一摆慢慢悠悠地踱了进来。

常乐一看援兵来到，精神立即为之一振，接着唯恐天下不乱般地撺掇道："黄健，这不是刚才王辉还问我，下午的时候你和方泰伟对那几个女生都有什么动作来着吗？既然你回来了，你就直接跟他说吧，我怕我这笨嘴拙舌的也介绍不清楚，我就光顾着拎东西了，也确实不知道你们对女生都有过什么动作，还是你自己说吧。"

董礼听着常乐这话的意思，前半句是给王辉和黄健二人设定了矛盾，而这后半句却又给黄健挖了个坑。

果然，黄健闻言后先是对王辉斥道："有动作你个头！我能有什么动作？是你自己想有动作吧？看着你每天打扮得油光水滑，假装文质彬彬的，谁想到真是外示人面、内存兽心，整天思想中都储存着这么多龌龊不堪的东西。以前总听人说'满口仁义道德，一肚子男盗女娼'什么的，我一直不太明白说的是个什么意思，今天看到了你，我总算是明白了其中的真意，因为你的所作所为，就是这句话最好的注解。"

常乐闻言立时哈哈大笑道："对！透彻、贴切，就是这个意思……"

常乐还待要继续发表言论的时候，没想到黄健却又对他开炮道："'对'你个头！你给我说说，我下午对女生到底都有什么动作了？还什么你笨嘴拙舌的怕自己也介绍不清楚？你要是连这么点儿事都介绍不清楚的话，那你还能介绍清楚什么呀？

"常乐，你少给我装，我都看见了，下午乔暮云给你递袋子的时候，你没少假装无意间碰人家的小手吧？别以为我没看见！一直都给你留着面子，不想说破而已，没想到你倒是先倒打一耙，说我对女生有动作！啊呸！要说介绍情况，那也得你先介绍才对吧？我看等会儿寝室的人都全了之后，你还是先给大家好好地介绍一下个人'先进经验'吧！"

王辉被黄健一顿冷嘲热讽后，本是要对他发作的，没想到这时黄健却话锋一转，把手里那些最猛烈的炮火全都倾泻给了常乐。而且黄健话里话外把常乐的那些小心思、小动作描述得活灵活现，令人闻之宛如亲见一般，真可谓是句句穿心、字字刺骨，让人无法抵挡！是以王辉听完黄健对常乐的这些重磅爆料之后，立即被逗得哈哈大笑，之前对黄健的那一腔怒火，也瞬间被抛到了九霄云外。

董礼见黄健以一敌二，话中引经据典、剥皮见骨，其势锐不可当，而王辉、常乐二人面对黄健的攻势，竟然毫无还手之力后，心中不觉大乐、特乐、非常乐，简直就是乐不可支！

再看常乐被黄健揭发了下午的不堪行径之后，立时满脸尴尬地倚着床铺的竖梯，然后坐在那里哑火不言，整张脸也早已涨得通红，真是宛如树上的苹果到秋天！

董礼耳闻目见之下，估计黄健对于常乐的这番数说倒也非是空穴来风，于是就笑着对常乐道："这么说来，事情的性质正在起着变化！对了，我之前看过一本书，说这男女之间谈恋爱，那可是有很多门道的，比如说开始时男生应该跟女生讲点什么，才能让她放松警惕，并对男生产生初步的好感。比如说发展到中间阶段后男生应该送点什么礼物给女生，她才既能领受到你的心意并且还收了。比如说在升温的过程中男生要怎样时刻留心，及时注意女生的情绪变化再施以手段等等。

"而且除此以外，这感情进展还有几个循序渐进的必经阶段，比如说发生好感的阶段、语言交流的阶段等，不过具体都有哪几个阶段，我现在真是记不太清了。

"但是，据说到了男女身体碰触无碍这一阶段，即当男方手指等身体部位有意无意间碰触到女方后，女方还没有明显不适或拒绝意思的时候，这就说明女孩此刻在内心中已经认可你了，离你们正式确立男女朋友关系的时候也就不远了。

"常乐，如果这个理论确实不谬的话，你们这发展速度也忒快了，一见面还没多长时间，就已经开始达到了身体碰触的高级阶段。我想，之所以能出现这个结果，要么就是你们二人前世有缘，现在一见之下立即钟情快意，要么就是这几天你们二人背着我们花前月下、暗送秋波，早就郎情妾意、互相间有了意思。快点招了吧，我们也好群策群力，帮你支下招儿什么的。"

常乐起初听董礼介绍恋爱阶段理论时，一双眼睛睁得大大的，听得非常投入，没想到董礼说到后来，竟然话锋一转，又转回到了自己这里，所以他闻言后顿时又红了脸，还急道："董礼，你怎么也这样不着四六地乱说呢？你别听黄健在那儿瞎咧咧，我什么时候碰乔暮云的手了？他纯属造谣。黄健，你如果再这样无中生有，诋毁我的人格，可别怪我让你好看！"

黄健此时已经踱到了自己的床边，眼见着常乐这后半句话中已经有了点恼羞成怒的意思，于是也就再没搭常乐的话，而是一屁股坐了下去，但是口中却嘟囔着"高呀，简直就是把妹达人"的话，也不知道这话是在说常乐，还是在评价董礼。

恰在此时，方泰伟拿了一塑料袋雪糕回来，进门后的他丝毫没有察觉出屋内气氛有异，并且不顾自己已经热得满头大汗，而是马上就拿出雪糕从董礼开始一一分发给室内众人。

想是方泰伟在门外听错了董礼的话，等他发完雪糕时，就有意回头看了一眼坐在铺边的黄健，然后笑着和董礼调侃道："董礼，刚才在门外没听清，怎么回事？是不是黄健和李婉君二人又背着我们花前月下，暗送秋波了？是不是黄健又要踩着七色的云彩，飞赴燕赵大地，迎娶李婉君回家完婚，然后一家人就此过上美满幸福的生活了？哈哈。"

众人手持方泰伟送的雪糕尽皆心情大好，闻言之下全都会心地捧场大笑。

黄健这时已经打开了雪糕的包装袋，咬了一大口雪糕在嘴中以待含化，没想到却听到自己被方泰伟挑头，让大家一起取笑了一回。无奈凉凉的雪糕在口，咽又咽不下，吐又舍不得，只好含着满口的雪糕，苦笑着点指着方泰伟而任由众人调笑。

想是冰凉的雪糕确有降火减压的作用，刚才黄健、常乐话语间本已迸发出的些许火药味，也已经在这一吃一笑间化为乌有。

常乐还笑道："好在这回泰伟回来了，让他给我做个证明，也让大家看看我的清白。老方，刚才黄健诬陷我说，下午我在接乔暮云袋子时总故意碰她的手，你说我碰没碰？"

众人闻言后就立时都把眼光投向了方泰伟，方泰伟却根本不把挺身而出为常乐的清白作证，当做是多么重要的一件事情，而是随口笑道："碰就碰了呗，那有啥呀？哎，弟兄们，通过一下午的接触，我觉得那个孙苗苗的性格不是我喜欢的那种类型，而且近处看，她长得也没有那么漂亮，我觉得她就是会化妆罢了，当然她平时穿的那些漂亮衣服，也给她提了很大一块印象分。

"所以经过认真思考，我终于做出了一个重大决定。之前跟你们说的那些想法到现在我全收回！我决定放孙苗苗一马，让给王辉得了，哈哈。因为经过近距离的接触，我倒是觉得席若兰那个小姑娘挺乖巧可人的，而且近看她皮肤也很好，符合我的审美标准，是我盘中的那道菜，所以我决定主攻目标从现在起正式转为席若兰。

"忘记跟你们说了，刚才给你们的雪糕，就是事先给你们的酬劳，现在所有的人都吃了我给你们买的雪糕，明天就一定要帮忙成就我大学时代白衣飘飘的纯洁爱情，谁要是到时候不出力或者出来作梗，那就是跟我过不去，哈哈哈！"

这时黄健已经把口中的雪糕咽下了肚里，听方泰伟这样叫嚣，就也丢下刚才常乐是否清白的话头不理，立即回应方泰伟的伟大设想道："你这账算得可真是精明！只给我们买这么一根破雪糕，就想收买大家成就你的好事，这世界上哪有这么好的事？如果都这样的话，那老母猪岂不是早都变貂蝉了？明着跟你说，就这点东西肯定不行，你再出点儿血，好好请我们撮一顿，我们保准让你明天和席若兰勾搭成奸！"

众人听到方泰伟口中那"白衣飘飘的纯洁爱情"到了黄健这儿，竟然瞬间变质成了"勾搭成奸"，立时又都大笑起来，不过笑完却全都给黄健帮腔道："对，至少得请我们撮一顿，否则就别想成就好事儿！"

方泰伟笑着刚要搭话，不想吕青阳却龇牙笑着从门外走了进来，他一进门就道："你们有什么好事，还要撮一顿？到时候可别忘了叫上我，哈哈。"

估计是众人都下意识地觉得与联谊寝室的诸种事宜，均是内部的事情，不宜向外人道也。所以，方泰伟把已经到了嘴边的话又生生地给咽了回去，大家也都没接吕青阳的话茬，还有马上要散场的意思。

董礼见状就忙对吕青阳道："班长，这么晚还过来，是有什么指示吧？"

吕青阳没接董礼的问话而是讪笑道："哈哈，估计你们刚才一定是商量什么见不得人的事儿呢吧，居然对我还保密。不过你们可别做什么违法乱纪的事情，否则到了吃不了兜着走的时候再来找我，我可是啥也不会管的，哈哈。我过来主要是想看看你们都准备得怎么样了，东西买没买齐。"他边说边随便地翻看了董礼桌上的袋子，然后道，"买的东西还挺多！对了，说好明天早晨七点半司机来校东门接大家。今天晚上你们就把东西都收拾好，以防明天早晨走得急忘了带什么东西。还有就是今天晚上你们都别睡得太晚，明天早晨最好都早点儿起来吃个早餐再走。

"明天咱们要采摘、烧烤，事儿还挺多，几乎全是需要体力的活，哈哈。行了，既然都准备好了，那我就放心了，我再去你们隔壁寝室看一下。摘你们几个葡萄吃啊，哈哈。"

说完，吕青阳就在袋子里的葡萄串上掐了几颗拿在手里，然后边往嘴里丢边笑着走了出去。

第十三章　北郊有园瓜果香

周六的早晨，董礼他们寝室的人全都起得很早，大家配合默契地进进出出、洗漱如厕，不到二十分钟，全都收拾得干净利落。

董礼关照众人带好单衣之后，把桌上的东西按人按份分好，招呼大家集体出发。

到了离公寓楼最近的食堂门口后，董礼对王辉和邢胜男道："王辉、老邢，你们俩先进去给我们几个占个座位，我们去服务楼那里，把昨天存在冰柜里的肉串取回来。"

想是相较于往日今天起得有点早的缘故，王辉看上去仍是满脸的困意，所以就边打哈欠边漫不经心地应了一声，邢胜男则只是微微地点了点头，然后二人依次把众人手里的东西接过去后便进了食堂。

董礼转身对常乐道："我昨晚听你说，咱们应该六点半到服务楼那家商店去取肉串对吧？"

常乐道："对，但是这么早，不知道那家商店开没开门。我先过去看看吧。"他说完后就一个人头前先走了。

方泰伟笑道:"咱们也快点过去吧,别等会儿让联谊寝室的女生先取了,那就太没面子了,哈哈。"

黄健一脸鄙夷地道:"什么'别让联谊寝室的女生先取了,那就太没面子了',我看都是说辞,就你肚子里那点小花花肠子我还不知道?估计你十有八九是想早点见到席若兰吧!"

方泰伟闻言也不分辩,只是不好意思地笑。看情形,是默认了黄健的说法。

董礼心想,这个黄健还真有眼力,居然能够窥破方泰伟的小心思,自己还真以为方泰伟着急去取肉串呢!真是惭愧呀,惭愧!

等董礼三人来到服务楼的时候,见好几家商店都已开业,不过门前却不见常乐的身影。

董礼回头问方泰伟道:"你们昨天把肉串存哪家店了?"

方泰伟道:"左数第三家,叫'福泰商店'的那家。"

董礼依言再看那家店时,就见店员们此刻正出出进进地往外搬运水果等外卖商品,几个早起的顾客蓬头垢面地拿了买好的东西也悠闲地往外走。

董礼一个人先进了商店,扫眼打量时,见整个商店占地约有两间屋子大小,屋内各种货架上琳琅满目地摆满了各样商品。门口左手边的冰柜旁,一个女店员正照看着探腰到冰柜里取物的常乐,冰柜旁站着的两个女生,一个人手里拎着一个塑料袋,另一个则空手看着常乐取物。

向来脸盲的董礼细看眼前这两位长相无甚特点的女生,感觉倒是有些面熟。

还没等董礼开口,身后也跟进店里的方泰伟已对着冰柜旁的女生大声道:"你们起得可真早,现在就过来了,昨天不是说我们来取就行了吗？"

两位女生闻言后都转头看向方泰伟，手里拎袋子的女生还笑着回方泰伟道："嗯，我们早就起来了。等大家都收拾完了之后也没什么事做，而且苗苗怕你们迟到，就先让我们过来看看。反正东西也不沉，我们想先拿走算了，没想到来的时候，正好碰见常乐也过来了，哈哈。"

想是昨日下午一起购物，这女生已经与方泰伟等熟识了的缘故，是以彼此答问之间已经来得非常自然，丝毫没有董礼与这二人见面后的陌生感。

这时，两位女生也注意到了方泰伟身旁的董礼和黄健，虽然二位女生并未再同二人说话，但也均带笑意地冲二人点头示意了一下。

董礼对着黄健玩笑道："你还愣着干什么？还不快点把人家手里的东西接过来？"

没想到黄健怕在女生面前失了面子，反而对董礼道："要拿也应该你拿，昨天下午我们大家都拎了东西，这里就你没干活儿，现在还不珍惜这个宝贵的机会，赶紧把东西拎过来？"

冰柜旁那个空着手的女生闻言，立即板着脸帮腔道："对，这里就你昨天没干活儿，应该你来拿，若兰，把东西给他。"

董礼听这女生如此说后不觉脸上一红，随即笑道："对、对，应该我来拿，这不一早就过来弥补昨日之失了吗？给我吧。"董礼边说边向拎袋子的席若兰伸出手来。

席若兰见状，却不把袋子递向董礼，而是笑着谦让道："二姐跟你开玩笑呢，这么点儿东西我拿着就行，不沉！"

董礼见这席若兰果然乖巧懂事，于是就回头对方泰伟道："你看看人家联谊寝室这觉悟，再看看咱们寝室的黄健，还党员呢，竟然这么懒，真是丢人丢到家了！看来事后咱们还得对他多多加强批评教育才是。"

方泰伟立时赞同地笑了一下，倒是没再多说什么。

董礼此时正好背对着两位女生，并不怕二人看到自己的表情，是以又话里有话地对方泰伟挤眼道："你傻愣在那里干什么，还不赶紧过去帮人家拎一下东西？"

方泰伟自然知道董礼什么意思，但顾及自己在众人面前的形象，就眼中闪着会意及掩饰的神色不好意思地笑了一下，然后语带阻止地拖着长声道："董礼——"

董礼本也不想让方泰伟难堪，就笑着向方泰伟眨了下眼睛道："那好，你真不拿的话，以后可别说我没给你机会……"言毕就走向了冰柜旁的常乐。

常乐这时已经又拿出了几个袋子，想是刚才弯腰探身的时间有点长，此刻整张脸都被憋得通红，当见到董礼站在自己身边后就跟董礼笑了一下，并顺势将手里的东西递给了董礼，接着又俯下身子继续去冰柜里取东西。

董礼拎着常乐递过来的袋子，看到袋里的肉串倒是冻得结实，袋子外面也全是白色的冰碴，于是就对黄健道："你过去跟老板要几个塑料袋，等一下套在这些袋子外面，要不等会儿这些袋子上的冰碴一化，非弄得鞋上、裤子上到处都是水不可。"

黄健应了一声，就往收银台那里要袋子去了。

因商店昨晚临时配货，店员为了能多放一些商品，就把黄健等原本放在一处的肉串袋子分处放了，是以常乐在冰柜里着实翻找了好一会儿，才将所有的袋子找齐取出。

等常乐拿着最后两个袋子直起身后，早就等在旁边的黄健立即手疾眼快地拿着要来的空袋子迎了上去。常乐这回却没再把手中的袋子交给黄健，而是左躲右闪、死死抓着两个袋子不放，好似一旦把所有的袋子都给别人之后，自己刚才费力取物的功劳就会全部化为乌有一般！

黄健无奈，只好又和董礼去要袋子。董礼也不给黄健，却冲着他朝方泰伟那边努了努嘴，又用眼睛朝女生那边横了一眼。黄健会意，轻轻地笑着朝董礼点了下头，然后走向方泰伟，也不容他分说，就强拉硬拽地愣是从方泰伟手里取走了好几个袋子。

方泰伟原本面对着董礼和黄健站立，也全程目睹了二人挤眉弄眼的小动作，对他们的用意心知肚明。但当着二位女生的面却无奈有苦说不出，只能在黄健取袋子时点着头压低声音说了句"算你们狠"，然后微红了脸，主动走到席若兰面前，让她把手中的袋子交给自己来提。

席若兰自然不知道联谊寝室的男生们何以对拎几个袋子争来抢去，权当他们勤劳朴实、尽力担当，也就顺手把袋子全数交给了方泰伟。

六人出门后，走在最后的二位女生和常乐分别对商店老板致了谢意，董礼等人则先提了袋子等在店外。

等二位女生和常乐全都出来后，董礼对着那个空着手的女生道："你们寝室那里还有什么东西需要我们过去帮忙拿的吗？如果需要，我们现在就跟你们一起过去，如果不需要，那咱们就等在学校东门见吧！"

那女生见问，忙答道："没了、没了，那就东门见！"

董礼四人和二位女生微笑着点头告别时，空手女生仅朝众人点了下头，然后转身头也不回地走了，席若兰却把手举在胸前朝大家使劲地摆了摆，等她往前再走了几步后，又回过头来看着站在当地目送她的众人轻轻地摇了摇手。

董礼看着席若兰的背影对方泰伟笑道："这个女孩儿就是你中意的那个席若兰吧？看着温柔有礼，确实不错。对了，她旁边那个女生叫什么名字，我怕失礼也不能明着去问，可是一直冥思苦想到现在都想不起来她叫什么了。"

方泰伟红了下脸后道："她就是席若兰。另一个叫方雨琪，对了，我看你俩倒是挺般配的，可别错过了哟。"说完后又赧笑着伸出食指点指着董礼和黄健道："你们这两个家伙刚才居然敢阴我，呵呵……"

董礼没等方泰伟再说下去，就出言阻止道："哎，老方，我们是在合力为你能在席若兰面前留下好印象创造机会，你可别不识好歹。"说完这句话后，董礼也不等方泰伟回答，而转身对黄健调侃道："刚才你不是一直着急帮大家拎袋子吗，我这儿正好有几个，现在都给你吧！"

黄健刚才要东要西，本是想在女生面前表现一番以博得她们的好感，但无奈此时观众已经消失得无影无踪，故而这演员哪里还会有半点表演的激情，是以就听他对董礼斥道："去、去、去！自己的东西自己拿、自己的事情自己办，这点基本的道理幼儿园老师没教过你呀，先走吃饭去喽。"他边说边唯恐董礼再有什么说辞，所以便一个人拎着袋子疾步先走了……

吃完早饭后，各寝室的人都提着采买好的物品，陆续来到了学校东门候车。虽说已经分好了联谊寝室，但是大家更多仍然保持着男生跟男生，女生和女生交流的状态，是以联谊寝室之间的交流并不很多。

等到了七点二十分，吕青阳和庄严两个人又分别清点了一次人数。

点清人数后，吕青阳立即站到队伍前面大声道："除了阮晴晴、吴敏楠确实有事请假外，其余的同学全都到齐了。从现在开始，大家以联谊寝室为单位，可以各自互通有无、互相帮助。再强调一次，各寝室长要注意关照好自己寝室的同学，直到晚上返校解散时为止，如果中间出了什么问题，各寝室长可是要承担责任的。

"对了，活动中大家如果临时有什么问题，也可以随时找我及各位班委来问。咱们租的车马上就来了，大家再最后查看一下，可别落下什么东西。"

"正向校门开过来的那辆车是咱们班租的吗？"庄严忽然指着不远处一辆天蓝色的大巴车提醒吕青阳道。

大家依庄严的所指看过去，一辆大巴车一边往东门这里驶过来，一边把车前灯闪了几下。

吕青阳忙向前走了几步，等看清了开车的司机就是采摘园的那个年轻司机，就朝车子的方向挥了挥手，然后又走到班级队伍前大声道："咱们租的车来了，大家准备登车，男同学们多主动帮女同学拿东西，谁如果敢偷懒，到时候可别怪我点名，哈哈。"

正说话之间，大巴车已停到了众人面前。司机停好车后，轻点按钮打开了自动门。

吕青阳站在车门旁又对大家笑着道："男同学先依次上车，如果车上座位不够就先往后面和座位中间的加座上坐，女同学尽量在中间和前面坐。董礼，你和你们寝室的人先上车，从最后一排开始往前坐吧。"

董礼闻言后，就两手满满地拎着袋子先上了车，黄健、王辉等也随后跟了上去，后边各寝室的同学也按照吕青阳的安排有说有笑地先后各自上车寻找座位。等吕青阳上了车后先向后边看了看，见众人都已就位后就在前面靠门的位子上坐了。

等车子开动后，起初大家还有说有笑地热闹了一阵，后来不知是倦了，还是昨夜众人太兴奋没有睡好的缘故，大家就都不约而同地倚着座椅背闭目养神或者小睡起来。

起初董礼也和身边的方泰伟或黄健闲话几句，或者看看窗外的景色，后来渐觉倦怠，也便在不知不觉间打起盹来。

也不知过了多长时间，董礼觉得有人在旁边使劲摇他的胳膊。原来是身边的黄健在一边看他，一边用左手没轻没重地晃他的胳膊。

黄健见董礼醒了，就对他道："班长说快到地方了，让把睡着的同学都叫醒，说大家一起唱个歌振奋一下精神，务必要以饱满的情绪开始今天的活动。"

董礼"哦"了一声刚待说话，却见靠前就座的文艺委员蔡楠扭回身子对着众人道："车子有点颠，我就不站起来起歌了。大家一起来个《真心英雄》吧，估计这个歌大家都会唱。好，'在我心中，曾经有一个梦，要用歌声让你忘了所有的痛'，预备，开始！"

"在我心中，曾经有一个梦，要用歌声让你忘了所有的痛。灿烂星空，谁是真的英雄，平凡的人们给我最多感动。再没有恨，也没有了痛，但愿人间处处都有爱的影踪……"众人在蔡楠的引领下，七零八落地开始唱了起来，不过唱了几句后，倒是慢慢地整齐划一了。

董礼边唱边向车窗外看，见中巴车此时已经在市区里左弯右拐地穿行，但是一路走来的景色都显陌生，显见已经不是自己和吕青阳初次来昌平时的那条路线。

又走了一会儿，车子开到了一所学校的旁边。董礼透过车窗低头看时，便见街旁楼下的阴凉地里，几对身着运动衣的同学，正在欢快地打着网球，身后寝室楼阳台上那些晾晒着的各样衣服，随风飘飘摆摆地好似在为同学加油助威。至于远处足球场上的比赛此刻进行得正酣，除了时而传来的尖锐哨声以外，观众席上的众人也是摇旗呐喊、尽力鼓噪，显得热闹非常。

车上众人顿时被眼前的场景所吸引，大家纷纷隔窗伸颈探看，并互相打听着外面的学校究竟是哪所大学，这正唱着的《真心英雄》，也就在不知不觉间停了下来……

大巴车在市区里转了一会儿后就向城郊驶去。随着窗外景色的变换，董礼觉得繁华渐远，大自然渐近，上次看活动场地时经过的诸般景物，此刻又都分次迎面而来。车上众人也边看着窗外的景致边热烈交谈起来。

又过了大约十几分钟的样子，车子终于在采摘园门口不远处一块很大的空地上停了下来。停好车后，司机立即看着园里按了三声喇叭，接着又按动按钮打开了车门。车内众人纷纷起身，提好各自带来的诸般物品，说笑着开始排队准备下车。

几位先下车的女生，不顾车厢里其他同学意欲马上出去的急迫心情，脚刚一沾地就站在车门旁开始展臂伸腰，更有甚者还学着影视片中经典画面的样子，轻轻闭上眼睛，然后慢慢抬起双臂，并四十五度角仰脸向天，贪婪地呼吸起郊外新鲜的空气来。

只是这几位做作女生的身材相貌在班中均是下品，其所做动作毫无美感可言，是以车中拎物急欲下车的众人见状，顿时撇嘴者有之，蹙眉者有之，不屑者有之，催促者有之，不耐烦的众人中又以女生为最。

终于，车后部一位人高马大的女生笑着对外面抗议道："车门旁的人能不能先把路给大家让一下？我们这些憋在车里的人难受得都快吐了！"

早就跃跃欲试的李彪闻言后立即话中有话地声援道："对、对，前面的人都快点，我这儿看得难受得都快吐了。"他说完后立即转过脸来对着身后的众人做了个鬼脸。

此刻后边等待下车的众男生心中正自烦躁、厌恶，见李彪替大家表达出了共同的心声后，就立时有人跟着李彪起哄道："对、对，快点、快点，马上就要吐出来了，呕、呕……"

其他人观之听之，十个倒有八个立时会意大笑起来。

董礼见状，不觉莞尔。心道，真是"人必自辱，然后人侮之"！

门口几位女生不知车内众人何以哄笑，是以全都不明所以地茫然回视。不过当她们听到车里让其快点闪开的抗议声后，倒是很知趣地快速让开了通道。门通路顺之后，众人下车的速度果然快了许多，一会儿的工夫，大家全都聚到了车门旁边。

司机见大家都下了车后，就转头对车门旁的吕青阳提醒道："你们最好再看看随身的物件，可别忘了带什么东西，我等会儿要锁车去别的地方，如果有落下的东西那可就取不出来了。"

虽然大家已经同步听到了司机的提醒，可是吕青阳还是立即大声对众人道："大家再各自看一看有没有什么东西落到车上了，师傅等会儿还要去接别的活儿，下午咱们活动结束后才能再过来接咱们，到时候车锁了，东西可就拿不出来了。"

众人听到吕青阳这样说后便纷纷依言查看身周物什。

董礼倒没把吕青阳的话放在心上，一副心思都投向了远处的山景，可是还没等他看几眼，就听身边的常乐拍着裤兜"哎呀"大叫了一声。

董礼忙看向常乐道："你怎么啦？"

常乐道："我早晨带的瑞士军刀没了，估计可能是从口袋里滑落到车座位上了，我上去看一下。"他边说边把手里的东西交给董礼，然后快速登上了车子。

不一会儿工夫，常乐便手握着瑞士军刀下了车，然后满脸如释重负地向董礼等人笑道："刚才真吓死我了，还以为真把刚刚才买的这把刀子给弄丢了呢，等会儿咱们开袋启封可全得靠它呢。不过这一找，果然还真在座位上，亏着司机提醒了一句。"

吕青阳笑道："你这家伙，以后带什么东西都注意着点儿，这亏着我提醒了一句，要不你这大老远的岂不是白带了？大家再都仔细看一遍，然后准备集体入园。"

经常乐这一番折腾后，先前对提醒不以为然的人，这回倒是又认真地看了一遍自己的东西。

吕青阳见大家再无新情况发生后，就对司机道："行了，你锁车下来吧。"

司机锁门下车，到吕青阳的面前道："那我这次就不跟你们进去了，我哥马上就会出来接你们。别忘了在你们活动结束前半小时的时候跟我哥说一声，他会联系我，我肯定会准时回来的。放心，误不了你们回去的时间！"

吕青阳笑着答应道："行，你就去忙你的吧，到时候我们再联系你，路上慢点！"

年轻司机笑着应答了吕青阳一句，便走向了早已停在空地上自己的那辆小轿车。

董礼再回身看时，发现不知什么时候园主已经站到了园门口。

吕青阳见到园主后，就对众人道："大家都拿好东西跟我过来吧。"他说完后就一个人先向园主那边走了过去。

可能是性格使然，园主虽见吕青阳走了过来，但却一步也不向前迎接，只是淡淡地说了句："你们都一起进来吧，狗我已经锁好了。"

吕青阳转身对众人道："那大家就一起进去吧。董礼，你在队伍最后边压阵，有什么事记得喊我或者就近处理一下。"

董礼一边答应着一边放慢了步速，并让自己渐渐地成了队伍的最后一员。

吕青阳和园主并排走在队伍的最前面，低头交谈些今日活动的事情。其他人则松散成一个纺锤形的队伍，跟在吕青阳二人身后缓缓地向前移动。

首次集体出游的众人都很兴奋，时而指着远处的军都山、蟒山，时而指着近处园子里的果树等什物，兴趣盎然地聊得非常起劲。

等队伍快行进到砖瓦房那里的时候，吕青阳又回过身来对大家道："按照原计划，咱们现在先进行采摘活动，如果大家觉得带着东西太累赘的话，可以先把肉串寄存在园子的冰柜里，其他的东西也可以先放在园主这儿，等中午烧烤时再过来取，那样采摘时会方便很多。"

大家依言纷纷归类、整理各自所带的东西，然后每组联谊寝室均派出代表跟园主去送暂时不用的东西。

园中的小狗此前已被园主圈在砖瓦房旁一处砖砌的简易狗棚里,这时它见到众多陌生人向砖瓦房走过来后,就隔着狗棚门口的挡板,朝着外边使劲地汪汪大叫,好像不如此在主人面前努力表现,就会被园主视为有亏职守似的。

想是之前见多了这种情形,园主任由小狗大叫却并不出言阻喝。倒是有几个男同学为了表现自己对小动物的爱心,在经过狗棚时,把手边的小食品随手给小狗扔了几块。

但是最后经过狗棚的李彪却没那么老实,他盯着小狗故意大叫了几下,引得那狗疯了似的在棚里转着圈子狂吠起来,直把脖颈上的铁链都扯得哗啦啦地乱响。园主见状仍是不说话,仅盯了李彪几眼。

一旁的吕青阳见状立时略带歉意地笑着责备李彪道:"你这家伙,都多大了?还这么幼稚,真是没事儿找事儿!"

李彪却是不以为意,反而还哈哈大笑起来。

园主看了眼李彪后仍不作声,仅领着众人进屋安置东西。等大家一起出来时,许多人的手里都多了一沓装水果的红色塑料袋。

园主反身带好门后,又和吕青阳并排走在了众人的前面,引领着众人向果园深处走去。果真是曲径通幽处,林深草木新。越往里走,园里的空气就越清新,树叶和果实的颜色也越鲜艳,细看时,就见有些贴近地面的草叶上还沾着一些露珠,此刻这些露珠正晶莹剔透地浮在叶子上、将坠不坠的很有意思。

等大家最终来到一棵苹果树下后,园主伸手指道:"你们就先摘这棵树上的果子吧,可以先吃后摘,吃多少无所谓,别糟蹋就行,最后只算摘下来苹果的钱。事先跟你们说一下,大家都先尽着这棵树摘,别的树上的果儿你们都别动,要是棵棵树都摘得七零八落,那我以后就没法接待别的客人了。

"如果你们最后没摘够想接着摘,或者想摘点秋梨什么的话要及时跟我说,我再告诉你们摘哪棵树的,你们自己不要随便乱摘,有的树上这几天刚喷了药,如果你们背着我偷着摘了吃,到时候真中了毒,我可不负责任。还有,树顶上的果子如果实在够不着就别摘了,剩点果儿无所谓,可别摔着人!"

众人听完后,纷纷应诺。唯独黄健在人群中大声质问园主道:"大爷,树底下的苹果我们都能够得到,这没问题。但是树上面的苹果用什么工具摘呀?难不成让我们飞上去摘?"

大家闻言后,立即爆发出一阵笑声。

园主听后却是既不笑也不恼,只是面无表情地回黄健道:"能飞的话,你就飞着摘,飞着摘下来的我都白送给你,不算钱!活了这么大岁数,我还真没见识过有人能飞呢,要不麻烦你也受点儿累让我开开眼。如果不会飞的话,那就用梯子摘,那不是,梯子在远处那棵树下放着呢吗!不过你们上梯子时都小心着点,这梯子不太稳,下边的人一定要帮忙扶好,否则很可能会掉下来摔着。"园主边说边指了指远处一棵树下平放着的一架简易木梯。

大家听园主反驳黄健的话十分有趣,立时一起大笑起来。

李彪还大声揶揄黄健道:"黄健,你倒是飞给大爷看呀,人家说了,你如果能飞着摘的话,就给咱们免费,这福利可真不错,你快点飞吧,算我求你了。"

大伙听罢又是一阵大笑。

黄健这回倒是有些不好意思,于是就红着脸对李彪道:"去、去,你不说话没人把你当哑巴给卖了。"

吕青阳见状先是笑着摇了摇头,然后大声叫着本寝室的男生和他一起去树底下取梯子。另外一些人则开始七手八脚地分发从园主屋里拿来的塑料袋。

几个站在树下的男生倒是手快，已经从树上摘下了苹果，并在简单擦拭之后放在口中"咔嚓、咔嚓"地咬了起来。

黄健站的地方离苹果树还有一段距离，此刻见别人已经开始摘苹果吃，心里就有些着急。但是碍于脸面，又不好表现得太过急切，于是就远远地笑着问已经开吃苹果的人道："彭文斌，这苹果吃起来口感怎么样？"

彭文斌边咽苹果边回道："你自己摘一个尝尝不就知道了？我觉得还挺甜的。"

彭文斌这话正中黄健的下怀，他早就等着这句可以让其采取行动的话了，是以就马上接道："那就听你的先摘一个尝尝看。"他边说边快步走到树下，等略微观察了一下情况后，马上伸手摘了一个大苹果，接着随便擦了擦，放在嘴里就是一口。

彭文斌见状，就在旁边出言逗黄健道："慢点吃、慢点吃，没人跟你抢，小心吃快了把舌头也一起给咽了下去。"

旁边几个女生觉得彭文斌说得有趣，于是就看着黄健嘻嘻哈哈地笑了起来。

黄健脸上立即一红，然后忙出言掩饰道："这不想快点吃完好干活吗，哪像你，吃个苹果都磨磨蹭蹭的，真是懒驴上磨屎尿多！"

"对，就你勤快！你快点吃吧，吃完好飞起来摘苹果。"不远处正蹲在阴凉地里抽烟的园主这时不冷不热地接了一句，看来他对黄健之前的不逊还是心存芥蒂。

大家闻言后又是一阵大笑，几个女生还半掩着脸半夸张地看着黄健笑得前仰后合，好像园主说的话真的那么有趣。

311

彭文斌见园主出来为自己帮腔，就忙接道："对、对，你重任在肩，大家能不能吃到免费苹果可全看你的了，快点吃吧，吃完后，好飞起来为大家摘苹果去。哈哈、哈哈。"

黄健这回倒是被噎得无言以对，一张脸尴尴尬尬地涨得通红，在连哼哼了两声后，只好无奈地低下头去接着吃他的苹果。

好在此时不远处正抬着梯子往回走的吕青阳向这边笑着喊了一句："你们那几个男生怎么连点儿眼力见儿都没有，就光顾着自己吃了，快点过来帮忙抬梯子呀。"

黄健闻言后真是如遇救星一般，忙就坡下驴地大声应道："来了、来了，别着急，我这就过来帮忙。"等说完后就立即快步向吕青阳那边赶了过去。

不知是园主确实慷慨，还是他事先算好了大家的肚量。虽然其此前一再出言，让大家采摘之前可以放量吃，但是，大家的胃口显然并没有那么大，尤其是女生，每个人在吃完一个苹果之后，都自觉拿起袋子开始了采摘活动。

不知是怕被女生笑话，还是想在大家面前好好表现一下的缘故，大多数男生在女生的带动下，渐次加入到了采摘活动的行列中来。此刻各劳动组很有默契地在树下划分了各自的领地，并基本形成了个高的伸臂采摘，个矮的撑袋接果的劳动组合。

只有个别男生对干不干活，或者自己的形象毫不在意，在吃完一个苹果后，又伸手摘了一个继续大吃起来。

让董礼颇觉意外的是，前一天晚上在寝室中，一再信誓旦旦地表示今天要在果园中大吃、特吃，不但要将苹果吃饱、吃好，甚至还要给果园吃得有赔无赚的方泰伟、黄健和常乐三人，全都在吃完了一个苹果后，快速自觉地加入到了和联谊寝室共同采摘苹果的行列中。

倒是昨晚没有明确表态的王辉，在吃完了一个苹果后，又率性随意地摘了一个，然后边一手持果大吃，边一手摘果向常乐撑好的塑料袋里不断输送成果。

董礼一边站在联谊寝室劳动组旁吃着苹果，一边看着面前忙忙碌碌的众人，心想必须加快速度以尽快加入劳动队伍中来才是。只是董礼自高中一场大病以后，肠胃功能恢复得一直不是太好，是以每次吃点什么东西，都需要细嚼慢咽才行，否则他的胃便会以呃逆的形式当众造反。这次吃苹果亦然，所以此一不足之处，自然就成为了黄健攻击的把柄。

黄健见董礼也不劳动，只是站在联谊寝室劳动组旁边不慌不忙地吃苹果，就大声道："我说团支书同志，你可真行，大家全都忙着劳动，就连平时好吃懒做的王辉都边吃边干，你怎么就好意思这样袖手旁观、无所作为呢？就这么一个破苹果，你是不是打算这样一直有滋有味地品尝到大家返程呀？"

果然，经黄健这么一说，两个联谊寝室本来都各自专心劳动的众人尽皆看向董礼。

常乐还唯恐天下不乱地笑着加了一句："人家是领导，一般做的都是监督、视察工作，要指望他能像咱们这样事事亲力亲为地躬身劳动，那基本不可能。等咱们最后干完活，人家能给咱们一个笑脸，说两句肯定的话就不错了。是吧，领导？对了，光顾着干活儿都忘记跟领导打招呼了，领导好，领导吃苹果辛苦了！"

联谊寝室的女生不知道在董礼他们寝室里，大家平时这么互相间栽赃陷害、攻击揭短已成惯例，此时黄健、常乐二人驾轻就熟、不分里外地跟董礼开玩笑纯属自然流露、并无特别的恶意。

是以众女生闻言后，还真以为黄健二人无私无畏，毫不留情地对董礼逃避劳动的行为提出了正面的批评，而且经过二人这么一唱一和的挑唆，众人更是纷纷或面带鄙夷，或目露寒光地看向董礼，直看得董礼如芒刺在背一般，难受得很！

　　好在寝室的其他人并未落井下石，方泰伟只是侧头看着董礼幸灾乐祸地坏笑，邢胜男则边继续往袋里放苹果边低头露齿微笑，不过被黄健特别点名的王辉却已稍带怒意地对黄健大声道："谁平时好吃懒做了？我这不是一边吃一边干着呢吗？就你勤劳，也没见你干多少？你不是会飞吗？快点儿飞着替我们多干一点吧，也让我们看看你的本事！"

　　王辉这哪壶不开提哪壶的回敬之词，立即又令黄健臊红了脸。

　　董礼生怕大家对自己误解太深，就忙对联谊寝室的女生解释道："我过去得过一次比较严重的胃病，康复后吃什么东西都不敢太快，否则胃就会马上开始难受抗议。不过我的这个苹果马上吃完，等开工后我保证一定把刚才落下的活儿全都补上。其实我的这个情况，常乐他们原本都知道，刚才是黄健他俩故意报复我，我们平时在寝室里总爱这么逗着玩，他们今天也就习惯成自然了，你们可别把他俩的话当真呀，哈哈。"

　　众女生见董礼说话时的颜色、语气不似作伪，同时黄健和常乐在听到董礼的辩解之后，也均没有出言反驳，所以她们心下立即了然自己原来是受到了二人的误导，以致对董礼产生了误解，所以众女生就都不满地转脸看向了黄健和常乐，这一看之下，倒是把黄健和常乐看得有点不好意思。

　　席若兰还笑着对董礼道："如果你吃快了胃难受的话，那就慢点儿吃，不用太着急，我们这么多人干得过来。"

董礼此时已经吃完了最后一口苹果，就把剩余的果核向远处的公用垃圾袋瞄准后轻轻一投，结果果核不偏不斜正落袋中。

旁边的方泰伟见状，就笑着赞道："行啊，书记，身手利落，投得真准！"

董礼故意做出自得的样子，语气夸张地对方泰伟道："那是，也不看是谁投的，哈哈。"然后稍稍擦了下手，立即转身到树的另一侧，并仰头对正站在梯子上摘苹果的吕青阳道："班长，摘得怎么样了？要不先下来歇会儿吧，我们组的某些同志说我干吃苹果不干活，还无中生有地造谣诽谤，对我那是非常有意见。你要不先把梯子给我，让我也有个机会好好表现一下怎么样？要不然的话，估计中午烧烤时有的人就得把我顺道给烤了，呵呵。"

梯子旁边的人闻言都笑，吕青阳也边下梯子边笑道："不给、不给，快让他们把你给烤了吧，等他们把你烤了之后，我还想分块肉吃呢，就是不知道好吃不好吃，哈哈。

"提醒你一句，你在上边摘苹果时一定要好好看一下，有的树叶上有虫子，你自己注意一下，别掉到脖领里边。要不到时候又是人肉，又是虫子肉的怎么吃？"说最后一句话的时候，吕青阳已经下到了最后一节梯磴上，等低头向下看了看后，觉得身子离地的距离已经不是很高，于是就向旁边轻轻跳下梯子，然后转身对董礼道："拿走吧，好好干，别对不起我让给你的这架梯子。"

董礼边说"谢谢"，边抓着梯子的两侧转向到自己联谊寝室劳动组那边的树下，然后回身对方泰伟和王辉道："老方、王辉，你俩在两边帮我把梯子扶好，看我大显身手，上去给你们摘那三千年一生、三千年一长、三千年一熟的仙果，保证让你们吃了之后神清气爽、延年益寿。"

王辉边凑过来扶梯边笑道："你这哪是要上树摘苹果，这明明是要上树摘蟠桃呀。"

黄健闻言，就笑着对王辉道："一看你对于《西游记》的知识掌握得就不牢靠。那三千年一生、三千年一长、三千年一熟的哪是蟠桃呀？分明是人参果嘛！而且你也应该这样问，'师兄，也不知这果子有子没子、有核没核，你快点摘下来给我尝尝、尝尝'。"黄健的模仿能力不错，所以发出的声音语调像极了电视连续剧《西游记》中的猪八戒。

黄健此言一出，立即逗得树旁所有的人全都大笑起来。

王辉见大家都跟着黄健取笑自己，整个脸立即涨得通红，看那情形，又有此前在寝室中随时都会与黄健发作起来的架势。

董礼害怕俩人真在这活动刚开始不久后就爆发冲突，而且还是在其他寝室人的面前，果真那样影响可就太不好了，所以就主动出言相助王辉道："王辉，这事全怪师兄我没能耐，如果我有那能飞的本事，别说人参果了，就是王母娘娘，我也给你请下来，到时候让王母娘娘出招，收了某个妖孽，省得他再在这里兴风作浪、没事找事。"

果然，董礼这对症下药的几句话一出，黄健那边立即红脸、哑火，再不提什么人参果的事了。众人见此情景，又是一阵大笑。

灭掉黄健的威风，董礼在众人的注目之下，开始登梯摘果。好在树下再无人聒噪，董礼也就全心全意地独自在上面分枝搬叶，专找个大、色红、品相不错的苹果来摘。

每次摘完苹果后，董礼就俯身递给站在梯旁接果的邢胜男，邢胜男伸手接过果子后，再转身递给旁边的常乐或者黄健，最后再由这二人放到旁边收果子的席若兰等女生撑起的塑料袋里。

由于王辉扶梯的位置正面对着果子的人工传送链条，是以从董礼给邢胜男递果，一直到苹果最后入袋的过程，他是尽收眼底。有意思的是，王辉不但对果子每次传递的过程，全都不厌其烦地从头至尾予以关注，而且每当他发现摘到的果子不错时，还总会毫不吝啬地来上一句"这个苹果看起来不错，保准好吃"等赞美之词，引得旁边其他劳动组的众人也跟着一看再看，而令树上摘果的董礼很有成就感。

劳动过程中，除了树上登梯摘果的董礼以外，树底下两个联谊寝室的人或接果、或传递、或装袋，再加上时不时传到众人耳中的点评、赞美之词，使得董礼这组的劳动很是引人注目。

整个场景远远看来，很有马克·吐温名著《汤姆·索亚历险记》中，汤姆故意卖弄刷墙经典场面的意思。是以虽然董礼觉得自己也就在梯子上大约才站了十几分钟的光景，但是隔壁彭文斌寝室的人已经过来催要梯子好几次了。最后李彪还抓着梯子两侧，威胁董礼说如果再不下来的话，就把董礼给活生生地晃下来。

董礼见此情形也是无可奈何，只好在又采了几个苹果后，不情不愿地下了梯子。

李彪见董礼让出梯子后，就像得了宝贝似的一边出言相谢，一边眉开眼笑地把梯子挪到了自己所在劳动组的树侧。

放好梯子后，李彪也不跟其他人搭话，一个人迅速地登梯上树。不知是梯脚没放牢固，还是用力不均，李彪在登最后一步时，整个梯子忽然大幅度地向旁边一歪，直引得树下众人一阵惊呼。

好在李彪眼疾手快，在梯子倾侧的一瞬间，立即伸手抓住了树上两根大的丫杈，然后迅速地往上一蹿，接着用双脚踩实了树干，之后又低头分辨了一下脚下枝叶的位置，然后再次调整身形，终于让自己在树上牢牢地站稳了。

李彪刚在树杈上站稳，那个木梯就彻底倾倒了下去，而引得旁边的人再次惊呼、避让。李彪立时伸手在心口处夸张地拍了拍，然后伸了下舌头道："功夫好，没摔着！"

旁边一直蹲在地上抽烟的园主见状连忙赶了过来，而且他一边走一边大声责备道："早就跟你们说过，让你们在上树时一定要留人扶好梯子，你们就是不听，这要是砸着人可怎么办？"

树上的李彪倒是不以为意地回道："没事儿，老板！这不是没摔着嘛，以后我们一定多多留心！"

园主不悦道："你是没摔着，可一旦这梯子砸着了别人的话，那是应该算你的还是算我的，真是！"

李彪兀自不服道："放心吧，没事儿。这不没砸到人嘛！"

"砸到就晚了，哼。"园主边说边把梯子扶起放正，然后转身对吕青阳道，"以后再上下人，你一定要派人扶好，如果真出了什么事，我可是不负责任。"

吕青阳见状忙对园主赔笑道："好的、好的，你放心吧。以后再上下梯子时，我们一定找人扶好。"言罢吕青阳立即转头对彭文斌道："彭文斌，你们寝室赶紧出两个人把梯子扶好，可不能再出现刚才那种情形了。"

彭文斌见说，就一边应答着一边转头对身后寝室的人道："徐畅，咱们俩扶梯子吧，其他人负责接苹果、装苹果。"

彭文斌刚说完，就听树上的李彪对树下的人道："快点接好，人参果来喽。"

彭文斌宿舍的岑卓反应倒是真快，在听到李彪的招呼后，立即把穿着的运动服翻转过头顶，并用双臂在胸前反撑起了一个便捷的大布兜，接着他抬头对李彪道："投吧，我这保准能接住。"

李彪向下看了看，轻轻地松开了手，苹果顺势而落，"腾"的一下，软着陆在岑卓撑起的大布兜里。

岑卓接好苹果后立即偏转身子，然后对同寝的冯灿明扬了下眉毛道："灿明，取走装袋。"

冯灿明闻言后立即麻利地将苹果拿了起来，旁边联谊寝室的慕雪婷则将早已撑好的一个空袋子送到冯灿明面前，冯灿明会意点头，然后把苹果轻轻放入袋里。

从李彪摘果、投放，岑卓接果、转手，到冯灿明取果、装袋，整个过程下来，干净利落、灵巧快捷，比之前吕青阳和董礼摘完果子，再低头探身传递给旁边等待接果的人，的确省下了不少时间。如果以李彪人在树上，不需要他人扶梯来算，这种劳作方式其实又比那种需要他人扶梯的劳动方式多解放出两个劳力来。

初试身手后，李彪对自己摘果、投放的方式颇为自得，是以在后来摘果、下投的过程中，便故意东投一个、西投一个，引得岑卓在树下大范围地游走接果。好在岑卓眼疾手快、腿脚灵活，树上落下的苹果倒是个个入兜、毫无爽失。

由于岑卓也乐得在众人面前表现一下自己的灵巧，大有李彪投放的难度大，要上；李彪投放的难度不大，创造难度也要上的劲头，是以李彪、岑卓这一上一下的动作、配合，让旁人看来就像他俩是在玩一个很有意思的游戏一般。

因此，其他劳动组的众人纷纷辍工不做，全都饶有兴致地站在当地观看二人的劳动表演。随着摘果、放果的次数渐多之后，大家也慢慢比较出了前后两种劳动方式的优劣。才一会儿的工夫，彭文斌这两个联谊寝室几个装果的袋子中就全都储满了苹果。

不过凡事有利就有弊，虽然彭文斌他们完成任务的时间大大缩短，但因树上李彪光顾着摘果以及投放速度过快的原因，其所摘的果子就有大有小，和吕青阳与董礼在树上精挑细选之下摘的苹果相比，那质量、品相可就差出了许多。

虽然自己劳动组的任务已经大体完成，但此时李彪的玩兴正浓，丝毫没有下树的意思，他还语带炫耀地对树下的岑卓道："岑卓，任菲菲她们寝室不是没有男生联谊寝室吗，我看她们摘得也不算太多，我们顺便帮她们摘一些吧，省得她们上来下去的不方便。"

还没等岑卓接话，就听旁边的园主对李彪大声呵斥道："手往哪边伸呢？不是告诉你不许摘旁边树上的果子了吗，那边的苹果刚喷过药，不能随便采摘！我看这棵树上的果子差不多采完了，上边剩的那些都太高了，你们够不着，别强摘，你赶紧下来吧。"

大家在树下光顾看李彪往下投果，却没太注意他投下的果子是从哪棵树上摘下来的。到底姜是老的辣，园主在观看李彪摘果之余，一直倒还没忘记关注果子的来源问题。这时他见李彪不守规矩，将采摘的范围做了不当扩大之后，就及时出言叫停了李彪的不轨行为。

有几名男生在看到李彪在女生面前过度表现后，心中早就妒火中烧，后来更是毫不掩饰地冷脸、挑眼看向李彪。此刻他们听到园主出言训斥李彪后正好遂心，于是就立即跟着园主杂七杂八地起哄道："李彪，兔子还不吃窝边草呢，你那手怎么就那么爱乱摸乱动地不守规矩呢？小心树妖姥姥吸光了你的精气，让你回不了家，哈哈。"

众人也都大笑，有的还跟道："没准树妖姥姥就喜欢这种爱劳动的好孩子，不舍得吸了他，只会收了他，哈哈。"

李彪倒是丝毫没有察觉到部分人士语气中暗含着的敌意，还在树上乐呵呵地泛泛地斥道："是你们自己想树妖姥姥了吧？如果你们觉得树妖姥姥一个陪着你们还少的话，我再给你们介绍个黑山老妖什么的过过瘾，包你满意。这真是想劳动都没机会，悲哀、太悲哀了！旁边的人都闪开点，我这就下去了，可别砸着你们。"

李彪说完便向树下的空地看了看，待选了一块可以软着陆的地方后，直接就从树上飞身跳了下来。

看到李彪从树上直接跳了下来，吕青阳就在旁边笑着摇了摇头道："这个李彪，真是不让人省心。"然后又转身对身旁的众人道，"苹果这就算摘完了，至于像任菲菲她们寝室没摘够的也不用着急，等咱们最后跟园主算完钱后，还会对苹果进行二次分配，最后的成果是会平均分配给每个寝室的。大家看看还想不想继续摘苹果，或者再去那边摘点秋梨什么的？"

吕青阳一句话间，就把大家之前对于李彪上树摘苹果、直接跳下树等关注的目光，瞬间给吸引了过来。

没想到着陆后刚直起身子的李彪，也不等其他人说话，又立即抢着接言道："秋梨树在哪儿呢？秋梨树在哪儿呢？去摘、去摘，刚刚热了身，还没摘够呢。"

其实对于采摘活动来说，大家也就是图个新鲜体验，并没人想没完没了地进行下去，何况那边还有可以跟联谊寝室进一步深度接触的烧烤活动的诱惑，是以马上就有人出言驳斥李彪道："不摘了、不摘了，谁愿意摘，自己去！我早晨本来吃得就少，刚才又吃了个酸苹果，现在肚子早就饿了，快点去烧烤吧！"

董礼转头看时，见说话的不是别人，却是李彪同寝、刚才还帮他扶梯子的徐畅。徐畅说完后，还故意对着李彪挑衅似的坏笑了一下。李彪则咬起后槽牙，做了个很凶恶的表情，又屈起右臂，向着徐畅晃了晃拳头道："哼，你们不摘，我自己摘，等会儿吃完烧烤我就去摘秋梨。"

董礼听到李彪的话后立时向他那边看了一眼，却见李彪身边的几个男生正向李彪递眼色，有的还满脸急色地做出了嘘声的手语，想必大家心有戚戚，都有顺手牵羊的意思。

吕青阳脸上也掠过了一丝笑意，但表面上却假作不知地未作任何表态。在短短地停顿了一瞬后，就笑着道："那大家就都拿好苹果，咱们先跟园主过去称重、算账，然后马上开始烧烤活动。"

大家纷纷应诺，各联谊寝室也逐一收拾好各自盛苹果的袋子，松松散散地开始沿原路返回。

董礼在返回的时候本来是看到园主留在了众人身后静待大家全数离开的。可等来到砖瓦房前的时候，却见园主已经手持笔、本等物等在了屋前，而且他的面前还放了一台电子秤。想来园中应是另有从果树林来至此处的捷径！

园主见大家全都到齐后，就吩咐大家把水果袋都系好放到秤的左侧，然后准备逐一过秤。此后园主亲自上手，每称完一袋苹果，就在小本子上做一次记录，并把称好的苹果放到秤的右侧。一会儿的工夫，所有的苹果就全部过秤完毕。

园主直起身子后又打量了一下称好的苹果，接着便拿起小本子开始低头算账，之后"咔哧"一声，把整张算账的纸页撕下来递向吕青阳并道："各袋苹果的重量以及总重量，还有每斤苹果的单价和总价我都列好算明了，你看一下，如果没什么问题的话，你们就先把这苹果的钱给我算了吧。算完后，我就给你们找烧烤的家伙什儿。"

吕青阳接过账单先认真地看了一遍,随后叫过站在远处正看向他的生活委员彭满江道:"我刚才看了一下账单,应该没什么问题。你再复核一遍,如果没差错的话,就把钱给付了吧。"

彭满江一边"嗯、嗯"地答应着一边接过了账单。

审看完账单后,彭满江抬头对吕青阳道:"我查了一下,斤数、金额全都对得上。那我现在就把钱给老板吧,不过咱们是不是得让他给开一个发票或者收据什么的?"

吕青阳见彭满江这样问,立即严肃地大声道:"那肯定得开!你问一下老板,看他有正规的发票吗?如果有的话,就让他给咱们开正规的发票;如果没有,让他给咱们手写一张收据,回去好入账。

"钱上的事情,一分一厘,那都关系着大家的利益,是丝毫马虎不得的,更不能出任何一点差池。你从现在开始就要逐笔记好,等年底开班会的时候,所有的账目一定都要跟大家公布、汇报。"

彭满江见吕青阳这样说,就忙答道:"好的,我这就去跟老板说。"

不远处站着的园主显然是听到了吕青阳、彭满江二人的对话,所以在彭满江给完钱并问他有没有正规发票的时候,他就语气沉静地道:"我这小门小户的,怎么可能有那玩意儿,就是有了给你,那又做得什么用?有些东西看着好像挺正规,不过就是唬外行的一张纸罢了!我就给你手写一张收据拿回去交差吧。"

彭满江并未察觉到园主话中的意思,便随口答道:"行,我们班长说了,如果没有正规发票的话,给我们手写一张收据也行。"

董礼听到园主的话,心中却有不同的想法,总觉得园主的话

323

中还应该有另外一层意思,就不由自主地看向了园主。

哪知此时园主也正看向董礼这边,当见董礼正在看他时,就把眼光冷冷地迎了过来。董礼觉得,园主那眼光中不止冰冷,而且还有着些许的鄙夷。

董礼对于园主何意自然是心知肚明,并且因为自己上了吕青阳的贼船,占了班级其他同学的便宜,所以早已深觉心中有愧,便更是不敢直视园主的眼光,就立即把目光挪向了吕青阳的所在。

以吕青阳和园主的距离看,其对园主刚才所说的话尽收耳底自然不在话下,他却是面不改色心不跳,就像什么都没觉察出来一般,还泰然自若地对着董礼一笑道:"咱们快点组织大家去屋里取东西准备烧烤吧。"

好在园主也没有扩大事态的意思,在听到吕青阳这句话后,就对着众人道:"先过来几个男同学跟我到后屋拿烧烤的炉具吧,拿完了炉具后,再去取你们带来的东西。"

吕青阳急忙转身对大家吩咐道:"每个男生寝室都出两到三名同学去拿炉具。庄严,你和我去帮任菲菲她们寝室取炉具。董礼,你组织大家把苹果放到咱们活动场地旁边的树荫下,别让太阳给晒蔫了。对了,大爷,我们在哪儿烧烤好些?你给我们指一下场地。"

园主抬手向不远处几株大树遮盖着的一块阴凉空地一指道:"在那里就行,那一块的地方我都平整收拾好了,足够你们活动,而且那里树荫也大,就算白天活动,也晒不到你们。不过你们活动过程中还是要注意防火,用完火后一定要及时熄灭。现在这时候,天干物燥的,可是大意不得!"

吕青阳回园主道:"放心吧,我们一定注意。"然后又转身对大家道："各联谊寝室拿炉具的同学跟我走。剩下的同学跟董礼去树荫下的活动场地放苹果，放好东西后一起过来取咱们带来的东西，剩下没事的人就准备生火。总之大家都各司其职，马上行动。"

园主在吕青阳布置完工作后，就转身领众人去砖瓦房后面的储物间取炉具了。董礼在提示大家带好苹果、一起去活动场地后，则身先士卒拎起四袋苹果，带头走向了园主指定的那处阴凉地。

第十四章　荫下烟飘意味扬

等董礼组织大家放好苹果的时候，吕青阳等男生已经拿着烧烤箱、夹炭用的铁钳子、引火用的玉米秸秆、扇子等诸般工具陆续赶了回来。

回来的众人也不用再次安排，都很默契地又在相应的树荫下，不远不近地形成了四处活动场地，联谊寝室内的各位男女同学也都自觉地开始工作，或者再次平整活动场地，或者调试炉具，或者整理引火的玉米秸秆。

吕青阳在放好了任菲菲寝室的炉具后，又在整个场地四处巡看了一圈，这才笑着对大家道："各联谊寝室留下一两位烧烤准备工作的同学就行了，剩下的都来拿咱们带过来的东西，难道你们等会儿要吃烤苹果呀？哈哈。"

董礼虽然对吕青阳的话听得极真切，但却丝毫不觉他的话有多么可笑，反而觉得他显露出的"幽默"有些干瘪无趣，所以也不搭话，只是起身朝砖瓦屋的方向走去。

不过董礼身后的黄健倒是很给吕青阳面子，听他这样说后就马上大声迎合道:"烤苹果也不错,至少还能吃,只要别让咱们烤黄土就行,哈哈、哈哈。"

部分男生其实也觉得吕青阳言语无味,只是顾及他身为班长的身份,虽然觉得没劲,但也不好说些什么。但是看到黄健竟拎不清自己的斤两,居然如此蹩脚且积极地跑出来捧吕青阳的臭脚,而给大家及时地提供了一个可以换人发泄的机会,就都按捺不住内心之痒,纷纷开始取笑起他来。

董礼偶然回头看时发现,先是吕青阳寝室的李冬对着黄健的背影,向不远处的徐畅努了努嘴,然后就听到他故意对徐畅大声道:"徐畅,你觉得烤苹果好,还是烤土好?我觉得即便是烤'土',也得烤观音土,至少在死之前还能吃。不过,现在又不是闹灾荒的年月,寸草不生、颗粒无收的没什么可吃。

"你看,放眼望去,这山上、山下绿油油、浓密密的什么没有?所以就算不让我烧烤咱们带来的东西,也有的是东西可以供我拿来烤,而且水果、粮食什么的,我还不放在眼里,要烤,就得烤点带荤腥的东西。"

徐畅马上应道:"'土'就算了,而且即便是观音土,好像也不是烤着吃的,而是用水做成泥糊糊喝的,那个东西一是太难吃,二是不消化,咱们就别讨论了。别说,你这人还挺挑,看来素的东西是入不了你的眼了,听你那意思,是不是还要烤点动物什么的,才能满足你的口腹之欲,说说,你想烤点啥?"

黄健哪知李冬和徐畅二人这一唱一和,原本是算好了他多嘴多舌、愿意搭话的特点而给他设的局,所以还没等李冬二人再说什么,就自投罗网地接言道:"他还能烤点啥?以他的本事,又抓不住山里的野兔什么的,我看,他要烤,就只能从地里抓点青蛙、蚂蚱什么的烤一下解解馋，哈哈。"

李冬见黄健已经上钩，就笑着对黄健道："野兔我是抓不着。但是青蛙、蚂蚱什么的，烤起来也太没意思。我觉得要是烤，就得烤'鸟'，那吃着才有感觉呢。"

黄健不屑道："兔子你都抓不着，还烤鸟？这山上的鸟倒是不少，你怎么抓，你带网了吗？难不成你还有那徒手抓鸟的本事？哈哈。"

李冬一笑道："抓鸟的本事我倒没有，不过退而求其次，我倒是有抓'鸟人'的本事。"

黄健此时兀自不觉，仍傻乎乎地问道："鸟人？什么鸟人？你上哪儿去抓鸟人？"

李冬见黄健已然入套，就循循善诱地进一步往圈里引他道："你说鸟相对于兔子的最大区别是什么？"

黄健随口答道："你个笨蛋，这还不简单，鸟能飞，兔子不能飞呗！"

李冬道："回答完全正确！我也以为是这么个理儿，正常的人都不能飞，能飞的人都不正常。我这人，词汇有限，也不知怎么称呼那些自称能飞的人，所以就把他们叫做'鸟人'了。你说上哪儿去抓这鸟人呢？平时也真是不太好找，但是今天倒是容易寻的，黄健，你这个鸟人，快点自己躺到烧烤架子上，等着我回来烤你吧，哈哈。"

李冬抖完"包袱"后，立刻引得众人全都大笑不止。

黄健此时方才察觉自己已经一步步地中了他人的圈套，顿时脸红脖子粗的窘到了极点，饶是如此，他仍不认输地讪笑着还口道："我要是鸟人，你就是禽兽，不折不扣的禽兽，要烤也得先烤你，你的肉多，不过就是可能会臭些。"

徐畅等闻言后，则边笑边给李冬帮腔道："那是，你肯定没有鸟人的味道香，所以归根到底还得烤鸟人吃。李冬，别磨蹭了，咱们快点走，去把木炭什么的东西拿回来，大家一起帮你烤鸟人，到时候别忘了分给我个翅中尝尝，哈哈、哈哈。"

黄健见自己此时已经成为了众矢之的，反抗得越多、受到的打击就越猛，是以只好赔着笑脸任由他人取笑，而不再多言。

大家嘻嘻哈哈，一路说笑着，不一会儿就来到了砖瓦屋前。董礼刚要进屋，就听身后的李彪突然大叫道："大爷，你的守门哮天犬呢？怎么不见了？是不是咬开链子跑了？等会儿可别突然跑出来咬人，我可是从小就怕这东西。"

园主倒是丝毫没有惊怪的意思，只是淡淡地道："忘了告诉你们，我怕人进园偷果子，平时这狗都是撒在果园里养的。不过你们放心，我刚才已经把它拴在果园里的树上了，离你们活动的地方远着呢。不过你们也别随便往里边走，拴它的链子有点长，说不定这狗什么时候就会绕到你们身后边，到时候如果咬着、抓着你们，可别怪我没有提前提醒你们！"

李彪一吐舌头，立时回身看向刚才和他递眼色的那几个同学。谁想，刚才还有默契的这些人却仿佛从没有过事后再次入园摘果的意思一般，一个人还笑着话里有话地道："彪哥，如意算盘落空了吧？对了，你刚才不是不怕狗，还很勇猛地逗它吗？要不等会儿按原计划接着去呀？"

李彪摇头道："刚才那狗不是拴着呢吗？不拴着，我哪敢逗它呀？什么如意算盘，你可别胡说。"言语间已有些不悦的意思。

园主扫了李彪他们几个一眼，嘴唇动了几动，终究没有再说什么。

董礼心中不觉暗笑道，也不知是园主刚才无意间听到了这些蠢蠢欲动、私下里商量着要在烧烤后再次进园的男生们的对话，还是他果真是经验丰富，竟能料事于前、未雨绸缪地使用了这么个颇有震慑力的手段。果然是"卤水点豆腐，一物降一物"！

那几个男生见李彪此时已经有些认真，也怕言多语失，再生起什么风波，就纷纷岔开话头，边说一些别的事情，边依次走进砖瓦屋中拿取物品。

此刻时近正午，阳光煦暖，四下无风，正是野外烧烤可遇不可求的绝佳天气。等大家取回各自带来的食物、饮料、木炭等物之后，便都迫不及待地开始忙碌起来。

在营地，董礼和王辉主要负责铺展塑料餐布，摆放饮料和即食食品等物。常乐和方泰伟负责安放炉具、生火及火焰维护。黄健和邢胜男则负责理顺玉米秸秆和取放木炭等物品。

女生寝室的孙苗苗和方雨琪主要对食物进行整理、分类。韩璐和李迪拆放装肉串和调料包中的各色物品。乔暮云负责摆放一次性纸质餐具等工作。席若兰则向烤炉旁的常乐和方泰伟递送肉串、调料等烧烤所需之物。

董礼和王辉的活儿并不复杂，一会儿的工夫，二人就已将塑料餐布铺好。铺完餐布后，王辉大功告成一般，拍了拍手上沾着的土屑，便开始站在当地袖手旁观他人忙碌。

董礼对王辉笑道："别在那里干站着观摩人家劳动了，咱俩的活儿还没干完呢。如果等会儿来一阵风，就这几层薄薄的塑料布，还不一下就被卷走了？旁边不是有饮料瓶吗，快点拿一些压在餐布的四角。"

王辉恍然大悟道："对哈，现在风和日丽的，我倒是忘了刮风这个可能了。"他边说边去餐布旁的饮料袋子里取了饮料回来,并依次在餐布的四个边角处压了。

董礼也拿了面包、泡椒凤爪、豆干袋等物,压在了餐布的正中心。

董礼本打算过去帮着常乐、方泰伟燃火,但是看到联谊寝室的韩璐、李迪正半跪在餐布旁,一个一个费力地撕扯一些封得较紧的塑料袋的包装口时,便转到二人的所在道:"你们女生力气小,这些用力的活就交给我们男生干吧。"说完便把手伸向了正在使劲撕包装袋的李迪面前,示意她把袋子递过来。

李迪倒不执拗,见董礼出手相帮,就马上微笑着把袋子递了过来道:"这袋子还真是难撕,弄了半天都弄不开,看来还得靠你们这些有劲的男生才行。"

董礼接过袋子笑道:"那是,你看我的,这东西用好了劲儿,一撕就开。"他边说边拿过袋子,左右手分别抓住了封口处,分上下两个方向用力一撕。哪知这包装袋的封口处压边压得极紧,董礼用力之后袋口仍是纹丝不动。

董礼以为自己方向不对、用力不够,就对准封口的锯齿边并加了点力道又撕了一次。可是再次用力之后,袋口依然完好如初,丝毫没有开启的意思。

董礼此时脸上就有点挂不住,便又迅速换了抓握的地方,并连续用力撕了几回。不过,这袋子就像存心要让董礼在两位女生面前出洋相似的,任由董礼百般施为,就是撕不开。

韩璐、李迪两女生起初听董礼话里的意思,拆开这样一个小袋子对于他来说似乎是手到擒来、不在话下的事情,没想到大话在前的董礼,在还不到一分钟的时间里,就已经原形毕露。对于这样的一个小袋子，这样一个大男生也依然是无计可施。思见于此，两女生就都忍俊不禁，还当着董礼的面不掩不避地笑了起来。

董礼见状，只好无可奈何地摇了摇头，然后自我解嘲地笑道："我们老家那儿有句老话，叫做'背后数说人的人，往往会嘴上挂棒槌——自己打自己的嘴'。你说这背后说人的人，都是这样的一个下场，我这当面说人的人，有这么个结局，那也是活该。真是让你们见笑了，你们再等一等，我跟常乐借一下他的瑞士军刀，轻轻割一下应该就开了，咱们还费这些劲干吗呀？对吧。"

两女生见董礼面对窘境，敢于立即对自己进行勇敢的自我批评，反倒有些不好意思，就忙给董礼台阶下道："没事，没准这封口就是压得太紧了呢，你快点去借军刀吧。"

董礼立即转头对不远处正伺候烧烤炉的常乐喊道："常乐，借你的瑞士宝刀用一下，这边有个包装袋撕不开了。"

常乐听到董礼的救助后，立即直起了半俯的身子，并伸着脖子对着董礼开玩笑道："董礼，你说你一个大老爷们儿，连个包装袋都弄不开，这也太没用了，以后别说自己是男人！就这点东西，还用什么瑞士军刀？拿来，看我给你开，哈哈。"跟董礼说完后，常乐又低头不知跟身旁的方泰伟说了句什么，便起身走了过来。

董礼心想，你个常乐，就算是想在女生面前表现一二，也不用这样落井下石，拿我做垫背吧。怎奈自己无能，没有打开这个袋子的封口，是以也只能硬着头皮听常乐的数落。

常乐走过来后，假意不把目光投向正看他的韩璐、李迪，而是直视着董礼道："哪个袋子？给我，看我给你弄开。这么多年的米饭看来你都白吃了，亏你长得这么高、这么大，哈哈。"不知是怕董礼不高兴还是怎的，常乐讲最后一句话时，终究没有绷住，还是笑出了声来。

董礼在常乐忘乎所以地往这边走时早就合计好了，心想，别看你现在闹得欢，马上就让你拉清单，等会儿给你来个一招制敌，保证让你服服帖帖不敢再胡言乱语。

所以当常乐再次挑衅时，董礼就面带微笑，淡淡地回常乐道："袋子在这儿，给你，不过接袋子时，可别故意碰我的手啊！"

常乐立即反应过来董礼所言何意，就特意抬头看了董礼几眼，见董礼也意味深长地笑着看自己，不觉脸色随之慢慢发生了变化，才一会儿的工夫就红一阵白一阵地不知如何应对了。

董礼心中狂笑不已，心想"没有三把神沙，不敢倒反西岐"，就你这点道行，居然还敢跳出来跟我斗，到底还是嫩了点！

笑归笑，虽然知道自己的言语已然奏效，董礼却假意不知一般，边递袋子边若无其事地对正不知所措的常乐接着道："给你，抓好袋子边的锯齿封口撕一下就行，我这手滑，刚才试了几次都没能弄开，你试试看能不能撕开这破袋子吧，反正我是无能为力了。"他边说边向常乐别有深意地眨了眨眼。

常乐见董礼给自己留了余地，言语间也没进一步再让自己难堪的意思，同时眉眼间的表情，又传达出刚才不过是一个恶作剧而已，就慢慢地缓过了神来，神色也恢复了不少。

经此不动声色的一战，常乐已然大败亏输，言谈话语间完全收敛，不敢再向董礼故意生事地道："我看看吧，实在弄不开了，我这儿还有瑞士军刀呢，就不信刀子都割不开它。"说罢就接过了袋子，开始撕弄起来。

韩璐、李迪两女生原本看着常乐志得意满而来在前，来了之后还对董礼出言不逊于后，但不知为什么，董礼一句话间，这常乐立即红了脸，然后就马上变得规矩了起来，真是让人看得莫名其妙！

董礼看着两人懵懵懂懂、不明所以的样子，内心不觉又一次失笑，心想这里边的禅机哪是你俩不明前因后果的人所能明了的。

等董礼再看向常乐时，见他作势又撕了几次，不过依然是撕不开，所以就泛泛地笑道："看来不是我无能，真是这袋子被封得太紧，不容易弄开，要不你这个真男人怎么也像我一样无能为力呢？是吧，真男人常乐！听我一句劝，你也别费事了，快点拿刀子割开就算了，咱们还得烤肉串去呢。"

这回常乐倒是听话，按照董礼的意思二话不说拿出刀子，三下五除二地就将袋子割开了，然后把袋子往董礼手中一递道："你们接着弄吧，我回去接着干我那摊活了。"说完也不跟二女生和董礼打招呼，擦拭收起刀子后一个人又朝炉具那边回去了。

董礼看着常乐的背影一笑，转身刚要继续帮韩璐和李迪整理袋子时，发现孙苗苗和方雨琪不知什么时候已经来到了自己身后，此时正蹲着身子帮忙摆弄取出来的各色物品。

细看之下，孙苗苗正将先前笼统放在一起的各种类肉串，在做逐一分类，也亏得孙苗苗眼力好，一会儿的工夫，竟然将原本混在一处的猪肉串、羊肉串、牛肉串分作三类，一堆堆码放好了，而且对于那些装袋时头尾颠倒的肉串，孙苗苗还一一摆正，真是心细如发！

董礼见此处的人手已经够多，就泛泛地对四位女生道："这里的人已经足够多了，我去常乐那边，看看他那里有什么需要帮忙的。你们这边如果有什么需要，随时叫我过来就行。"

韩璐和李迪笑着抬头道谢、应答，方雨琪也笑着抬头看了董礼一眼，孙苗苗则好像什么也没听到似的，头也不抬地继续整理手中的物件。

董礼边起身往常乐那里走边想，看来"劳动"在发展人与人之间关系中的作用还真是重要。

等董礼来到常乐身旁的时候，常乐正手拿蒲扇，对着炉面轻轻地扇着火，此时烧烤炉中的炭火已经泛红，估计再烧一会儿，就可以往炉上放肉串了。

再向旁边看时，刚才原本和常乐一起生火的方泰伟，不知什么时候，已经和身边拿着些肉串等着烤的席若兰聊在了一起。

董礼虽然主要躬身关注常乐照顾下的烧烤炉火势如何，但耳聪目明的他，就是不想用心听方泰伟跟席若兰的谈话，耳朵里也被灌进了几句。

董礼隐约听到方泰伟好像正在和席若兰谈他的一次饮食经历，什么不小心被汤溅到了身上，辣椒粉又如何放多了，自己被呛得咳嗽了多久，什么那次可糗大了等等，总之没有一句是跟这次和联谊寝室共同开展烧烤活动有关的话。

无奈，席若兰好像对方泰伟的讲述很感兴趣，在方泰伟说话间，还偶尔插言问些"那得煮多久，是不是汤放得少了，看来你也不怎么能吃辣"什么的，引得方泰伟谈兴大增，说完了一次经历，又接着讲另外一次。

董礼对着常乐笑道："看来这小子对于如何骗小姑娘是轻车熟路、技艺精纯呀，据我观察，这发展势头还是不错的。"

常乐嘴角立时向上勾了一勾，眼盯着面前的炉火道："我一听就知道老方是个拈花老手，这才多大一会儿呀，眼见得就快勾搭成奸了，哈哈。"

董礼笑着应道:"我看这火候也是差不多了,哈哈。不过怎能让他这么容易就得手呢,你看我给他们来个棒打鸳鸯怎么样?不设置点障碍,得来全不费工夫的感情,那肯定都是不牢固的。古人说'得之愈艰,食之愈甘'嘛!"

董礼的一席话果然把常乐的兴趣勾了起来,就见他马上转脸对董礼道:"棒打可以,但一定要注意力度,别一棒子把人家爱情的萌芽给打死了,或打得人家大难来时各自飞就不好了。"

董礼笑道:"放心吧,我哪有那么狠心,而且肯定手下有准儿,就是给他们捣捣蛋而已,哈哈。"

董礼一跟常乐说完,就立即把头转向方泰伟道:"方泰伟,你还有没有点干活的眼力见儿了,这边炭都快烧灭了,也不知道过去跟黄健他们那边拿点回来续上,人家席若兰是过来吃烧烤的,不是过来听别人说他之前是如何吃烧烤的,你怎么一点都不以大局为重,不为他人着想呢?席若兰,别搭理他,快把肉串递过来,常师傅想显示一下他的手艺,都等着急了。"

常乐闻言就扭头看着方泰伟笑,席若兰也听出董礼揶揄方泰伟的意思,就一边抿着嘴笑,一边拿着肉串走过来递向常乐。

方泰伟看表情、听语气,也知董礼是在故意跟他找事儿,于是就边起身边在席若兰的背后笑着点指着董礼道:"董礼,你可真够意思,嘿嘿……"

其实对于开展野外烧烤,董礼也是"大姑娘上轿——头一回"。此前,他都是和同学在晚自习后或者节假日时,到学校周边或者街上有名的烧烤摊位点一些东西吃。似此需要亲力亲为地进行烧烤,他倒还真是没有过,虽然心里也想着要亲手为大家烧烤,但考虑到实际工作能力,也只能是退而求其次地帮忙打打下手而已。

好在常乐倒好像真有烧烤的经验,在拿过席若兰递过来的肉串后,就分散着平摊在烧烤炉正中的炉架上,翻过来、掉过去地翻烤,那动作像模像样,很有董礼之前在家乡见过的烧烤师的风范。

不过,董礼还没看几眼,常乐就学着董礼之前对方泰伟说话的口气,对董礼笑着道:"你还有没有点干活的眼力见儿了?我这边烤得都快烫着手了,你也不知道给我拿点卫生纸什么的垫一下,而且就这么什么也不加地干烤呀?那能有味道吗?你还不赶快过去餐布那边给我拿点盐、孜然粉什么的过来。"

席若兰听常乐这么说,脸上立即一红道:"我还以为得等一会儿才能烤上呢,没想到这么快,都怨我没把这些东西备好,我这就过去拿。"

董礼虽然也知道自己这下手打得有点儿差劲,但总觉得不能给常乐养成以后可以随意批评自己的习惯,于是便还嘴道:"我还以为你有多专业呢,原来连事先给铁签子垫块纸,烧烤前把作料准备好都不明白,还上这里来冒充大厨?真是猪鼻子插大葱,你装的一手好象(像)呀!"说完也不待常乐有何反应,立即起身回餐布那里去取所需之物了。

等董礼回到餐布那儿的时候,见韩璐、李迪正在低头给席若兰准备肉串和各种调料小包。孙苗苗则正在开拆纸巾包等物品。董礼见联谊寝室所有的女生都在忙碌,但自己寝室的人却都不知跑到哪里去了,就有些恼火,于是直起身子向旁边寻看本寝室的其他人。

一看之下,就见王辉正站在餐布旁边很无聊、很忘我地正在观山、看天,就好像这烧烤活动跟他毫无关系似的。黄健和方泰伟不知说着什么,正不紧不慢、眉开眼笑地在倒弄着木炭袋子。邢胜男虽然没有像王辉那样放肆地观山岳,但也像个局外人似的,站在离黄健和方泰伟五六步的地方,认真地观摩着二人的劳动。

见此情景,董礼火往上蹿,就对着王辉那边的所在喊道:"王辉、邢胜男,你俩在那边杵着忙什么呢?没看见这边这么缺人,还不过来帮着拿东西!黄健你俩也快点儿,常乐那儿的木炭都快烧碎了!"

王辉听见董礼叫他,这才缓过神来似的应了一声,然后半低着头立即赶了过来。邢胜男倒是什么也没说,并且也马上走了过来。黄健则远远地大叫道:"这不正干着呢吗!马上就装好炭了,这就提过去,你急什么急?"话里话外好像他还很有理似的。

董礼知道黄健不论什么时候都嘴硬的特点,也没再跟他多计较,只是对着已经来到跟前的王辉和邢胜男道:"你俩把这些肉串袋子给常乐那儿提过去,这些肉放一起太沉,女生拎不动。"

王辉和邢胜男倒是听话,拿起席若兰面前的袋子就往常乐那边走。

董礼又问方雨琪道:"这些调料都装好了吗?我先拿过去一些,等会儿再过来拿剩下的怎么样?要不烤出来的肉一点味道都没有,那就太难吃了,哈哈。"

方雨琪笑道:"行,你先把这些装好的拿过去吧,剩下的我装好后再送过去。"

董礼依言拈起面前的几个调料袋,起身赶往常乐那里。

董礼甫一回来,就听刚把木炭拎过来的黄健正大惊小怪地对着常乐嚷道:"大哥,你会不会烧烤,这烤出来的肉串比我拿过来的木炭还黑,你让我们怎么吃?"

估计常乐也自知把活儿给弄砸了，于是就听他低声下气地道："嘿嘿，这不是没经验吗，刚才把肉串儿放的离炉子中心太近了，没想到火太大，一下就给烤煳了，等会儿再烤的话，我往边上移一点，估计烤时受热慢点儿就没事了。"

黄健却得理不饶人地道："这肉串儿可不是大风刮来的，你可倒好，全拿来练手了，你让我怎么说你？"

常乐见黄健这样说，就连忙致歉道："这几串烤煳了的算我的行吧？我等会儿少吃几串，就算我给大家交的损失费了。"

董礼见常乐干活还挨批，同时看情形黄健还要就此再说点什么，于是就出言相助常乐道："你别管人家常乐烤好烤坏，至少人家在这大太阳底下确实为大家干活儿了！你倒是会烤，可直到现在也不见你动手呀！你怎么不说自己跑到阴凉底下一直待到现在，不叫你都不过来的事情呢？就这，你还好意思说人家常乐？"

黄健看了看董礼，立即反唇相讥道："董礼，你也别站着说话不腰疼，好像你干了多少活儿似的。你以为自己拿了这么几个破纸袋过来就有资本说我了？我这一袋木炭的重量，比你那袋子不知沉了几万倍都不止。你除了磨磨蹭蹭地铺了个餐布外，好像也没干别的啥活儿吧？"

董礼见劳动效率极为低下的黄健这时倒来了本事，心中就有些气恼，是以便下重手道："你个鸟人，是你左边脸上的鸟眼看到我不干活儿了，还是你右边脸上的那只鸟眼看到我不干活儿了？两只鸟眼在脸上一边长一个聚光不好是吗？你要是再敢什么都不干，却跟我在这里啰啰唆唆的话，我立马把你剃毛给放到架子上烤了喂狗你信不信？"

果然，这句话立竿见影，黄健先是满脸通红，继而自言自语似的回董礼道："我要是鸟人，你就是兔人，等会儿给你扒皮抽筋也给烤了。"不过话里的底气明显比他日常与人争辩时虚弱了许多。

虽见黄健依习还口，但是董礼见好就收，倒也不再同他多费口舌，而是俯身要去帮常乐烧烤。

正在此时，忽听身后有人道："你们也忙了很大一会儿了，让我来试一试吧。"

董礼转身看时，孙苗苗和乔暮云拿着一次性纸盘等物，已经站在了身后。此前董礼均未与这二人有过接触，是以刚才究竟是谁说的话，董礼也无从分辨。

好在还没等董礼说话，身边的常乐就笑着回道："谢谢、谢谢，我这就退位让贤，也正好跟着你们学习学习，好久没烤这东西，手生了很多。"

不知黄健是想在女生面前表现他的幽默，还是多嘴多舌的习性使然，这时不等两位女生回话，便又在旁边调侃常乐道："没烤过就说没烤过，说什么'好久没烤这东西，手生了很多'的话，那可就没意思了。水仙不开花，你在这儿装什么大瓣蒜呀！

"我看你也是趁早别在这儿浪费大家的好肉、好炭了，我们之前出去又采购又运输，而且今天大清早的再把东西从学校运到这里来，你知道这有多不容易，难道小学时老师没教过你'谁知盘中餐，粒粒皆辛苦'这个道理？谁想你却跑到这里拿好东西来练手浪费了？所以，我看你就省省吧！"

黄健的评论虽然向来刻薄，但是无奈他每次发力都有一定的客观事实做依据，所以让人应对起来常常很是棘手。是以常乐虽然不愿接受黄健的指责，但却也无法完全否认自己没干好活儿的事实，而且他觉得自己如果立时便在女生面前跟黄健发作起来，还有点自损形象，所以心烦意乱、无由应对之下，就只好皱着眉头转身对黄健道："你别跟个苍蝇似的在那里嗡嗡嗡地没完没了，整天啰里巴唆的烦不烦？"

董礼早就发现这黄健嘴上的本事，主要得看对手的心情，如果对方愿意跟他闹，他就会不急不恼地一直缠斗到底，即便最后输了也绝不生气。也不知其之所以常常如此这般，是为了显示他的"幽默"水平，还是不想认输的没理搅三分的不良习惯使然。

不过他好像也知道自己言语尖酸刻薄的毛病，常常会引得对手着恼动气，所以黄健每次发觉对方被他的言语撩拨得快要按捺不住怒火，以致跟他不再"君子动口不动手"之时，也总会虑及其单薄的体格会被人殴揍以致吃亏丢人的风险，而总会适时停火罢兵。虽然这样的表现很让人瞧不起他，但却一直积习不改、乐此不疲。

就拿今天的事情来说，当黄健看到常乐已经显出明显不悦时，马上又息事宁人地不敢再继续拱火，而是没话找话地道："都说巧妇难为无米之炊，就算人家手艺好，也得基础设施跟上才行啊，我看是该加点炭了，常乐，你先闪闪，我先给炉子加点炭。"他边说边伸手从提着的袋子里拈出了几块木炭。

不过走到炉子边的黄健，不知是真没劳动经验，还是懒得去下辛苦，所以他并没有俯身轻轻把新炭压到旧火之上，而是离着炉火很高的地方，就把木炭直接给丢了进去。

谁想这一丢之下，立时将炉中的炭火砸得火星四溅，直引得旁边众人连忙闪身躲避，孙苗苗和方雨琪更是在闪避之后，认真地查看了几遍自己的衣服是否被烧出了孔洞。

当大家惊魂甫定之后，便纷纷将责备的目光投向黄健，黄健也像一个闯了大祸的孩子一般，红着脸惶恐地看着众人道："对不起、对不起，我真的是不小心，没想到随手放块炭却会弄成了这样。"

由于常乐离烧烤炉最近，刚才迸起的火星差点烧到他的脸，常乐惊怒之余就毫不留情地立即出言贬损黄健道："黄健，你这是添炭呢还是空投火焰弹呢？这不是成心害人吗？也不知你是不会干活儿还是不想干活儿，不想干的话就老老实实站在旁边渗着！就算那样也要好过来添乱胡搅。我看呀，'成事不足，败事有余'这句话最配你了！"

依黄健每次的习惯，遭人抢白后必定是要还口的，但无奈其刚才的举动已经引发众怒，此刻让人发泄几句以平息大伙的怒气似是最好的选择，所以他面对常乐的刻薄言语却不敢还嘴，反而还连三带四地赔礼道："别说了、别说了，都是我的错，都是我的错，对不起大家还不行吗？"

董礼见状，也不想把局面弄得太僵，就出言替黄健解围道："行了，既然黄健已经认识到了自己的错误，咱们也就得饶人处且饶人吧，估计他刚才也是无心之失。不过好在他也就会站着投个火焰弹什么的，这要是真飞起来空投下来那块木炭的话，那还真麻烦了。"

大家会意董礼言语所指为何，立时全都笑了起来。常乐也不由分说从黄健手里拽过了装炭的袋子并恨恨地道："我看还是别让黄健干活儿了，弄得旁人惊心动魄的，这肉还没吃上，倒差点先被他给燎了。别人说他是'鸟人'，要烤了他，他没办法，就拿咱们开始先报复起来了。这哪是鸟人啊？活脱一'恐怖分子'！乔暮云，我在这边慢点加炭，你们在那边烤，咱们两不耽误。"

黄健听到常乐又旧话重提叫他"鸟人"，就讪笑道："你才鸟人呢，谁想报复你们来着？没听说过'无心之失铸大错'这句话吗？我刚才基本就是这样，大家还是多多原谅吧！"

虽听黄健这样说，但是这回却没人再搭理他，而是任由其在一旁尴尬着。孙苗苗这时也从王辉提着的袋子中抽出了肉串，蹲身在烧烤炉旁，然后也不看常乐，仅是抬手向其招呼道："把扇火的扇子给我。"

常乐闻言连忙把扇子递向孙苗苗，孙苗苗把右手的肉串交到左手，然后接过扇子，又泛泛地朝炉旁众人道："大家都躲开一点，我先扇一下炭灰，别再溅到你们身上。"

大家依言闪避后，孙苗苗拿着扇子在炭火上来回轻轻地扇了几下。白色的木炭灰随风飞散，炉内红红的炭火随之狠狠地亮了几下。

孙苗苗把扇子轻轻地放到身边，又从兜里取出纸巾把肉串签把儿给垫了，然后再把肉串分作两把儿，用左右手抓了分别放到炭火中心的两侧，继而轻轻地翻烤起来。

都说"行家伸伸手，便知有没有"。仅看孙苗苗这几下对工序和动作的把控程度，大家就已知道她技艺娴熟、训练有素，全不似常乐等初来乍到、摸着石头过河的新手可比。

仅一会儿的工夫，炉架上的肉串已经被孙苗苗烤得开始嗞嗞冒油，阵阵香气也随着水波似的炭火焰气飘散开来。孙苗苗见火候差不多了，就抬起头来对乔暮云道："暮云，把调料帮我撒一下，先撒盐，慢一点，尽量撒匀了。"

乔暮云"哦"地应了一声，然后向身边的众人问道："谁拿着调料呢？"

董礼见问，忙对乔暮云道："在我这儿呢，给你。"边说边先辨别了一下手里的两种调料袋何为盐袋，何为孜然袋，接着便把装盐的那个袋子递向了乔暮云。

乔暮云笑着应道："好的。"便把手伸向了盐袋。

正当此时，忽听孙苗苗大声道："等一下，你先拿湿巾把手给擦一擦，湿巾在我上衣右边的口袋里。"

乔暮云闻言后脸上顿时一红，然后小声道："哎呀，心里有点儿着急，竟然忘擦手了。"接着就俯身从孙苗苗的口袋里找出湿巾然后开始认真地擦手。

谁知乔暮云还没擦几下，又听孙苗苗催促道："暮云，你快点吧，再等一会儿，这肉串儿就变成肉干儿了。"

孙苗苗一句话说得乔暮云又红了脸。就见乔暮云慌忙把手中的湿巾团了个小球往地上一扔，然后马上从董礼手中的调料袋往外取盐。

估计是乔暮云怕自己再被孙苗苗当众数说，就边拿盐边道："这湿巾先扔到这儿，等会儿收拾战场时再一起收拾吧。"可能觉得自己说得不太具体，乔暮云又加了一句，"等一会儿肉串儿全都烤完，剩出了袋子，我就把湿巾装进去。"

董礼心中暗笑，估计这个孙苗苗平日里总在寝室里不留情面地指挥或规范其他女生，以致让乔暮云才有此战战兢兢的反应。

正当董礼思虑之际，乔暮云已经分别为孙苗苗手中的两把肉串撒好了盐。孙苗苗这时又道："暮云，你再给我左手这些肉串儿撒点孜然，等会儿这两种肉串儿分两个盘子盛了，谁愿意吃什么口味的就自己选吧。"

董礼听孙苗苗这样说，就又把装孜然的调料袋递给了乔暮云。乔暮云按照孙苗苗的意思，又向她左手的那些肉串撒了孜然调料。

孙苗苗见两种口味的肉串都已经烤好，就直起身子，侧身对着没人的地方，把两手的肉串对着轻轻地磕了磕，使得肉串上边黏附不牢的孜然壳和些许渣滓应击而落。

孙苗苗转过身来对乔暮云又道："把那些一次性纸盘拿过来将这些肉串儿装了，你们先拿过去吃吧。你再给我拿点儿生肉串儿过来，我再烤一些。"言谈间指挥若定、英气非常！

乔暮云依言先拿过纸盘把肉串装了，然后又把新的生肉串递给孙苗苗。孙苗苗接过肉串后作势又要接着烤。

董礼觉得本寝室一群大男人什么也不会干，光在这儿杵着看一个弱女子忙上忙下实在有些说不过去，连忙笑着阻止道："孙苗苗，你过去歇一会儿吧。我们寝室的人都在这儿跟你观摩学习了好久，也大体学会了。俗话说'学而时习之，不亦说乎'，你怎么也得给我们这些学生一个实践的机会，这次应该不至于再出什么问题了。

"这样，你们女生先把烤好的这些肉串儿拿过去吃，剩下的我们接着烤就行了。如果烧烤的过程中有什么需要向你请教的地方，还请你及时过来现场指导。你看怎么样？"

孙苗苗直到听闻董礼这番话时，总算是抬头认真地看了看面前的众位男生，她微笑着道："行，那你们先试着烤吧，烤肉串儿最重要的就是火候，只要别太着急、慢慢翻烤，应该就没什么问题。其实你们也用不着这么多人在这儿，现在正是中午，天气已经开始热起来了，你们留一两个人在这儿照看着就行，剩下的人都过来一起吃吧。等吃完后再轮流过来烤,这样大家都能吃上新鲜的,而且还都不累。"

董礼觉得孙苗苗的建议很不错,就对方泰伟等道:"孙苗苗说得不错,你们赶紧帮着把盘子端过去一起吃吧,这边就留下常乐和我一起再烤一会儿。"

方泰伟等点了点头,黄健则说了声"那你们就先辛苦一下,等会儿我们再过来替你们",拿起盘子头前向餐布处走去。王辉见没什么可以拿的东西,也就跟在孙苗苗等女生后面慢慢地走。邢胜男也低了头,若即若离地跟在王辉后面向餐布那边走去。

等众人走远了之后,董礼对常乐笑道:"想不想在这儿接着劳动?要不你也过去得了?不过离开前我这里倒有几句小词相赠——遥想同购昨日,小乔离开了,此刻烧烤常郎,还能安心否?哈哈。"

常乐闻言后脸上顿时一红,接着便出言争辩道:"董礼,你别瞎说,这让别人听见可就不好了,本来也是没有的事儿,都是黄健在造谣。"

董礼笑着接着逗常乐道:"宁可信其有,不可信其无。有些话,既然别人能说出来,那估计还是有些事实基础做支撑的。现在就我知道的是,那天下午咱们寝室和联谊寝室一起去购物的就你们三个,晚上回来后黄健指证你和小乔或有瓜葛,你让方泰伟证明你的清白,但是方泰伟最终可没明确否认你做这件事。

"至于是你真的清白,方泰伟不把你和小乔之间的事当做大事来特意说;还是他顾及同寝情谊,不好意思说出实情,让你太过难堪,而'为友者讳',目前还都难下定论。只能是待我今后观察观察再说吧。"

常乐立时结结巴巴地急道:"你、你,唉……这事让老黄一胡说，我可真是跳到黄河也洗不清了。行，现在随你怎么说，等晚上回去之后，我一定得当众把这事儿给说清楚。"

董礼心下暗笑这常乐给他个棒槌，还真就当起针（真）来认了，不过该话题点到这里可谓恰到好处，再说下去就没什么意思了。于是董礼就转言道："常乐，给我递一些生肉串，这次我也来烤一下试试，虽然说之前'没吃过猪肉'，但是刚才'也见识猪跑'了不是？"边说还边向孙苗苗她们那边看了一眼。

常乐会意，同时也欣喜董礼不再纠缠他和乔暮云关系的话题，于是就马上从袋中抽出肉串，边递给董礼边笑道："两个别有用心的小公猪领着一群打扮得漂漂亮亮的小母猪先走了，还把咱们这两头傻猪剩在这儿给他们烤肉串，但愿某头傻猪别把这肉串儿烤得太难吃就行。"说完就嘿嘿地笑着看向董礼。

董礼笑着回道："烤得好不好吃我是真没把握，但是至少不会像某些傻猪一样把肉串给烤黑了，呵呵。"

常乐明白董礼又拿他刚才把肉烤煳了的事掂对他，但事实在前，自己却也没法辩解，就"喊"了一声以作回应。

董礼接过肉串后，唯恐再次有失，也学着孙苗苗的样子先把炉火扇旺，然后依样垫纸巾、分两手把肉串抓了，烤时远离炉火中心，勤翻烤、撒料、互磕肉串……

等到全部工序全都完成后，董礼拿着一串正冒着热气的肉串，一边吹气，一边咬下一小口尝了尝，不知是因为手艺确实不错，还是因为是自己劳动成果的原因，董礼觉得这肉串的味道也不比自己在家乡烧烤店里吃的那种差多少。

董礼给常乐递过手中剩下的那些肉串，笑道："傻猪你先尝一下，看看我烤得怎么样。然后把剩余的肉串儿都拿过去给那群小公猪、小母猪们吃,另外你也留在那边歇一会儿吧,把王辉或者黄健给我换过来就行。"

常乐接过肉串后挑了一串色泽金黄的咬了一口,细嚼之后,满脸灿烂地道:"不错不错,傻猪比我烤得好多了。那我先过去,等会派个小母猪过来陪傻猪,哈哈。"

董礼此刻也已饥肠辘辘,但是看到自己的劳动成果得到了他人的认可,内心的欣喜之情还是压过了饥饿感。

董礼看着常乐远去后,又从生肉串袋里取出了几串来烤。当董礼把新上架的肉串烤得差不多见了熟肉颜色的时候,席若兰和方泰伟二人一前一后地来到了董礼的面前。

席若兰对董礼微笑道:"团支书,你的悟性真高,就连这现学现卖的成果都那么地道,刚才拿过去的肉串儿可好吃了。不过从刚开始你就一直这边那边地来回忙,现在你也应该休息一会儿了,你过去吃点肉串儿,喝点饮料什么的歇一歇,这里就交给我吧。"

方泰伟也笑道:"老大,快点儿过去吃吧,你也给我一个机会,让我也试着学学烤肉串儿。"

董礼知道方泰伟是想让自己给他和席若兰创造一个单独相处的机会,就故意不紧不慢地道:"不累、不累,等我再烤一会儿就过去。"

正如董礼所料的那样,方泰伟哪里肯再等下去,边说边蹲身在董礼旁边,并主动伸过手来抢了董礼手中尚未烤成的肉串。

董礼也不再坚持,只是在交接肉串的过程中笑着小声对方泰伟道:"这可不只是一个试着学学烤肉串的机会那么简单吧,回去可别忘了谢我哟,哈哈。"然后也不待方泰伟回答,又立即大声道:"你可要特别注意火候,尤其记得别太心急,这前期弄得都不错，到时候如果让你自己给弄煳了，可别说我事前没提醒你。那你们辛苦了，我先过去。"

方泰伟知道董礼话中有话、一语双关，于是就笑着回道："放心吧，煳不了！"

董礼拍了拍手，然后起身往本组所在的树荫下走去。等来到树荫下的餐布处后，董礼先是泛泛地跟大家打了声招呼，然后就找了个空地坐了下来。

坐下后的董礼开始四下打量，就见餐布中心除了有刚才拿过来的肉串外，还另外用纸盘装了掰好的烤肠、泡椒凤爪、小饼干等物，另外还有几个塑料盒盛了洗净的葡萄、苹果，塑料盒旁则散放了几个橘子。

至于此前董礼离开时杂放在四角的各样饮料，此时居然按照饮料种类、品牌，分矿泉水、可乐、雪碧等几类集中放于餐布的四角上，董礼心道，这估计又是看着就带有点强迫症的孙苗苗的杰作。

再看众人，孙苗苗、方雨琪和韩璐不知正在树底下拿着各自带来的包在忙活什么。乔暮云和李迪则与常乐和黄健二对二地在回顾着旧时全民都看过的一些连续剧，比如说《新白娘子传奇》《射雕英雄传》等剧集，不过四人的话题主要不在剧情，而是集中在几个主演的花边新闻上。

至于王辉和邢胜男，就好像避什么嫌似的一人拿了一串肉串，站在离餐布几步远的地方边吃边向远处观景，二人唯一的区别，是王辉离餐布近一些，邢胜男离餐布远一些。

常乐见董礼坐了下来，就在和其余三人说话的空隙，把装肉串的纸盘往董礼这边推了推道："赶紧尝一尝，应该还没太凉，那边还有水果饮料,自己吃吧。"一番话说下来,弄得董礼跟个客人似的。

黄健斜了董礼一眼道:"那么大一个人,还用你让?他自己难道不知道吃?"

董礼立即拿起身边的一个橘子,边作势要打黄健边道:"你个没良心的东西,吃着我烤的肉串儿,还阻止常乐让我吃东西,真是个忘恩负义的家伙,等会儿我休整好了就把你给放到架子上烤了。"

黄健脸上一红,但仍强辩道:"谁说我吃的是你烤的了,这是之前孙苗苗烤的。"

常乐身边的乔暮云此时却对董礼道:"董礼,那些肉串儿都是之前烤的,估计这会儿都凉了,你别吃坏了肚子,等会儿烤完新的你再吃吧,先喝点水解解渴。"她边说边拿起身边的一瓶矿泉水递向董礼。

董礼边道谢边接水,然后对黄健道:"你看看人家,再瞧瞧你……"

还没等董礼再说出什么点评黄健的话,孙苗苗等三人已经拿着从袋里取出的面包、汉堡、热狗等物走了过来,方雨琪还笑着对董礼道:"你过来了?赶紧吃点面包垫一下肚子吧。"

董礼笑着回应道:"好的,多谢、多谢。"

方雨琪忽然看到了纸盘上剩下的肉串,便俯身悉数拿起,然后好似自言自语地道:"这些肉串都凉了,丢了又太可惜,拿过去热一下吧。"说完后就拿起肉串朝烧烤炉那边走了过去。

方雨琪刚过去,方泰伟就拿着刚刚烤好的肉串兴高采烈地送了过来,不过还没等他走到餐布处,就远远地朝邢胜男和王辉喊道:"老邢、王辉,站那么远干吗?快过来尝尝我的手艺。"听那语调、看那表情,估计是肉串烤得不错!

等把肉串放到盘里,方泰伟又笑着大叫道:"都来尝尝、都来尝尝,看我烤得怎么样。"方泰伟边说边擦了下额上的汗水,俯身抓起一瓶雪碧,三下两下拧开了瓶盖,迫不及待地仰脖咕咚咕咚地大喝了起来。

虽然众人此前已经吃了很多肉串,见方泰伟热情如此高涨,都不忍拂了他的美意,均纷纷取串来吃。

黄健吃了一口肉串后,故意不看董礼,而是转头大声赞美方泰伟道:"行啊,老方,烤得真香。我看你这手艺仅次于孙苗苗,那是真不错。"

黄健话中的意思让人听来再明显不过,就是说董礼烤串的水平前赶不上孙苗苗、后赶不上方泰伟。

常乐、李迪等均笑着看向了董礼。

董礼也不顾肉串还有点微烫,在稍微吹了吹之后,横过签子一口将所有的肉粒顺到口里,接着把手中的签子瞄准黄健站着的地方狠狠地掷了过去。

黄健早有准备,于是就笑着跳着躲了过去,但是嘴里还不忘回董礼道:"你自己手艺不行,还不准别人说,真是霸道。以后叫你董霸天得了,哈哈、哈哈。"

众人见此场景,又纷纷大笑起来。

此后,联谊寝室中的众人轮流过去劳作,分别过了亲手烧烤的瘾头。只是最后因为大家都已水足饭饱,是以邢胜男烤出的肉串就再没人赏光,而是被方泰伟和黄健拿了去与其他场地的同学做交流品鉴。

又待了一会儿，吕青阳分别到各个场地嘱咐大家灭火、收拾场地，然后准备集体联欢活动。对于这突如其来的联欢活动，董礼在和吕青阳在看场地时倒是听他跟园主提过，还不算突然。

对于其他同学来说，这联欢活动倒真是有点意外，此前吕青阳在班会上向大家做活动安排说明时，从来没有提过这件事。方泰伟、黄健等人便纷纷语气夸张地质问董礼什么时候新加的联欢活动，之前怎么没听吕青阳和董礼提起过。

董礼心想，这举办联欢活动的事，吕青阳也没再跟自己说过，还以为取消了呢！估计是吕青阳后来为了丰富活动内容，又来不及向大家通报而新增加的吧。董礼就实话实说地对方泰伟等道："这可能是班长临时起意新加的内容，我事先也不知道，要问你们就去问班长吧。"

众人闻言，这才作罢。

吕青阳在各活动场地布置完工作后，没着急离开，而是分别在各处都多逗留了一会儿，除了和大家东南西北地扯了一些闲话外，还特意在每个活动组都拿了烤串来尝，边吃边不住口地夸赞大家烤得不错，弄得跟个大领导莅临指导烧烤工作似的。

大家此时也都差不多用完了午餐，听说马上还要进行集体联欢活动，就按照吕青阳的安排开始纷纷灭火、收摊，除了水果、袋装食品、饮料等能带回去食用的东西以外，很多人还把烤好了的肉串也放到干净的塑料袋里准备拿回去。

至于剩下的生肉串和调料等物，拿回去用的可能性几乎没有，各联谊寝室几乎做出了一致的决议，均表示要送给过来探看灭火情况的园主，让他在闲暇之余自娱自乐一番。园主对此倒是没做过多的推辞，仅淡淡地表示了谢意，面色平静地收下了各种馈赠，就像早已习惯了客人如此这般处理剩余物品一般。

黄健已经打定主意要报此前园主讥讽之仇,就话里有话地来了句:"这么多肉,估计园里的看门狗有福了。"

不想这句话却被耳朵灵敏的园主听了去,黄健刚一说完,他就不冷不热地接道:"你以为谁会吃这些破烂肉?留下它们,也都是帮你们打扫垃圾,给我的小虎弄口狗食儿罢了,哼!"

众人见黄健偷鸡不成蚀把米,不但自己被骂,大家也跟着吃了挂落儿,就纷纷眼光复杂地看向了他。黄健一时也无法有效应对园主的含沙射影,红着脸低了头嘿嘿地干笑了几声,算是做了回答。

几个男生不忿自己被骂,闹哄哄地把原本也要留给园主的木炭留下不发,然后还大声叫嚷道:"走走,拿上这些炭,等一会儿活动时都给点了,不点白不点,即便是白天,咱们也弄个篝火午会,老狗吃生肉,是用不上炭的!"

大家都知这"老狗吃生肉"的言语所指何意,也均觉解气,是以就都大力捧场地纷纷哈哈大笑起来。

园主慢慢地抬起头,眼光冷冷地向着几位说话同学的所在狠狠地巡看了几下。可能是他觉得面前的学生人多势众,不论动口还是动手,自己都不会讨了什么便宜的缘故,就没有再说什么。

吕青阳怕事情进一步恶化,赶紧站到队伍前面大声道:"那咱们就弄个白日篝火晚会,不,是午会,哈哈。点火可以,不过还是听大爷的,大家都注意防火,别弄出什么山火,如果那样的话,那咱们可就都麻烦了。"一句话既同意了几个挑事男生的意见,又给了园主面子。矛盾双方闻言后均未再多说什么。

园主走了几步后,随手把众人刚给他的生肉串袋子扔到了路旁的一个树坑里，一个人背着手不紧不慢地向砖瓦屋那边走了过去。

刚才说话的几个男生见状，不觉怒气陡增，故意对着园主的背影嚷道："本想好肉喂老狗，但是无奈老狗没福气，有肉都吃不着，哈哈哈！走吧，开白日篝火午会去喽。"其他同学此时同仇敌忾，立即示威似的纷纷大声响应，整个集体团结一致对外，彼此间的关系显得比刚来时紧密了许多。

等大家向四周探看了一番，并经各寝室长商议之后，另选了不远处两棵更大的树中间的阴凉地作为联欢活动场地。

大家来到新场地后，各寝室提木炭袋的人，立即把手里提着的木炭纷纷集中倒在一起。等倒完木炭后，以联谊寝室为单位自觉围着木炭堆组成了一个大圈。接着李彪和庄严两人自告奋勇，在大家的注目之下走到木炭堆旁，先把木炭互相支撑着堆成了锥状，又取出打火机，并用刚才剩下的秸秆，很快地燃起了炭火。

炭火渐旺，吕青阳笑着对大家道："今天是咱们班第一次组织户外集体活动，既然出来玩，就图个高兴，谁也别因为一句话、两句话的就把大家活动的兴致给搅了。所以，我们都谦让着点，少说为佳，主要是娱乐嘛。

"行了，闲话少说。咱们法学二班郊游烧烤活动马上进入最精彩的环节，就是联欢表演。这个环节事先之所以没跟大家说，就是要看看大家平时的才艺储备如何。每个联谊寝室至少得推举一个人出来为大家表演一个节目。

"我提议，让彭文斌和慕雪婷他们联谊寝室中的党支部书记慕雪婷为大家表演个节目怎么样？"

众人闻言，立时将目光投向了坐在吕青阳侧对面的慕雪婷身上，并大声捧场道："好、好，党支书来一个，党支书来一个。"

慕雪婷见大家都看向自己，先是脸上一红。继而目光凌厉地看了一眼斜对面的吕青阳，然后犹豫地站到了圈子里面，又迅速换了一个柔和的眼神笑着扫视了一下众人后，这才大大方方地道："我个人其实也没什么才艺，事先也不知道有这样一个活动环节，所以根本就没做任何准备。但是既然大家想让我表演个节目，我也不怕献丑，那就为大家清唱一首粤语歌曲《上海滩》吧，唱得不好，大家多多见谅。"

众人听到慕雪婷这样说后，立时一起鼓起掌来。

慕雪婷等众人的掌声完毕后，就开腔唱到"浪奔，浪淘，万里长江滔滔永不休……"

歌曲起初的那段，慕雪婷唱得似模似样，还真有原唱叶丽仪的味道，后来不知是因为紧张，还是真的没有记好歌词的缘故，等唱到中间部分的时候便卡壳不能再继续下去。

在这个过程中，大家几次用热烈的掌声来鼓励慕雪婷，但无奈她几经努力后，还是没能将这首歌唱完整。最终慕雪婷在众人的掌声中红着脸跟大家道了歉，便快步回归了自己原来的位置。

与慕雪婷相距不远的董礼发现，慕雪婷自回归队伍后，脸上就红一阵白一阵青一阵地一直很尴尬，过了一会儿后，她甚至还咬着嘴唇把头深深地给低了下去。

董礼见状，心想自己一会儿可能也得表演，可表演点什么呢？正待自己没想出个所以然的时候，就听吕青阳又道："既然党支书已经给大家表演了精彩的节目，那团支书也不能例外，大家要不要请咱们的团支部书记董礼同学给大家表演个节目呀？"

大家闻言后瞬时又将目光投向了董礼，有人还大声起哄道："要、要，董礼来一个、董礼来一个。"

本来毫无准备的董礼突然被当众点名后,心里不由得有点紧张。不过自幼就有多次当众表演经验的董礼,当看到众人此刻全都看向自己后,反倒很快镇定下来,并面带笑容地玩笑道:"多谢大家的厚爱,既然让我出来表演节目,我觉得要是只演一个的话似乎对不起大家的期待,所以我索性买一赠一,一块儿表演两个,我先给大家唱一首歌,然后再表演一段霹雳舞怎么样?"

众人闻言后立时眼前一亮,然后掌声和叫好声响成了一片。

董礼等大家笑闹完毕,这才笑道:"多谢大家热情捧场,我就先唱个电影《醉拳Ⅱ》的主题曲吧,掌声在哪里?快快响起来!"

大家听后,立时笑着鼓起掌来。

因为从小喜欢成龙电影的缘故,董礼爱屋及乌,顺便也喜欢上了其主唱的许多电影主题曲。他觉得成龙主唱的歌曲,不但旋律优美,而且由黄霑先生作的歌词也意蕴深远、催人奋进,尤其在心情低沉时听了更是能鼓舞人心、导人向上。不知不觉间,他就把成龙主唱的很多歌曲从头到尾给学了下来。

在董礼报节目的时候,心里就打定了主意——虽然我也不一定能把歌唱得有多么好,但是像慕雪婷那样唱到一半竟然忘词的现象,还不至于发生在自己身上。本来依照董礼追求完美的性格,在事先没有进行充分准备的情况下就当众开始仓促表演是很令他惴惴不安的,不过有了慕雪婷之前的不完美表现,却让他心中此刻的压力减轻了不少。

董礼清了清嗓子后朗声唱道:"我颠颠又倒倒,好比浪涛,有万种的委屈,付之一笑。我一下低,我一下高,摇摇晃晃不肯倒,酒里乾坤我最知道……"

董礼一曲下来,字正腔圆,节奏准确,词句完整,顿时赢得了大家热烈的掌声。

还没等董礼说什么，就听李彪等喊道："书记的歌不错，接着舞起来吧，舞起来。"

董礼一曲成功，见大家看自己的眼神和鼓掌的程度，既真诚又热烈，顿时信心倍增。

要说董礼的霹雳舞，也是小时候学校组织同学们进行新年文艺汇演时，一起跟学校最年轻、最时尚的舞蹈老师学的。那个年代，霹雳舞属于很前卫的艺术形式，这个老师对于霹雳舞更是曾经下过一番苦工夫。名师出高徒，董礼曾经习得的霹雳舞技艺就很有可观之处，当然退一步说，就算他此刻的舞技不比当年，但至少让外行人看来还是颇具专业水准的。

时下虽然霹雳舞已经为街舞等新的运动形式所取代，但是大家都曾经历过那个时代，对这种舞蹈并不陌生，甚至有人看到一些熟悉的姿势动作后，还激发了自己的怀旧之情。董礼依靠童子功进行了几段似模似样的霹雳舞表演之后，立即又在同学中引发了一个小小的情绪高潮，大家的掌声甚至比董礼歌唱时更为热烈。可以说两个节目之后，董礼着实博得了一个大大的满堂彩。

再之后，吕青阳在班干部和普通同学中分别点将，大家也纷纷出场献艺。表演的众人中有的技艺平平，有的颇具功力，只是所有的演出形式都是唱歌，再没有像此前董礼表演的霹雳舞那样的其他艺术形式。

董礼已经没有了要出场献艺的心理负担，对于后来人的才艺表演，倒是都很认真地欣赏了一下。全场下来，给董礼留下印象的女生有嗓音细腻的孙苗苗，举止大方的席若兰，声音粗犷的米盈竹；男生有唱摇滚的李彪，嗓音颇似刘德华的封德名，以及长相颇似尹相杰，且居然敢冒天下之大不韪，在这种场合下开唱《天不下雨天不刮风天上有太阳》，并把大家逗得前仰后合的孙慕权。

吕青阳被逼不过，又涎笑着用他那破锣一样的嗓子挑战了一回《男儿当自强》这样有难度的歌曲，结果自然是可想而知。好在就在大家接近忍耐极限之时，吕青阳寝室与其相熟的同学临危不惧、挺身而出，及时叫停了他这种特别摧残人身心健康的即兴表演。

董礼寝室的王辉、黄健也都受邀分别演唱了歌曲。歌唱中，也不知王辉模仿的是哪个歌手，总之拿腔拿调地很是陶醉，甚至在唱的过程中还一度摇着头，并轻轻地闭上了眼睛。而黄健却与之相反，一唱歌就立即脸红脖子粗起来，而且越唱越紧张，及至到了最后，声音竟然发颤到像要哭了一样，着实让大家面带微笑却心中又抓狂了许久。

董礼看完了所有的表演后不觉暗叹道，估计大家平时除了读书、学习以外，其他文体特长几乎全都不能兼顾，真是诚可叹息。

等到众人全都表演完毕，已经时近四点，西斜的太阳似乎催人该返。

吕青阳在众人将掌声送给最后一位表演者后，便不再耽搁，而是微笑着走到圈子里，开始对今天的郊游烧烤活动做了一番总结。总结中，他除了肯定大家今日团结合作、成功圆满地完成了班级第一次集体活动以外，还对日后再次举办类似活动做出了种种许诺和畅想。随后，大家一起灭火、收拾垃圾以及带好随身物品开始准备返程。

待各项工作基本完成之后，吕青阳单独把董礼找到旁边并压低声音道："你在这里看着大家把后续的事情做好，我去联系返程车的事,同时把上次来时跟大爷约好的那些事情一并给处理一下。剩下的事儿,晚上回去后再找你说吧。"他边说还边向董礼使了个眼色。

董礼知道吕青阳所言何意,就点了一下头。

吕青阳临走时又笑着对大家道:"我去大爷那边联系一下返程车的事情,这里的事就交给团支书董礼全权负责了,你们有什么事直接找董礼就行。总之,一定要把火彻底灭掉,如果咱们走后发生死灰复燃的事情,那大家可是谁都逃脱不了干系的,哈哈。

"还有就是返回之前,大家务必再查看一下个人的财物,最好别落下什么东西,到时候再返回来取可就麻烦了。行了,大家收拾的过程中多注意安全,另外也都再加快点速度,别让车来了之后再等咱们。"

可能因为周末出游人数众多,加之已经到了下班返程高峰期的缘故,董礼他们的车子上了高速路后被堵了很久,等车子停到学校门口的时候已经都快七点了。

大家下车后均觉疲惫不堪,于是在快速分完苹果并带上各自的物品后,就互相摆手告别。

董礼懒得回寝后再下来吃饭,就跟方泰伟商量让他把自己的苹果提回去。董礼起初以为同样疲惫的方泰伟可能会拒绝他这个不情之请,没想到方泰伟竟然笑着应了下来,几句闲话后便接过自己手里的苹果袋子转身走了。

等到了食堂的售餐台后,董礼看着面条、馒头等物一点食欲都没有,最后买了软一点的玉米面发糕和八宝粥,并要了一份开胃的凉拌猪耳,找了一个偏僻的座位坐下慢慢享用。水米进肚,同时又坐着歇了一会儿后,董礼感觉自己的精气神慢慢地恢复了不少。

董礼用餐完毕并买了一瓶雪碧后，就从食堂北门溜达了出去。等路过门旁海报栏的时候，董礼随意向海报栏瞟了一眼，无意间却发现上面贴了一张崭新的海报。

就见海报的标题写道"第十八届第一任校学生委员会第一次全体委员会议公报"，再往下看时，就见正文写道："根据学校团委书记、校学生会秘书长、校社团联合会秘书长蒋英男同志的提名，并经第十八届第一任校学生委员会全体委员投票，选举产生杨伟诚同学为学校第十八届第一任学生会主席，选举产生冯雨亮同学为学校第十八届第一任社团联合会主任，特此公告。"海报的右下角是"校学生委员会"的落款和年月日。

董礼也不知道这海报上名字被特意标大了的杨伟诚和冯雨亮究竟是谁，也不知道这个"校学生委员会"是个什么样的组织，于是就拎着瓶子转身离开了。

周日晚间的时候，吕青阳来到了董礼的寝室。

见大家正边吃苹果边聊天，吕青阳便笑着对方泰伟道："这苹果味道没辜负你之前的期待吧，为了选好这个果园，我和董礼可是没少跑路，千挑万选后觉得这家的苹果不论是从价钱上，还是质量上都不错，这才选了他们家作为这次活动的主场，你们吃着这苹果觉得怎么样？"

方泰伟、黄健都说苹果不错、挺好吃的。常乐和王辉则问吕青阳下次可能会搞些什么活动。邢胜男还是一言不发，仅边低头吃苹果边低眉顺眼地听众人说话。

董礼出于礼貌，让吕青阳也从袋子里选个苹果吃，吕青阳毫不客气地笑道："让吃咱就吃，还得挑个个儿大的才行，哈哈。"

他边说边从袋里拿了一个大苹果，然后转身到对面水房冲洗去了。

董礼注意到，在吕青阳拿苹果的时候，黄健等人全都下意识地全程跟着吕青阳在看，不论是表情还是眼神，显然都不太愿意把每个人名下都非常具体的福利，就这样不明不白地让给一个外人。

董礼在吕青阳出去洗苹果的时候调侃道："大家别着急，刚才让苹果的话是我说的，那班长吃的这个苹果就算在我的名下，你们放心，不会少了你们的。"

让董礼颇感意外的是，当自己说完这句话后，竟然没有一个人出来说句诸如"就一个苹果，什么你的我的，都是大家的，就让班长吃了吧"这样共同担待的话，以至于让董礼心中感觉到在物质利益面前，大家的表现还真是有点意思。

等吕青阳湿着一双手啃着苹果再次进屋后，好像突然想起来什么似的，立时当着众人的面从兜里拿出一张五十元的钞票，大大方方地递向董礼并笑道："上次借你的四十块钱一直没时间给你，今天正好有钱，这不马上就过来还你了，你那儿有十块钱吧？给完我，咱俩就两清了。"吕青阳说完便看向了董礼。

董礼一时没回过神来，在自己的印象中，吕青阳好像从来没有借过自己的钱。

正待董礼愣怔思考之际，吕青阳好像也看出来董礼一时间没有反应过来自己所言何意，同时也怕董礼发问言多语失，就马上笑道："如果你现在没有零钱的话，这钱你就先拿着，等有零钱时再给我就行。"说完后他就把钱丢在了董礼的枕边。

还没等董礼再搭话，吕青阳便站起身来然后对众人正色道："今天过来还有一件事儿要向大家宣布，就是之前跟你们说的跑早操的事情。下午我刚接到通知，从明天开始，法学院大一、大二两个年级开始跑早操。

"明天是咱们这届新生第一次出早操,所以左书记和王老师都会到跑操现场,希望大家都别迟到,如果有事或者生病不能参加跑操的,务必提前跟我请下假,否则因为无故缺席早操,将会被院里点名通报批评,同时也会让班级在学院对各班的考核中被扣分。

"至于跑操集合的地点就是之前跟你们说过的学校实验楼那里,具体到达路线是,从咱这栋宿舍楼门厅正对着的这条路,向西面直行大约二百米,当见到那个顶上有个四面大钟盘的尖角楼,那就是学校的实验楼了。

"我在这里代表班委向大家提个要求,就是今晚各位务必都早点睡,明早都尽量早点儿起床,你们寝室就由董礼统一负责叫起吧,到时候我也会再上来叫大家一次,再强调一下,所有人千万别迟到。"吕青阳说完后又大口咬了一下苹果,然后一边嚼着一边出门奔隔壁寝室又做通知去了。

第二天早晨,还没到董礼寝室设定的集体起床时间,就听吕青阳已经在门外"咣、咣、咣"地开始砸着门板催大家起床了。众人睡意蒙眬地痛苦地挣扎着起身、穿衣、下地。

黄健还一边穿衣一边哼哼唧唧地道:"这大冷的天,跑什么操啊,这不纯属折腾人吗?也不知道学院是怎么想的。"

董礼立即学着吕青阳的口气对黄健玩笑道:"黄健,你可别忘了,你身为一名党员,一定要以身作则,像你这样评论院里的学生工作影响可是不怎么好,如果让左书记和王老师知道了,看你会不会吃不了兜着走!"

董礼起初说这句话时,就是单纯地想逗一下黄健,估计他还有可能会拿出什么话来反驳自己，比如说早起痛苦、人所共知，这跟是不是党员有什么关系等等。没想到董礼说完这句话后，黄健立即住口，再不抱怨什么天冷、早起跑操折腾人，而是马上闭嘴穿鞋头前跑了出去。

等众人都来到预定的那栋集合实验室楼下后，只见左书记、王老师和另一名明显比王老师年轻的女老师均身着运动装，正精神抖擞地站在各个班级队伍的前面看着大家。至于等待跑操的同学们则或蹦蹦跳跳、有说有笑，或哈欠连天、表情木讷地站在当地。

在正式跑操之前，左书记又热情洋溢地向大家阐述了一番晨起跑操之于学习、生活，甚至于人生的重大意义，并对跑操的时间、人数、纪律、抽查办法以及处罚规定等进行了详备细致的说明，整个讲话下来大约进行了一刻钟的时间。左书记讲完话后，王老师第一个带头鼓起掌来，以示对左书记讲话的赞同。

旁边那位不知名的女老师见王老师带领大家鼓掌，就也马上跟着鼓起掌来。

董礼发现，当各班队伍出发后，左书记并未像他之前对跑操重大作用认识的那样，身体力行地带着或跟着众人一起跑，而是从实验楼前那尊铜像后取出事先备好的羽毛球拍，然后和那个不知名的女老师兴高采烈地对战起来。至于王老师，也未随队跑操，仅孤单地站在路边伸臂抬腿，然后注视着眼前的队伍渐行渐远。

等大家跑完三圈操聊着天回来的时候，董礼发现左书记并无对第一次出操进行总结、讲评的意思，而是将全副精神都专注于和那个年轻女老师的接发球上了。那名女老师显见很享受能够陪左书记打球的荣光，每每在捡球发球的时刻，总是要咯咯地笑着夸几句左书记的球技，左书记对此显然很是受用，当被夸到痒处之后，往往还会语重心长地出言指点那位女老师几句。

不过，不知是左书记二人不想带王老师一起玩，还是王老师个人主观上就不想参与到身边那火热的羽毛球竞技中去，就见她一个人板着一张脸在旁边缓慢地打着太极拳，并对左书记二人的卓越技艺完全视而不见。等她见到班级队伍最终停跑后，这才忙停下了动作并向吕青阳招了招手。等吕青阳走过去后，她也不跟左书记二人打声招呼，就与吕青阳肩并着肩说着话走向了远方。

董礼寝室中的众人，除了邢胜男在跑操后去食堂吃了早点以外，其他的人都先后回到了寝室，并均不约而同地和衣躺倒在床铺上，接着睡起了回笼大觉……

第十五章　桃李春风一席酒

周四晚上董礼自习完毕回寝室时，发现贾占国正站在门口探头缩脑地往里看。

董礼估计他是在找自己，就从后面拍了一下他的肩膀并热情地问道："贾占国，你在这儿干什么呢？快进来坐吧。"

贾占国被拍后先是一激灵，等回头见是董礼，仅表情木木地道："部长让我通知你，明天晚上九点十五务必去办公室参加部里的例会，具体是什么事情会上再宣布，反正别缺席就行了。如果你有事到不了，要亲自跟辛部长请假。反正我已经当面跟你把部长的话传达到位了，记得别迟到。"说完后他也不等董礼搭话就转身快步走了。

董礼望着贾占国匆匆远去的背影暗想，也不知自己哪里让这个贾占国看着不顺眼了，每次他见到自己都不见笑容，说个什么事儿，也从来都是公事公办的样子，让人觉得很是别扭。

就说今天晚上通知开例会这件事吧，这个贾占国难道慢点跟自己说就不行吗？这么点小事儿，用得着弄得这么急三火四的吗？

而且一着急往往就会忙中出错，这不贾占国几句话间，就把跟"汪部长"请假说成了跟"辛部长"请假，真是的……董礼边感慨边推门进了寝室。

等进了寝室后，董礼发现方泰伟、黄健、常乐、王辉四个人好像正在热烈地讨论着什么。此刻黄健、常乐、王辉三人均踞坐在自己的铺位上，正眼神烁烁地看着站在黄健和邢胜男两床中间空地上挥舞着手臂不知说着什么的方泰伟。

董礼边把包往桌上放边笑着逗大家道："看诸位这情形，不是要密谋举行什么大事吧？"

常乐坏笑着答道："是在举大事，这不正在商量着怎么举呢吗？哈哈。"

黄健则不以为然地道："举行什么大事？这事儿弄不好或者弄得好，方泰伟都很可能不举了，哈哈！我们也没商量什么事，就是在为方泰伟设计如何能够继续和席若兰勾搭成奸的情节在出谋划策呢。"

方泰伟听闻黄健此言，立即做出一副很生气的样子，接着就咬着后槽牙、两步跨到黄健的床边，然后把右脚从拖鞋里抽出来用大脚趾往黄健平放在床上的左腿重重地点了两下，边点还边恨恨地道："谁不举了？谁不举了？谁和谁勾搭成奸了？你个贱人，再胡说八道的话，别说不举，直接给你踹成阳痿。"

黄健对此倒也不以为意，一边伸手往外推方泰伟的小腿一边皱着眉头道："去、去、去，君子动口不动手，赶紧把你的臭脚拿开。你再踹我，我也就是个阳痿，和你这'太痿'比起来，还差着那么一大截呢。"

不知是因为听多了黄健别有内涵的话语，而自然而然地发展了自己迅速解码的能力还是怎的,当王辉听黄健把"方泰伟"的名字瞬间解释成"方太痿"时,便立即大笑起来,而且他还边笑边挑事道:"这个黄健,哈哈,太痿,居然想得出来,哈哈。"

被黄健瞬间又给置于更加不利境地的方泰伟,倒是没有再动手纠缠下去,而是摇着头转身对董礼道:"董礼,黄贱人的这张嘴呀,那可真不是一般的贱,真的是又黄又贱,我是甘拜下风,真是说不过他了。黄健,贱、真贱,真是'贱可贱、非常贱',谁能有他贱,简直是堪称天下第一贱。对了,黄健,以后我直接称呼你为黄贱客怎么样?"

董礼却并没接方泰伟的话茬,而是微笑着问他道:"老方,怎么回事儿?这两天不是已经基本都搞定了吗?这怎么又在设计情节去谋划人家席若兰了?"

还没等方泰伟说话,黄健抢先道:"他还用设计什么情节?我看他们俩是一个愿打一个愿挨,没看这两天上课时,方泰伟总坐在席若兰附近的位置给人家献殷勤吗?而且据我观察,这席若兰还一勾搭就上道,也挺给方泰伟面子的,俩人不掩不避地当众聊得还挺欢快,这眼看着一朵鲜花就要插在了牛粪上,真是可惜呀,可惜!"

方泰伟闻言刚要转身找黄健算账,董礼却不给他这个机会而假装不以为然地道:"老方,真是这样吗?我怎么一点也没察觉,而且你回来也不及时跟大家汇报一下你们的最新进展情况,让我们也好早点给你出个谋、划个策什么的。"

又是方泰伟还没搭话的时候,黄健又抢先道:"他这种摧花老手还用得着咱们帮忙?这不是他想在两个寝室间跟大家挑明他跟小席俩人这种不伦的关系,正跟我们三个商量着在哪儿请大家的客，才能堵住我们的嘴才好呢吗？"

对面床上的王辉好像生怕方泰伟忽略黄健对他用的损词似的，于是又在床上笑道："不伦的关系，哈哈，这个黄健，哈哈，亏他想得出来。"

董礼强忍住内心之笑，仍不给方泰伟找黄健算账的机会，而是故意转头镇定地对方泰伟道："都到了挑明关系这个环节了？看来进展很顺利嘛。"

方泰伟本想移步立即找黄健算账，但见董礼问他，就收住了脚步，满脸不好意思但不说又不行地答道："也没什么，就是我马上要过生日了，这不两个寝室的人在上次烧烤时都认识了吗？我想请大家一起吃个饭，进一步加深一下大家之间的感情。"

黄健立时满脸不屑地道："什么加深大家之间的感情，是你想加深和席若兰之间的感情吧。"

方泰伟刚要张嘴说些什么，董礼又不给他机会地道："哦，原来是这样，老方，单枪匹马、直接接触不就行了？还非得让我们一起做陪衬，你不觉得累赘？"

"累赘什么？他是有贼心没贼胆，叫上咱们人多势众，好给他撑个门面。如果我没猜错的话，老方肯定在想，如果饭桌上有可能的话，一定尽快让大家接受或者认可了他们的奸情，那才是最好不过的事，对吧，老方？"黄健又抢先代方泰伟回答了董礼的问话。而且不但如此，黄健一张脸还特别无邪地看向了方泰伟，好像真的是在征求方泰伟对他猜测正确与否的意见似的。

"接受或者认可了他们的奸情，哈哈，这个黄健。"床上的王辉又生怕事儿小地挑出重点强调了一遍。

"原来是这样啊！那就去吧，兄弟需要帮忙，还有什么可多说的，你打算去哪儿请客？"董礼故意不等方泰伟回答，好像也认可了黄健的分析似的，一脸认真地又接了话。

"我觉得吃点辣的就挺好，我看学校北边有好几家川味饭馆，不如去那里吧。"黄健听完董礼问方泰伟的话后，又立即来了一句。

"董礼，你先等一会儿再说，我先处理一下这个贱货。哎——黄健，你他妈的还有完没完了，你说这顿饭是我请还是你请？要不你来得了，这么半天我一句话没说，你他妈全帮我代答了，你还有完没完？"这回倒是还没轮到董礼接口的时候，方泰伟终于忍不住又走向黄健的床边，接着站在那儿气笑了似的开始向黄健发难。

黄健好汉不吃眼前亏，一边收起摊在床上的大腿作防御状一边马上道："这不是为你好吗？我跟董礼交代一下大背景，等一会儿好让大家接着帮你想办法。"

"你是为我好吗？你是为我好吗？我让你帮我想办法了吗？我让你帮我想办法了吗？你当我傻是不是？你他妈这是帮我想办法呀？"方泰伟边说边一个虎扑奔黄健扑了过去，然后就伸出手来开始胳肢、折磨黄健，黄健则涨红了脸，表情尴尬并讪笑着开始全力反抗。

此刻已然通过自己一步步不懈努力，将黄健和方泰伟之间战火彻底挑起来的王辉和董礼，则怡然自得、心情大好地坐在床上笑着看方泰伟如何出招惩治黄健。

而从黄健和董礼对话开始后就一言不发、在上铺微笑着听众人说话的常乐，这时也从上铺探出身子向下观看引火烧身的黄健，正在遭受何种的殃报……

其实董礼回到寝室时的心情那是相当地不错，当他听到众人所说的话题时，便想就此凑个趣、寻下开心，即便是那种把自己卷进去的开心都可以。他寻得这种开心，就是大家俗称的"没事找事"！所以在董礼最初和黄健一问一答地逗方泰伟时，他就想到了方泰伟最后可能会向黄健和自己发难的后果。

董礼采取的寻开心的办法，源自于小时候听到的一则小故事——故事说两个牧童因为所放的小羊被一头母狼偷吃了而被主人狠狠地责罚了一顿。二人为了报母狼吃羊的仇，于是就趁母狼出去寻找食物的时候，从狼窝里抓走了两只小狼崽，一人拿了一只小狼崽分别攀上两棵离狼窝不远且有一定距离的大树。

等母狼回来后，一个牧童就掐一只狼崽的耳朵让它嚎叫，母狼听到狼崽的叫声后，立即放下口中的食物，奔到树下张牙舞爪地想要上树救子，等它心急火燎地忙活了一阵后，另外一个牧童在另一棵树上又掐自己手里狼崽的耳朵，也让其嚎叫。都是自己的孩子，手心手背都是肉，所以母狼只好暂时先放弃营救这一只狼崽，而转身奔向另一只狼崽的所在。

当母狼奔到后一位牧童所在的树下不久后，前一个牧童又故技重施、再掐狼崽的耳朵，使得母狼不得不返回去再救先前那只哭嚎得更加厉害的狼崽。两位牧童如此这般地戏弄母狼，N个回合之后，终于如愿把这位爱子心切的母狼活活累死在两棵树之间，而最终报了失羊之仇。

董礼看着方泰伟在自己和黄健两人对话的过程中，一会儿看看自己，一会儿看看黄健，每每要张嘴回答自己的问题，或者要对黄健表达自己心中意见的时候，就被自己或黄健抢先搭话而给轻轻越过时，就觉得此时的方泰伟像极了故事中那只奔走于两个牧童间的母狼。

看着方泰伟在自己和黄健的对话中越来越急的样子，董礼心中也越来越忍不住要笑,心想只要自己和黄健再这样若无其事地来上几个回合,这方泰伟离着被活活憋出内伤也就不算太远了——当然离着自己和黄健被方泰伟喝止、清算的时候也同样不算太远了。

哪承想方泰伟爆发之时,因为自己的红脸角色做得太过无嗅无色、不露痕迹,黄健的黑脸角色不但露骨而且又十分地没品,加之王辉在一旁提示、挑唆,是以竟将方泰伟的一腔怨气全都引向了"戏弄方泰伟事件"中的一个"牧童"——黄健,而令其遭殃、受罚,而事件中的另外一个"牧童"——董礼竟然可以安然无恙、全身而退,这倒是董礼始料不及的。

方泰伟仗着自己在床下场地宽敞、行动灵活的优势,着实把困在床铺上躲又躲不过、出又出不来的黄健,给结结实实地收拾了一番。

约莫五六分钟以后,黄健这才开始涨着一张憋得都有点紫红了的脸,连连说着"别闹了、别闹了,算我求你了"的话,来向方泰伟示弱告饶。好在这时方泰伟心中的那口恶气也出得差不多了,且面对黄健的极力反抗,他也确实感觉有点乏累,就喘着气坐回董礼铺前的座位上罢兵休战。

等喘了几口气后,方泰伟重又来到黄健的床前,边整理衣服边对黄健道:"今晚如果你再敢掺和我的事儿,我就十倍于此地收拾你,保证让你明天早晨跑不了操,你信不信?"

黄健虽然身材高挑,但是有骨没肉,力气相较于筋骨扎实的方泰伟,显然不在一个档次上,逗口舌之能算是他的强项,但若以力相搏,那他还真不是方泰伟的对手,所以方泰伟的威吓对于黄健来说倒也起到了一定的作用。

黄健立时给自己找台阶下道:"我刚才都是一片好意,也是一番良苦用心，只是让你全给误解了。误会，误会。行啊，不让参与就不参与，你们说吧，我光听着，不插嘴！"

方泰伟本也不愿再多同黄健啰唆什么，见黄健如此说后就笑着对他道："这就对了，识趣的人总不至于受那么多皮肉之苦。"

安顿完黄健之后，方泰伟重又坐回凳子，转头对董礼笑道："别听黄健胡扯，我是真想请大家一起吃个饭聚一聚，你是咱们寝室的老大，你看给点什么建议？"

董礼见方泰伟丝毫未发觉自己刚才的恶作剧，此时还来认真征求自己的意见，就正色道："来大学之后，我也从来没在学校外面吃过饭，所以也不知道哪个饭店做得口味好些。不过我觉得你订饭店时，把握一个'可以兼顾做南北风味菜'的大原则就会大体不差。

"你想，咱们这两个寝室的同学遍布长江、黄河南北，大家平时吃喝口味各异，你非弄个特色口味的饭店，比如说像某些人建议的什么川味，他自己倒是可以借你的生日宴解馋了，但是别人吃得都不满意，尤其是小席很不满意，你这番融通联谊寝室情感的良苦用心那不就全都白费了吗？"说这最后几句话时，董礼也是故意没事找事，一箭双雕、走一挎二地分别把黄健和方泰伟又都给圈了进来。

果然，黄健从铺下的阴影里探出头来道："董礼，我不说话是有条件的，之前我又没惹你，你说什么最好也别捎带上我行吗？否则别怪我不客气！我什么时候说要通过方泰伟的生日宴解馋了，真是的！"

方泰伟听到董礼又跟自己提席若兰后就脸上一红，然后立时腼腆地坏笑着朝董礼点了点头，意思是明白董礼在和自己开玩笑，然后他不纠缠董礼，却转头对黄健道："你是没说，可是你已经开始着手做了，你别以为大家都傻，小样儿，老实待着吧你。"

董礼适可而止，并不再次出言拱火，而是脸上摆出一副不知自己何以冒犯到二人的样子道："而且吃饭的时间最好是定到周六，这样安排时间有两点好处，一是有些人可能参加了一些学生组织，据我所知这些学生组织因为办公室紧张的原因，通常会错峰开会，一般是除了周六以外，每天都有可能安排开例会，如果真是这样，你说人家来还是不来？来吧，那边得请假，还不知道部长批不批或者高不高兴。不来或晚来吧，对于你的生日庆典这么重大的事情来说，又多少显得有点不够重视。

"二是即便大家平日不开会，但谁能保证人家就没有点什么日常的个人事务需要处理？你也知道，周一到周五大家白天都有课，所以不得不把有些事务安排在当天晚上来办，所以平时你想找个大家都有空的时间也不是那么容易。

"但是周六就不一样了，即便谁有什么事情需要处理，也完全可以安排在白天去做，而不必非得占用晚上的时间。而且大家白天处理完杂事，晚上舒心快意、毫无负担地出席你的生日晚宴来放松放松，那可是谁都乐而为之的事情。综合上述两点考虑，我觉得你把时间定在周六晚上最好。

"另外，如果确实定下来晚宴时间的话，你看是不是需要提前买点饮料、水果、瓜子什么的拿上，饭店里的这些东西肯定比外面的贵，你早点儿跟我们说就对了，这几天大家一定合力给你操办利索了，到时候就省得你再费心了。对了，你个人喜欢点什么？我们一起给你买个生日礼物吧！哈哈。

"你们那儿的习俗不是非得生日那天才能办宴会吧，是不是可以提前或推后一下，如果是非得生日当天办，那我刚才的话就算没说，你按你们的习俗来就行，不用考虑那么多其他因素。"

董礼说完话后，还没等方泰伟答言，常乐便从上铺探出了身子，然后边向董礼伸出大拇指边笑着道："高，实在是高，这个安排我举双手赞成，我刚才正怕部里开例会的时间和老方请客的时间有冲突呢，这回彻底没负担了，哈哈。"说完又把身子收了回去。

方泰伟听常乐如此说后，也觉得董礼的意见十分中肯，立即笑道："到底是老大，行，就按你说的办。对于哪天办生日宴，我们那儿本也没什么特别的讲究，就初步定周六吧。而且，说是生日宴，其实就是想找个由头叫大家一起聚一聚，因此肯定得找一个大家都有空儿的时间来办。

"别的你们就别操心了，反正到时候在小席面前多说我点好话就行，哈哈。至于生日礼物吗，你们就不用买了，省得你们过生日时，我还要费尽心思选礼物买来还你们，哈哈。如果你们实在要买，那就买个大点儿的生日蛋糕，大家到时候能吃尽兴就行，哈哈。"

黄健在铺下自言自语似的来了一句："你看，我说什么来着，狐狸尾巴露出来了吧，就是想和小席聚一聚嘛，还非得扯什么别的事情。唉！洗漱去，明天还要起早跑操。脖子扭扭、屁股扭扭，我们一起做运动。"可能是怕方泰伟再找自己的麻烦，黄健说完这句话后就迅速起身下床，然后转身抽下搭在床头绳上的毛巾，边哼着歌边绕在方泰伟的身后出去了。

周五晚上的时候，董礼九点一过就从离主楼最近的书店出发，大约五七分钟后，便到了学生活动中心的地下室。

等到了之前开会的那间办公室门口后，董礼发现汪江涛和米庆丰部长还没有来，只有周凯正背对着门指挥着贾占国等几个先到的部员在摆放椅子。

董礼见状忙进了门，并抄起身边的一把椅子也加入了干活的行列。

听到身后有响动后，周凯便转过身来看，当见是董礼后便满面笑容地道："过来了？"

董礼笑道："嗯，刚从书店那边过来。"

周凯道："那你就和占国他们先摆一下椅子，等会儿大家全到了之后咱们就开会。"

董礼笑道："好的。"

跟董礼说完话后，周凯又走到写字台前拍了拍正躬身整理椅凳的贾占国的肩膀道："占国，你带领大家摆一下椅子，如果之后再有部员过来，你就先帮忙安顿一下。我去楼梯口那里接一下任远师兄，他昨天跟我说今天晚上有课，可能要九点才能下。不过一下课他就往这里赶，估计这个时间应该也快到了。"

贾占国在周凯跟他说话的时候，并不直视周凯的双眼，仅将眼光斜斜地投在周凯脚旁的地上。等周凯交代完全部的工作后，贾占国这才略微点了一下头，然后再抬头看一眼周凯，算是应答了周凯的安排。

周凯离开后，等其他部员再进屋时，贾占国并不像他之前跟周凯答应的那样，主动出言招呼、安顿大家，而是任由众人自己找座位坐下。只有几个跟贾占国熟悉的部员进来时，贾占国才眉开眼笑地招呼他们坐到自己身旁。大多数进来的部员见屋中没有主事人后，就和身边的人开始小声聊起天来。

又过了大约五六分钟的样子，就听门外传来了周凯"师兄先进、师兄先进"的声音。

众人循声望去，就见一个紫脸胖子边说着"不用那么客气，你先进吧"边一个人先走了进来。

大家见此情形，感觉今次开会的阵势与往次好像有点不太一样，于是就都不约而同地站了起来。

紫脸胖子见众人都站起来后，就先环视了一下大家，然后边笑着谦让道"你们都坐、都坐，不用这么客气"边快步走到写字台旁靠左的那张弹簧椅上先坐了。

周凯今天好像并没有等汪江涛和米庆丰到来的意思，在紫脸胖子进门后他就随手将办公室的门给关严了。

坐定后的周凯，先是将一本崭新的笔记本递给身旁的贾占国并对他微笑道："占国，你做一下会议记录。"

贾占国边接笔记本边轻轻地"嗯"了一声。

周凯见一切都已就绪，就笑着对众人道："我看人差不多都到齐了，那咱们现在开始开会。这是咱们部在学校第十八届第一任学生会组成后召开的第一次例会，首先请分管咱们部工作的丛任远副主席讲话，大家欢迎。"

众人闻言后立时鼓起掌来。

丛任远见状便先笑着跟大家点了点头，然后才道："各位不用这么客气，鼓掌欢迎什么的就免了吧。我今天晚上过来，主要是代表主席团向大家宣布学生会关于周凯部长的任命决定。

"下面，我再着重介绍一下你们新任部长周凯的个人情况。

"周凯同学就读于法学院，现任二年级一班的生活委员。大一时加入校学生会维权部，在汪江涛部长的带领下工作至今。工作中，周凯同学任劳任怨、不怕苦、不怕累，一年来参与了包括后勤工作咨询会、权益论坛、新年晚会安保、电话进校园等在内的许多工作，并在其中独立承担了大量繁重而琐细的任务，同时在其中发挥了骨干和带头作用，有力地推动了相关工作的顺利完成。

"经考查，周凯同学在日常的工作和生活中，能够尊敬师长，团结同学，与人为善，以身作则。可以称得上是工作中的好同事、生活中的好伙伴。所以，我们这届主席团的全体成员在议定你们部部长人选时，都一致推选了周凯同学。

"你们可能不太清楚，并不是每个部长的人选都能如周凯同学这样顺利通过，有的人我们是议了再议，甚至还在了解了某些人的相关情况后，最终做出了易人的决定。

"也就是说，周凯部长是我们主席团慎重选择的结果，因此你们一定要在今后的工作中，服从周凯部长的工作安排，尊重周凯同学的领导和调配，你们要认真学习他的工作精神和工作方法，为了维权部、学生会，以及学校的学生工作做出你们应有的贡献。我就说这些吧，谢谢大家。"

众人见状，就又一次鼓起掌来。

听完了丛任远的这番话后，董礼总算明白昨晚贾占国跟自己说的，如果自己有事要亲自跟"辛部长"请假是个什么意思了，原来自己耳中的"辛部长"并不是"辛部长"，而是"新部长"。

董礼转念一想，同样是学生会的成员，对于这新部长的任命，这个贾占国又提前知道了消息，自己跟他这差距可真是够大的！

正在董礼胡思乱想间，周凯已经站了起来，他先是向着丛任远热情地报以一笑，然后才对大家道："谢谢任远师兄参加咱们部今天的会议，也感谢主席团对我的信任，不过我个人觉得丛师兄对我有些过奖了,全当是任远师兄对我今后工作的一种鞭策和鼓励吧!

"据我所知,任远师兄现在正准备考研。所以,在现在这样一种主干课较多、很多选修课还要考试的紧张时刻,还专门抽出时间来参加我们部的例会,足见他对于咱们部的重视,也足见他对我们的关心和照顾。对此,我代表部里向他对我们的支持表示深深的感谢!

"作为新任部长,这里我先表个态,今后的工作中,我一定会在主席团的领导下,在伟诚主席、任远副主席的指导下,团结部内、部外各方面力量,齐心协力将学生会的维权工作做好、做实、做出成绩。任远师兄,你看下面我开始布置咱们部下一周的工作怎么样?"周凯边说便扭头看向丛任远。

丛任远闻言后,立时笑着站起身来对大家道:"你们部里具体的事务我就不参与了,就像周凯部长刚才说的那样,我还要抓紧时间复习考研呢,哈哈。行,那我就先走了,你们接着开会,我就不再参与了,不好意思,大家多多理解吧。"丛任远说完后先向着周凯点了点头,然后又朝大家笑了笑,接着便起身向门口走去。

周凯见状连忙起身跟了上去,众部员也纷纷起身相送,门口的一个部员还很机灵地替丛任远师兄打开了门。丛任远见状就边谦虚地说着"不用客气、不用客气,你们快都坐吧"边头前出了门。

周凯随后也陪着丛任远走了出去。

大概又过了七八分钟的样子,周凯才面带笑容地重新返回办公室,并在跟大家客气了几句后,又开始布置下一周的工作任务……

因听丛任远介绍周凯也是法学院的,董礼估计他应该和自己住在同一栋寝室楼里,于是就在散会后特意留下来准备和周凯一起回去。

当周凯看到董礼一个人剩在办公室还不走时，就笑着问他道："你怎么还不走？有什么事情吗？"

董礼道："我没什么事情，刚才听丛任远师兄说你也是法学院的，我估计你可能和我住同一个寝室楼，所以就留下来等你一起回去。不过这几天跑早操的时候，我怎么感觉没看到你呢？"

周凯笑道："哦，你还真说对了，咱们法学院的四个年级就是住在同一栋寝室楼里。那行，我收拾一下，咱俩一起回去。你没有看到我吗？我每天都在参加跑操呀，那天我还看到你了呢，呵呵。"周凯说完后就拉开写字台下边的抽屉取出了自己的书包。

拿出书包后的周凯并没急着走，而是先打开了贾占国放到桌上的例会记录本看了起来，可能是发现贾占国记录的内容有些不太全面，就提笔在本子上补充了一些内容。

等全部写完后，周凯又对着记录本看了看，这才把本子合好放回桌上的文件夹中，然后对董礼道："走吧。"

在回寝室的路上，周凯很亲切地问了董礼的家乡籍贯等情况，又嘱咐董礼日后要多留心新同学在学习、生活中遇到的各种问题和需要，并及时向部里反映，董礼则对周凯的问话和要求一一做了回应。

闲话完后，董礼又笑着问周凯道："部长，汪江涛部长这就算正式卸任了吧？他当上没当上副主席？虽然接触的时间不算长，但我觉得他为人挺豪爽，像个大侠似的，哈哈。还有米庆丰部长今晚为什么没有来？"

周凯闻言后略微迟疑了一下后才道："对，江涛部长已经正式卸任了，大三的事情很多，又要准备考研，又要准备找工作，可是够他忙一阵了。庆丰没来，可能是有什么事耽搁了吧，我也不太清楚，呵呵。"

"还有，以后叫我师兄就行，别总部长、部长地叫，那样让学生会之外的人听着不太舒服，好像咱们学生会内部多么官僚似的，而且这样叫，也让咱们之间显得生分了许多，你说呢？呵呵。"

董礼笑道："行，那以后在非正式场合，我就叫你师兄或者周师兄了，但正式场合我还叫你部长，你看怎么样？"

周凯顿了一下后道："行，那就看场合再说吧，都是一个院的，又只比你们高一级，别搞得那么正式，呵呵。"

说完这句话的时候，二人正好经过路旁的一个亮着灯的报亭，董礼见状就对周凯道："晚上忘了打水，我去报亭那边买瓶饮料拿上去喝，你看你要个什么牌子和口味的饮料？我一起给你买了吧。"

周凯笑道："谢谢，我寝室壶里有水。你自己去买吧，我先走了，你也早点回去休息，明天还要跑早操呢。"

董礼闻言就朝周凯点头道："行，那我就顾自己了，哈哈。师兄你慢走。"

周凯"嗯"了一声，一个人头前先走了。

等董礼拿着可乐回到寝室的时候，发现方泰伟和寝室中其他人聊得正欢。

当方泰伟见董礼回来后，就立时转身对董礼笑道："你可真是个大忙人，每天晚上不熄灯一般都见不到你，哈哈。说，这么晚了，到底干什么去了？是不是有什么情况瞒着哥儿几个呢？还不从实招来。"

寝室中的众人听方泰伟这样一说，就立即全都来了精神，并好像董礼这边真有什么情况似的，一个个纷纷把问询的目光投向了董礼。

董礼扫了大家一眼后，对着方泰伟笑道："哪有什么情况呀，如果真有的话，那可瞒不住你们这帮孙猴子的火眼金睛！你自己不是就没瞒住吗？哈哈。刚才我开部里的例会去了，这不学生会刚换完届嘛，今晚分管我们部的副主席代表学生会主席团来宣布新部长的任命决定，之后又说了一些其他事情，所以一耽搁就到现在了。对了，今天寝室的气氛明显异于往常，你们又在密谋什么呢？一个个精神百倍的，是不是又有什么好事了？"

大家见董礼说得坦诚，同时也确实没从董礼的话里发现什么蛛丝马迹，于是就把起初转向董礼的注意力重又投回了方泰伟。

方泰伟见大家看他，就立即笑着对董礼道："老大，向你通报个情况，经过深思熟虑，我十八岁大寿的生辰晚宴就定在了明晚，就在北门那个叫做翔宇饭店的八号雅间，开宴时间是晚上六点整，到时候你可一定要赏光呀，哈哈。"

董礼立即装出一副郑重其事的样子道："兄弟十八岁寿辰这么惊天动地的大事，我哪敢不来呀？你看除了要再叫上赤脚大仙、福禄寿三圣以外，咱还准备邀请谁？护法诸天、六丁六甲、五方揭谛、四值功曹可要一起请到？另外，太上老君、托塔李天王他们的请柬可千万别忘了发呀。"

王辉听后立即笑道："这哪是生日聚餐？让董礼这么一说，简直成了群仙聚会了，哈哈。"

黄健则冷着脸随口接道："对，除了太上老君、托塔李天王以外，像什么十殿阎罗、黑白无常什么的，你也别忘了叫。到时候他们肯定会带着新鲜的孟婆汤和彼岸花过来给你贺寿的。"

方泰伟闻言，立即转头对黄健怒道："黄健你那张贱嘴又在瞎叭叭什么呢？这可是我的生日晚宴！我发现不论什么话，怎么一到你嘴里就立即变味了呢？你他妈想死，我一定不拦着。

"明天晚上我另开一桌，就把牛头马面、黑白无常、阎王小鬼一起请来，单独把你跟他们安排一屋，你不想喝新鲜的孟婆汤吗？那就让丧门吊客、孤魂野鬼什么的给你灌个够，不灌死绝不罢休，等散了桌之后，他们正好押着你一起回老家，省得将来黑白神君还得单为你跑一趟，而且你也可以为你爸妈省下寒假回家买火车票的钱了，也算是你这个不肖子体谅十多年来他们为你操心受累不容易，而给自己积的一点阴德吧。

"就这么说定了，明天一早我就找王老师要你家的电话号码去，早点打电话让叔叔阿姨给你置办香烛棺椁，早点预约扎纸匠给你扎点纸人、纸马、纸媳妇什么的，要不到时候噩耗传来，他们来不及准备可就麻烦了。

"还有，你现在不是还单身吗，除了媳妇以外，还可以再给你扎几个纸小三儿什么的，保证你到了下边之后妻妾成群，省得你将来在那边住在小盒子里孤苦伶仃地太可怜。就先这样吧，如果还有什么没想到的，你一定要及时提醒我，保证让你心满意足地闭上那对狗眼。咋样？黄健，这样安排你还满意吧，明天应该也能安安心心地上路了，是不是？"

想是黄健说方泰伟生日宴会来什么阎罗无常的话，犯了方泰伟的忌讳，原本在口舌之能上从来就不是黄健对手的方泰伟，这回倒是在一口气之间就把黄健从生说到了死，而且还把他的后事全都安排得妥妥帖帖，毫无遗漏。

方泰伟瞬间给黄健的这一番雷瓶炮火，完全出乎寝室中其他人的意料，众人在三五秒钟之后，才纷纷缓过神来并开始放声大笑。至于自找没趣的黄健，同样也被方泰伟瞬间使出的反手剑给弄了个措手不及，此刻哑口无言的他坐在床上说也不是、不说也不是地尴尬在了那里。

停了一会儿后，黄健终于回过神来并红着脸讪笑着给自己刚才的失礼找补道："嗨呀，就是几句玩笑话，你用得着这么生气吗？我也没别的意思，就是借着董礼的话跟你开个玩笑。"

方泰伟闻言后，却兀自愤愤地道："有这么开玩笑的吗？上坟烧报纸——你糊弄鬼呢？你见谁听到别人过生日会这么说话？别忘了，明天可是我的生日！你他妈再敢胡说八道，我保证让你看不到明天的太阳。"

黄健见方泰伟这次是真的动了气，便也不敢再多说什么，觉得就这么待在床上任由众人耻笑也有点下不来台，便抽下搭在床头绳上的毛巾故意说着"洗漱去，明天早起上自习"的话赶紧出去了。

方泰伟兀自不饶地边对着黄健的背影狠狠地晃了晃拳头，边对他大声喊道："黄健，你可真得当心点，别一个不小心喝口漱口水把自己给呛死了。"

董礼见状就拍了拍方泰伟，然后一笑道："老方，别生气了，谁还不知道黄健，他那张臭嘴就那样，其实他也没什么坏心专门赶着你生日来咒你。对了，联谊寝室的人都通知到了吗？她们到时候都能过来吗？"

方泰伟见问就脸上一红，然后腼腆地笑道："我让席若兰都跟她们说了，她们寝室倒是没人说不来。"

董礼假装惊讶道："这通知联谊寝室的人来赴宴的活儿，应该找她们寝室长孙苗苗来办才对呀。现在你什么事都通过小席来办理，看来你们俩这事儿是真要成呀，哈哈。也不知道咱们寝室下一对儿会是谁？小乔未嫁，常郎未娶，可能性应该是最大的吧。"董礼说完后就向常乐那儿瞟了一眼。

方泰伟闻言后，不置可否地对董礼笑了笑。

常乐听后却立即从上铺探出头来对董礼正色道："董礼，我上周六晚上不是已经正式跟你们澄清了关于我和乔暮云的流言蜚语了吗？你怎么还提这茬儿？"

董礼笑道："行了，不说了，关心一下你的生活好像跟害了你似的，那咱们就接着说老方的事吧。老方，这样吧，我也说不准明天下午我去图书馆还是自习室，但是晚上六点我肯定准时到饭店。另外，你看看那边还有什么需要置办的东西吗？如果有，吃饭之前我早点到，一定和大家一起帮你办妥了。"

方泰伟忙道："没什么需要办的了，我预订饭店时已经事先过去问过了价钱，那个饭店里吃的、喝的、抽的什么都有，而且店主跟我说他们店里边卖的东西，也就比外边商店卖的贵个三五块钱，所以也没必要非在外边买。当然店主也说了，如果咱们愿意在外边买东西的话，他们也不限制。

"不过，我觉得如果仅为了省那么几块钱的话，咱们就不值得再在外面多费事了。还有，你来之前该怎么忙就怎么忙，不用管这边的事。反正王辉、常乐他们刚才也说了，开宴之前他们也都有事均过不来。反正就一条，明晚六点的时候，你们准时过来赏光就行，咱们是不见不散！"

因怕误了方泰伟的生日晚宴，五点一刻刚过，董礼就还书入架离开了图书馆。等走出图书馆一层正门时，正赶上一股冷风突然迎面吹来，一种透骨的寒意顿时传遍了董礼的全身。

董礼侧身躲过了阵风，顺手把夹克衫的拉链向上拉了拉，心中一边感慨着北京的秋寒一边快步向校园主路赶去。当他经过学校党委宣传部的海报栏时，发现很多人正挤在那里看着什么。

董礼好奇，便也凑过去看，就见海报板上分上下四层，每行并排八页地连贴了整整两个版面的A4打印纸，此时阵风吹过，打印纸随风哗啦哗啦地响个不停。海报栏前的师生却不顾寒冷，全都认真地看着纸上所写的内容，一位满头华发且戴着副挂链眼镜的老教师，还拿了一个小本子对着海报栏在小心翼翼地摘抄着什么。

董礼见此情形，心想其中贴着的文件一定事关重大，因此就在海报栏的最左侧站定，并认真地看起海报栏里的内容，细看之下，就见最左边起首的那张纸上的标题写着《关于实施校部机关机构改革方案和干部人事制度改革方案的决定》。

再看下去，却见接下来的文字都是些什么本次改革所处的时代背景，如何在本次改革中贯彻中央精神，老师们应该如何配合学校有关部门做好本次改革工作等原则性内容，董礼觉得没什么意思，便快速地向后面浏览。

因觉这些内容似与自己的学习生活关联不大，所以董礼在大体看了一阵后，便转身离开了海报栏。当他经过那位老教师的身边时，就听他自言自语地道："看来这回学校是要动真格的啦，所有处级干部居然都要全体起立，完全凭实力再聘，这力度可真是前所未见呀！"

董礼闻言后不觉又侧头看了这位老教师一眼，却见他说完后又开始低头记录起来。董礼心想，这位老教师倒是认真，想来这把年纪的他上阵参与竞聘的可能性应该微乎其微，估计多数是其多年来关心校政的惯性使然吧。董礼边想边离开海报栏大步向翔宇饭店走去。

等到了翔宇饭店八号雅间后,董礼发现两个联谊寝室中的人,竟然已经都到了。此刻的方泰伟正坐在主位上满脸堆笑地在跟大家谈着什么,方泰伟右手边的椅子却是空着的,而其左手边的椅子上却赫然坐着打扮得漂漂亮亮的席若兰。

方泰伟见董礼进来后,就忙站起身来指着他右手边的座位对董礼热情地笑道:"董礼,这边给你留了座位,快过来坐、快过来坐。"

董礼闻言立即对大家抱歉道:"不好意思,紧赶慢赶还是来晚了,我看就让王辉他们几个往里边串一下,我坐在门口就得了。"

方泰伟笑道:"那哪能呢?不晚不晚,我们也是刚进来不久,这不连茶都没泡开呢吗,哈哈。你快进来吧,这个位置非你莫属。"

席若兰见状,也随着方泰伟起身给董礼让座。

董礼见谦让不过,就侧着身子从自己寝室一方往方泰伟身边的座位蹭去。挡住董礼前进道路的常乐、黄健和王辉见状,分别从座位上站起来给董礼让道,本不碍董礼事的邢胜男也坐着把椅子向前拖了拖。

常乐等董礼经过身边时忽然玩笑道:"大才子这身子骨儿稍微有点显胖呀,周末也不放松一下,难免会弄出这么个过劳肥的体型来,哈哈。"

董礼笑道:"你说谁是大才子?我看大胖子还差不多,哈哈。这不周末没事儿去图书馆看闲书去了嘛。你们过来多久了。"问这句话的时候,董礼已经行至王辉的身边,是以王辉就在旁边微笑着答道:"也才刚到一小会儿,我们几个是一起从寝室过来的。"

董礼顺口答道："哦，泰伟领你们一起来的？"

王辉看了一眼方泰伟，嘿嘿地笑了两声没搭话。

董礼这时已经到了方泰伟给自己预留的座位之处，就边坐边看向正看着自己的方泰伟。

方泰伟听到董礼之问，以及王辉含含糊糊的回答后，立时脸上一红道："我没跟他们一起过来，刚才出去逛了一圈，单独过来的，呵呵。"

方泰伟说完这句话的时候，董礼见方泰伟身旁的席若兰也不好意思地笑了一下。席若兰旁边的孙苗苗和方雨琪闻言后，则都低着头露出了别有意味的笑容。

董礼情知有异，也就没再多问，而是环视了一下整个房间后对方泰伟道："你选的这个地方真是不错，看着就有档次。这还不到六点钟，楼上楼下的顾客就来了这么多，好在你预订得早，如果今天才订的话，恐怕就没位子了，哈哈。"

方泰伟笑道："我也是听师兄、师姐均说这家饭店不错才邀大家过来的，但愿别让咱们失望，哈哈。"说完后又向门外喊道："服务员，把菜单拿过来。"

方泰伟向外喊话的时候，席若兰已然悄悄地端起了方泰伟身边的茶壶，开始轻轻地向董礼面前的杯子里加水，看那举止神态，俨然二号主人一般。

董礼见状，忙边伸手向席若兰做接水壶状边谦让道："你快别麻烦了，我自己来，我自己来。"

席若兰却未放手，而是边继续倒水边笑道："你就别伸手了，都已经快倒完了，今天外面天气寒，赶紧喝口热茶暖暖身子吧。"一句话弄得董礼真跟个客人似的。

正在此时，服务员也把菜单送了进来，黄健接过菜单后，又转身递向方泰伟。方泰伟接过菜单后却直接对着董礼道："你看看想点个什么菜？"

董礼马上谦让道："你来吧、你来吧，我吃什么都行。"

方泰伟道："这里每个人刚才都已经点了一道菜，因为你来得晚，所以就给你单留了一道，你就别再谦让了，快点儿选吧。"

董礼"哦"了一声道："行，那我就恭敬不如从命了。"说完后就接过菜单翻了起来，等一遍翻过之后，董礼就指着一道价钱适中的"罐装改良东坡肉"问方泰伟道："这道菜有人点了吗？你看点它怎么样？"

方泰伟看了一眼菜单后道："还没人点，那就点这道菜吧。服务员，把这道'罐装改良东坡肉'记一下，然后让厨房马上起菜。"

服务员应了一声，记下菜名后立即转身出门备菜去了。

方泰伟此时又侧头低声对董礼道："我刚才问了一圈，大家都说不想喝酒，你看咱们有必要点酒吗？还有就是服务员刚才给我推荐了店里的果盘，要不要来一个？"

董礼道："既然大家都不想喝，就别来酒了。那天我没事翻学院发的学生手册，说如果在校期间学生酗酒且情节严重的，可处以开除学籍的处分。生日宴本来是件开心的事，可千万别因为饮酒让学院处分了咱们。至于果盘嘛，等一会儿看情况再说吧，如果菜都吃不完，那就没必要再破费点什么果盘了。"

方泰伟听罢道："行，那就先这样吧，等会儿看情况再说。"

方泰伟刚跟董礼说完话，那边的席若兰就伸手碰了碰方泰伟，示意有事要跟他商量，方泰伟于是就把头侧了过去。

借着席若兰跟方泰伟说话的机会，董礼这才有暇打量桌上众人的座次。就见男生寝室这边，泰伟为首，依次是自己、王辉、黄健、常乐和邢胜男。女生寝室那边则以席若兰为首，依次是孙苗苗、方雨琪、乔暮云、韩璐和李迪。女生那边后排闲置的凳子上堆放着几只盒子，男生这边座位的后面则放了一大盒生日蛋糕。

桌上的众人，除了坐在末座的邢胜男一如既往地低头静听桌上其他人说话以外，其余的人都不断寻找话题与身边的人主动交流起来。当然，坐在黄健和邢胜男中间的常乐，顾及同寝之谊，通常在跟黄健热火朝天地说了很长时间后，也会转过头去逗上邢胜男一两句话。也不知常乐都跟邢胜男说了什么，反正邢胜男每每听了都会腼腆地笑。

又过了一会儿，各色冷、热菜肴便开始陆续上桌。

方泰伟见状就问身边的董礼道："你看现在开始，还是等菜上齐了之后再说？"

董礼道："我看就现在吧，如果再过一会儿，先上的菜都凉了，我们那儿心急喝酒的人总开玩笑说'三三见酒'，意思是有三个菜上桌就可以喝酒了，咱们现在的菜早就超过了这个数，我看开席已经没问题了，哈哈。"

方泰伟闻言后就转头看向了席若兰。其实方泰伟在跟董礼商议的时候，席若兰也在旁边很专注、很乖巧地听着董礼的意见，当见方泰伟看向自己后，席若兰就朝他微微地点了下头以示同意。

方泰伟见董礼和席若兰都同意开始，便正过身子笑着看了一圈众人后道："时间已经不早了，菜也已经上来了几道，后边的菜咱们边进行边等。那今天的聚餐现在就正式开始。

"首先说明一下，因为我这儿离大家的座位有近有远，原本我应该亲自为大家倒这第一杯的，但是为了公平起见，我就不一一为大家倒水、满杯了。我把茶水壶和饮料都放到桌上，大家就近自取、自己照顾一下自己。现在，就请各位都先把自己面前的杯子满上，大家以饮料代酒先共同来上一个，来，都满上、都满上。"

方泰伟一边提议，一边起身拿起桌上的一瓶雪碧开始起瓶，大家闻言后也一边谦让着"别客气、别客气，大家自己来就行"，一边也就近拿了饮料瓶开始起瓶。

男生这边常乐的反应速度最快，拿起面前的雪碧瓶，三下两下就打开了，然后便侧身给左右两边的黄健和邢胜男分别倒满。女生那边的方雨琪也主动给孙苗苗、韩璐和李迪满杯。

原本说好大家要各自为政的方泰伟见此情景，也收回前言，开始起身给董礼、王辉、席若兰和自己的杯中先后倒满了饮料。

等倒完饮料后，方泰伟就势站着向大家笑道："好，那我就先来提议这第一杯。也就在两三个月以前，我们在座的所有人还在本省异常辛苦地为着各自不测的前程努力奋斗着，谁也不期能在未来会遇见谁、认识谁。

"但是今晚，我们这些来自天南地北、原本素不相识的有缘人却又一次聚到了一起。这确实是件很不容易的事情，我觉得大家分到一个班级已经很难得，现在更进一步还成为了联谊寝室，那就更难得了。所以，我提议为了我们千里有缘来相聚，更具体点儿说，就是为了这个奇妙的'缘'字，大家一起干一杯吧。"

众人闻言后纷纷应声而起，常乐还大声应和道："对、对，为了缘聚今晚，大家一起来一个。"其他人也附和着互相碰杯并都把杯中的饮料喝了个一干二净。

方泰伟见状，就很高兴地道："来，咱们再都满上，一起再来第二个。"

董礼这回眼疾手快地先抓起了饮料瓶,然后给席若兰、方泰伟、王辉和自己先后倒满了饮料。

方泰伟等了一下后续道:"我再提议这第二杯,既然大家有缘成为同学、成为朋友,那大家就要珍惜我们的这份缘分,让我们为了大家的友谊能够万古长青,来,咱们再一起干一个。"

黄健这回也积极帮衬方泰伟道:"对,为了我们的友谊万万年,一起再干一个。"

大家闻言又都纷纷响应,互相碰杯并干了杯中的饮料。

坐下之后,方泰伟趁大家吃菜的当口,小声问董礼道:"老大,要不下边你开始提吧。"

董礼道:"行,但是容我先酝酿一下。"

方泰伟道:"不着急、不着急,你先吃点菜。"

依董礼家乡的习惯,家长为防子女因过早涉身酒场,而散乱了那份向学之心,是故总是有意阻止他们参与类似场合。董礼此前其实并没有正式参加过什么宴会。而且就算参加,一般也都是看着大人们在酒桌上斟酒布菜、划拳行令,而由他单独提酒的经历从未有过。所以,如何在接下来的环节中说些得体的话,倒着实让在此方面素无经验的董礼颇费思量。

正当董礼思虑如何处措之间,没想到女生寝室那边的方雨琪倒是先主动站了起来。

就见方雨琪先是环视了一下众人,接着又捋了一下鬓边的头发后才道:"刚才方泰伟已经作为男生寝室的代表,点出了今天大家聚会的主题,我是女生寝室这边年龄最大的,所以其他的人就推举我代表本寝室说两句。我想,从分联谊寝室那个时候起,直到上次的郊游、烧烤活动,我们之间的友谊就像刚才方泰伟说的那样,正在一步步加深。

"所以,今天我们在祝贺方泰伟同学十八岁生日的同时,也想借此机会进一步加深一下彼此的感情。我想咱们今晚一起出来聚餐,就是图个高兴,因此咱们也就别轮流提杯了,简单就是美嘛!而且饮料这东西咱们总干杯的话,恐怕也都吃不消,以后大家就随意喝吧。

"我提议两个寝室的所有人都一起举杯,一是祝今天的寿星方泰伟同学生日快乐,二是为大家相识相聚共同庆祝一下。来,让我们一起再干一杯。"

虽然方雨琪的话并不算太多,但是却层次分明,不但表达了对方泰伟生日的祝贺,还替此时桌上正思虑轮到自己时该如何发言的众人表达了心声。她的一席话下来后,立即得到了大家的热烈响应,包括董礼在内的众人,全都如释重负、高高兴兴地举起了杯子,边纷纷称赞方雨琪的提议好,边热烈地互相碰起杯来。

因为起初桌上氛围铺垫得不错,接下来的宴席就进行得顺风顺水、其乐融融。虽说众人都同意了方雨琪的提议,不再各自特意起身说什么套话,但是大家也都分别抽空言简意赅地对方泰伟表达了对他生日的祝贺,以及对大家彼此相识的高兴之情。就连平日少言寡语的邢胜男也和方泰伟遥相碰杯,并细着嗓子说了一句:"Happy Birthday!"

席间众人除了纷纷祝贺方泰伟生日快乐以外,又分别聊了一些闲话,无非是交流了一下个人信息,各地的风俗习惯和学习生活情况等,另外对一些大家全都知闻的明星、影视剧进行了评论。有意思的是,经过交流后得知,黄健竟然跟韩璐是同一天的生日,二人就在大家起哄架秧子之下，红着脸站起来共同喝了一杯。

随着宴会的进行，桌上那原本一人说话众人倾听的局面，也渐渐地演变为分组交流，及至最后几乎成了一对一的单独谈话了。而且交流的对象，也从本寝室间的成员，慢慢变为了联谊寝室的男女同学之间。

董礼发现，虽然之前卧谈会时，王辉曾坦陈过由于孙苗苗长得像徐静蕾，令自己很是心仪。而按照黄健的说法，常乐和乔暮云之间的关系也很有些不清不楚。但是席间王辉和孙苗苗，常乐和乔暮云之间的交流却几乎很少，估计是两人有意避免瓜田李下之嫌，以免给黄健留下什么回去后数说、评论的把柄。

不过就像大家常说的"掩饰就是确有其事"一样，王辉和常乐越是这样做，反而越让大家觉得他俩做贼心虚、心中有鬼。

与这二人欲盖弥彰的表现相比，倒是方泰伟和席若兰的表现自然大方了许多——席间二人频频交头私语自不待言，及至有什么好菜好饭上来后，二人还不掩不避地互相给对方夹菜取饭，亲昵关系自然是"昭然若揭"。

对此情形，众人均假装视而不见，自董礼以降，大家还偶尔若无其事地跟二人聊上两句，以示自己也曾见过大风大浪，而对二人这些小微澜并不放在心上。

等酒宴进行到后来，方泰伟的情绪越发高涨，以至于终于按捺不住内心的躁动，破了前定席间不可饮酒的规矩，而点了一个小瓷瓶装的白酒和几听罐装啤酒。

不知是为了在众女生面前显示自己酒量的考量，还是真的是为了给方泰伟助兴，黄健、常乐和席若兰见状也都先后把饮料换作酒水，并纷纷主动和方泰伟碰杯，但是董礼等人倒是一直坚持立场，始终没碰这些黄白之物。

等方泰伟几人终于喝完了瓶中之酒后，脸色红涨的黄健也在酒精刺激之下，变了音儿地大叫着可以开始点蜡烛、分生日蛋糕了。大家闻言后也纷纷附议并迅速收拾好桌面，然后七手八脚地一起解封蛋糕，分发一次性纸盘，插蜡烛，给方泰伟戴寿星帽等等，总之一项项内容进行得不遗不漏、有条不紊。

吃蛋糕前，女生寝室的众人纷纷拿出事先挑好的礼物当众送给方泰伟。董礼细看时，见这些礼物有变形金刚的塑钢模型、书市上新近热销的图书、CD等等，方雨琪还特意送给了方泰伟一张韩剧光盘，并笑着说："里边可是有限制级镜头哦，不过你今天已经满了十八岁，送你这个也不算违法。"大家闻言后尽皆捧场大笑。

至于席若兰送给方泰伟的生日礼物，则是一双蓝色的布质轻便运动鞋。这个礼物与其他人送的礼物相比，虽然价钱大体差不太多，但是却将席若兰对方泰伟生活上的一种体贴与关心寓含其中，显得很有深意。

接受完礼物并致谢后，方泰伟用火柴逐一点亮了生日蛋糕上的蜡烛，李迪则走到门口处关了顶灯的开关。之后，大家在一片温暖的烛光中，喜笑颜开地唱起了《生日歌》，方泰伟也闭目许了生日愿望，之后便吹熄蜡烛、分食蛋糕。

等大家吃完味道甜美的蛋糕后，董礼再看表时，忽然发现这顿饭不知不觉间，竟然已经进行了三个多小时之久。

方泰伟发现董礼看表后，就低头问董礼道："老大，咱们是不是该散了？"

董礼回道："也不用那么着急，周末寝室楼关门比平日要晚一些，如果大家还想继续的话，我看再进行半个小时应该也没什么问题。"

没想到这句话被女生寝室的人听到了，就见方雨琪大大方方却又言有所指地道："时间已经不早了，我看咱们今晚就进行到这里吧，这样可以留点时间，让大家饭后散散步什么的。而且我们来日方长，今后大家还可以再聚嘛！"

众人会意"大家饭后散散步"所指为何，便均纷纷出言表示赞成。

回去的路上，方泰伟自然是跟席若兰走在了一处，而且二人肩膀相靠、动作亲昵，再不避讳联谊寝室中其他人的眼光。其余的人，比如黄健、常乐就是和方雨琪、李迪一起松散组成了一个小组聊着天往回走，而董礼则和王辉两位男生组成了一组，孙苗苗、乔暮云和韩璐三个女生又组成了另外一组，邢胜男还是衬在众人的最后面，若即若离地跟着众人往回走。

到了校园里必须分路回寝的地方，两个寝室的人这才重又会合在一起，然后相互礼貌着挥手告别。至于方泰伟和席若兰则跟众人说要出去采买点东西后再回寝，然后便在众人的注目之下相互依偎着渐行渐远。

等一回到寝室，众人立时卸下此前席间一直戴着的诸般面具，再不像与联谊寝室相处时那样地斯文和礼貌，而是对今晚的活动大谈特谈起来。

常乐先是假装很关心席若兰和方泰伟的安全状况地笑着对大家道："都这么晚了，老方他们两个还要出去转，要是遇上坏人可怎么办呀？以方泰伟的身板怕是扛不住犯罪分子的进攻吧，尤其席若兰一个弱质蒲柳的女同学，哎呀，如果真碰上坏人，那后果可真是不堪设想。"

黄健闻言却立即冷冷地回道:"席若兰连方泰伟这样阴险毒辣、心怀叵测的坏人都敢挺身而上,你还为她的安危担忧个什么劲呀?至于方泰伟,估计他更想马上遇到个坏人,自己当着小席的面来个英雄救美什么的,以进一步加固一下二人的奸情才好呢!"

王辉此时正跪在床上对着壁挂书架在整理课本,当听到常乐和黄健如此说后就笑道:"这个黄健,还奸情,应该说感情才对。不过这大晚上的,我也觉得现在出学校有些不安全,有什么需要买的,明天再买不就得了。这俩人,真是的!"

黄健不屑一顾地抬头翻了王辉一眼后接道:"你是真傻还是假傻?你还真以为他们是到外面买东西去了?不可能的事儿,我觉得这俩人肯定是跑到学校哪个没人的旮旯打啵儿去了。"

由于黄健说话的语气既肯定又下流,是以引得董礼等人立时哈哈大笑起来。

黄健就像受到鼓励似的接着道:"我先前说什么来着,这对狗男女果真勾搭成奸了吧?今晚虽然方泰伟表面上是打着过生日才进行聚会的幌子,其实就是这小子想跟咱们两个联谊寝室的人挑明他们俩关系蓄谋已久的一个最终实践而已。还加深两个联谊寝室之间的感情?我看就是想加深他和席若兰之间的感情,别以为老子傻,谁琢磨不明白这点破事儿呀,喊!"

众人闻言又是一阵大笑。

没想到在众人正笑的时候,方泰伟却推门走进屋来,方泰伟见大家都在笑,就也笑着泛泛问道:"你们这是在笑什么呢?"

黄健怕有人说漏了嘴,忙接口道:"没笑啥,讲笑话呢。你怎么这么早就回来了?把小席给送回去了?"

方泰伟道："嗯，送回去了。什么叫这么早就回来了？都这么晚了，你让我们去哪儿？而且刚才我俩就是出去买了双手套和毛线帽，这天气眼看是越来越冷，早晨跑早操的时候必须要戴一下防防寒。"方泰伟边说边从背着的斜挎包里掏出了新买的手套和帽子。

常乐凑趣似的围过来看了看方泰伟新买的的手套和帽子后笑道："老方，你真是有福气，这小席对你可是真关心，唯恐你被冻着了。"

方泰伟不置可否地对着常乐呵呵一笑，然后把帽子往头上一戴，又笑着问大家道："你们看这个帽子怎么样？还合适吧？"

还没等别人说话，黄健就满脸坏笑地道："解释就是掩饰！去哪儿不行呀？能去的地方那可多了去了，学校周边的小旅馆那不都是现成的吗？还别说，这个帽子真挺好看的，不过怎么看都好像觉得缺点什么。缺点儿什么呢？对了，如果这帽子上面再有个小揪揪的话，那就更好看了，到时候跑操的时候，你戴个和套套一样的帽子出去，保准引人注目。"

这话一出，立刻引得寝室内的众人又一次爆笑不止。

也不知是生日宴会的成功召开，令方泰伟直到现在心情都一直很好，还是他涵养根本就是不错的缘故，虽见黄健这样作践自己，方泰伟居然并不动气，而仍是微笑着答道："懒得跟你这种烂人说话，净是一些不上道的话。管它像什么，戴上保暖就行，对吧，常乐。"

常乐见问就忙道："挺好看的，小席挺有眼光。"

黄健本想方泰伟可能要和自己来上几句，没想到方泰伟根本没搭理他这个茬儿，刚待继续说话，就听方泰伟道："黄健，我看你倒是应该找个人关照关照你了，尤其是要关照关照你这张嘴，要不你这张向来就吐不出象牙的狗嘴迟早要给你带来祸患的。我觉得方雨琪就不错，我看你们俩还挺般配的嘛！"

黄健虽然嘴损且碎，言谈话语间有关男女之事的荤话也是说来就来，但是对于关涉他情感方面的事情，他倒是一直都不含糊。所以虽然方泰伟的话就是一句玩笑，但是他听后却立时把脑袋摇得和拨浪鼓似的道："免谈，免谈！就她？和个大恐龙似的，我才不要呢。"

方泰伟并不知难而退，而是进一步笑着进言道："我看你们俩挺合适的，你那么瘦高，她又那么矬胖，阴阳互补、性命双修，保准将来能生个各方面都均衡的好宝宝。要我看，这方雨琪可比你要驾着七色的云彩去娶的那个李婉君强多了，要不你再考虑考虑？"

众人听到方泰伟这也不知是损黄健，还是真为黄健好的话，而且最后又见方泰伟提到之前黄健要踩着什么七色云彩去燕赵大地迎娶李婉君的话后，就又都忍不住笑了起来。

黄健见方泰伟话中有话，同时对于刚才自己在他没回来之前大放的厥词，是否已经被方泰伟听见了心中丝毫无底，就一边扯下床头绳上的毛巾往外走一边回道："要考虑，也是你考虑吧，是不是一个小席你觉得不够，还要再来一房二奶呀？"

方泰伟笑道："你着急走干吗，要不跟大家一起聊聊你和李婉婷之间的故事得了呗。"

黄健闻言，觉得方泰伟的话中似有深意，生怕因为自己此时的缺席，而给方泰伟散布谣言制造什么机会，就重把毛巾搭回床头绳上并又坐了下来。

等坐下来后，黄健看着方泰伟面色冷静地道："我跟李婉婷之间有什么故事了？我咋都不知道呢？要不你快点替我说说，让我也听一听，恕我孤陋寡闻，我还真没意识到。"

方泰伟笑道："你认识咱们一起上大课时，一班那个表面儿上特别勤奋好学，下课后还总追着老师提问的李浩吧？"

黄健闻言，立刻脸现不屑地道："那个肥头大耳的家伙谁不认识？他那哪是勤奋好学呀？他那就是想跟老师套近乎。这样的人，我从初中以来就见得多了，也不管自己会不会，课下总拿着本书或者习题去向老师假装请教。

"其实，这样的人不是真想问老师问题，而且他问的很多问题，自己根本就知道答案，他之所以总缠着老师问问题，是因为想给老师留下个好学上进的好印象，以让老师在判分时多给他一点。这种明明自己已经懂了，却假装自己不懂而以此跟别人套近乎的行为，要是让我来说呀，那真是要多恶心，就有多恶心！对了，你跟我提他干吗？"

方泰伟道："黄健，你还记得吗，上周上法理学的前一天晚上，我有一个大上次课没听明白的问题请教了你，你说你上课时虽然听得也是似懂非懂，但是经过课后的深入钻研却终于弄懂了，而且你说估计到现在为止，全班也就你一个人真搞懂了这个概念的实际内涵。后来，我大约用了一刻钟还多的时间，才差不多听明白了你的讲述，还别说，这周课上我把你说的那些理论跟老师讲的内容互相印证了一下，这个问题你还真就给学懂弄通了。哎，你还记得我问你的那个问题是什么吗？"

黄健听方泰伟这样说，知道方泰伟之所以问他这件事必有深意，是以眼珠便在眼眶中叽里咕噜地转了几圈，当确定方泰伟话里应该确实没有什么预伏的险情后,这才犹豫着回道:"让我想想、让我想想,哦,想起来了,好像你问我的问题是'应该如何理解法律关系这个概念'对吧?怎么啦?"

方泰伟道:"你是说过由于你课后到图书馆里查了好几篇论文,又看了几本别的高校出的课本才最终把这个问题弄懂,而且班里应该没人比你对此问题理解得更深了,对吧?"

黄健眨着眼睛琢磨了琢磨,然后好像因为怕自己的话说得太满,而让方泰伟抓住什么把柄似的道:"那话只管以前的事,但是截止到现在那就不太好说了,因为上节课老师不是应有的同学的要求,又讲了一遍吗?不过我敢肯定的是,至少上次课之前,我对这个问题的理解,应该是全班最深的。怎么啦?不服呀?"

方泰伟笑道:"服,有什么不服的,你当时对这个问题理解得最精准,这是个好事呀!但是,我还有个事儿想问你,不知道你还记得吗?"

黄健闻言,立即两眼充满警惕地问道:"什么事儿?"

方泰伟层层设伏之后,觉得自己此时已然挽弓如满月,就等弦响之后猎物应声而落了,是以就先环视了下早就被他一席话吊足了胃口的董礼、王辉和常乐等人,然后才微笑着问黄健道:"我想问一下,上周法理学上课之前,你坐在李婉婷旁边,说有一个问题你一直没弄明白,想请她给你讲一讲,那个问题是什么来着?"

黄健闻言后略一思索,脸马上腾的一下红了起来,饶是如此,他还兀自强辩道:"那不是我想看一下李婉婷理解的是不是比我更深吗?"

方泰伟道:"你刚才不是说,截至上次课之前,你对这个问题的理解，应该是全班最深的吗？既然你这么肯定你对这个问题理解得最深，那你为什么还要明知故问地上赶门子去问李婉婷'应该如何理解法律关系概念'这个问题呢？

"我记得刚刚有人说过，那种明明自己已经懂了，却假装自己不懂而以此跟别人套近乎的行为，那是要多恶心就有多恶心！你说你咋能这么恶心呢？"

众人此时才知道方泰伟刚才之所以绕了那么大一个圈子，原来是在一步步引君入瓮。现在大家看到眼前已经被方泰伟成功推到坑里，正脸红脖子粗、不知如何答对的黄健，不由得立时哄堂大笑起来。

对于方泰伟这突如其来的"请君入瓮"套着"以子之矛，攻子之盾"的连环招，黄健还真是毫无还手之力。是以此时的黄健真是如坐针毡一般，再也想不出什么恰当的话来对付方泰伟，所以就又拿起了毛巾，一边说着"你没听古人说过'术业有专攻，闻道有先后'的话呀？虽然李婉婷前一晚没我理解的深，但是说不定一早晨起来就想明白了呢。我这叫不耻下问，你懂什么，洗脸去了。"一边仓皇起身快步走出门去。

方泰伟闻言就对着黄健的背影喊道："我确实不懂，我就知道'明明自己懂了，却明知故问的行为，那是要多恶心，就有多恶心'的道理。"

寝室中的众人听罢，又爆发出了一阵放肆的笑声。

第十六章　革故鼎新真胜手

最近，董礼觉得已经好久都没跟家里联系了，就决定晚上回寝后给父母打个电话。

但是自那晚生日宴方泰伟和席若兰在众人面前表明了关系之后，两人的感情热度就像经济学里说的"乘数效应"一样，呈几何量级般地迅速升温了起来。两人不但白天如胶似漆、形影不离，就是晚上回到寝室以后，交流情感的电话粥也从不避讳众人，一直要煲到熄灯之后很久方能罢休。

每天很晚才回寝的董礼，想在回来后给父母打个电话的计划，就因此而被一再搁置。

这个周六的下午，董礼在午睡起床之后，忽然发现寝室中的人不知在什么时候竟然全都出去了。得此良机的董礼立即拿出201电话卡给家里拨通了电话。

当天虽然是周末，但是父亲却没在家，接电话的是母亲。

董礼发现，母亲刚接起电话来时说"喂，你好"时的语气很平淡，但是当董礼说了一声"妈，是我"之后，母亲的语气立即变得惊喜起来。

就听母亲在那边说道:"你先等一会儿,我把电视关了再和你说。"然后就听电话机那边传来了拿遥控器、放遥控器的声音,之后就听母亲很兴奋地说道:"你今天怎么有空儿往回打电话了?周末休息了?怎么样,那边冷吧?记得自己适当加减衣服,既不能冻着也不要热着。在食堂吃得好不好?如果觉得不好,就适当出去改善改善。还有平时课多不多?学习累不累呀?"母亲一瞬间竟然连续抛给了董礼好几个问题。

董礼这时才忽然想起来,自打开学以来,自己仅在那次电话机接通后,在试着使用新买的电话卡时,简短地跟家里通过一次电话。从那以后,直到现在都快过去两个月了,这才又往家里打了第二个电话。

董礼忙道:"嗯,今天有点困,就在寝室里睡了个午觉,才醒。前两天降温感觉有点冷,不过我把你给我带的薄毛裤及时套上了,现在屋里也通了暖气,所以没再感觉怎么冷了。"

董礼刚一说完,母亲便问道:"你套的是哪条薄毛裤?是那条淡褐色的,还是那条浅黄色的?那条淡褐色的现在穿正好,过两天就显得有些薄了,那条更厚一点的浅黄色的,是过几天穿的,穿早了怕你上火。你可别把两件衣服的穿着顺序弄反了。"

董礼"嗯、嗯"地答应了两声,又说道:"我们学校有好多个食堂,各个食堂的饭菜种类都挺多的,南北风味都有,而且做得也不错,反正我对吃喝的要求向来不是很高,所以挺满意。我觉得哪个食堂的饭菜做得都挺好吃,用不着特意出去改善什么。而且学校的食堂为了兼顾南北方同学的口味,还特别开设了各种小吃窗口。

"以前我看《鹿鼎记》小说的时候，见里边提到云南的过桥米线挺好吃的，但是咱们家那边也没有这东西，所以一直也不知道这米线长什么样子，更不知道是什么口味，当时我还以为是糕点呢，哈哈。前一阵儿我看我们楼下这个食堂的特色窗口有卖米线的，就急忙买了一份来尝。

"谁知道拿来一看，原来这米线就跟咱们那边的面条一样呀，估计可能是南方人不喜欢吃面食，觉得那东西上火，所以就用米做原料来做了米线。不知道是我们食堂米线做得口味不正宗呀，还是米线原本就这么个味道，反正我觉得实际吃到的东西没有金庸小说里叙述的那么好吃。

"我回来跟南方的同学一说，他们都笑我。有个云南的同学还跟我说，食堂做的那种米线简直连他们那里街边小摊的水平都达不到，难吃死了，说是正宗的云南过桥米线可好吃了。按照他的说法，估计我以后真到了云南，才能吃上正宗的过桥米线了，哈哈。"

"那就等以后你去云南再吃吧，我以前倒是吃过，可能吃的也不正宗。所以我也没觉得米线有多好吃，还不如兰州抻面好吃呢。"母亲在那边答道。

董礼回道："原来你之前就吃过米线呀，怎么从来没见你提过，我倒是平生第一次吃，哈哈。对了，这边学习也不算太累，这学期公共课相对来说多一些，专业课就一门《法理学》，每周的空闲时间挺多的，我一般都去图书馆看书。之前高考的时候，你们不让我看闲书，说是太浪费时间，还说只要上了大学，随便我看什么都行。

"这回我可是夜以继日地弥补之前在看课外书方面的损失呢，

哈哈。我们学校的图书馆挺大,其中一个图书馆就有七层楼那么高,里边的书多了去了,哪方面的都有,我一般这本书翻几页,那本书翻几页,半天的时间就过去了,哈哈。"

"看书行,但是你一定要注意保护自己的视力,看半个小时左右就起来活动活动,或者往窗外看一下,那样可以及时地缓解视物疲劳,你也会像现在这样,一直不戴眼镜、不近视。你同寝室和班级同学相处得怎么样啊?有什么事情多谦让一下,都是刚出家门的学生,能帮一下别人就多帮帮,有空请他们一起出去吃个饭。大学生嘛,人际交往挺重要的。还有买水果的时候你多买点儿,回来一人给他们一些,只有和大家的关系处好了,你才能把主要精力投入到学习中去。"母亲又嘱咐道。

"知道了,我和他们处得都挺好的。妈,我还被年级办任命为班级的团支部书记,并被寝室里的人选为舍长了。前一阵我们班举行郊游和烧烤活动,我还给他们表演了小学时学过的霹雳舞,他们都说我跳得挺专业,哈哈。前两周,我们寝室方泰伟过生日,请我们寝室和联谊寝室的人一起吃饭,饭桌上他有什么事都跟我商量,挺看重我的,我和他们处得都挺好,你就放心吧。"董礼回道。

"你现在还当学生干部了?之前你可是从没当过,你会当吗?既然当了学生干部,就更要以身作则,要注意团结同学,时刻记得吃苦在先、享受在后,那样大家才能拥护你。"母亲又建议道。

"知道了、知道了。不用你管,这班里同学间的处事和你想的不一样,我看情况自己决定吧。你们最近都好吗?"董礼觉得母亲说话有些烦琐,就在随便应付了几句后又问起了父母的近况。

母亲停顿了一下,然后语气略一低沉道:"也不知道怎么跟你说这件事。其实从北京回来以后,我就觉得身体不是太好,都吃了好几服中药来调理了,现在感觉还行吧。平时总想你,也不见你回电话。你爸我们俩怕打扰你学习,虽然都挺挂念你的,但是一直也没敢给你打电话。这两天我想得实在不行了,前天还跟你爸商量说,如果这几天你再不打电话的话,下周我们说啥也给你打过去问问情况。"

"你生病了?我爸怎么不早点打电话告诉我一声呢,我一直都不知道。从我们学校走的时候,你不是还好好的吗?"董礼有点急切地问道。

"当时你刚入学,怕你听到这些情况后分心,所以就没跟你说。其实你报到后,我们留在北京的那几天晚上,都没能住到宾馆里边。当时学校周围的宾馆早就让学生家长给预订满了,我们几乎是一天晚上换一个地方,一开始我们还能在居民楼里临时租住一下,后来送学生的家长太多,我们连民居都住不上了,最后那两天晚上就只能住地下室。

"地下室里又潮又热,铺上还有小虫子,早上起来后,腿上被咬得都是小红包,而且可能地下室不怎么通风,我这嗓子就有点发炎。但是,怕你心疼我们,我们每天早晨过去看你的时候,都说我们住的是宾馆。

"从你们学校走的时候,我嘱咐你爸,一直走、别回头,我怕一回头就忍不住哭了。后来,在坐火车回家的路上,我几乎一口饭都没吃。从你小时候一出生那么长的时候想起,然后就是你长大过程中的一幕一幕,直到你十年寒窗、高考成功。现在把你送到离家那么远的大学,也不知道你能不能照顾好自己,想着想着,我就想哭。"

董礼听到此处后，明显能从母亲越显哽咽的语调中感觉到她此刻有些动感情，于是就故意笑道："妈，你看你说的，我这么大的人了，怎么可能照顾不好自己，你有点多虑了。"

母亲"嗯"了一声继续道："等送完你回到家里后，我这心里就一直都是空落落的。尤其有时晚上你爸陪客人不在家的时候，我就像之前你在家上高中时那样，习惯性地站在阳台上看那些去上晚自习的学生。看到了他们，我就想起了那时候风雨无阻的你。等到下自习的时候，我又会站到阳台上看那些学生放学，然后就会想到之前你在这个时候也应该回来了。那时你回来之后，要么会稍微休息一会儿，要么在跟我说一会儿话后，就又去书房用功了。

"当时虽然你上学忙，每天也跟你说不了几句话，但是毕竟在我们身边，总能抽空儿聊上几句，那时即便你爸出差或者陪客人下乡，但是家里总会有人说说话。但是现在你上了大学，家里顿时好像少了多少人似的，总是让我这心里感觉空落落的发慌。

"之后，又因为担忧你姥姥的病，回老家看了她几次，但因都是陈年旧病，总也不见好，也让我挺挂心的。反正老人、孩子一直都让我挺牵挂的。后来，慢慢地我就感觉肠胃不好，口腔也总是溃疡，渐渐地就吃不下去饭了。半个多月后，我觉得实在是支撑不下去了，这才去你知道的那个中医李大夫那儿看了看病。

"他看了之后，说我这病就是因为思虑过度才得的，还问我为什么思虑过度，我就跟他说了原因。他说让我平时多往宽处想，想想孩子多有出息，都考到北京去念大学了，这不是很让人高兴的事嘛。至于老人生病也属正常，人吃五谷杂粮，怎么能不生病呢？而且有些事情空想也不济事，索性就别去想了吧。

"这些话听着是有道理，但是自古以来，都是儿行千里母担忧，怎么可能不想呢。至于父母，更是有养育之恩，何况你姥姥现在还上了岁数，另外腿脚也不太利索，我怎么可能不牵挂呢。"母亲在电话里把近期发生的很多事情跟董礼简略地说了一遍。

"那你现在好点了吗？"董礼很担忧母亲的身体道。

"吃了李大夫的药之后，现在感觉身体比原来好多了，而且熬过了这两个多月你不在家的日子，我这心里也慢慢地有些适应了。现在平时一觉得空得难受的时候，我就去你姨家，或者去我那几个朋友家里聊天，反正慢慢地调整吧，孩子有出息，出去闯荡天下，谁不得过这个关啊，放心吧，我们都挺好的，没事。"母亲又宽慰董礼道。

"那还好，我也能理解你现在的心情，不过凡事总得有个适应的过程。其实我送你们上公交车的时候，我看着你们的背影，就想起了朱自清先生描写他父亲的那篇文章。我的心里也很难受，差点哭出来。当时，我就想好男儿志在四方，这点事儿都挺不住的话，那以后就什么也别干了。然后，我就努力想些别的事情，回到寝室又和大家聊天，慢慢地就把这个劲儿过去了。妈，以后家里有什么事儿，你们及时给我打电话过来说一下，省得我着急。"董礼答道。

"也是怕你在那边挂念我们，影响你学习。这次这么长时间都听不到你的信儿，我这心里可不是滋味了。以后你每个月往家里打一次电话吧，电话费我给你出。"母亲央求似的对董礼道。

董礼忽然感觉到自己是那么的不懂事，不懂父母惦念孩子的那片心，于是马上道："以前都怪我不懂事，竟然没意识到你心里那么难受、那么想我，这样吧，以后我每周都往回打一次电话。

不过,我不确定是哪一天,慢慢地再看,到时候最好是每星期固定的一天晚上。"

母亲听董礼这样说,马上语带喜悦地道:"行、行,那以后你就每周都往回打个电话,有事咱们多说一会儿,没事就少说两句,不会耽误你学习的。你可真是个好儿子,能理解家长的这片心。行了,你快忙你的去吧。你爸我们都好,你别记挂我们。平时你也多看看天气预报什么的,冬季记得及时加衣服,别冻着。一个人在外,要学会照顾自己,别心疼钱,不够花了就跟我们说,我们及时寄给你。另外一定要和同学处好关系,还有就是要尽快适应大学生活,尽可能抓紧一切时间去学习,不要虚度光阴!"

董礼回道:"行,你说的话我都记下了。钱够花,平时都是在学校食堂里吃,每顿的饭费也不贵,而且每个月我们还发五十多块钱的补助。衣服从家那边都买好了,也用不着我再出去买。平时花钱的地方就是在书上,不过挺多书,我都是从学校旧书摊上买,也用不了太多的钱,所以你们也不用太担心我的开销问题。

"我现在除了忙点学生会和班级的工作以外,绝大部分时间都用在了听课、听讲座和去图书馆读书上面,你们就放心吧。通过这段时间的学习和生活,我感觉我们学校老师的科研教学水平都挺高,身边同学的素质也都挺好,大家都有自己的奋斗目标,对自己要求也都挺严格,很少有混日子的人。总之经过这段时间的适应,我感觉能入读这所大学还是很幸运的,你们大可放心。那咱们今天就先聊到这儿吧,我下周再给你们打电话,你们也好好保重,多注意身体,另外也替我给我爸带个好,哈哈。"

挂了电话后,董礼回味着母亲的一些话语,心情久久不能平静。两个多月前父母送自己入学时的情景,又一幕幕地浮现在了眼前——比如父母怕自己挑不准东西，就连洗衣粉等各地均有出售的日用品，都提前在家里给自己一一备好带齐。还比如，虽然此行箱包众多，可父母总是选那些沉的、重的去拿，而让自己这个力气充沛的年轻人，仅挎个书包，或者拖个拉杆箱跟着他们走就行。至于每每自己提出要帮他们拿东西时，父母总是说不沉，用不着你拎任何东西。可是，每次放下东西后，父母额头那豆大的汗珠又告诉董礼，这些东西哪里不沉了？

再比如，为了缓解自己高考期间的身心压力，平时用度节俭、从不随意出去旅游的父母，还特意跟单位领导请了假，领着自己在北京城几乎玩了一周的时间。每每中午玩累了而又暂时不能出旅游区的时候，父母只取出自带的凉白开和面包充饥，却给自己买价格很贵的米饭炒菜来吃。

等到报到后，父母更是又忙着擦床，又帮自己整理被褥，又悬挂蚊帐地忙得不亦乐乎。父母怕自己马上适应不了大学的生活，竟然在开学后还又在周边多待了几天，并每天来学校过问自己的学习和生活，可是自己哪里知道，在这几天的时间里，竟让父母受了这么大的委屈……

想到父母对于自己的莫大恩情，以及这段时间来自己对他们的关心竟然如此之不够，董礼顿时陷入了一种深深的自责之中，及至好一会儿后才最终平静下来。董礼暗暗下定决心，自己一定要不辜负他们的期望，认真过好属于自己的大学生活。

平复了心情后的董礼刚要起身出门去图书馆，忽然发现原本睡前还干干净净的桌面上，不知被谁放了一期最新的校报。董礼顺手拿过校报展读起来，就见校报第一版头条新闻的标题写着《薛校长与教务处和各学院新任处级领导干部座谈》几个大字。

细读之下,就见新闻稿写道:

近日,薛校长与教务处和各院新任处级领导干部就教育、教学管理体制改革的有关问题进行了座谈。

座谈会开始后,薛校长在认真听取了教务处和各院新任处级领导干部的工作汇报后,对大家反映的问题,尤其是教学手段现代化、教务管理、考务管理、课程设置、师资配备、招生就业等方面的问题,表现出了极大的关注,并逐一提出了建设性的意见。

在热烈的交谈后,薛校长做了总结讲话,他鼓励在座的同志要拥有战胜困难的勇气,要有面对困难永不放弃的决心。如果在工作中遇到困难就放弃,学校的各项工作就永远无法形成良好的秩序。他说,学校当前正处于改革、转型时期,处于消除不良秩序、建立良好秩序的过程中,这期间难免要遇到一些问题和困难,学校理解你们的难处,并会对你们所提的问题给予认真的考虑。

接着,薛校长结合高等教育发展的规律和我校教育、教学工作的实际情况,提出了两个方面的要求。

薛校长指出,教务处的工作相当重要。高等学校的中心工作第一是教学,第二是科研,第三是服务,第四是文化交流,而教务处承担了学校教学管理的全部工作,可以说是高等院校里的"第一处"。如果我们把大学比喻为一条河流的话,那么教务处就是这条河流的源头。如果源头污染了,那么整条河的水质都会受到影响。所以,一所大学向何处去,跟教务处的引领和建设有着很大的关系。

薛校长强调，当前我校的教学工作中还存在许多亟待改革的问题。比如有同学反映，这么大的学校，这么多的院系和老师，除了几门学生通常出工不出力的公共课以外，那些别的学校已经或者正在探索开设、且为同学所真正喜爱的，诸如可以增长见闻的文史通识课，可以培养学生情趣修养的艺术欣赏课等，竟然直到现在仍然开不出来。

还比如，有同学反映有些名师的课堂仅让那些划到自己名下的同学来上，对于慕其名而来的勤奋好学的外班学生，其竟然以自己需要小班授课的氛围为由将其拒之门外。与这种现象相反的是，部分课堂上留不住学生的教师，不从自己教学经验、教学水平、学术修养等方面找问题，却经常用点名、扣分的方法，把那些本不愿意听他课程的同学强行留在自己的课堂上。

薛校长强调，教务处能否对上述问题进行一下有针对性的调研，能否应同学们的要求多开设一些让学生喜闻乐见的课程，能否探索一种"试听课、再选课"的教学管理制度等。他说，能否认真倾听、回应好学生们对于教学管理工作的意见和呼声，正在并将长期考验着我们的教学管理工作者。大家要时刻反思，是否像你们竞聘时说的那样，真正树立起了"以学生为本"的教学观念。希望教务处能够经得住考验，过好学生评价、考核这一关。

对于各学院，薛校长说高等教育的根本任务是培养人才，各学院的工作必须紧紧围绕这一目标来开展，不适应这一要求的工作环节，必须要及时改掉。名师、名牌课程、名教材、名学科是一所大学生命力之所在，而名师、名牌课程、名教材、名学科的培养、塑造和建设，都将由各学院来完成。他说，教学是公共服务的一种特殊表现形式，各学院一定要在学校的统一领导下，完成好对学生的服务工作。

薛校长着重强调了学院管理体制改革的问题。他举例说，目前某些学院在学生成绩管理环节上就存在很多问题。比如允许学院教师在开学两周后，或一个月后才将学生的考试成绩送交教务处，这就绝非一个好的制度，它的存在就只能是使教师在教学工作上越来越懒惰和拖沓。

他说，一般说来，学生应该在考试完成三天后，至迟五天内知道自己的成绩，而且学生还应该被赋予复查自己试卷的权利。这样做既可以让学生知道自己错在了哪里，也可以监督教师在判卷过程中是否尽心负责。今后诸如这些问题解决得好坏与否，相关制度建设得优劣与否，相应工作措施得当与否，将直接决定各学院年末在学校综合考察中的排名。

薛校长强调，教务处和各学院要从小教务向大教务的观念转变，要从教务是否有利于学生的培养上来进行。大学的管理教育要从人文关怀上来入手。他说，大学是一个发酵池，原先我们讲教书育人、管理育人和服务育人，现在又提出了科研育人和环境育人。总之，在我们学校，哪一个育人环节上存在不良问题，我们都应该及时获知，并要以最快的速度对其进行改革。

座谈会进行了四个小时，起到了相互理解、相互沟通的作用。座谈中，大家对许多问题取得了共识，极大地增强了大家共同推动学校改革的信心。

看完这则既生动具体又直指学校当前实际问题的新闻报道后，董礼不觉又想起了方泰伟请客那天自己在海报栏前看到的那些竞聘文件，结合学校近期针对实存问题而进行的诸种大刀阔斧的改革，确实让董礼对这所学校的未来发展充满了信心，同时也庆幸自己当初选择了这所学校。

而报道中薛校长几次强调的教学问题，董礼确实感触颇深，甚至还因此联想起了那次到法学一班串课听"法理学"的情景——这届法学专业虽说只有两个班级，但学院却并未图省事把两个班所有的课程都安排到一个课堂来上，比如"法理学"这门课，学院就分别给两个班级派了不同的老师。

董礼他们班的任课老师是一位去年才入职的法理学专业博士，目前的职称仅是讲师，据她自己说，这是她第二次讲授这门课程。而法学一班的授课老师却是一位中年教授，不仅如此，这名教授还是董礼他们这届所用的《法理学》教材的副主编。

按照教务处的安排，两个班的《法理学》被放在了同一天的同一时段，而且授课教室就在二楼门对门的201教室和202教室。

对于两个老师共上同一门课究竟有什么区别，董礼并未认真想过，他觉得都是一样的教材，也是一样的教学大纲，二人对课程的讲授应该差别不大。何况本班那位年轻的博士老师与大一新生年龄差距较小，沟通起来应该比那位中年教授更容易一些。所以董礼起初也同班级其他人一样按照课程表的安排，充满期待地走进了课堂，并怀着极大的兴趣来学习这进入大学后的首门核心专业课。

可是，几节课听下来后，本来对课程充满期待的董礼，却开始渐渐失望起来，这名女老师开课之后，除了偶尔在黑板上写些本章的教学提纲以外，就知道展开课本一字一句地从前向后念书，至于书中那些时而蹦出来的不知所云的名词术语，这个老师几乎毫不解释或仅作简单的说明，就像大家都本应知道一般，总之每每上这位老师的课，董礼的感觉都是味同嚼蜡。

要知道，法学，尤其是把部门法知识又一次抽象提炼升华了的法理学，对于刚从高中升入大学、丝毫没有其他部门法知识基础，且法学实践经验根本为零的大一学生来说，那可不是枯燥无味四个字所能概括得了的。

除了那些特别好学且有超强耐受能力的同学以外，很多同学后来在课堂上基本不怎么认真听讲了——自律意识好一点的同学会拿根彩笔画着课本自学，自制力差的同学则拿出课前早就备好的课外书开起了小差。

一天课间，走出教室透气的董礼忽然从对面教室门镜处发现一班的法理学老师竟没按时下课，而且正面带笑容地在讲台上来回走着讲得起劲儿。董礼好奇这位老师能把这样一门枯燥的课程讲成什么样子，就拉了身边的王辉一起壮着胆子从一班教室的后门溜进去蹭课。

进门后的董礼和王辉拣了最后一排的空座位悄悄地坐了下来。台上的老师虽然也看见了不请自来的董礼和王辉，但是并没有驱赶他俩出去的意思，而是继续微笑着讲授自己的课程。

过了一会儿，因贸然闯入他人教学场地而略有紧张的董礼渐渐平复了心情，同时也随着讲台上老师的言说而进入到另外一种情境中来，就听老师不紧不慢地说道："大学之所以称之为'大'，那它大在哪里呢？梅贻琦先生曾说过'大学者，非大楼之谓也，大师之谓也'，这话说得很是到位。

"跟你们谈一个例子，我之前曾经造访过德国的哥廷根大学，因为这所大学位于一个山沟里，我曾私下里开玩笑，称它为哥廷沟大学。但是这所大学从1937年建立以后，它的诺贝尔奖获得者截至目前已经超过了五十人。

"这个学校各个学科门类下的大家可谓数不胜数，比如法学门下，就我所知道的法学名家就有一大批，其中你们最为耳熟能详的，而且在世界法学界都享有盛誉的鲁道夫·冯·耶林，就在这所学校。比如哲学，像我们经常谈到的现象学的创始人福赛，起家就是在哥廷根大学。其他的如叔本华等一大批哲学家，也任教于这所大学。比如文学，像大诗人海涅等著名文人都是出自这里。还比如数学，直到现在，学数学的人到了哥廷根大学都可谓是一种朝圣之旅，因为这所大学曾经产生过一个伟大的数学家——高斯。

"大家想没想过，何以这样一个山沟里的大学，竟然能产生出这么一大群著名的学者？而你们今天所在的这样一所各方面条件还都算不错的大学，为何却出不来几个世所公认的大家呢？对此现象，值得我们认真反思！同样，你们也应该为了改变这种不正常的现状做点什么。

"我想一个合格的大学生，是需要做到几个及时转变的。比如要从过去对知识被动地接受转变为对知识主动地追求；比如要实现看待问题的角度以及思维方式的转变。当然，对于生活的态度，大家更是要尽快实现转变，要把消极的生活态度转变为积极的生活态度，要以一种开放的心态去接受、面对一些现实问题，不要把一切理想化，不要以一种唯美主义的态度去看待生活，如果那样，可能最终的结局会很可怕。

"如果你理想化或唯美主义地看待生活，那么你就会不自觉地对自己和别人有强烈的苛求。用那么唯美的一种眼光去看待不那么美好的世界，自然会产生巨大的落差，就可能会做出一些极端的行为。

"当下，你们正处在大一这个人生新的起点上，希望你们把所有的重心都放在读书上，读书是你们现在的第一要务，也是你们身心成长的一个重要问题。如果你不把所有的注意力放在读书上，你将会有很多想法和时间去做别的事情，这是你们应该注意的。虽然大家都读了许多年的书，但是仍有许多同学会在不同场合问我应该怎么读好一本书？你们不要笑，现在有很多博士都会问我这样的问题。

"可见，如何读书确是一个我们必须要认真面对的问题。我想，书要根据自己的性格类型去读，比如说有些人很外向，有些人却多愁善感，有些人很思辨，有些人则愿意盲从。那就可以根据不同的类型来决定自己的阅读方向，比如说有些喜欢成天吟诗作赋的人，像那个什么'轻轻的我来了'的徐志摩这样的人，他可能就更喜欢选择诗歌这类的书来读。

"能够想象到的是，处于你们这个年纪的人，更多的人应该是更喜欢文学而非法学，这很能让人理解。而且历史上很多学习法学的人，后来也都逃离了法学专业并在其他领域产生了很大的成就。

"比如说最著名的卡尔·马克思,他就是读法学专业的,不过当他学习了两年法学后就开始转而研究经济学,最后还取得了那么大的成就。还比如歌德,他也是学习法学出身的,但是后来也没见他写过几篇关于法学的作品。比如席勒,也是法科学生,但是后来却成为了著名的诗人、哲学家、历史学家和剧作家。比如格林兄弟,这两个人也都是法科学生,还都师从著名的法学家萨维尼,但其最终却以童话故事名世。还比如说海涅,还有马克斯·韦伯等等,之前都是学习法学的。

"不过,我以上虽然举出了很多学习法学,但是后来却脱离法学,并最终在别的领域取得了很大成功的名人们的事例,但这并不意味着我就鼓励你们要去这样做。

"要知道,你们既然已经入了法学之门,就要学会克制自己,来有目的、有意识地读一些法学方面的文献,当然这里边又有一个阶段的问题,比如说一年级你们读什么?二年级你们读什么?一定要安排好阅读顺序。

"虽然你们应该读些什么书我这里不太好讲,但是有些书籍,你一辈子都需要来阅读,我这里就把这些可以称为法学圣经的东西,给你们介绍几本,比如说孟德斯鸠的《论法的精神》,这是我们法科学生终生都需要阅读的书籍。

"有些现在你们还读不懂的书,比如说我在德国读过的耶林的《罗马法的精神》,不好意思,我忘记了,这样一部伟大的法学著作直到现在国内竟然还没有汉译本,这本书以后再说吧。还比如梅因的《古代法》、卢梭的《社会契约论》等等,你们都需要找来认真地读一读。我承认,以你们现在的学术积累,初读这些书的时候，一定会感觉到佶屈聱牙、不知所云。所以，这里边就有一个如何阅读法学名著的问题，下面，我就着重给你们讲一讲。"

正当董礼听得入神，并在用心领会和记忆这些自己班上那位博士老师从不触及的知识时，外边的上课铃却偏偏在此时响了起来。王辉马上条件反射地碰了一下董礼，说快点回本班课堂吧，否则会被老师点到名的。

正听得恋恋不舍的董礼对王辉说再听几分钟就走，但是王辉却不同意，执意要走。初入大学不敢无故缺席本班课程的董礼，万般无奈之下，只好和王辉又回到那位博士讲师的课堂上，接着领受她那枯燥乏味、照本宣科的煎熬去了。

终于到了下课的时候，这位博士老师一边收拾课本，一边郑重其事地说要向大家宣布一条课堂纪律。当大家全都做出洗耳恭听的表情后，就听她语气严肃地说，从最近的课堂情况来看，她明显能感觉到大家学习的劲头不高，有的同学从上课开始，自始至终都低着头也不知道在干些什么，其实她在讲台上对下边的情况一目了然，只是给大家一个面子不说破而已。学生就要有学生的样子，不但上课要认真听讲，不随便看课外书，不随便溜号，同时还要积极回答老师在课上提出的各种问题。

她申明，从下一节课开始，如果谁再看无关的课外书籍，她就要收取并暂时替同学保存到期末考试，同时她还将在课上不定期地点名、提问，如果发现有不到的同学，除非有特殊情况且事前跟她请过假，否则将做出扣减平时出勤分数的处理，并且要将减分记入期末的最终成绩中。对于那些长期旷课不到的同学，她还要视其缺席情况，及时向这届法学班的辅导员王老师进行反馈和汇报。

本来董礼在实际对比了本班老师和隔壁班老师的教学后已经打定主意，自下周开始再不虚度课堂时光，自己独自一人去法学一班蹭课听。可是没想到用心良苦的博士老师，不从自身方面找寻为何大家不愿听她讲课的真正原因，却把一切归咎到学生方面，且突然间说出来这些严格的纪律要求。无奈人在矮檐下不得不低头，原本董礼盘算好的跳班听课计划，也就被这位老师义正词严的要求给彻底粉碎了。

　　当董礼今天看到校报上薛校长说，学校以后将实行"试听课、再选课"的教学管理制度，以最大限度地满足学生自主选课、自由择师的权利等内容之时，真是兴奋莫名，觉得这位新来的薛校长可真是通达、开明，知人心意！

第十七章　笑语欢声乐悠悠

从上次郊游、烧烤活动之后，董礼明显感觉到自己寝室与隔壁寝室成员的关系好像比以前更近了一层。想是因为上次大家玩得愉快，更兼两个寝室一墙之隔的地理便利，而让两个寝室的同学接触起来，相较于与楼下吕青阳他们寝室更方便之故。

除了之前总爱光顾董礼寝室借东西的李彪以外，最近诸如孙慕权、徐畅等也总有事没事儿地就过来聊聊天、逗逗趣。有天晚上，因为董礼跟大家讲了个好听的笑话，众人哈哈大笑的声音，竟然还把此前基本过门不入的彭文斌和岑卓也给吸引了过来。

其实，隔壁寝室的人愿意来董礼他们寝室是有原因的。比如董礼，知识广博又爱说笑，不论众人说起什么话题，他都能接上话，而且董礼素有讲说技能储备，说起什么事情从来都是头头是道、有理有据。所以，即便是起初提起话头的人，最后都会在不知不觉间成为董礼的听众，而不由自主地将话主的位置移让给董礼。

比如方泰伟，生活时尚，吃喝讲究，涵养极好，来人不但可以拿他与席若兰的最新情感进展调侃一番，而且还可以蹭看他买回来的诸如《看电影》等娱乐方面的最新期刊。当然如果运气好的话，甚至能与其共享比萨等对大多数人来说尚显奢侈的美食，这对于整日混迹食堂、腹内油水寡淡的一些人来说无疑有着极强的诱惑。

还比如黄健，总能因为自己言语或行为方面的疏失，而给别人留下取笑他的巨大空间，从而带给身边人实实在在的欢乐。

至于常乐和王辉，虽然截至目前，还一直没有成为寝室中言说或某些事件的主角，但其捧哏的能力却好似天生一般，不但别人说话的时候，他们会认真地倾听，而且还会在适当的时候帮衬、赞美一下主角们的表现，以让他人不自觉间产生接续表演下去的欲望。

即便是寝室中言语最少、最不引人注目的"群众演员"邢胜男，他隔几天便变换一下的服装，以及偶尔在寝室桌凳间的穿梭来去，也至少能起到一个变化室内布景、情境的积极作用。

相较于董礼寝室的热闹有趣，隔壁寝室的氛围就显得单调了许多。比如李彪虽然总爱到董礼他们寝室笑闹，但是在自己寝室中生存时却安分守己得多，平时他预习和复习课程的工作，几乎占去了他在寝的大部分时间。

比如徐畅、彭文斌、岑卓，课余时间总爱拉帮结伙地出去上自习，回来后除了搞一些个人内务以外，就是拿个随身听练英语听力，相互间言说交流的热情并不是太高。

还比如冯灿明，整天在铺上修禅打坐，弄得自己不食人间烟火一般。有时来了兴致，还会调弄笔墨，对着欧颜柳赵楷书四大家的真迹，涂鸦似的模仿一番。即便是其偶尔为之的娱乐活动，那也基本与本寝室的成员无关——他总找来外寝室的老乡,煞有介事地呼喝着把两张桌子搬合到一处,然后铺展开大大的围棋盘,再取出质地精良的云子,然后凝神对垒、艰辛杀斗地来弈上几局"五子棋",方才能兴尽而休!

相对于本寝室来说,董礼他们寝室的人文氛围,好像对隔壁寝室的成员更具吸引力。因此,一直把学习放在第一位而总忽略生活内容的李彪,就常常因为忘了及时打水而总来董礼寝室借热水用。比如经济状况不是很好的徐畅,偶尔会在月末季初、青黄不接的时候,来向董礼等富裕户融通资金、以济时需。

情趣高雅、品位脱俗的冯灿明,也偶尔会在董礼和王辉拿着从街边小摊上买来的,那种最便宜的塑料质地的五子棋娱乐时,站在胜局已定的那方身后,气定神闲、要言不烦地指点一二,以助其加快夺取最终的胜利。学习热情和艺术追求都不算太高的孙慕权,面对董礼寝室那时雅时俗,既有阳春白雪,更具下里巴人的人文环境的强大诱惑,更是毫无抵抗力一般地总是不请自来。

相较于这四位经常过来交流的同学,倒是岑卓和彭文斌很少光顾董礼他们的寝室。岑卓原本是作为所在高中重点班的保送生,要被保送到北大法学院就读的,谁想在本省保送生考试的时候发挥失利,最终被调剂到这所学校的法学院来,以他的心气,自然对董礼等人谈论的话题不感兴趣。

他除了偶尔过来跟董礼借点洗衣粉等日用品以外,基本上是过门不入的。据董礼观察,这个岑卓起初来自己寝室的时候,还会倚门听上几句黄健他们的对话,不过也仅是听听而已,却从来不作任何评论。想是觉得黄健等人言语无味、境界有限,等他后来再过来时,通常借了东西就走,再无停滞,估计是黄健等人说的内容对其并无补益之故吧。

至于彭文斌，虽然至今也没明确表示过自己今后要飞举何处，但是从其立身行事的日常表现来看，此人也是自视甚高，从不太把别人些小能为放在眼里之辈。不过虽然彭文斌对于自己的雄心壮志从不明言，但是其不服不忿、意欲出头的意态，却总能让人从其言语行为及微表情中窥得一二。所以他那份从未把自己视为池中之物，而是时时等待机会以期鱼龙变化的不臣之心，其实早已昭然若揭！

与上述众人比较下来，董礼倒是觉得那个体态丰盈、家境不错，甚至还勇于在班级活动时表演《天不下雨天不刮风天上有太阳》的孙慕权，来得更真实、更随性、更无欲无求一些。

对于这个素喜热闹的孙慕权，不知从什么时候开始，竟养成了一个几乎每天晚上必到董礼寝室或多或少地待上一会儿的生活习惯——

进门后的孙慕权，不知是因为在自己寝室坐得乏了，还是有不随便坐占他人床铺良好习惯的缘故，总之他进来后从不像其他人那样随便找个地方坐了，而通常会寻一处不妨碍他人行动的空地站了而听别人说话。

孙慕权惯常站立的处所，要么是门口的脸盆架前，要么是董礼和黄健两张桌子间的过道，有时他站得实在累了，也仅仅是靠在门后放杂物的床架旁歇息一会儿，很有在他人寝室"累死不坐床"的良好风范。所以，不随便坐占他人床榻，并且从不提出诸如借物、借款等要求的孙慕权，虽然过来串门的次数最多，但是却并不招人反感。

孙慕权之所以热衷每晚过寝报到，一是因为他特别喜欢董礼寝室每晚睡前神聊大会那轻松活泼的气氛，二是他曾明言，要想尽早入党就必须维护住与领导和同学间的关系。

要说董礼他们寝室，能聊的人还真是不少，比如董礼和黄健，都有着滔滔不绝、口若悬河的言说本领。退而求其次，就算口才与上述两位有着明显差距的方泰伟、常乐和王辉，其言谈至少也能达到一个吐字清楚、叙事明晰的水平。

至于邢胜男，更是大音希声、大象无形，虽然他一般不发表任何言论，但是那份似听非听、不听却听的境界，却让人很容易想到他已然得到了"认真地倾听，就是最好的言说"的个中三昧！

每当神聊大会一开张，尤其是晚自习回来的董礼参与进话题之后，那聊天的发展走向一般就会呈一种脱缰烈马之势，任谁也无法再对其进行有效控制。至于聊天的范围，更是从政治、历史、军事、自然到文学、男女、传奇、志怪，总之是无所不包、无所不涉，如果托大点说，很有些"出入百家言，纵横八万里"的意思！

除了这些纯知识性的话题以外，诸如学校历史、领导掌故、师生趣闻、情感生活、灵异怪事等话题，在众人诙谐幽默、嬉笑怒骂、捕风捉影、无中生有的精彩演绎之下，也会让听者觉得兴味十足、欲罢不能。

何况董礼等人天南海北、高谈阔论的很多内容，都是诸如孙慕权等罕读课外书的学生闻所未闻的奇谈异事。对于董礼等人的谈话，孙慕权常常是听得特别投入。当然，有时兴之所至，或者心有所感之下，也会情不自禁地参与其中，以抒发一点不甚高明的真知灼见。这种集知识性、趣味性及可参与性为一体的场域氛围，就如磁石一般，强烈地吸引着本寝室文化向来素淡的孙慕权。

董礼依稀记得，孙慕权最初列席本寝室聊天大会的时候，还穿着那件无袖网眼运动短衫。而现在为了能够全程参与大会又不至于染上风寒，他已经穿起了用料较厚的棉质睡衣。

　　更让人觉得有趣的是，董礼寝室不论是发表主题演讲的董礼、方泰伟、黄健，还是捧哏、凑趣，作为群众演员的王辉、常乐和邢胜男，都能在说和听的同时做一些诸如洗脚、剪指甲、换衣服、铺床等睡前准备工作，而令自己在神侃大会结束后说睡就睡。

　　作为外寝室的孙慕权，与这些本土作战的社员们相比，却没有这种鱼和熊掌可以兼得的便利，毕竟他不可能像王辉他们那样打盆洗脚水回来边听边洗。所以，孙慕权对于参与神聊大会的那份认真、热爱和执着，就不由得董礼不由衷感动和佩服了。

　　正如人们常说的那样——付出就有收获，孙慕权也不例外。董礼发现，随着参与神聊大会次数的增多，孙慕权不但与本寝室人员建立了较为深厚的个人感情，而且其听说能力水平也比之当初有了长足的进步。

　　尤其令人意想不到的是，孙慕权竟在参会的过程中顺便练就了一身闪展腾挪的功夫——比如当邢胜男端着洗脸盆出去倒洗脚水，而经过正皱着眉头凝神听讲或挥舞着手臂发表高见的孙慕权身旁时，他就能够做到眼不斜视、目不转睛，却能利用眼角余光和卓越步法，前移后退、左躲右闪地把个将近一米八的大块头给轻易避让过去，而且更让人称道的是，他让过之后瞬间竟又能将身形复归原处，绝无半点差池。

　　值得一提的是，在孙慕权整个闪避过程中，不论其身形步法如何变动，其脑中评论的思路却丝毫不乱，口中讲说的内气更是一点不减，一身真功夫端的让人佩服！

有天晚上，由于孙慕权听得太过专心致志，以致在坚守到董礼寝室关灯的时候，这才意犹未尽地咂巴着嘴回寝。谁知在他打算开门的时候，却忽然发现自己出来时忘记了带钥匙，于是就站在门外瑟缩着敲门叫开。哪知熄灯关门的寝室同伴故意为难他，就是不起来给他开门，而任由衣衫单薄的孙慕权站在通风透凉的走廊上苦苦哀求。

当时董礼正去水房接水，就听彭文斌正对着门外的孙慕权大声喊道："你居然还知道自己是这个寝室的人呢？我们都关灯了你也不知道回来，我看你就住到隔壁再也别回来算了！天天都不着家，回来了还得让弟兄们顶着寒气给你开门，你还有功了是不？想进来也不难，说对咱们寝室的入门口令就行，快说，说错了就不给你开门，冻死你！哈哈。"

之后，屋里便传来了响亮的哄笑声，接着就听几个人随势起哄道："对、对，快点说进门口令，否则绝对不开。"

孙慕权央求道："咱们寝室什么时候有进门口令了？我怎么不知道？"

岑卓笑道："今晚最新制定的，你说吧，对上就让你进来，对不上，就在外边冻着吧。"

孙慕权知道屋里的人故意刁难他，于是就试探道："天王盖地虎？"

彭文斌笑着大声回他道："你以为杨子荣都像你那么屄呀？错了，换一个。"

宿舍中人闻言后也大笑道："对、对，换一个。"

孙慕权只好又道："地瓜地瓜，我是土豆。"

彭文斌又笑着回道："你骂谁是地瓜呢？咱们宿舍又不是菜

地，哪来的地瓜？再换一个。"

孙慕权想了想后又道："小兔子乖乖，把门开开，我现在要进来。"

彭文斌这次更是放肆地笑着回他道："你才是兔子呢！想卖的话自己到外边找地方去！哈哈。"

董礼一边笑着摇了摇头，一边折向了水房。

等董礼再从水房出来的时候，正听见隔壁寝室门"咔嚓"上锁的声音，然后就听室内立时爆发出了一阵响亮的笑声。也不知道这孙慕权最后说了句什么入门口令，才终被这些存心捉弄他的人给放了进去。

不过饶是如此，孙慕权每晚仍会准时过来参会，只是有了惨痛教训的他每次再出门前，多了个反复检查自己是否带了钥匙的环节而已。

董礼发现孙慕权除了爱参加每晚的神聊大会以外，他还特别愿意陪着自己一起去上课。

之所以如此，是因为孙慕权寝室的人上课的积极性通常很高，一般至少在开课前半个小时就呼朋引伴地走了。但是孙慕权却没有那么大的学习积极性，因着本寝室众人交替为同伴占座的习惯，同时也受制于自己爱磨蹭的毛病，他一般选择在开课前五分钟内抵达教室。

巧合的是，董礼寝室除了邢胜男通常一个人独来独往，以及王辉通常走得较早以外，其他人一般都习惯于拖延到快上课时才走——比如黄健，一般会捧本武侠小说或者漫画研读到时近开课时才走；比如方泰伟，如果不在临行前拿出脸霜、唇膏涂抹一番后那是绝不会轻易出门见人的；还比如常乐，如果他罕见地想去上课，一般也是差不多快迟到了才能进课堂的。因着这个大氛围，所以董礼每次课前走得也不早。

瞧准了董礼等人时间管理习性的孙慕权，在自己无占座任务，而本身又没有无座之忧的时候，通常就会选择跟董礼一起出发去上课。

今天晚上也是这个样子，由于董礼昨晚睡姿不对，落枕了，虽然落枕不是什么特别大的病痛，也足足折磨了董礼一天的光景，于今仍未有好转的迹象。此时的他正边揉着颈椎两侧做放松性按摩，边慢慢腾腾地收拾书本准备去上课。

孙慕权又拿着书包推门走了进来。进了门后，孙慕权先是站在董礼的桌子前慰问了正咬着牙在做按摩的董礼几句，然后就有一搭、没一搭地和其他人聊起天来，当看到邢胜男、王辉等人陆续离开的时候，孙慕权并不和他们一起走，而是转头对董礼笑道："书记，要不咱们下课回来后再按吧，我等你等得花儿也谢了，你如果再不快一点，咱们可是真要迟到了。"

董礼闻言后"嗯"了一声，然后开始慢慢地低头换鞋子。听到孙慕权提醒话语的黄健，忽然发现身边的形势有点不对，等低头看了下枕畔的手表，接着就听他惊呼了一声"我靠，都这个点儿了，这是要迟到呀"后，马上扔下了手中的《七龙珠》，接着伸手抓起桌上的书包迅速出了门。常乐见此情形后并不急躁，而是一如既往地道："你们先走吧，我这里还有点事情，随后再追你们去。"

董礼估计常乐这次又要逃课，拿上书包对孙慕权道："别等他了，咱们快点走吧，再不走真就迟到了。"孙慕权随在董礼的身后有说有笑地跟了出来。

晚上的这门《大学写作》课，是法学院三个专业六个班新生共同在阶梯教室上的大课，等黄健、董礼和孙慕权先后来到教室之时，发现座位区各处要么已经坐了人，要么就被放了占座的书籍，一时间很难找到空座位。

此时已经坐满了人的阶梯教室，就如同一个大型的菜市场一样哄哄闹闹得很是热闹。董礼抬头往座位区打量的时候，见最后几排好像还有几个空座位，而提前过来占座的李彪等人恰巧也坐在那里。正在此时，忽从书本上抬起头来的李彪，也看见了此刻正站在门旁寻找座位的董礼三人，李彪就举起手猛烈地朝董礼他们招了起来。

董礼见状，就回头对孙慕权笑道："你看，你们寝室的占座大军已经提前替你占好了座位，我看周边还有一两个空座位，那就随你一起过去碰碰运气吧。"

先期到达的黄健此时正站在过道旁伸头缩脑地四处寻找空位，当听到身边的董礼这样说后，就边口中连连称是边随在董礼二人身后跟了上去。

等三人到了占座区域后，挨着过道坐的李彪很热情地给董礼和孙慕权让了道，并指着一个事先多占的座位让董礼去坐。不过不知为什么，明明里边还有一个空座，李彪却故意卡着不让黄健进去，并刁难他说里边已经没座位，让他再去别的地方找找看。

黄健知道李彪故意为难他，就一边口里说着"别闹、别闹"，一边死皮赖脸地非得求着李彪给自己让道。可是任由黄健说破大天，李彪就是没让他进去。最后黄健自找台阶，边说着"你以为你不让路，我就进不去呀"，边绕到座位后边，从椅背上方直接迈了进去。

想是手法的问题，董礼发现自己此时难受的程度反而比按摩前更为严重——整个脖子木木的，转动起来极不方便。为了舒服起见，董礼只能把脸偏向右侧，梗着脖子看着讲台等待课程开始。谁知隔着董礼三个座位的徐畅，在百无聊赖四处乱看的时候，发现董礼有点不对劲，于是他就轻轻地拍了拍左右座位上的彭文斌和岑卓，然后又坏笑着向董礼座位那儿努了努嘴。

被拍的二人不知何意，却见徐畅对着董礼呼喊道："董礼、董礼，这边、这边。"

董礼不知徐畅叫自己所为何事，就梗着脖子转身去看徐畅，谁知董礼这头转得有点猛，当时就感觉后脖筋咕嘟一跳，直痛得董礼一龇牙。

等缓过这个疼劲儿之后，董礼吸取了之前的经验教训，不再单独扭转脖子，而是通过整体转动上半身的方式向左边徐畅的所在看去。等看过去后，就见岑卓、彭文斌、徐畅三人正朝着自己幸灾乐祸地坏笑，董礼情知有异，就皱着眉头问徐畅道："徐畅，你叫我有什么事？"

徐畅嘿嘿一笑道："也没什么事儿，就是从我这个角度看，觉得你多数可能是睡落枕了，就叫你一声看看我猜测得对不对。另外，已经很久没尝过落枕是个什么滋味的我，也想看看落枕到底是个什么样的症状，这回总算是看明白了，确实挺痛苦的！行了，没事了，你转回去准备上课吧。"

在一旁一直憋着笑的岑卓和彭文斌听完了徐畅的话后，终于再也绷不住地哈哈大笑起来。

董礼知道自己被徐畅等人戏弄后，假装生气地点指了徐畅一下又慢慢转回了身子。

冯灿明在徐畅等大笑的时候,也知道了董礼落枕的事情。可能是觉得徐畅刚才制造故事的时候,自己没有全程参与不过瘾,是以当董礼彻底转回身后,他便又在座位上朝着董礼喊道:"董礼,董礼,你看这是什么?"

刚刚上过一回当的董礼,如何肯再回头,所以任由冯灿明如何呼喊就是不应。

哪知这时自己的左肩头忽然有人拍动,董礼起初还以为是身边的孙慕权在逗自己,便头也不回地道:"老孙,你怎么也开始落井下石、同流合污地加入到这几个坏人中了?不过任谁再想赚我回头,却是门儿都没有!"

谁想此时背后却响起了常乐的声音,就听他在自己身后道:"董礼,是我。"

董礼闻言,只好又梗着脖子、转动着上半身朝向常乐,等转过身去后,就见左侧几张座位上的岑卓、冯灿明等人,正看着自己的窘态在肆无忌惮地开怀大笑。

董礼懒得搭理他们,仅皱着眉头问常乐道:"怎么啦?"

常乐回道:"董礼,刚才有个姓周的过来找你说有事。我说今晚咱们有课,你刚走。他问了一下咱们下课的时间,然后让我通知你,说晚上你们部要开一个临时会,时间是九点,地点还是在以前你们开会的那间办公室,叫你下课后直接过去。"

董礼闻言,估计找他的应该是部长周凯,就"哦"了一声后笑道:"兄弟,这几天我落枕,向左转头实在难受,你最近如果要跟我说话,最好让我向右侧转头。"

岑卓等听了,立时哈哈大笑,然后还出言鼓动常乐道:"别听董礼的,就从左边跟他说话,左手为尊嘛,而且让他多向左边转转头、活动活动，矫枉过正后还有利于尽快痊愈呢，哈哈。"

常乐看了一眼面前的众人，一脸茫然地道："有什么分别吗？董礼刚刚让我向右，可你们却偏偏让我向左，真是让人无所适从。"他说完后就从后排迈了进来，然后贴着董礼身边坐了。

岑卓见状又笑道："你早这样进来坐了，再和董礼说话多好，又让书记多遭了一回罪，真是罪过、罪过！"

冯灿明等闻言，又是一阵哈哈大笑。

晚上下课后，董礼按照周凯的通知去学生活动中心开临时会。

原来，按照工作安排，维权部和后勤服务中心要在下周联合召开学校本年度的饮食服务工作座谈会。但因后勤服务集团的王总突然接到通知要去外省开会，所以座谈会的时间便变更到本周进行。

本来按照饮食服务中心负责人的意见，座谈会可以由集团在家的分管领导代出席就行，可是王总却不同意，说他向来重视与同学面对面交流的机会，一定要亲自参加这次会议。

饮食服务中心按照王总的指示，很快与校学生会取得了联系并说明了情况。经过协商，双方最终把会议提前到了后天晚上。因原定会议召开时间出现了较大变动，周凯只好紧急召开会议来予应对这一突发事件。

按照周凯在会上的要求，每名部员都要在两天内至少找到两名同学作为学生代表参加本次座谈会，而且每位代表不但要指出当前饮食工作中存在的问题，还要给出相应整改建议。

回到寝室后的董礼，见包括孙慕权在内的一众人等正聊得热火朝天，于是就把学校要召开饮食服务工作座谈会的事情当众跟大家说了。

起初，董礼以为对于能够参加这种关乎大家切身利益的会议，必定是人人争先、个个奋勇。谁想，当董礼问到众人谁想参会时，仅有方泰伟和孙慕权明确表示想要参加。至于黄健，说是要看小说没时间去；像常乐，说是要帮师兄去进货；像王辉，说是要在那天晚上参加同乡见面会；像邢胜男，则说他觉得饮食服务工作一直搞得不错，自己没意见，用不着参加这个座谈会。

董礼觉得光有方、孙二人参加还不太够，于是就又个别问了隔壁寝室的几个人，没想到大家也均以各种各样的理由予以推托。所以，当董礼第二天中午给周凯报送参会代表名单时，仅写了方泰伟和孙慕权两个人的名字。

虽然周凯看到董礼报送的参会名单后，仅说了句"参会人数虽然有点少，但是能保证这两人准时到场也行"的话，但当董礼看到其他部员上报名单至少都写有三五人时，还是觉得自己工作确实有些不力，而瞬间产生了小小的惭愧。

座谈会召开的那天晚上，董礼从寝室出发前，又分别叮嘱方泰伟和孙慕权一定要准时参会。二人均表示董礼大可放心，自己届时准到。

等董礼沿路打听着地址，最终到达座谈会举办地——学校教师食堂门前的时候，远远就望见整个食堂一层已然张灯结彩、灯火通明。隔着食堂挂着纱帘的落地玻璃窗向里望去，但见室内人影绰绰、你来我往地非常热闹。

等董礼快走到食堂门口时，见几名男部员正站在宽大的石阶处以迎宾客。

此时，贾占国正笑容满面地和一位同学站在台阶上客套，随后贾占国伸出手来热情地拍了拍来人的胳膊，然后又转身指着食堂里边不知说了几句什么,来人先是会意地转身随着贾占国的指引向里边看,接着又回转过身来笑着和贾占国告别进场。

董礼见状忙加快了脚步,三步并作两步地来到了食堂的门口。及至来到台阶前,董礼立时仰起脸笑着对贾占国等人打招呼道:"你们来得可真早,咱们部长呢?"

贾占国看了董礼一眼,脸上立即换了一副冷若冰霜的表情,就像没听见董礼问话似的答也不答,只是站在台阶上倨傲地看向远方。

倒是贾占国身边的一个部员笑着回董礼道:"你刚过来呀,部长正在里边忙呢。"

董礼"哦"了一声后对那人笑道:"会上部长不是说咱们六点半前来就行吗,现在连六点二十都没到,我应该没来晚吧。那我先进去找一下部长,看看有什么活儿需要做。"

此时的贾占国不知又看到了谁,就见他立即换了一副笑容,还远远地伸出手来擦着拾级而上的董礼的衣袖迎了上去。对于与自己交臂而过的董礼,在贾占国的眼中直似空气一般。

见到贾占国如此亲疏有别地待人接物,董礼心里疙疙瘩瘩地很不舒服,心想这个贾占国并非不懂礼貌,只是他的礼貌是看对象的,想是在他心中,自己应该是受用不起他的礼貌的。

董礼边想边推门走进了教师食堂,等进了门后,一股暖风立即扑面而至,鲜花与水果的香气也悄然入鼻,同时侧壁音箱播放的轻柔音乐也立时传入耳中。董礼心想,虽然仅是一门之隔,但室内室外无异于两个世界。

放眼望去,远处主台背景墙上已然张挂了一张覆盖了整面墙的大幅喷绘彩画,彩画的背景是两盏迎风而摆的红色灯笼和一串在雪花中炸响的爆竹，彩画的正中写着"饮食服务工作座谈会"几个大字，右下角则是学校后勤集团及校学生会两个联合主办者的名款和举办日期。

再往前看，主台前面那块空地上分前后五排摆放了十五张大圆桌，桌子上方那九盏大大的仿古宫灯此刻已经全部打开，直把整个场地照得锃明瓦亮。座位区外围则分别等距摆放了十盆一人多高的大型景观植物，远远看去，整个座谈会现场布置得很是温馨喜庆。

董礼环顾了一下会场，就见各桌已经摆好了鲜花、瓜子、花生、饮料等物，一位身着黑色西装的男领班，此时正指挥着几位身穿白色工作服的服务员在往桌上继续摆放水果和纸杯等物。到场的学生代表也已稀稀疏疏地坐了下来，相熟的同学一般是凑在一起边喝饮料边聊天，而独来的同学多是嗑着瓜子四处打量着消磨时光。

董礼向各桌逐一看去，并没有发现部长周凯。

正当董礼再次寻看的时候，却见周凯和丛任远及一个负责人模样的人正从背景墙后面转了出来。出来后的周凯和丛任远指着前面的座位，满脸笑容地同那位负责人不知说着些什么，那位负责人听罢则频频点头，然后又转头找过其他服务员耳语起来。

董礼见状，便就近找了个座位坐了，以待周凯闲时再过去领受任务。又过了一会儿，董礼终于等到一个机会，于是便快步走到周凯身旁对他道："部长，我过来了，你看现在有哪些工作需要我做？"

周凯先是"哦"了一声，然后想了想道："对了，你报上来的那两个人过来了吗？"

董礼道:"跟他俩说的是座谈会七点开始,所以现在他们还都没过来,不过我刚才离寝时又叮嘱了他俩一遍,他们答应等一会儿肯定过来。"

周凯略一沉吟后道:"过来就好,不过我怕等会儿人来得不够多,如果座谈会召开时,因为参加的人太少而显得冷场就不好了,所以你要做好随时回班里搬救兵的准备,我记得你好像是班级干部吧?"

董礼忙回道:"嗯。我上铺昨晚说,我们联谊寝室的同学听说他今晚过来参加这个座谈会后,还为自己不能亲临现场感到遗憾和惋惜,所以如果人员方面有需要的话,我赶紧让他现在就打电话动员她们过来参会怎么样?"

周凯道:"先别着急,你等我通知,咱们看看临开会时的现场情况再说。就算座谈会开始后发现人员不足再找她们过来也来得及,如果现在就贸然让她们过来,一旦名单上的人全都来了,这会场上的座位反而不够了。"

董礼道:"行,那等会儿他们来了之后,我马上说一下情况让他们先准备着,到时候但有所需,保证人员马上到位。除了这件事情以外,你看我现在还需要干点儿什么?"

周凯道:"会场内的事情,部里的女生应该就能应付个差不多,你还是到门口去迎接学生代表吧,贾占国他们几个现在都在那儿,你来的时候应该也看到他们了,你现在就过去帮忙吧,具体有什么事情需要办,你多问问占国。另外,等学生代表都入场后,咱们部的人看哪桌缺人,就先插空坐哪桌,如果到时候人还不够的话,咱们马上调人过来救场。"

董礼想到又要跟那个对自己态度一直冷冰冰的贾占国到一起

去，就有点犯踌躇，但是部长话已至此，自己也不好推托，于是就只好应着走了出去。

董礼刚一出门，就见方泰伟和孙慕权两个人不紧不慢地聊着天迎面走了过来。董礼见状，忙迎上去对二人笑道："你们的速度还挺快，正好里边还有很多闲着的座位，你们挑着坐吧。不过，泰伟，我这边有点事儿想请你帮个忙，你看行吗？"

方泰伟闻言后先是一愣，然后问董礼道："怎么啦？什么事儿？需要我帮什么忙？"

董礼笑道："别那么紧张，先放松点儿，就是想请你托人帮我一个忙。"

"让我托人帮你一个忙？托谁？帮什么忙？"方泰伟又瞬间连发三问，引得身边的孙慕权也好奇地看向董礼。

董礼道："这忙还就得你来帮，像我、像老孙，都办不了。"

方泰伟更加奇怪，于是就看着董礼道："你们俩都办不了，只有我能办，那是为什么？"

董礼道："因为我们俩都还没有女朋友，所以只能托你来办。"

方泰伟闻言后脸上立即一红道："你想让她帮你什么忙？"

董礼脸色平静地道："我刚才已经说了，我不是想让她帮我什么忙，而是想让你帮我让她帮我一个忙。"

孙慕权听着董礼绕口令似的跟方泰伟说话，觉得很是有趣，于是就站在一旁瞪着眼睛端详端详这个，又打量打量那个，接着便咧开嘴并颠着身子嘿嘿地笑了起来。

方泰伟见孙慕权如此模样，就转头斥他道："你站在那儿傻笑什么呢？这里可是离校医院不远，小心等会儿医护人员把你给收进去。"说完又转头对董礼道："行了，你也别绕了，再绕一会儿，我都快被你给绕糊涂了，你想让她，不，你想让我帮你一个什么忙？"

董礼道："咱们长话短说，刚才我们部长跟我说，他怕今晚来参加座谈会的同学没有报名时那么多，为防整个座谈会因为人少出现冷场的情况，所以就让我临时再叫几个人过来捧场。

"你也看见了，在这漆黑寒冷的冬夜，你让我上哪儿去叫那么多人？于是我就想到了你，想到了神通广大、无所不能的你，想到了只要轻轻地拨通一个电话，立即就能搬来联谊寝室众位美女的你！因此，我这忐忑不安的内心，顿时就有了依靠，顿时就有了希望。

"所以我临危受命之后，就一直站在这里翘首以待，盼星星盼月亮地等着救星如你者早点儿到来。我一直默默地想，今晚我能否完成部长交给我的这项光荣、伟大、艰巨的任务，那可全看你了——我无可替代的、上铺的兄弟。"说完董礼就一脸认真地看向了方泰伟。

孙慕权听完董礼对方泰伟言辞夸张的相求之后，就咯咯笑着拍着方泰伟的肩膀道："你先不用管医护人员会不会来抓我，咱们先说书记的事情。书记想得还真对，这事还真就得你来帮忙，你想啊，你让我们现在打电话，我们能打给谁呢？而且就算是想打，可是我连个电话号码都不知道，你让我怎么打？但你就不同了，每天晚上拿个电话都不撒手，那如胶似漆的腻歪劲儿，让我们可是好生羡慕呀，所以你就发挥一下个人魅力来帮帮董礼吧。"

董礼觉得孙慕权帮衬得正好到位就笑道："要不说人家怎么姓孙呢？这脑子反应就是快，你看我们确实没这方面的条件，所以部长交付我的这件事情能不能办好，那可真是全靠你了。当然，等下你跟小席说这事儿的时候措辞一定要委婉些，语气一定要诚恳些，千万别让人家觉得咱们是临上轿才扎耳朵眼儿，那样可就不好了！"

方泰伟先是看了一眼董礼，接着又看了一眼孙慕权，然后才笑道："什么姓孙的脑子反应就是快？你没看见他虽然姓孙，但是却长了个猪身子吗？这身肥膘，过年都可以直接宰了吃肉了，哈哈。只是这事到临头了你才跟我说，你让我怎么跟小席说呢？就说书记这边有难，赶紧把那几位女生叫过来帮忙？还得措辞委婉点儿，语气诚恳些？我这人呀，做事为人一贯诚恳，根本就不会措辞委婉！"

还没等董礼说话，孙慕权便展开他的胖手，然后猛地抬起，接着重重地拍在方泰伟的肩膀上，继而笑着对方泰伟道："你这么跟我说话，就是相当的不委婉。你说谁长了个猪身子，还要宰了吃肉？我虽然胖，但还不至于胖成猪样！而且我警告你，以后不要再说我胖，我只是瘦得还不那么明显。你想不想给书记帮忙，那是你们之间的事儿，千万别顺手也把我给捎上好不好？"

董礼怕二人再缠斗下去误事，就笑着对方泰伟道："行了，你们之间就先别争了。你就让小席跟她们寝室里的人说，说是联谊寝室的两位同学想请她们出来到教师食堂这里吃吃瓜子、喝喝饮料，然后与大家坐到一起聊聊天、沟通沟通学校的饮食服务工作。如此这般的话，情况属实、言语委婉，你看怎么样？"

方泰伟一边揉着被孙慕权大肉手拍痛的肩膀，一边对董礼道："这不是'赤果果'的欺骗吗？这能叫委婉？"

董礼一笑道："你看，你说你不会委婉，所以我就给你支招儿教你怎么'委婉'。但是连现成的东西你居然都学不来，那就讲不了、说不起了，我看你还是直接跟她们实话实说算了，这又不是什么丢人的事情，有什么不好意思的呢？你也别磨蹭了，怎么样，给个痛快话，能不能帮我这个忙？"

方泰伟看董礼此时已经有点儿认真起来，就马上肃容道："帮忙没问题，但你要她们寝室来几个呀？而且现在是不是她们寝室每个人都在我也说不准，你先问一下你们部长，看看需要来几个人，不行我让她去隔壁或者对门寝室再叫几个人过来，都说救场如救火嘛。你只要给我个准信儿，我马上出去打电话，我刚才看见食堂门口就有个公用电话厅，怎么样？支持你工作吧？"

孙慕权见方泰伟这样说，就笑道："果然是睡在上铺的兄弟，你这话说得那真可谓是神仙放屁——不同凡响呀……"

董礼怕二人言来语去地再节外生枝，就忙制止了孙慕权，然后对方泰伟笑道："多谢、多谢。但你现在还不用急着打电话，我就是先跟你说一下等会儿可能会发生的情况。我们部长说，如果等下来的人和报名的一样多，就不用再叫人了，但是如果人来得不够的话，到时候那还真得麻烦你帮我再麻烦小席她们一下，但愿她们不怕这个麻烦，我这里先谢谢你事先答应帮我解决这个麻烦了！"

孙慕权听董礼又开始跟方泰伟说起了绕口令，就边故意以手轻拍额头，边翻着白眼侧仰起头，假作晕厥之状。

方泰伟也道："停、停、停，又来了，我可是绕不过你，这些话听得我头都快晕了。那我就先不打电话，到时候等你的通知再说，我们两个先过去坐，你这边如果有什么事，随时都可以过去跟我说。"

董礼道："行，你们俩先过去坐吧，桌上有花生、瓜子和饮料,你们先随便用,等我忙完这边的事情就过去找你们,记得在你们旁边给我占个座位呀!"

孙慕权见董礼和方泰伟说完了正事,就又伸出胖手接着往方泰伟肩膀上重重地拍了一下道:"你还愣着干什么,快点儿走吧,书记这边还有事要忙,咱们先过去候着。你刚才说谁长了个猪身子,你说谁长了个猪身子,还要宰了吃肉,还要宰了吃肉。"孙慕权一边一下接一下重重地拍打着方泰伟的肩膀,一边像复读机一样对着他重复着同样的话。

方泰伟一边闪避着孙慕权的重手,一边跟他若即若离地一起向着座位区走了过去。董礼看着二人渐行渐远的背影摇头笑了笑,也转身向门口走去。

等快到七点的时候,周凯忽然走了出来,众位值守在门前的部员见状忙围了上去。

周凯朝大家点了点头道:"里边的座谈会马上就要开始了,我看了一下,人来得也差不多了,剩下的人咱们就不等了,你们都先进来,进来后你们不要坐到一起,看各桌的情况,要分别插空儿坐。

"对了,那天晚上开会时忘了跟你们说一件事情,就是各桌代表如果和食堂负责人交流出现冷场的时候,你们一定要及时补台,你们要见机发问,不能使现场的交流出现断档的情况,所以你们每个人现在都要赶紧想一些问题和建议以备不时之需。走吧,有什么事情咱们临时再说。"

想是怕误了室内的工作,周凯说完话后也不等众人搭话转身就走。董礼见状,忙几步赶上去道:"部长,你看还用不用我同学再叫人过来了?"

周凯想了想后道："不用了，今晚来的人基本跟报名的人差不太多，即便差一两个没来也没什么关系，如果后边再有人过来，插进去坐就基本够了。对了，别忘了刚才我跟你们交代的事情。"

董礼应了一声"好的"，然后逐渐放慢步速，又把周凯让到了前面。这时，贾占国从董礼身边快速赶了上去，贾占国走到董礼前面后，还特意回过头来冷冷地看了董礼一眼，就好像董礼做了什么不应当做的事情似的。

董礼懒得搭理贾占国，所以就站到当地，向会场座位区寻看方泰伟和孙慕权的所在。探看之下，就见方、孙二人并未坐到一起，而是在倒数第二排分两桌坐了。不过方泰伟身边还空有一个座位，想是给自己留的。

董礼见状便快速过去坐了下来。董礼刚坐好，方泰伟就边给董礼倒饮料边侧头低声问道："还用不用再叫小席她们寝室的人了？"

董礼道："我们部长说来的人差不多了，不用再叫了。不过等会儿各桌的座谈交流开始后，咱们都要踊跃点儿，千万别让桌上的气氛冷下来。"

方泰伟点头道："这个你大可放心，我这代表绝不会尸位素餐、滥竽充数，这几天我不但向常乐他们收集了对饮食工作的看法，而且还向小席她们征求了女生对饮食服务工作的意见和建议，如果到时候有空场的话，我保准能给你顶上去。"

董礼心中顿时一宽，便偏过头去笑着对方泰伟道："你可真是个有心人，到时候如果真的出现状况的话，少不了要辛苦你！"

等同方泰伟说完话后，董礼便对本桌其他人打量起来。细看之下，就见桌主位置上坐了一位身穿黑西装的食堂经理，他的面前摊开着一个小本子,当见董礼看向他时,他便立时和善地朝董礼点头微笑。

经理右手边坐的是本部一位负责会议记录的女部员,此刻她正低头在面前的笔记本上写着什么。至于桌上的其他人,要么正优哉游哉地东瞧西看,要么相互间边聊边吃地只等座谈会正式开始。再往其他桌看时,情形大致相仿。

不过,第一排坐了主办双方领导的正席却与其他桌次明显不同——不但在座每个人的精神气质引人注目,桌上以杨伟诚主席和王总为核心的谈话,也在轻松有礼中透出特有的郑重和秩序。

又过了大约两分钟的样子,周凯离席走到台左侧的发言席处,宣布本次饮食服务座谈会正式开始。按照会议安排,后勤集团的王总、校学生会主席杨伟诚以及饮食服务中心的刘主任都先后登台进行了表态发言。

等各位大小领导讲话完毕后,各桌开始分组座谈,无非是学生代表针对食堂饭菜价格口味、服务质量及硬件设施改善等方面提出意见建议,食堂方面人员就所提问题进行解答和回应。

董礼感觉,座谈过程中各桌食堂方面人员听得都很认真,记得也很仔细,答得更是诚恳。那位之前上台发言的刘主任还特意离开主桌,逐次到其他各桌听取学生意见建议,并对一些本桌负责人解答不了的问题进行了解释和承诺。

抑或是被食堂方面的真诚细致所打动,总之座谈会越往后进行,众学生代表对食堂方面的各种解释和说法就越认可,同时对于饮食服务工作也越感满意和理解。等到后来,整个会场基本上是欢声笑语、其乐融融,让外人看来直似一家人一般!

在座谈会的最后一个环节,后勤集团的王总又登台对整个会议的情况进行了精练的总结概括。周凯也代表学生会向大家表示，会后校学生会将把各学生代表所提的问题和食堂方面的解答，以海报的形式及时张榜告知全校同学。

等座谈会最终结束，众人分别离场之时，学生代表们惊喜地发现食堂方面早已为每人备了一只外观精美的保温杯以作纪念。

对于此刻究竟是去是留并不确定的董礼，先是简单地送了一下马上要走的方泰伟和孙慕权二人。等再抬头看向主桌之时，就见杨伟诚、丛任远和周凯等几人，正站在桌旁和王总及刘主任等人笑容满面地交流着什么。看情形，短时内两方间的谈话应该不会结束。

董礼又扫了一眼其他各桌，见服务员们已经弯腰弓背地开始收拾打扫起来，至于安排在各桌做记录的本部众女部员，也几乎全都收拾起了纸笔，并在领取完纪念品后也随着众代表一起离场了。

董礼估计后续工作应该不再需要自己，于是就在门口领完保温杯后，小跑着追上了刚离开食堂不久的方泰伟和孙慕权。三人一路谈谈说说、快快乐乐地一起回了寝室。

孙慕权先是把保温杯送回了自己的寝室，然后马上换了一套睡衣又折回了董礼寝室。董礼和方泰伟进屋后并没急着将保温杯收起，而是略带炫耀似的都把保温杯摆在了床前的桌上，之后又心情大好地与孙慕权旁若无人地谈论起了晚间座谈会上吃喝的好坏，同桌邻座女生相貌的美丑，以及各位领导发言的优劣等等。

质量尚佳的纪念品，以及董礼三人间的专题讨论，不一会儿就将其他人吸引了过来——众人听着董礼他们言说的诸般趣事，尤其是当看到董礼等人带回来的纪念品之后，要么通过语言，要么通过表情,要么通过行动,分别表达了没能参加这次座谈会的莫大遗憾。

比如黄健,起初是拿着一本武侠小说埋头苦读的,后来当听说参加座谈会竟然如此有趣,就把书往铺上一扔,然后穿了拖鞋来到董礼的桌前,边咂巴着嘴边拿起杯子看了又看,最后甩了句:"亏了、亏了,真是亏了,下次再有这机会老子一定参加!"说完便放下杯子恨恨地走出门去。

比如常乐和徐畅,原本二人进门时正面色平静地说着什么事情,可当走在前面的常乐一眼看到桌上的保温杯后,就立即瞳孔放大、嘴角上提,马上夸张地扑到桌面上,瞬间将两只保温杯一起揽在怀里,并大喊着"发福利了、发福利了"地笑闹了好一会儿,这才慢慢放开两只杯子,并恋恋不舍地退着坐到了黄健的铺上。

跟在常乐后边的徐畅等他表演完毕之后,也满面笑容地拿起保温杯,先是放在手心里掂了掂分量,然后又轻轻地摩挲了一下杯子外面的软皮外套,接着又学着法理课上那个女老师的样子,给大家表演了一个掐着兰花指喝水的动作,众人见状全都会意地大笑起来,徐畅等大家笑完后才道:"这杯子看着质量不错嘛,如果用来喝水肯定很爽。本来也缺个好点的杯子,下次如果再有类似机会可千万不能再错过了!"

比如邢胜男,这个一般情况下对于他人事务从来都持一种"事不关己,高高挂起"态度的独行者,这回也在经过董礼他们桌子的时候,有意识地对着两个杯子来来回回地瞟了好几眼……

几天后的一个晚上,当董礼正倚着床梯背对着门口和孙慕权及寝室内其他同学高谈阔论的时候,周凯却又主动上门了——不过周凯依然像往常那样并不进门，仅站在门口礼貌地轻敲门板。

由于周凯主持了上次的饮食服务座谈会，所以方泰伟和孙慕权都认得他。于是看到周凯后的二人就都提醒董礼道："董礼，你们部长找你来了。"

董礼闻言，急忙回头看向门口，就见周凯此时正在门外微笑地看着自己。董礼见状便连忙起身赶到周凯身旁并笑着问他道："师兄，这么晚了还过来找我，是有什么紧急的工作需要做吧？"

周凯道："嗯，是有点事情，原本想打电话叫你过去，可是打了好几次都不通，估计可能是你们的电话放空了。好在咱们住在同一栋楼里，我就直接上来找你了，你现在要是没什么事情的话，就跟我下来一趟吧。"

董礼笑道："部长你有所不知，我上铺的同学以本寝最快的速度坠入了爱河，现在我们寝室的电话都快成他的恋爱专线了，只要他一回来，别人根本别想碰电话，所以你才总打不通。这不，他刚刚实在憋不住了，这才放下电话去了趟卫生间，估计现在回来了等会儿又得接着打呀，哈哈。是不是部里又有什么工作任务了？我换一下衣服就跟你走。"

周凯微笑道："原来是这样。你不用换衣服，跟我下来一趟就回来了，咱们不出寝室楼。"

董礼正要出门的时候，就听上铺的方泰伟忽然大声叫自己，等回头看时，就见他正笑着朝自己挥动拳头以示对刚才坏话的不满。董礼则朝他哈哈一笑，算是赔罪了！

周凯和董礼两人一路上说着闲话，不一会儿就到了周凯寝室的门口。等进了门后，董礼发现室内空无一人，但门窗却都四敞大开着，就见窗前那幅暗灰色的窗帘，此刻正被吹进室内的寒风鼓胀地像个斗篷似的迎风飞舞。想是长久开窗的缘故，室温也已低得可怜。

到底是大二男生的寝室，其整洁程度自然无法与大一学生的相比——不但桌上凌乱地摆着好几只盛着剩方便面的饭盒，而且几乎每个铺上都乱丢了衣服、书籍，就连门后早已溢出垃圾的废纸篓倒了都没人扶，整个寝室让人看来直似遭逢了什么灾难一般。

周凯见董礼正打量自己的寝室，就挑嘴笑道："乱吧，不过估计明年你们的寝室也差不太多，什么时候楼管不来查卫生，什么时候就这么乱着没人收拾，呵呵。"

董礼马上笑道："呵呵，男同学嘛，都这样，好像不懂得收拾房间天经地义似的。"

周凯笑了笑没再往下接言，而是对董礼道："你来部里也快半年了，这半年总体来说干得不错。前两天我跟后勤那边申请了一些给咱们部里督察员的奖励，其中有你一份。你要知道，这些奖励并不是每个部员都能得到的，所以明年你还要再接再厉好好干。"周凯说完就蹲下身子，然后从床底抽出了一只套着塑料包装的黑色布质行李箱来。

等站起身后，周凯一边把箱子推向董礼一边笑着道："拿走吧，也不是什么值钱的东西，就是这么个意思。对了，过几天部里还有一个近期最大的工作，就是元旦游园活动，到时候大家可能都要再辛苦一下，按照惯例，估计得晚上一两点后才能最终完工回寝休息，你可要提前做好心理准备呀。"

董礼万万没想到，周凯叫他来是要给东西，想到自己这半年来其实并未对部里做出多少贡献，所以到底有些受之有愧。好在周凯马上交代了新的任务，于是董礼就立即斩钉截铁地道："没问题，到时候有什么工作你就尽管安排吧，我保证完成任务！还有，我感觉自己之前也没为部里做多少工作，但是却让你这么照顾，真是有点不好意思。"

周凯宽厚地笑道："不用这么客气，贡献都是相对来说的，比起有些人，你干得还是不错的。如果觉得自己还有进一步提升的空间，那以后就再好好干，你先回去吧，等会儿还有别的部员要过来。"

董礼边道谢边兴高采烈地拿了箱子回往寝室。

当董礼提箱进屋之后，此前已得过座谈会纪念品的方泰伟、孙慕权立即明白了个中的意思，于是就起哄道："行啊，董礼，你们部门这福利待遇也太丰厚了，隔三岔五地就往回领东西，我现在是万分强烈地想加入你们维权部，你快给我们引荐引荐吧，都说肥水不流外人田，有财大家一起发嘛！"

董礼笑道："你们是只看见了贼吃肉，却从来无视贼挨打呀！这份奖励可是通过我这半年来的辛苦努力赚回来的，如果之后有机会推荐你们进到部里来，那自然是没有问题，不过等具体干上工作的时候你们可别嫌苦叫累！"

三人正笑闹着，忽然王辉从上铺对董礼道："对了，董礼，刚才班长来了，说因为之前《法理学》有一周停过一次课，所以明天下午三四两节老师要给咱们补课。"

董礼道："真是晕，补什么课呀？就她那种照本宣科的上法儿还用补？大家自己看不就行了！"

孙慕权嘿嘿地笑道："我还以为就我不愿意上她的课呢，原来这么多人都不想上，方泰伟，你呢？发表一下看法。"

方泰伟闻言立即脸露不屑地道："这种课谁愿意去上？上她的

课岂止是受罪,简直就是浪费生命,还博士呢,就这水平?"

董礼道:"说到了这读书人的水平问题,我倒是想起了前几天读纪晓岚的《阅微草堂笔记》时看到的一则鬼故事。也不知道你们想不想听?"

孙慕权立时笑着大叫道:"这还要卖什么关子吗?快讲、快讲!"

董礼轻咳了一下后笑道:"说是有个老学究,有天晚上夜行赶路,忽然碰见一个已经故去的朋友。好在老学究平时行事刚直,也不怕什么妖魔鬼怪,于是就出言问这个亡友说:'你这是要去哪里呀?'

"那个鬼就答道:'我现在已经是冥吏了,此时要去南村勾人魂魄,正好与你同路。'

"老学究因此就和这个亡友一起同行。当他们经过一间破屋的时候,这个鬼忽然说:'这间屋子里一定住有文人。'

"老学究很奇怪,就问道:'你是怎么知道的?'

"鬼说:'凡人白天的时候,蝇营狗苟、性灵汩没,看不出有什么分别。只有当睡觉的时候,才能做到一念不生、元神朗澈,这时胸中所读之书就会字字放射出光芒。而且这些字还能从人的五官百窍中飘出来,其状缥缈缤纷、灿如锦绣。

"'如果说这人读的是孔子等高贤的文章,那么飘出来的文字高度就能上达霄汉,其光芒甚至于可与日月争辉。次者也可以飘丈把高,再次者则飘数尺高,总之随着所读之书其人、其文水平高低不同而等差渐下,不过只要是好书,即便是最下等的文字也能像灯光一样,照亮屋宇。

"'不过我说的这些现象,凡人都不能看见,只有鬼神才可以看见。现在这间屋子上光芒高七八尺,所以我知道这家一定有读书人。'"

孙慕权听到这里后笑道:"原来读书人之间还有这样大的差别,也不知道咱们每天睡熟之后,从身体里飘出来的文字高度会有多少?"

方泰伟不满孙慕权打断董礼的讲述,就斥道:"你先别插话,听书记接着讲。就像你这样每天仅读点教科书的人,估计那字能不能飘出来都很难说,而且即便能飘出来,估计飘得也不会太高,最多也就是浮在脸上,哈哈。至于光嘛,顶天也就是小手电那么亮了,大家说对吧?"

众人闻言后立时笑了起来。

孙慕权见状,张口就要反驳方泰伟。

不过董礼却朝他摆摆手道:"你俩先别闹,听我讲完再吵也不迟。如果你们谁再中途插话,我可是不讲了!"

孙慕权闻言边举起他那胖拳头朝方泰伟晃了晃,边对董礼道:"书记你接着讲吧,我保证再不打断你,我这人从小就爱听故事,而且每次听都得要有头有尾,你要是讲得半途而废,那可让我怎么活呀?"

董礼一笑道:"既然你有这毛病,那就好好听,别随便打断我。老学究听罢,就试探着笑问这个鬼说:'既然你有这个本领,那我读书一生,你能否帮我看一看我睡眠中胸前的光芒能有几许呀?'

"鬼闻言后立即面露难色,嗫嚅良久后才吞吞吐吐地道:'昨日我经过你开的塾馆,恰好你正在昼寝。我看见你胸中高头讲章一部,墨卷五六百篇,经文七八十篇,策略三四十篇,字字化为黑烟,笼罩在屋顶之上。你的学生们读诵之声,如在浓云密雾之中。我实在没有看到你胸前有什么光芒。你听后可别生气,我现

在已经做鬼,不敢妄语,只好对你实话实说了。'

"老学究闻言后,顿时勃然大怒,连连斥责此鬼胡言乱语、无稽乱谈。此鬼见状则大笑而去。"

众人听罢董礼的讲述,尽皆哈哈大笑起来。

常乐虽然不怎么去上课,但是接言演绎的热情倒是很高,就听他说道:"要是这么说,也不知道咱们班在上《法理学》的时候,是个什么样的光景,估计教室四周黄烟滚滚,对面不见人形,空气中弥散着一团一团的糨糊,咱们都被裹挟在一片糨糊沙尘暴中,留下很恶心,走又不能走地正在备受痛苦的煎熬着呢!"

众人听罢,立时纷纷赞成附和,并又爆发出一阵大笑……

本年度部里的最后一次例会,并没有像往常一样在周五晚上召开,而是提前到了周一的晚上。会议的程序也不像之前那样,先是由部长对上周工作进行通报、点评,然后再布置下周的工作。

今晚会议的主题只有一个,就是如何全力做好学校年底庆新春系列活动的安保及服务工作。

按照周凯的说法,依照惯例,学校每年阳历新年前夜,通常都要举办一系列规模较大的活动以辞旧迎新,其中最受人瞩目及欢迎的三大品牌活动分别是迎新年文艺晚会、元旦游园及露天舞会。

通常在晚间七点整,校礼堂会举行一场大型的新年文艺晚会,届时不但校内各类身具才艺的俊杰悉数登场,而且一些首都文化演艺界的名人也会到场献艺助兴。这个晚会的整场演出一般会持续两个半小时左右,结束后通常还会放映一部近期院线上映的热门贺岁电影以飨观众。

随后,校图书馆前露天广场上一场规模较大的集体舞会,也会在专业DJ及领舞的带动下闪亮登场。最后，在大约接近零点的时候，主体育馆的游园活动正式拉开帷幕，整个活动一般持续两小时左右，通常在凌晨两点左右时方能结束。

按照以往惯例，文艺晚会主要由校艺术团负责，露天舞会主要由校社团联合会负责，而主体育馆的元旦游园活动，则主要由校学生会负责。

相较于另外两大活动而言，校学生会全体人员不但要负责元旦游园各项活动的策划设计、会场布置、道具安置等场内工作，而且还要配合保卫部门做好校园晚间巡逻安保等场外工作。

按照周凯的安排，部里的女部员们主要负责元旦游园活动的创意设计、活动现场的场地布置以及现场接待工作；男部员们则主要负责出入场秩序的维护，晚间校园内的安保流动巡逻，以及校长到场致辞时的现场秩序维护等工作。

依周凯传达的团委书记在元旦系列活动动员大会上的讲话精神，当全校其他同学辞旧迎新、尽情玩乐的时候，校级学生组织的所有同学都将要做出极大的牺牲——不但不能欣赏演出、观看电影、参加舞会和游园活动，而且还要从当晚的六点开始一直坚守到第二天凌晨方能休息。

此外，大家不但要任劳还要任怨——活动期间如果哪个环节出现问题，相关责任人员还会被追究责任。所以，参加并完成好这项工作，并不像外人看的、想的那么轻松简单……

12月31日下午开始，整个校园里就已弥漫着浓厚的过节气氛——

董礼在去图书馆的路上，就见校园主辅路两旁已经等距新插了鲜艳的彩旗，几个主要路口也已摆起了由各色气球组成的彩虹门。再往前走,就见后勤人员正在用升降车给路灯装点各色灯饰,或者在树干上拉挂写有各种口号或祝福词句的条幅、彩带和标语。

等董礼来到图书馆门前时,就见停在台阶前不远处的一辆封闭式货车上,几位工人正在忙忙碌碌地向下卸载搭台用的各种管材和挡板,不远处台阶前那个晚间露天舞会要用到的领舞台也已略见雏形。

董礼想,看校园里这各处忙碌的阵势,估计晚上的活动应该会很热闹。

因怕误了晚间的活动,五点一刻刚过,董礼就立即合书归架,迅速去食堂就餐。为防夜间室外巡逻寒冷难耐,董礼还按照周凯的指点特意回到寝室加了条厚毛裤,并换上了那件本打算在深冬时节才穿的羽绒服。

当董礼整理好全部行头,正蹲在地上系鞋带准备出发时,方泰伟恰好回到了寝室。当他见到董礼此番穿戴打扮后,就笑问道:"书记,这么大行其事地要去参加什么重大活动呀?"

董礼道:"晚上学校有游园活动,为了保证校园安全,学生会的全体男部员都得轮流到校园里进行安保巡逻,据说这工作每年都会持续到夜里两点左右才能结束,为防被冻感冒,必须得提前多穿点,否则我一旦患病,你们这些室友可就都有被传染的危险,再把眼光放长远点看,小席她们寝室的人也有可能被传感,如此就可能影响到咱们班近三分之一人的期末考试,如果是那样,岂非我之罪过,哈哈。"

方泰伟道:"要是那样的话,我们可不可以就不参加期末考试了呀?哈哈。呸呸呸,算我没说,你还是多穿点免得回来传染给我们吧。对了,你刚才说什么?晚间学校有游园活动?在哪儿呀?

除了这个以外，还有什么别的其他活动没有？"

董礼笑道："今晚学校会安排一系列的活动辞旧迎新，好多地方都有项目安排，比如有猜灯谜、看花灯、开夜市、走九曲黄河阵等等，反正是丰富多彩、好戏连台！不过这些活动中最著名的有三个，分别是校礼堂的文艺晚会和之后的贺岁电影，还有图书馆门前的露天舞会以及作为压轴戏的主体育馆的元旦游园活动，我要参加的是最后一个。这里提醒你一句，如果你想跟小席去这些地方玩，一是要注意安全，另外千万记得带上学生证，否则很可能会参与不成。"

方泰伟立即脸带兴奋地道："竟然这么爽？那我可得早点去，看晚会和电影要票吗？是不是拿着学生证去就行了？"

董礼一边往外走一边回道："应该是要票的，你问问班长，听说每个班都发了几张文艺演出的票，估计每个寝室都应该至少有一张吧，我的那个名额就给你了，还有记得跟黄健他们几个也说一声晚上的活动，好让他们都过去玩一玩，游园活动许多项目可是有奖品的。你收拾一下赶紧联系小席吧，要不很可能占不上好位置，时间不早了，我得先走了。"

董礼刚走出门外，就听室内的方泰伟在后边大喊道："谢谢相告，书记辛苦了，晚上如果有机会，我和小席一定一起过去慰问你。"

等董礼出了寝室楼往主体育馆走的时候，天色已经完全黑了下来，就见后勤工人下午挂在树上的那些彩灯，此时正在一明一灭地眨着眼睛。路旁一个挎着男朋友胳膊的女同学，就像平生第一次见到彩灯似的夸张地叫道："哇，你看，好漂亮哦，这些灯就像天上的星星一样明亮哎。"

董礼循声看了眼灯下那个长相丑陋且故作天真状的女同学一眼，心说"真是丑人多作怪"，然后强忍着胃部的极大不适以及对其男友深深的同情，赶紧快步走了过去。

还没等董礼向前行进几步，忽然看到换届后就再也没见过面的副部长米庆丰。董礼见米庆丰此时也已看到了自己，于是就几步赶到他的近前并笑着朝他打招呼道："师兄，好久不见了，你这是要干什么去？晚上还有游园活动呢！"

米庆丰道："是董礼呀，我现在先去自习室看一会儿书，等自习室关了后看看如果有时间的话再过去玩吧。"

董礼道："师兄这么刻苦？新年也不休息一下？都说劳逸结合，何况今天又是全年的最后一天，你何不给自己放个假轻松一下呢？"

米庆丰笑道："我这算什么刻苦呀？你到自习室看看就知道，那里的每一个人都在非常努力地用功，跟他们比，我至少还有玩的计划，算是懒的了，呵呵。

"你们晚上是不是还有巡逻任务？一定记得多穿点呀，这个季节到了深夜那是非常冷的，我去年就因为穿得太少，最后给冻感冒了，好几天才缓过来。没想到这时间过得可是真快，一眨眼就到年底了。这样说来也应该适当放松一下了，哈哈。等会儿如果有空，我也到咱们部里看看周凯和大家，好久都没见你们了，也挺想念的。行了，我先走了，你快忙吧。"说完后米庆丰就轻拍了董礼胳膊两下转身走了。

董礼看着米庆丰的背影，想到部里换届的那天晚上，自己居然还傻傻地问周凯"米庆丰为什么没来"。现在想来，要是那天晚上米庆丰来了的话，估计周凯十有八九就来不了了。看来自己到底还是年轻，政治方面的经验少得紧呀！"

董礼边感慨着边向体育馆走去。等到了体育馆门口的时候，就见周凯和另外一个人，正指挥着贾占国等人用桌子在体育馆各入口前围起了一道桌墙，以作为游园活动的第一道屏障。

董礼疾步向周凯走了过去。等来到周凯身边后便对他笑道："部长，你们来的可是真早呀，不是说六点半过来就行吗？"

周凯扭头看了董礼一眼笑道："来得真早？我这从中午来了之后，还没离开这儿呢。你吃饭了吗？没吃饭赶紧去吃，吃完就到咱们部的活动场地去替那几个还在干活的女生，让她们也赶紧去吃口饭，其中好几个人都整整忙了一个下午。"

董礼闻言马上回道："我已经吃过了，那我赶紧去替她们吧。"

周凯道："行，那你赶紧去吧。咱们部负责的活动场地在门口右手边第三个区位，你去了就能看见她们。"

等董礼进了体育馆后，就见里边人声鼎沸、热闹非常，原本放在体育场中心的篮球架、羽毛球网、乒乓球台等运动器材，均被悉数搬离，空出的场地中央已被布置成了一个发言台，台子的中央区还放了一架裹着红绸的仿古大钟，场地四周的空地则被分成了二十余个主题游戏活动区。

按着周凯所说的位置，董礼不一会儿就找到了本部活动场地的所在。董礼细看之下，发现自己部门所负责的活动竟是一个最普通的套圈项目。此时场地四外已经贴挂好了气球、彩带等装饰物品，场内也已经自近至远摆好了各样的目标玩具。

此时本部的两个女部员正站在投掷线外，拿着套圈瞄着场内的玩具玩得高兴。

董礼见状，就走过来对二人笑道："怎么样，想套准容易吗？"

二人见是董礼后，就先跟他打了声招呼，然后又笑着回道："不太容易吧，反正我们试了几次，要想随便套中几乎是不可能的。"

董礼道："部长让我过来替你们出去吃饭，快去吧，据说今晚因为食堂要布置室内舞场，所以就餐时间会缩短一些，如果你们去晚了的话，恐怕就吃不上晚饭了。"

二女生忙道："是吗？那快走吧。看场地的事就交给你了。"

董礼笑道："放心吧，保证完成任务！"

两女生笑着朝董礼点了下头，然后拿起自己的东西转身离开了。等二位女生走后，董礼随手拿起场地上放着的套圈一个人试着套了起来。不过玩了一会儿后便觉得索然无味，于是就坐在场内的休息凳上熬时间。

也不知为什么，走了的两个女部员，连同周凯等就像消失了一般，从董礼进来后就再也不见踪影。董礼想，难道是他们把还苦守在这里待援的自己给彻底忘了不成？

一个半小时之后，周凯和几个男生这才顶着一身寒气回到了本部活动场地。

周凯见到董礼后，一边搓着耳朵，一边对董礼笑道："让你一个人在这儿等这么长时间，辛苦了。本来早就想找人过来替你，可是那边搬完桌子刚要走，却恰好又轮到咱们部开始巡逻了，于是我们就重整行装再出发，又围着校园巡了一圈。至于那两个看场地的女生，是我看她们忙了一下午挺辛苦的，就让她们先回去休息一小时再过来，这样大家都能换着休息一下。

"本来我打算这趟回来也替换你回去休息一下，但是刚才文化部的部长跟我说他们这队巡逻的人不多，想跟咱们部借个人过去。所以你就再辛苦辛苦，出去跟他们巡一趟吧，等结束之后，你就可以先回寝室休息了。不过记得十一点半必须准时回来，那时校长按例就要来体育馆做新年致辞了。"

董礼立时笑道："部长你太客气了，我在这里暖暖和和的有什么辛苦，倒是你们不辞劳苦地连续作战才辛苦呢！你放心吧，我保证完成任务。"

等董礼跟着文化部一众人等开始巡逻后才发现，周凯口中轻描淡写的围着校园巡逻一圈的时间，竟然是一个多小时。不过虽然时间有点长，但是暗夜中大家拿着手电筒边走边照，有说有笑地倒也有趣。而且通过此次巡逻，董礼也把此前校园里一些偏僻陌生的所在给熟悉了一回。

董礼再次回到体育馆时发现，之前原本很空阔的活动场地此时已然游人如织。在诸多结伴游玩的同学中，董礼看见了方泰伟和席若兰的情侣组合，看到了黄健、王辉和常乐的快乐单身三人组，还看到了单人独马的邢胜男，另外也见到了联谊寝室及隔壁寝室的好几位同学。

所见诸人中，除了邢胜男本来看见了董礼，却假装没看见故意躲了过去以外，其他的人都过来或多或少地跟董礼聊了几句，甚至有人还参加了董礼所在场地的活动。孙苗苗等几人套圈技术不俗，最后很是赢走了几张奖票。

在还差一刻钟零点的时候，身着藏蓝色半身风衣的薛校长在众人的簇拥下来到了体育馆内。场馆负责人一见之下，赶紧迎了过来，然后就陪在薛校长的身侧，比比画画地开始为他介绍起了场内的情况。薛校长则边走边听边看，时而还微微地点下头或者侧头问上几句话。

等行至"飞镖掷远"活动场地时，薛校长先是面带笑容地逐一跟现场值守工作人员握了手，然后又在众人的提议下亲测了这个活动。没想到薛校长身手不凡，竟然镖镖中靶，引得旁边围观的师生全都兴高采烈地鼓掌叫好起来。

一直陪在旁边等待发奖票的工作人员见状，立时笑逐颜开地上前向薛校长递上了三张奖票。

薛校长笑着摆手拒绝了奖票，然后头前率众向体育馆中间的礼宾台走去。早就等在台上的两位衣着光鲜的主持人见状忙迎了过来，并将薛校长等人引至台上那口仿古大钟的旁边。

又过了几分钟，当体育馆东墙上的大电子时钟快要指向零点的时候，主持人这才宣布游园活动正式开始。等说了几句迎新辞旧的串场词后，两位主持人笑着邀请薛校长和几位校领导共同撞响新年的钟声。

薛校长等人，便依指引纷纷笑容满面地在钟槌前站好，当电子时钟指针指向零点的时候，众人一齐发力撞响了大钟。

在一片悠远祥和的钟声中，场内众人一齐鼓掌以庆祝新年的到来。与此同时，体育馆顶部早就布置好的各样彩带也在瞬间纷纷垂下，周围的众多工作人员则依次拧开了手中的礼花筒……

钟声响毕，董礼等人立即按照周凯事先的安排，像国旗护卫队似的，围着发言台的四周等距站了一圈以行安保之责。

薛校长致辞完毕后，全场立时掌声雷动、欢呼四起……

等董礼完成了游园活动中的所有工作任务并拖着疲惫的身体，凌晨两点多回到寝室的时候，就见寝室屋顶的日光灯还白烁烁地亮着，想是寝室内的众人为了自己晚归方便，而一直留着没有关闭。

再向众人床铺望去，就见黄健等已尽皆或平躺、或侧卧地在各自铺上酣然入眠，常乐的铺上还传来了阵阵鼾声，只是睡在上铺、又无甚可以遮挡灯光的王辉和方泰伟有些痛苦,一个侧着身子朝向墙里,一个用手横在眉梁之上以避灯光。

　　董礼心中生起了丝丝的感动和暖意,同时也生起了几许歉疚,便立时伸手关了顶灯,又轻轻地拿起脸盆、牙具和暖瓶,蹑手蹑脚地向水房走去。

　　当董礼一切收拾停当,终于躺进了温暖被窝里的时候,忽然看见窗外闪过了一束焰火绽放的光彩。想想去年今日此时依然为了未卜前路,而焦灼苦修、不懈奋斗的自己,不由感慨道:看来这人的命运,真是奇妙莫测,无法捉摸得很!不过,目标远大、图穷破壁、锲而不舍、坚持到底的结果,终究是个美好的结局!

　　董礼想着、想着,不觉闭上了眼睛,不一会儿的工夫,疲劳已极的他便进入了甜美的梦乡……

(第一部完)

一稿于2014年12月24日西历平安夜

五稿于2021年9月6日0:33